실험과 도전,
식민지의 심연

2010

탄생 100주년 문학인 기념문학제 논문집

실험과 도전,

식민지의
심연

권영민 · 이태동 외

탄생 100주년 문학인 기념문학제 논문집 2010

민음사

차 례

【총론】

비판적 도전과 창조적 실험
문학과 식민지 근대의 초극 양상

권영민(서울대 교수)

1910년에 태어난 문인들의 운명

한국 사회에서 1910년은 운명적 의미를 지닌다. 민족의 자주적인 근대화가 실패하면서 일본의 강점에 의한 식민지 지배가 시작되었기 때문이다. 일본은 1910년 조선총독부를 설치한 후 한국 민족의 모든 권한과 소유를 박탈하는 것으로부터 시작하여 민족의 존재와 그 정신마저 말살하고자 하는 방향으로 식민지 지배 정책을 확대 강화한다. 한국 민족은 제국 일본의 위력 앞에서 식민지 '조선인'으로 전락하면서 압제와 궁핍을 면할 수 없게 된다. 이 고통의 역사 속에서 태어난 문인들이 올해 탄생 100년을 맞는다. 비평가 안막(安漠), 안함광(安含光), 소설가 이북명(李北鳴), 허준(許俊), 시인 이찬(李燦), 시인이며 소설가인 이상(李箱) 그리고 시인이며 수필가인 피천득(皮千得)이 바로 그들이다. 이들은 그 문학적 출발이 서로 다른 지점에 연결되어 있지만 일본 식민지 시대 한국 근대 문학의 전반적인 경향과 그 흐름에 복잡하게 얽혀 들면서 식민지 근대의 모순을 극복하기 위해 비판적 도전과 창조적 실험을 지속하게 된다.

안막은 1920년대 후반 카프 동경 지부에 소속되어 '무산자사(無産者社)'

와 연관을 가지면서 계급 문학 운동에 가담한다. 그는 1930년에 귀국하여 김남천·임화 등과 함께 동경 지부 소장파의 일원으로 카프의 제2차 방향 전환을 주도한 바 있다. 카프의 볼셰비키화 단계에서 발표한 그의 평문 「프로 예술의 형식 문제 —— 프롤레타리아 리얼리즘의 길로」(1930)는 계급 문학의 창작방법론으로서 '프롤레타리아 리얼리즘론'의 중요성을 강조한 글이다. 물론 이것은 일본의 장원유인(藏原惟人)의 프롤레타리아 리얼리즘론에 근거한 것이지만 한국 계급 문학 운동사에서 계급 문학의 창작 방법에 대한 최초의 이론적 정초라는 의미를 지닌다. 안막은 계급 문단 내부에서 창작의 질식을 초래한 볼셰비키적 창작방법론에 대한 자기비판이 제기되자, '추백(萩白)'이란 필명으로 「창작 방법 문제의 재토의를 위하여」(1933)를 발표했다. 이 평문은 새로운 창작방법론으로서 사회주의 리얼리즘을 소개하기 위한 것이긴 하지만 유물변증법적 창작방법론에 기초하여 전개되어 온 한국 계급 문학의 성과와 한계를 동시에 비판하면서 자기모순에 빠져들고 있는 계급 문학의 새로운 방법론적 출구를 모색하고 있다. 1930년대 창작 방법 논쟁의 한 계기를 제공하고 있는 이러한 평문들은 비평가로서의 안막의 위상을 재평가하게 하는 중요한 자료가 되고 있다.

안함광의 경우는 그 문학적 출발이 안막의 경우와는 서로 다르다. 그는 1920년대 후반 계급 문학 운동이 방향 전환기에 접어들면서 대중적으로 그 조직을 확대하는 과정에서 카프의 황해도 해주 지부의 일원으로 계급 문학 운동에 가담한다. 그는 계급 문학 운동의 창작적 역량이 집중되어 있는 농민 문학의 성격과 방법 등에 관한 폭넓은 비평적 논의를 주도한 바 있다. 그가 발표한 「농민 문학 문제에 대한 일고찰」(1931), 「농민 문학 문제 재론」(1931), 「농민 문학의 규정 문제」(1931) 등은 백철의 농민문학론과 방법적으로 대립하면서 문단의 주목을 받았는데, 문학을 통해 빈농 계급에 대한 프롤레타리아 이데올로기의 주입 문제를 놓고 전개된 다양한 논의들은 농민 문학의 방법에 대한 비판적 성찰의 기회를 제공하고 있다. 그의 이 같은 관심은 계급 문학의 창작 방법에 대한 비평적 논의로 확대된다. 그가 발표한 「창작 방법 문제 — 신이론의 음미」(1934), 「창작 방법 문제의 재검토를 위하여」(1935), 「창작 방법 논의의 발전 과정과 그 전망」(1936) 등의 평문은 카프 후반기에 제기된 사회주의 리얼리즘의 적극 수용보다는 식민지라는 한국적 상황에 주목하여 유물변증법적 창작 방법에 모든 역량을 제고한다는 현실적 판단에 기대고 있다. 그는 광복 후 북한 김일성대학에서 사회주의 문화 건설의 이론적 기초를 확립하기 위한 비평적 작업을 주도한 것으로 알려져 있다.

이북명은 1927년 흥남 질소비료공장의 노동자로 취직한 후 공장 친목회 사건으로 피검되기까지 3년간의 공장 체험을 바탕으로 「질소비료공장」(1932) 등의 작품을 발표하면서 계급 문단에 진출했으며 이른바 '노동 소설'의 창작을 주도한 바 있다. 그가 발표한 소설 「질소비료공장」, 「기초공사장」(1932), 「암모니아 탱크」(1932), 「출근 정지」(1932), 「여공」(1933), 「정반」(1934), 「오전 세 시」(1935), 「공장가」(1935), 「민보의 생활표」(1935) 등은 자신의 체험을 바탕으로 노동 현장에서의 민중들의 삶을 구체적으로 형상화하고 있는데, 이전 시기의 노동 소설이 갖고 있던 추상성과 도식성을 극복했다는 평가를 받고 있다. 그는 카프 해체 이후 소설 「답사리」(1937)를 비롯하여 「아들」(1937), 「칠성암」(1939), 「야회」(1939), 「화전민」(1940), 「빙원(氷原)」(1942) 등을 발표하면서 인정과 세태의 인간적인 측면에 주목하여 건강한 생명력과 웃음을 잃지 않는 하층민들의 삶의 모습을 그려 내고자 했다. 이들 작품은 서사 내적 상황 자체가 절박감이나 긴장감을 보여 주는 이야기를 담아내지 못함으로써 사회적 모순을 역동적으로 형상화하지 못하고 있다는 지적을 받기도 했지만, 식민지 상황의 문제성을 구체적인 노동 현장의 삶을 통해 형상화하고 있다는 점에서 일정한 성과를 거두고 있는 것으로 평가된다.

시인 이찬은 일본 와세다대학에서 수학했으며 카프 동경 지부의 해체 후 결성된 '동지사'에서 활동했고, 1931년 이 조직을 기반으로 후반기 카프에 가담했다. 1928년 《신시단》에 「봄은 간다」, 「잃어진 화원」 등을 발표하면서 시작 활동을 시작한 그는 초기 시 「가구야 말려느냐」, 「사과」, 「불안」 등에서 보는 것과 같이 목적의식을 지닌 정치성과 불안 의식이 주조를 이루는 문제작들을 발표했다. 카프 가담 후에는 중앙위원으로 보임되기도 했고 '우리 동무' 사건으로 피검된 바 있다. 카프 해체 후 북청, 혜산진 등 국경 지대에서 창작 활동에 전념하면서 시집 『대망』(1937), 『분향』(1938), 『망양』(1940) 등을 발간했다. 해방 직후 조선문학가동맹 시부위원회에 소속되었고, 평양을 중심으로 북조선문학예술총동맹이 결성되자 서기장을 맡아 활동했다. 이 시기에는 사회주의 혁명을 찬양하고 당의 과업을 선전하는 정치적 목적의식이 강한 시를 썼다. 북한에서 예총 서기장, 조소문화협회 서기장 등을 역임했다.

허준은 일본 호세이대학(法政大學)에서 수학했고, 1935년 10월 《조선일보》에 시 「모체(母體)」를 발표하기도 했으나, 1936년 「탁류」를 발표하면서 소설 창작에 전념했다. 현실의 주변으로 밀려나 있는 지식인의 내면 심리를 섬세하게 그려 낸 「야한기」(1938), 「습작실에서」(1941) 등을 발표했다. 광복 직후 조선문학가동맹에 가담하여 「속 습작실에서」(1947), 「평때저울」(1948), 「역사」(1948) 등을 발표했으며 소설집 『잔등』(1946)을 출간했다. 남북 분단이 고정화되자 활동 무대를 평양으로 옮겼으며, 북한 문단의 초창기 형성 단계에 간여했다.

피천득은 1930년 《신동아》에 시 「서정 소곡」을 발표하고 뒤이어 「소곡」 (1931), 「가신 님」(1932) 등을 발표하여 시인으로서 기반을 굳혔다. 그의 시는 일체의 관념과 사상을 배격하고 아름다운 정조와 생활을 노래한 순수 서정성으로 특징지어진다. 이러한 서정성은 그의 산문적 글쓰기에서도 그대로 드러난다. 그의 수필은 일상에서의 생활 감정을 친근하고 섬세한 문체로 곱고 아름답게 표현하고 있기 때문에 한 편의 산문적인 서정시를 읽는 듯한 느낌을 준다. 이로 인해 그의 수필은 서정적·명상적 수필의 대표작으로 평가된다. 시집 『서정시집』(1947), 『금아시문선』(1959), 『산호와 진주』(1969)를 비롯하여 산문집 『수필』(1977), 『삶의 노래』(1994), 『인연』

(1996) 등은 한국 문학이 오랫동안 기억해야 하는 언어의 보고(寶庫)에 해당한다.

이상은 1929년 경성고등공업학교 건축과를 졸업한 후 조선총독부 기수로 근무하면서 장편 소설 『12월 12일』, 단편 「휴업과 사정」 등을 발표했으며 일본어 시 「이상한 가역반응」, 「조감도」, 「3차각 설계도」 등을 잡지 《조선과 건축》에 잇달아 연재했다. 그의 문학적 재능이 인정받게 된 것은 1934년 김기림·이태준·정지용 등이 중심이었던 '구인회'에 입회한 후 《조선중앙일보》에 7월부터 8월까지 시 「오감도」를 연재하면서부터라고 할 수 있다. 그는 1936년 구인회 동인지 《시와 소설》을 편집했고, 시 「지비(紙碑)」, 「가외가전」, 「위독」, 소설 「지주회시」, 「날개」, 「봉별기」, 「동해」 등을 발표했으며, 1936년 11월 일본으로 건너가 소설 「종생기」, 수필 「권태」 등을 썼다. 1937년 일본 경찰에 의해 불령선인(不逞鮮人)으로 구금되었다가 도쿄대학 부속병원에서 사망했다. 이상은 사물에 대한 감각적 인식을 둘러싼 문화적 조건의 변화에 일찍이 눈을 뜬다. 그는 어린 시절부터 미술에 관심을 두면서 근대 회화의 기본적 원리를 터득했고, 경성고등공업학교에서 건축학을 공부하는 동안 근대적 기술 문명을 주도해 온 물리학과 기하학 등에 관한 기초적인 지식과 함께 현대 건축학에 깊은 이해를 가지게 된다. 그리고 새로운 예술 형태로 주목되기 시작한 영화에 유별난 취미를 키워 나간다. 이상이 지니고 있었던 예술의 모든 영역에 대한 폭넓은 관심과 지식은 그가 남긴 문학의 구석구석에 잘 드러나 있다. 그는 끊임없이 발전해 가는 기술 문명의 세계를 놓고, 그것의 정체를 포착하면서 동시에 주체의 의식의 변화까지도 드러낼 수 있는 새로운 그림을 상상한다. 그것이 바로 이상의 문학 세계라고 할 수 있다. 이상의 문학은 그러므로 1920년대까지 한국에서 유행하던 서정시의 시적 진술법이라든지 소설의 서사 기법만으로는 이해되지 않는다. 그의 문학은 시의 낭만적 태도나 소설의 리얼리즘적 관점을 통해 이해하기에는 너무나 모호하고 그 의미가 애매하다. 그의 문학은 한국 사회의 근대화 과정에서 등장하기 시작한 부르주아 계급의 삶을 전체적으로 묘사하고 그 전망을 노래했던 방식과는 달리, 사물에 대한 보다 직접적이고 감각적인 접근법을 채택한다. 이것은 세계에 대한 인식뿐만 아니라 사물을 대하는 주체의 시각을 새롭게 변형시키기 위한 획기적인 방안이 되었던 것이다. 이상 문학을 식민지 근대의 모순에 대한 초극의 의미로 이해하게 되는 이유가 여기 있다.

식민지 상황에 대한 비판적 도전

한국 사회는 1910년 일제의 강점으로 인하여 대한제국이라는 국호를 강제 폐지당하고 한국 민족의 정치·외교·군사에 관한 모든 자주적 권한을 상실하게 되었다. 조선총독부는 회사령(會社令)(1910. 12)을 선포하고 기업 활동을 강제 지배했으며, 토지 임야에 대한 전국적인 조사 사업을 실시하여 한국인 소유의 토지와 임야를 수탈함으로써 한국인의 경제적인 지위를 박탈하게 된다. 그리고 식민지 한국에서의 교육의 제한, 언론에 대한 규제, 사상에 대한 통제 등을 강제 시행하면서 한국 민족에 대한 차별화 정책을 조직적으로 확대 실시한다. 조선총독부가 발표한 조선교육령(朝鮮敎育令)(1911. 8)은 식민지 한국 민족을 충량한 일본 신민으로 만들고자 하는 데에 교육의 목표를 둔다고 규정하고 있다. 한국인들에게는 자율적으로 대학을 설립할 수 없게 만들었으며, 대학 교육과 같은 고등 교육은 제한적으로만 허용한다. 그리고 사립 학교의 설립 요건을 강화함으로써 그 설립 자체도 불가능하게 하고 교육 과정과 교과 내용도 엄격하게 통제한다. 일본은 한국인들의 사회 문화 활동을 규제하기 위해 언론 출판에 대한 검열 정책도 강화한다. 조선총독부의 기관지 《매일신보》(1910. 8. 30) 이외에 민간 사회단체가 발간하던 모든 신문과 잡지를 폐간한다. 이러한 탄압과 규제는 한국 사회의 민족 사회 운동을 강압적으로 규제하기 위해 발동한 치안유지법(1925)을 통해 더욱 강화된다. 일본은 식민지 정책을 통해 국어와 국문에 대한 교육을 제한하기도 한다. 일본어를 '국어'라는 과목으로 소학교에서부터 교육하는 대신에, 일본어 교육을 위한 방편으로 '조선어'라는 이름으로 한국어 교육을 제한적으로 허용한다. 1930년대 말에는 한국어와 한글 사용 자체를 강제로 금지하여 한국인이 독자적인 언어와 문자를 사용하는 것조차 금지하였다. 이 같은 일본의 강압적인 식민지 지배로 인하여 한국 사회는 개화 계몽 시대에 추구했던 문명개화의 이상을 실현하지 못한 채 핍박과 굴종의 노예적 상황을 면할 수 없게 되었으며, '식민지 근대'라는 왜곡된 근대화 과정을 겪게 된다.

그렇지만 한국 민족은 일본의 식민지 지배에 대항하여 국내외에서 여러 방면의 저항과 도전을 전개한다. 일본에 대한 한국 민족의 저항 의식이 행동으로 집약되어 표출된 것은 1919년의 3·1운동이다. 3·1운동은 한국 민족이 전개했던 항일 운동 가운데 가장 거족적인 것으로서 민족 전체의 성원에 의해 이루어진 민족의식의 적극적인 구현이라고 할 수 있다. 3·1운동은 자주독립의 쟁취라는 민족적 숙원을 이루는 데까지 진전되지는 못했지만, 침략 세력의 정체를 분명하게 인식할 수 있는 계기를 마련해 주었으며, 민족적 자기 인식을 확립할 수 있는 정신 기반을 제공하게 된다. 특히 3·1운동을 통해 식민지 상황 속에서 민족 운동이 나아가야 할 방향을 새롭게 모색할 수 있게 한다. 그러므로 3·1운동 이후의 한국 민족 사회 운동은 민족의 실력을 양성하고 역량을 발휘하여 민족의 독립을 쟁취하고자 하는 데에 목표를 두었다. 한국의 민족 운동은 3·1운동 이후 한국 사회의 여러 방면에서 일본의 식민지 지배 정책에 대항하는 다양한 반식민주의(反植民主義) 담론을 형성한다. 일본의 식민지 정책이 한국 민족의 자기 전통과 그 존재에 대한 정당한 의식을 부정하는 방향으로 전개되었지만, 한국 민족은 민족적 자기 인식을 확립하고 민족자존의 의지를 세우고자 일본에 대항한다. 민족의 현실 문제에 대한 인식을 바탕으로 민족 문화의 확립을 위해 노력하면서 일본의 식민지 지배 논리를 거부했던 것이다.

한국 근대 문학은 1919년 3·1운동을 거치면서 주체에 대한 각성과 함께 민족의 현실 문제에 대한 비판적인 인식을 주축으로 그 시야를 확대한다.

특히 식민지 치하에서의 민중의 궁핍한 생활상을 총체적으로 형상화하고 지식인들의 현실 비판 의식을 폭넓게 제기할 수 있는 여러 가지 문학 양식과 담론 체계를 형성하게 된다. 이러한 문학적 경향이 마르크스주의와 결합되면서 문학의 영역을 중심으로 조직적으로 확대된 것이 바로 계급 문학 운동이다. 계급 문학 운동에서는 계급적 관점에서 한국의 식민지 현실을 일본 제국주의의 침략과 자본주의적 지배로 규정한다. 그렇기 때문에, 무산대중의 계급적 각성을 촉구하면서 계급 투쟁에 있어서 피지배 계급으로서의 한국 민족의 역할을 인식할 수 있도록 선동하는 것을 그 목표로 내세우고 있다. 식민지 현실에 대한 계급적 인식의 확대라는 점에서 볼 때, 이 같은 계급 문학 운동의 이념은 문학 운동과 계급적 이데올로기의 결합이라는 새로운 담론 체계의 성립을 의미한다고 할 수 있다. 계급 문학 운동은 마르크스주의의 이념을 근거로 하여 조직된 조선프롤레타리아예술동맹(1925)을 기반으로 대중적 실천을 도모하고 있다. 식민지 현실의 계급적 모순에 대한 자각은 물론 계급 의식의 고양과 함께 더 나아가서는 계급적 모순을 극복하기 위한 정치적 투쟁으로의 진출을 촉구한다. 계급 문학 운동은 이 같은 정치적 경향성으로 인해 일본 식민지 지배 세력의 혹독한 탄압의 대상이 되었지만, 식민지 상황 속에서 왜곡된 한국 사회의 근대화 과정과 계급적 모순 구조에 가장 치열하게 대응하면서 다양한 탈식민주의적 문학 담론을 생산하게 된다. 계급 문학 운동이 식민지 시대 한국 문학의 근대성을 이해하는 데 가장 중요한 요건이 되는 이유가 여기에 있다.

일본 식민지 시대 계급 문학 운동은 식민지 지배 세력인 일본의 정체를 서구 제국주의의 지배 논리에 따른 자본주의의 지배 확대로 규정한다. 이와 같은 식민지 상황에 대한 비판적 인식은 자연스럽게 반제국주의적 반자본주의적 의식으로 발전하게 된다. 계급 문학 운동이 성장하는 무산 계급에 기초하여 투쟁적 계급 의식을 고양하고 계급 혁명 투쟁에 앞장서는 것을 무산 계급의 역사적 사명으로 강조하는 이유가 여기에 있다. 물론 계급 문학 운동은 제국주의의 지배 논리에 대항하기 위한 프롤레타리아 국제주의의 확립을 모색하지만, 식민지 지배 상황에서 계급해방이란 궁극적으로 피지배 계급에 해당되는 한국 민족의 해방을 의미하는 것이다. 그러므로 계급 문학 운동의 실천 과정에서 가장 두드러지게 드러나는 것은 식민지 지배 세력의 부르주아적 속성을 비판하고, 계급 의식에 치중한 투쟁적인 문학 운동을 조직적으로 전개하고자 하는 점이라고 하겠다. 계급 문학 운동이 피지배 계급으로서의 한국 민족의 식민지적 조건을 비판적으로 문제 삼으면서 지배 계급인 일제에 투쟁적으로 대응하고자 했기 때문에 반제·반자본주의의 사상적 경향성과 정치적 색채를 드러낼 수밖에 없었던 것이다. 하지만 계급 문학 운동은 일제 총독부의 사상 탄압에 의해 그 실천적인 활동을 지속적으로 전개하지는 못한다. 두 차례에 걸친 카프 맹원에 대한 집단적인 검거 사태와 혹심한 언론 탄압으로 카프의 조직은 와해의 위기를 맞으면서 그 방향성을 제대로 정립시킬 수 없게 된다. 1935년의 카프 해산은 우리 민족의 사상 운동에 대한 일제 총독부의 탄압을 단적으로 드러내 주는 사건이라고 할 것이다.

일본 식민지 시대의 계급 문학 운동은 식민지 시대 민족 사회 운동의 전체적인 흐름 속에서 그 역사적 위치와 성격을 규정할 수 있다. 일본 식민지 시대의 계급 문학 운동은 계급 의식과 문학의 사회 정치적 기능에 치중함으로써 문학의 예술성에 대한 무관심을 드러내고 있다는 평을 받기도 했지만, 문학의 사회적 실천을 통해 식민지적 상황에 대한 인식의 철저성에 눈뜨게 했다는 사실을 간과할 수는 없다. 문학의 사회적 실천은 오늘의 현실에서조차 여전히 주목받고 있는 과제의 하나이며, 이념적인 개방성을 전제할 경우 계급 문학 운동이 지니고 있는 사상사적 의의를 결코 부인하기 어려울 것이다. 계급 문학 운동은 식민지 상황에서 노정된 현실적 모순을 비판하고, 일제의 침략 정책에 정신적으로 대응할 수 있는 실천적 의지를 문학을 통해 구현하고자 했다는 점에 주목할 필요가 있다. 계급 문학 운동은 민족주의적인 색채를 부인하며 민족의식을 부정하고 있는 것처럼 인식되어 왔으나, 그 문학적 실천 과정 속에서 민족의 독자성과 주체성에 대한 신념을 표출하고 있다. 이러한 특징은 식민지 상황에서의 피지배 계급의 문제가 곧바로 피지배 민족의 문제로 이어진다는 사실을 통해서 확인할 수 있다. 일본의 식민지 지배 상황과 그 모순된 근대화 과정을 철저하게 비판하고자 했던 계급 문학 운동이 한국 근대 문학사에서 가장 주체적인 민족 문학의 중심 영역에 자리 잡고 있다는 점을 부인할 수 없을 것이다.

일본 식민지 시대의 계급 문학 운동에 깊이 관여한 안막, 안함광, 이북명, 이찬 등은 계급 문학 운동이 지향했던 문학 예술에 있어서의 민중적 형식의 창출이라는 창작적 실천 과제를 두고 일정한 역할과 성과를 드러냈다. 노동자·농민 계급을 상대로 하는 계급 문학 운동은 노동자·농민들의 의식 수준과 생활 방식에 적합한 문학 형식의 발견에 주력했으며, 그 결과로 이른바 '농민 소설', '노동 소설' 등의 형식을 창안해 냈기 때문이다. 문학의 실천이란 새로운 형식의 창조 없이는 가능하지 않다는 사실이 여전히 주목되고 있다는 점을 생각한다면, 계급 문학 운동의 실천적 성과는 여러 가지 측면에서 새롭게 이해할 필요가 있다. 첫째, 계급 문학 운동의 집단적인 실천과 그 공동체적 연대 의식의 확보가 주목된다. 계급 문학 운동은 조선프롤레타리아예술동맹의 조직을 중심으로 각 지방마다 지부를 두고, 동경에 '동경 지부'를 결성할 정도로 그 조직력을 발휘하고 있다. 이러한 조직 활동은 개별적인 창작 활동이 중심을 이루는 문학 활동을 집단적 이념으로 결속시키면서 식민지 상황에서 모든 문학 예술인들에게 공동체적인 운명의 인식을 가능하게 함으로써 그 주체적인 사상적 대응을 적극화할 수 있게 하고 있다. 카프의 해체가 곧 계급 문학 운동의 종말을 의미했던 점을 생각한다면, 조직 문제가 얼마나 중요한 것이었는지를 짐작할 수 있다. 둘째, 계급 문학 운동의 사회적 실천과 그 적극화 과정을 들 수 있다. 문학의 사회적 가치와 그 기능에 대한 적극적인 확대는 계급 문학 운동에서 가장 구체적으로 획득된 성과의 하나이다. 이른바 문학 예술의 대중화를 내세운 계급 문학 운동의 실천 방략에서 노동자·농민을 문학 예술의 수용 계층을 끌어들이고자 했던 노력은 문학 예술의 현실적 기반 확대라는 측면에서도 중요한 의미를 지닌다. 특히 농민문학론과 그 실천 결과로서의 농민 문학 작품은 식민지 시대 문학의 성과로서 손꼽을 수 있을 것이다. 물론 도식주의적인 이념의 주입과 정치적 선동을 내세워 예술적 향상성을 도외시했다는 비판이 없는 것은 아니지만, 대중의 획득을 위한 문학적 실천 작업이 오늘의 문학 현실에서도 여전히 문제적인 것임을 알아야 할 것이다. 셋째, 계급 문학 운동의 이론적 투쟁을 통한 자체 논리의 확보를 들 수 있다. 계급 문학 운동은 이론 투쟁이 그 실질적인 선도 기능을 담당하고 있다. 한국 근대 문학사에서 비평의 논리화는 계급 문학 운동의 실천 과정에서 본격적으로 이루어진 셈이며, 많은 새로운 담론과 쟁점이 여기서 비롯되고 있다. 소설의 내용·형식 문제에 대한 논의가 예술의 본질 문제로 확대되고, 창작 방법에 대한 새로운 인식을 가능케 한 것도 모두 계급 문학의 논쟁을 통해 이루어진 성과이다.

식민지 근대의 초극과 모더니즘의 실험

한국 사회는 1930년대 후반부터 일본의 군국주의적 체제가 강화되기 시작하자 더욱 고통스러운 착취와 굴종의 상황에 접어들었다. 계급 문학 운동을 주도해 온 조선프로예맹의 강제 해체(1935)는 일본의 군국주의적 체제 강화 과정을 말해 주는 상징적인 사건으로서, 이후 한국 사회의 모든 영역에서 정치 사회적 이념과 사상을 제거시키기 위한 사상 탄압이 이어진다. 한국 문학에서 주조를 형성하고 있던 집단적 이념 추구의 경향이 사라지고, 개인적 정서에 기초한 문학의 다양한 경향이 뚜렷하게 등장하게 된 것도 이와 직결된다. 물론 이러한 변화는 물론 문학 자체의 내적 요구에 따른 것이라기보다는 일본의 식민지 지배 정책의 변화에 따라 강요된 것이다. 하지만 1930년대 중반 이후 계급 문단의 붕괴와 리얼리즘적 경향의 퇴조에 뒤이어 등장한 문학의 모더니즘적 경향은 식민주의적 근대성에 대한 비판적 인식을 문학을 통해 문제 삼을 수 있게 되었다는 점에서 매우 중요한 의미를 지니고 있다. '시문학'과 '구인회'라는 동인 활동을 통해 구체화되기 시작한 모더니즘 문학의 경향은 정치적 이념성을 거부하고 있었다는 점에서 문학적 순수주의 또는 순수 문학의 경향으로 평가된 적도 있다. 이 새로운 문학이 집단주의적 논리와 역사에 대한 과도한 전망 자체를 부인하고 있는 것은 문학이 개인주의적인 취향으로 회귀하고 있음을 의미하며, 문학적 주제 의식에서 일상성의 의미가 그만큼 중시되고 있음을 의미한다. 그러나 무엇보다도 중요한 것은 이 시기에 본격적으로 문학의 매체로서의 국어에 대한 새로운 인식이 자리 잡게 되고, 언어적 기법과 문체 자체가 문학적 성과를 좌우할 정도로 강조되었다는 점이다.

1930년대 문학에서 확인되는 모더니즘적 경향의 가장 중요한 특징은 일상성에 근거하여 개인의 삶과 그 의식의 추이를 다양한 기법을 통해 포착하고 있는 점이다. 그렇기 때문에 문학은 집단적인 이념이나 가치에 얽매이기보다는 개별화된 내면 의식을 표출하기 위해 노력한다. 모더니즘적 소설이 그려 내는 세계는 개별화된 인간의 내면 의식, 도회적 풍물, 성에 대한 관심과 관능미에 대한 천착 등 다양하다. 소설 속에 등장하는 개별화된 인간들은 대개가 도시적 공간을 삶의 무대로 삼고 있다. 소설적 배경 자체가 도회적인 것이 바로 이러한 특징을 말해 준다. 도시적 공간이라는 소설적 장치는 모더니즘 소설에서 단순한 배경적 요건으로 활용되고 있는 것만은 아니다. 도시의 확대와 각종 새로운 직업의 등장, 도시의 가정과 가족의 해체, 물질주의적 가치관의 팽배 현상, 환락과 고통의 변주, 소외된 개인과 반복되는 일상 등과 같은 모든 것들이 1930년대 도시 생활의 변모와 함께 그 다양한 분화를 보여 준다. 그렇기 때문에 모더니즘 소설은 자칫 평범한 일상적인 이야기에 머물고 있는 듯한 느낌을 주기도 하지만, 개체화된 인간들의 삶을 통해 도시의 속성에서 문제시되고 있는 인간관계의 상실, 개인주의적 태도 등을 자연스럽게 표출하고 있다. 모더니즘 소설이 도시적 시정(市井)의 삶에서 발견해 내고 있는 것은 인간 세태와 풍물만이 아니다. 여기에는 인간 존재에 대한 새로운 서사적 질문법도 포함되어 있다. 경향 소설 이후 개인과 사회 현실의 총체적인 관계의 파악을 위해 주력해 온 소설적인 특성을 생각할 때, 모더니즘 소설은 개별적인 국면의 제시를 통해 개체화된 인간의 모습을 투영해 봄으로써 삶에 대한 새로운 접근을 보여 주고 있는 셈이다. 이러한 특성은 리얼리즘의 문학을 문제 삼는 비평가들에게 성격과 환경, 즉 개인과 사회의 분열로 치닫는 소설의 위기로 인식되기도 했지만, 삶에 대한 인식의 방법과 태도가 새로운 전환을 드러내는 징후로 인정될 수 있다. 특히 소설에서 이념성을 배제하고 기법적인 면에서 새로운 변혁을 시도하고 있는 것은 인간의 삶에 대한 해석의 새로움과 다를 바가 없는 것이다. 1930년대 시의 경우에도 시적 기법의 실험과 주지적 태도, 주관적 정서의 절제, 도시적 감각과 시적 심상의 구성 등으로 그 특징이 요약되기도 하는 모더니즘적 시의 경향이 두드러지게 드러난다.

이 같은 새로운 경향의 문학의 한복판에 이상(李箱)과 허준, 그리고 피천득의 문학이 자리하고 있다는 것은 주지의 사실이다. 이상의 작품 가운데에는 현대 과학의 중요 명제와 기하학의 개념들이 다양한 수식과 기호를 통해 시적 텍스트의 구성에 동원되고 있는 경우가 많다. 과학의 발달이나 그것이 인간의 삶에 미치는 영향 등에 대한 언급 자체가 그대로 텍스트의 표층을 형성하기도 한다. 이러한 문학적 기표들은 모두 추상적인 속성을 지니고 있는 것들이기 때문에 설명적 진술을 거부한다. 특히 시적 텍스트에서 단편적인 상념들을 위주로 하여 수사적 장치로 활용한 경우에는 정서의 전체적인 흐름을 깨뜨리는 예도 적지 않다. 이상의 문학에서 과학의 명제나 기하학의 개념은 현실적 상황의 논리적 해석에 대한 일종의 제유(提喻)에 해당한다. 이것은 물론 텍스트와 독자 사이를 조화롭게 연결시켜 예술적 상상력을 고양하는 데에까지 이르는 경우는 많지 않다. 그러나 여기서 주목해야 할 것은 현대의 과학 기술과 문명이 주로 19세기 말부터 20세기 초에 이르는 동안 획기적인 발달과 변화를 겪었다는 사실이다. 예컨대 전기의 발명, X선의 발견, 영화의 등장, 자동차와 비행기의 발명 등이 모두 이 시기에 이루어진다. 그리고 이것들이 새로운 삶의 물질적 기반을 형성하게 된다. 프로이트의 정신 분석 이론이 등장하면서 심리학의 획기적인 발전이 이루어졌으며, 아인슈타인의 상대성 이론은 시간과 공간에 대한 인식의 대전환을 초래한다. 예술 분야에서는 표현주의 이후 입체파가 등장하고 문학의 경우 의식의 흐름 기법을 활용하는 심리주의적 경향이 강하게 나타난다. 이상은 바로 이러한 과학 문명과 예술의 전환기적 상황을 깊이 있게 관찰하면서 그 자신의 문학 세계를 새롭게 구축했던 것이다. 그러므로 이상 문학의 기법과 정신이 현대성의 문제와 관련된다는 것은 부인할 수 없는 일이다.

이상의 시와 소설에서 공통적으로 관심의 초점이 되고 있는 것이 시간의 개념과 시간에 대한 새로운 체험이라는 점은 특기할 만한 일이다. 문학에서의 시간은 내적 의식과 외적 현실을 함께 포괄할 수 있는 유일한 영역이다. 이상은 그의 시에서 시간의 개념과 관련되는 기하학과 물리학의 여러 개념들을 시적 모티프로 활용한다. 그는 시간 대칭의 개념을 '거울'이라는 이미지로 구현하기도 하고 소설적 공간 안에서 공적 시간과 사적 시간의 불일치를 통해 현대인의 모순된 삶의 양상을 표현하기도 한다. 그리고 서로 다른 시점에서 일어나는 개별적 사건들의 동시성 문제를 소설적 장면으로 구성하기도 한다. 이러한 방법은 사물과 사물이 끊임없이 상호 관련되어 변화한다는 점을 보여 줄 수 있을 뿐만 아니라 현실을 넘어서서 보다 더 복합적인 세계를 문학을 통해 만들어 낼 수 있다는 것을 보여 준다. 이상 문학은 하나의 공간 안에서 새로운 시각의 발견을 말한다는 점에서 특히 주목된다. 이상의 시와 소설에서는 작품 텍스트를 구성하는 다양한 모티프들이 자의적으로 배열되어 있다. 이것은 현실 문화에 대한 일종의 냉소적인 허무주의를 내포하고 있기도 하고 충동적인 파괴 욕구를 드러내기도 하지만 실상은 일종의 기성 문학에 대한 절망과 혐오에 대한 미학적 위장에 해당한다. 이상의 문학은 구체적이면서도 외적인 현상들을 텍스트에 끌어들이면서 그것들을 통해 내적 의식의 변화 과정을 드러내도록 배치한다. 그는 자기 체험과 기억의 형식을 강조함으로써 사물의 형식을 왜곡시킨다. 여기서 문제가 되는 것이 바로 사물을 보는 시각이다. 이상은 사실주의 소설에서 강조하고 있는 현실의 리얼리티를 포기한 대신에 자아의 내면에 투영된 사물의 인상을 통해 그 구체적인 실체성에 접근한다. 그는 서사의 원리로 가장 중시되고 있는 서술의 간격이라는 것을 포기한다. 서사의 외부에 자리하여 서사 내적 세계를 주재하던 전지적 시점의 통일성도 파괴한다. 하지만 그는 자기 내면의 분석이 가능한 일인칭 시점을 활용하여 분명하게 눈에 보이는 모든 것들을 그려 낸다. 이상이 시의 경우에 시도했던 사물을 보는 새로운 시각은 시 「오감도」에서 암시하고 있는 것처럼 일정한 높이에서 공간을 확보하고 아래를 내려다보는 방식이다. 이 새로운 시각은 사물을 보는 눈높이를 조정하여 내려다보기를 가능하게 함으로써 사물의 입체성을 강조할 수 있게 한다. 그 결과로 모든 사물이 공간적으로 보이게 되고 그 인식의 평면성을 극복할 수 있게 된다. 그는 시적 대상의 구조에 대한 관심을 적극적으로 구현하면서 그 조성을 분석하고 대상을 여러 가지 각도에서 보려고 시도한다. 이러한 시각은 대상의 여러 조망을 통해 동시성의 감각을 구현할 수 있게 된다. 이상은 사실주의의 원칙, 시간의 불가역성, 삼차원의 공간 법칙 등이 현대 문명의 이름 아래 무너지기 시작하는 것을 보면서 모든 사물이 이러한 법칙들에 의해 더 이상 설명될 수 없다는 사실을 알게 된다. 그러나 그는 절망의 끝에서 새로운 기교를 창조한다. 일정한 공간 위에서 눈 아래의 현실을 전체적으로 조감할 수 있는 새로운 시각을 발견하고 그 시각에 의해 새로운 세계를 그려 냈기 때문이다.

한국 문학, 식민지 근대를 넘어서기

한국의 근대 문학이 식민지 상황을 극복하기 위해 지배 이념에 대한 비판적 도전과 함께 새로운 창조적 실험을 지속했다는 것은 매우 의미 있는 일이다. 이것은 문학이 자체의 실천을 통해 이미 널리 퍼져 있는 양식에 대한 반동과 그 이념에 대한 파괴를 추구했던 점에서 확인된다. 식민지 시대의 계급 문학 운동은 식민지 근대의 실상을 계급적 모순 구조로 인식하고 이를 극복하기 위한 조직적 실천을 계급 투쟁이라는 이름으로 기획한다. 반면에 모더니즘 문학 운동은 식민지 상황에서 예술의 미적 자율성에 대한 신념을 구축하면서 문학과 예술의 외관의 무의미성을 강조하고 상상력의 하부 구조를 열어 가기 위해 노력한다. 경험의 절대적인 존재성을 동시적 감각을 통해 구현하고자 했던 이들의 문학과 예술에는 식민지 지배라는 상황적 모순 속에서 드러나는 근대성의 문제들이 고스란히 담겨 있다.

1920년대의 계급 문학 운동은 식민지 근대의 모순 구조에 대한 직접적인 비판을 중심으로 한다. 계급 문학 운동이 성장하는 무산 계급에 대한 과도한 신뢰를 보여 주고 있는 것은 실재의 현실 자체에서 부르주아의 이념 자체에 대한 회의론적 인식에 근거한다고 할 수 있다. 계급 문학 운동은 무산 계급의 세계관을 구현하기 위해 계급 구조의 모순을 극복할 수 있는 투쟁적 방법을 종종 과장되게 표현한다. 이러한 경향은 현실의 세계를 통합적으로 전체적으로 인식하고 이를 예술적으로 구현하는 일이 문학 예술에서 가장 의미 있는 실천이라는 점을 말해 준다. 그리고 총체적인 세계로서의 객관적 현실과 대결하고 있는 계급적 주체의 의미도 중요하다는 것을 일깨워 준다. 계급 문학 운동은 그것이 추구하는 이념적 가치가 근본적인 의미를 가지는 것이지만 식민지 상황에서 계급적 현실을 극복하기 위해 투쟁하는 실천적 주체를 성격화하는 예술 창작의 과정 자체도 매우 중요한 것이다.

그런데 한국 문학은 1930년대 중반 이후 모더니즘의 기법과 정신을 준비함으로써 식민지 현실을 어떤 하나의 관점 또는 하나의 태도를 통해 규정하는 것이 아니라 여러 가지 각도에서 드러나는 다양성을 탐구하고자 하는 새로운 도전과 실험을 보여 준다. 모더니즘 문학은 식민지 현실에서 이루어지는 개인의 삶이 어떤 목표를 향해 진행되는 하나의 통합적인 과정으로 인식될 수 있다는 결정론적 관점에 대해 회의적이다. 개인의 삶이란 다양한 상황들이 동시적으로 겹치거나 이어지며 예측 불가능한 변화를 수반한다. 모더니즘 문학에서 발견되는 일상적인 삶의 현실에 대한 환멸은 식민지 현실에서 뿌리 뽑힌 소외된 개인들이 보여 주는 무의지적 태도와도 관련된다. 이들을 통해 그려 내고 있는 삶에 대한 감각은 때로는 현대적인 것에 대한 동경과 추구를 보여 주기도 하지만 인간적인 가치에 대한 동경과 향수가 음울하게 스며들어 있다. 이러한 감각의 양가적 특징은 모더니즘 문학의 정신적인 폭에 해당한다. 모더니즘 문학에서 인간의 삶의 내면과 외부를 서로 왜곡시키는 충동은 시공간을 아우르는 상황에 대한 감각과 인식, 그리고 소설 자체가 서사화하고 있는 일상성의 추구 작업을 통해 구체화되어 표현되고 있다. 이러한 특징은 1930년대 식민지 근대에 대한 모순적이면서도 자의식적인 감정과 자기비판적 사고를 변증법적으로 극복 지양하고자 하는 힘으로 작용한다고 할 수 있다.

박제의 조감도

이상의 「날개」에 대한 일 고찰

이경훈(연세대 교수)

1 미스코시 옥상의 설계도

말할 것도 없이 「날개」에서 가장 암시적이고 인상적인 부분은 다음과 같이 서술된 마지막 장면이다.

> 날개야 다시 돋아라.
> 날자. 날자. 날자. 한 번만 더 날자꾸나.
> 한 번만 더 날아 보자꾸나.[1]

이렇게 새의 비상(飛翔)에 비유된 주인공의 소망과 의지는 소설 첫 부분에 등장하는 "박제가 되어 버린 천재"와 조응하며 텍스트에 구성적 완결성과 상징적 인과성을 부여한다. 즉 이는 "날개"라는 제목과 더불어 "박제"가 호랑이니 오소리의 박제가 아닌 새의 박제였음을 다시금 깨닫게 함으로써 텍스트를 구조화한다. 또한 이는 "박제가 되어 버린 천재"로부터 "날자.

---

[1] 이상, 「날개」, 《조광》 1936. 9, 214쪽. 맞춤법은 인용자가 수정함. 이하 동일함. 이하 「날개」를 인용할 때는 본문 중에 쪽수만 표시함.

한 번만 더 날자꾸나."로 나아가는 사건의 개연성을 보증한다. 따라서 서사
는 발전하면서 소급되며 종결되면서 출발한다. 이를 통해 "날개"와 "박제"
는 강력하게 연결된다.

그런데 밀접하게 맺어진 "박제"와 "날개"의 구조적이고 상징적인 관계는
오독의 가능성을 발생시킨다. 이를테면 새의 비상과 그 높이가 반복적으로
강조되고 암시됨으로써 위의 장면은 마치 미스코시(三越) 백화점 옥상 정
원에서 일어난 일처럼 읽힐 수 있다. 다음은 그러한 오독의 대표적인 예다.

그에 있어 동경행은, 정신 운동상에서는 자살 충동의 극복으로서의 미지
의 신세계와 같은 것이었다. 골방에서 나와 화신백화점 옥상에서 "날개야 돋
아라"고 외치는 그것, 그것이 동경행에 맞선 것이다.[2]

한편 김윤식 교수가 언급하는 이상의 "자살 충동"을 고려할 때, 위의 장
면은 백화점 옥상에서 뛰어내리는 것으로조차 해석될 수 있다.[3] 그도 그
럴 것이 이상의 주인공은 "참으로 죽을 것을 몇 번이나 생각"[4]한 바 있었
기 때문이다. 그는 "죽는 것을 생각하는 것 하나만은 즐거웠다."[5]라고 고백
하면서 "서른여섯 살에 자수(自殊)한 어느 천재"[6]의 유서를 언급하기도 했
다. "십 년 긴—세월을 두고 세수할 적마다 자살을 생각"했던 그는 그 방
법으로서 "유행약", "인도교", "변전소", "경원선" 등과 더불어 "화신상회
옥상"[7]을 떠올렸다.

게다가 백화점 옥상에서의 투신자살은 실제로 기도된 일이었다. 예컨대
《동아일보》는 1929년 11월 3일의 기사에서 다음과 같이 보도했다.

2) 김윤식, 『이상 연구』(문학사상사, 1988), 167~168쪽.
3) 「날개」를 토대로 정하연이 각색한 연극은 그러한 해석 경향의 한 사례를 보여 준다.
4) 이상, 『12월 12일』, 『정본 이상 문학 전집』(소명출판사, 2005), 74쪽.
5) 이상, 「권태(4)」, 《조선일보》 1937. 5. 7.
6) 이상, 「종생기」, 《조광》 1937. 5, 351쪽.
7) 이상, 「실화」, 《문장》 1939. 3, 60쪽.

지난 삼 일 오후 네 시경 동경 신숙(新宿)에 있는 삼월 지점(三越支店) 지붕으로부터 어떠한 청년이 뛰어내려 자살을 도모했으나 기적적으로 다른 집 지붕에 떨어져 요행 죽지는 않고 일주일가량 치료할 만한 중상을 당하였다는데 이 청년은 자혜의과대학(慈惠醫科大學) 생물학 교수 의학사 소야의명(小野義明)(27세)으로 판명되었는데 원인은 작년 팔월에 상처하고 지금은 박사 논문을 집필 중으로 너무 과로하여 신경이 쇠약한 까닭이라더라.[8]

기사 중 "작년 팔월에 상처하고 지금은 박사 논문을 집필 중"이라는 정보는 "나는 이 발길이 아내에게로 돌아가야 옳은가." 및 "나는 내 좀 축축한 이불 속에서 참 여러 가지 발명도 했고 논문도 많이 썼다."(200쪽)라는 「날개」의 서술을 상기시킨다. 물론 소야(小野)의 투신자살 기도와 「날개」주인공의 행위는 아무 관련이 없지만, 그럼에도 불구하고 이 두 사건에서우리는 미스코시 옥상, 아내와의 관계, 지식인의 "쇠약한" 심리 상태 등과같은 공통점을 발견할 수 있다. 그러므로 위와 같은 현실의 사건은 "박제"와 "날개"를 긴밀히 연결시킨 「날개」의 구성적 특징이나 자살을 논하는 이상의 다른 텍스트들과 함께 마지막 장면에 대한 당대 독자들의 해석에 관여한 한 가지 맥락으로 작용했을지도 모른다. 물론 이는 후대 독자들의 감상과 논의에도 영향을 주었을 것이다. 더 나아가 이 기사는 「날개」의 에피소드와 결말을 선택하는 창작 행위 자체에도 영향을 미쳤을 수 있다.

그러나 김성수 등의 논자가 자세히 지적한 바 있듯이,[9] 날개의 마지막장면이 미스코시 옥상에서 일어난 일이라고 본다면, 이는 완전한 착각이고오독이다. 주인공은 "피로와 공복 때문에 무너져 들어가는 몸뚱이를 끌고그 회탁(灰濁)의 거리 속으로 섞여 들어가지 않는 수도 없다."라고 생각했기 때문이다. 이미 옥상에서 내려온 그는 "이 발길이 아내에게로 돌아가야

---

8) 「삼월(三越) 옥상(屋上)에서 자살(自殺) 도모(圖謀)한 청년(靑年)」,《동아일보》1929. 11. 6. 같은 날 《중외일보》역시 이 사건을 보도하고 있다.

9) 김성수,『이상 소설의 해석』(태학사, 1999), 160~173쪽을 참고할 것.

옳은가."를 고민하며 거리를 걷고 있었다. 따라서 그가 "정오 사이렌" 소리와 더불어 "현란을 극한 정오"를 맞이한 곳은 옥상이 아니라 "회탁의 거리"였다. 즉 독자들은 마지막 장면이 다음의 서술 직후에 나온다는 사실에 대해 맹목(盲目)이 되곤 했다.

　　나는 걷던 걸음을 멈추고 그리고 어디 한번 이렇게 외쳐 보고 싶었다.(214쪽)

　이렇게 "날개야 다시 돋아라"는 오직 "걷던 걸음을 멈추고" 나서야 등장한다. 이 사실이 명확히 주목되지 않을 때 텍스트는 '조감(鳥瞰)'되는 대신 '오감(誤瞰)'될 터이다. 더 나아가 인용에서 알 수 있듯이 주인공은 "한 번만 더 날아 보자꾸나."라고 실제로 외치지도 않았다.[10] 그는 단지 "한번" 그렇게 '외쳐 보고 싶었'을 따름이다. 따라서 다른 집 지붕 위에 떨어져 죽지 못한 신주쿠의 자살 기도자보다도 훨씬 더 「날개」의 주인공은 안전했다.
　하지만 발음되지도 않은 이 내적 욕망의 토로는 화자의 서술을 통해 텍스트 상에 위력적으로 현현(顯現)한다. 그로써 이는 주인공이 간절히 외친 말로 착각된다. 그리고 이렇게 "한 번만 더 날아 보자꾸나."가 말이나 행동을 통해 실현되었다고 볼 때 독자는 다음과 같은 화자의 계획에 속아 넘어가는 '중속'이 될 터이다.

　　왜 안 죽느냐고? 헤헹! 내게는 남에게 자살(自殺)을 권유(勸誘)하는 버릇밖에 없다. 나는 안 죽지. 이따가 죽을 것만 같이 그렇게 중속(衆俗)을 속여주기만 하는 거야.[11]

　실로 「휴업과 사정」의 보산은 "차라리 SS에게 자살을 권할까"[12] 하고 생

---

10) 이 사실은 앞의 책, 167쪽에서도 지적되고 있다.
11) 이상, 「실화」, 《문장》 1939. 3, 65쪽.
12) 이상, 「휴업과 사정」, 《조선》 1932. 4, 119쪽.

각한 적도 있거니와, 이제 화자는 "남에게 자살을 권유하는 버릇"에서 한 걸음 더 나아가 독자들에게 「날개」 주인공의 행위를 자살(또는 날기=뛰어내리기)로 해석할 것마저 권유하는 듯하다. 그리고 "조선에는 자살자가 희소하니, 차(此)는 자긍(自矜)할 바가 아니요, 사상 정도의 저(低)함을 수치하게 여길 것"[13]이라 한 근대 문학적인 입장에서 보았을 때, 화자가 권유하는 읽기는 이야기가 막연하게 종결된다는 사실을 은폐할 뿐 아니라 도리어 작품에 문학적인 매력과 사상적인 깊이조차 부여한다. 그것은 날개의 상징성으로 인해 초월이나 비약 등의 화려하고 의미심장한 관념들과 연결될 여지도 지니게 된다. 그런 의미에서 "날개"는 실제 사건이 아니라 환각적 읽기를 유도하고 도입한다.

그러므로 현재로서 중요한 것은 "나는 미쓰코시 옥상에서 회탁의 거리를 내려다보며 싸이렌 소리와 함께 날고 싶어한다."[14]는 식의 오독이 거듭됨을 지적하는 일[15]에서 한 걸음 더 나아가 왜 그러한 오해가 반복적으로 발생하는가를 질문하는 일이다. 그리고 그 답으로서 무엇보다도 강조되어야 할 점은 이러한 오독이 "까마귀처럼 트릭크를 웃을 것을 생각"[16]하는 화자가 직접 계획한 것일 수 있다는 사실이다. 그는 경성역이나 미스코시를 설계하는 대신 "여인과 생활을 설계"하는 주인공을 내세워 그로 하여금 경성역을 거쳐 미스코시 옥상 정원에 올라가도록 했다. 화자는 주인공으로 하여금 "끈적끈적한 줄에 엉켜서 헤어나지들을" 못하는 "피곤한 생활"(214쪽)을 내려다보게 함으로써, 즉 '부감(俯瞰)'과 '비상'(추락)을 동시에 가능하게 하는 근대 건축물의, 당대로서는 경이로운 높이(전망과 위험)에 독자의 주의를 집중시킴으로써 오히려 독서의 맹목을 발생시켰다. (위의 인용에서 김윤식 교수가 미스코시를 화신으로 착각한 것은 건물의 높이에 주의를

---

13) 이광수, 「동경잡신」, 『이광수 전집 17』(삼중당, 1962), 476쪽.
14) 김주현, 『이상 소설 연구』(소명출판사, 1999), 137쪽.
15) 김성수, 앞의 책, 165쪽.
16) 이상, 「지도의 암실」, 《조선》 1932. 3, 110쪽.

집중한 한 예일 것이다. 둘 다 백화점일 뿐 아니라 당시의 대표적인 고층 건물이라는 점에서 이것들은 혼동될 수 있다.) 그리고 근대 건축물의 높이만큼 "날자. 날자. 날자."와 잘 어울리는 것이 없다는 점에서 그 맹목은 자연스럽기조차 했다. 뿐만 아니라 거리에서 날자고 외쳐 보고 싶어 하는 것보다는 옥상에서 날아오르는 편이 훨씬 극적이다. 그것이야말로 독자들의 욕망일 수도 있다. 독자들은 "나의 유희심은 육체적인 데서 정신적인 데로 비약한다." (199쪽)는 서술에 공감했을 것이다. 더 나아가 자살로 읽는 것은 "일층 위의 이층 위의 삼층 위의 옥상 정원"(「운동」)[17]에서 추락할 가능성에 근거한다. 이는 온갖 구조물 및 교통수단 등과 더불어 사고[18]로 충만한 근대 도시의 위험성과 그에 대한 공포를 함축한다. 따라서 이런 식의 독서는 뿌리 깊이 역사적이다.

그렇다면 마지막 장면에 대한 여러 착각들은 오독이 아니다. 차라리 그것은 "나는 끝끝내 내 아내의 직업이 무엇인가를 모르고 말려나 보다." (202쪽)라고 표현된 주인공의 시치미 떼기와 짝을 이루는, 텍스트 외부의 소설적 사건이다. 이것들은 서로를 비추는 거울이다. 주인공이 아달린과 아스피린을 혼동했던 것처럼 독자들은 주인공이 "날자"라고 외친 장소를 헷갈릴 터이다. 주인공이 오직 "미스코시 옥상에 있는 것"을 깨달았을 뿐 그동안 "어디로 어디로 디립다 쏘다녔는지 하나토"(213쪽) 몰랐듯이, 독자들 역시 주인공이 거리로 내려온 것은 깨닫지 못한 채 여전히 그가 "미스코시 옥상에 있는 것"이라고 느낄 것이다. 이렇게 「날개」는 독자들을 향해서도 설계된다. 텍스트는 그 외부를 끌어들이는 생산적인 경계로서 작용한다. 따라서 역설적으로 독서의 맹목은 작품의 매력과 호소력을 증진했으며, 그 의미를 풍요롭고도 복잡하게 하는 데에 기여했다. 이것이 「날개」가 그려 낸 미스코시의 '오감도'다. 이 텍스트적 계획은 이상의 경성고공 동기

17) 이상, 『공포의 기록(외)』(범우사, 2005), 18쪽.
18) 이효석의 「도시와 유령」은 그 한 예다. 여기서 거지 모자는 자동차 사고를 당한다.

동창인 오오스미 야지로[大隅彌次郎]가 참여한[19] 미스코시의 '조감도' 그리기를 "두 개의 태양처럼 마주 쳐다"(196쪽) 보는 것이었다. 그런 의미에서 아내와의 관계에 빗대 아래와 같이 서술하는 이상은 가공할 설계자다. "끝 없이 발을 절뚝거리"는 것이야말로 사실과 오해의 교섭뿐 아니라 텍스트의 안과 밖을 넘나드는 소설적 의사소통과 문학적 의미 작용을 그야말로 암시(暗示)하기 때문이다.

> 사실은 사실대로 오해는 오해대로 그저 끝없이 발을 절뚝거리면서 세상을 걸어가면 되는 것이다. 그렇지 않을까?(214쪽)

2 시각과 촉각의 변증법

한편 「날개」에서 또 한 가지 눈에 띄는 것은 프롤로그에 등장하는 다음 서술이다.

> 그대는 이따금 그대가 제일 싫어하는 음식(飮食)을 탐식(貪食)하는 아이러 니를 실천(實踐)해 보는 것도 좋을 것 같소. 위트와 패러독스[와]…….(196쪽)

여기서 "제일 싫어하는 음식을 탐식하는 아이러니"는 주인공이 경성역 티룸에서 "잘 끓은 커피"를 마신 일과 대비된다. "향기로운 MJB의 미각"(「산촌여정」)을 그리워하는 것에서도 알 수 있듯이, 커피는 "주인공의 진정한 기호(嗜好)"[20]다. 반면에 "제일 싫어하는 음식을 탐식하는 아이러니"는 "아달린을 꺼내 남은 여섯 개를 한꺼번에 질겅질겅 씹어 먹어"(212쪽) 버린 일과 상통한다. 그리고 아내가 한 달 동안이나 아달린을 먹인 것에 대해

---

19) 원용석 외, 「이상의 학창 시절」, 《문학사상》 1981. 6, 245쪽.
20) 이경훈, 「공복의 유머」, 『오빠의 탄생』(문학과지성사, 2003), 252쪽.

"이것은 좀 너무 심하다."라고 생각했기 때문에 이 일이 비롯되었다는 점에서 아달린은 '아내'와 등가에 놓인다. 사실 "이것은 좀 너무 심하다."는 '아내'가 날마다 '내객'을 들일 뿐 아니라 주인공을 때리고 물어뜯기조차 하는데 대한 판단이기도 할 것이다. 말할 것도 없이 이러한 '아내'를 고집스럽게 '아내'로 부르며 계속 동거하는 일이야말로 '아이러니'이자 '패러독스'다. 이와 관련해 「지주회시」는 다음과 같이 서술한다.

> 남편. 어디서부터어디까지가부부람 — 남편 — 아내가아니라도그만아내이고마는고야.[21]

그런데 여기서 강조하고자 하는 것은 "제일 싫어하는 음식을 탐식"하는 것뿐 아니라 음식을 먹는 일 자체가 일종의 아이러니라는 점이다. 음식과 음식을 먹는 존재의 관계는 그 관계가 활성화될 때, 즉 음식을 먹고 소화시키는 바로 그때에 정립되면서 소멸되기 때문이다. 음식은 최고로 타자인 순간 그 타자성을 잃고 주체의 일부가 된다. 그런 의미에서 '아내'는 이미 '나'다. 따라서 "아내에게로 돌아가야 옳은가. 이것만은 분간하기가 좀 어려웠다."라는 말은 흥미롭다. 이미 '나'와 아내는 '분간'되지 않으므로 아내에게 돌아갈 필요조차 없을지 모른다.

또 한 가지 생각할 것은 먹는 행위와 더불어 음식이 보이지 않게 된다는 점이다. 주체의 몸속에 들어감으로써 음식은 시각의 대상으로부터 촉각(미각)의 대상으로 변화된다. 그것은 주체와 거리를 두고 '분간'되는 대신 주체 내부의 입, 이빨, 혀, 식도, 위장, 소장, 대장, 항문 등(경우에 따라서는 손도 포함됨)과 계속 접촉하며 저작, 분해, 소화, 흡수, 배설(여기에는 배변 시 손으로 항문을 닦아 내는 최후의 촉각 작용도 포함된다.)된다. 그것은 똥이 되어서야 다시 보이기 시작하지만 그 모습은 예전과 같지 않다. 그 변모는 주체와

---

21) 이상, 「지주회시」, 《중앙》 1936. 6, 231쪽.

음식 사이의 화학적 활동에 동반되는 시각과 촉각의 교섭과 교환 과정을 대변한다. 그런 의미에서 이상이 우엉을 "어린애 똥"(「애야」)에 비유한 것, 「날개」의 주인공이 돈이 든 벙어리를 변소에 '넣어' 버린 것은 묘하다.

결론부터 말해 "제일 싫어하는 음식을 탐식"하는 것은 주체와 타자, 시각과 촉각을 종합하는 「날개」의 인식론이자 의사소통 형식이다. 이때 시각과 촉각은 이항 대립적(binary oppositional)이기보다는 상호 보충적(complementary)이다. 물론 시각이 그 대상과 조금이라도 거리가 있어야 작동하는 반면, 촉각은 거리가 조금도 없어야 작동한다는 점에서 이 둘은 첨예하게 대립하는 면이 있다.[22] 그러나 음식의 예는 그 대립을 뛰어넘는 감각의 '이타성(異他性=alterity)'을 암시한다. 음식은 결코 그림의 떡일 수 없다. 고기는 씹어야 맛이며, 보기에 좋은 떡이 먹기에도 좋은 것이다. 그리고 인체 기관에 접촉됨으로써 음식은 필연적으로 그 모양이 변화한다. 따라서 이상은 다음과 같이 썼다.

촉각(觸角)이 이런 정경(情景)을 도해(圖解)한다.[23]

"촉각(觸角/觸覺)"으로 "도해"되는 '정경'은 "제일 싫어하는 음식을 탐식"하는 일에 필적하는 아이러니다. "도해"는 더듬이가 아니라 눈으로 가능하기 때문이다. 그것은 시각적으로 재구성하는 일이다. 이와 관련해 이상은 다음과 같이 쓴 바 있다.

현미경

---

22) 한편 촉각은 시각이나 청각보다 추상되지 않는다. 그것은 사물이나 감각 기관 또는 이 둘의 현재적 접촉에 훨씬 결박되어 있다. 따라서 안경, 망원경, 현미경, 사진, 영화 필름, 보청기, 음반, 녹음기처럼 감각을 대신하고 증폭하거나 기록, 저장하는 도구는 상대적으로 발달되지 못했다.
23) 이상, 「동해」, 《조광》 1937. 2, 222쪽.

그 아래에서는 인공도 자연과 똑같이 현상되었다.[24]

　요컨대 「날개」는 사물을 전시하기만 할 뿐 접촉을 봉쇄하는 근대적 쇼윈도의 원리[25]를 내면화하고 있으면서도 끝내 이와는 다른 방식의 인식을 추구한다. 따라서 이상의 화자는 "진짜 기차는 어딘가 내 손이 결코 닿을 수 없는 위대한 지도 위를 달리고"[26] 있을지도 모른다고 회의한다. 다시 말해 주인공이 "축축한 이불 속에서" "발명"도 하고 "논문"도 쓰는 「날개」의 방은 "촉각이 이런 정경을 도해"하고자 하는 "지도(地圖)의 암실(暗室)"이다. "해가 영영 들지 않는" 어두운 방에서 주인공은 미스코시를 설계하고 그 조감도를 그리는 대신 "빈대에게 물려서 가려운 자리를 피가 나도록 긁었다."(200쪽) 필자가 이상의 문학을 논하면서 "시각(책임 의사)은 그 대상(실험 동물)과의 거리를 끝없이 무화함으로써 촉각으로 전화한다."[27]라고 했던 것은 그 때문이다. 다음은 이와 관련된 필자의 또 다른 논의다.

　비유컨대 SS는 보산에 의해 파문(excommunication)당하지 않는다. 그는 근대 도시의 담벼락을 뛰어넘어 보산과 "촉각(觸角 또는 觸覺)"적으로 의사소통(communication)한다. 이는 보산이 자기 집 마당을 결국 다시 밟게 되는 이유이다.[28]

　따라서 '야맹증'이 있는 주인공이 "밤이나 낮이나 잠만" 자는 것은 상징적이다. "나는 다시 눈을 감고 이불을 푹 뒤집어쓰고 낮잠 자기에 착수했다."(207쪽)라는 서술을 예로 들지 않더라도, 잠을 자는 동안 그는 당연히

---

24) 이상, 「異常ナ可逆反應」, 《朝鮮と建築》 1931. 7, 15쪽.

25) 이에 대해서는 이경훈, 「「무정」의 패션」, 『오빠의 탄생』(문학과지성사, 2003), 99~136쪽을 참고할 것.

26) 이상, 「첫 번째 방랑」, 『이상 문학 전집 3』(문학사상사, 1993), 163쪽.

27) 이경훈, 『오빠의 탄생』(문학과지성사, 2003), 39쪽.

28) 이경훈, 「「휴업과 사정」: 계몽과 유머」, 『이상 소설 작품론』(역락출판사, 2007), 87쪽.

눈을 감고 있을 터이기 때문이다. 이는 "아내와 나도 좀 하기 어려운 농을 아주 서슴지 않고 쉽게 해 내던지는" "장지 저쪽"(201쪽)의 일에 대해 눈을 감는 일과도 무관하지 않다. 실로 주인공은 "좁은 시야와 부족한 지식"으로 인해 "끝끝내 아내의 직업이 무엇인가를 모르고 말려나 보다."(202쪽)라고 생각했다. "풍경이 그냥 노―랗게"(212쪽) 보인 것은 아달린 때문만은 아니다. "박제"인 그는 보지 못한다. "시야(視野)도 없는 들창(「오감도 시 제 15호」) 앞에 선 그는 오직 보이는 존재다. 주인공은 아내의 화장품 병들을 들여다보지만 이는 곧 냄새를 맡는 일로 전환된다. "책보보다 좀 작은 면적의 볕이 눈이 부시"(207쪽)며 "방 안의 침침한 정도가 또한 내 안력을 위하여 쾌적"(198쪽)하다고 하는 그에게 돋보기는 보기 위한 도구가 아니다. 더 나아가 "어디로 어디로 디립다 쏘다녔는지 하나토" 모르는 것 역시 자신의 환경과 위치를 시각적으로 관찰, 인지하지 못했음을 알린다. 그의 '목적(目的) 없는 보행은 그저 '경제화'를 "다 해뜨려"(「슬픈 이야기」) 버릴 만큼 거리와 접촉하는 일이었을 뿐이다. 그것은 장님 코끼리 만지기와 비슷하다. 그는 "울창한 삼림 속을 진종일 헤메고 끝끝내 한 나무의 인상(印象)을 훔쳐 오지 못한 환각(幻覺)의 인(人)"(「동해」)이다. 그는 '목불대도(目不大觀)'(「오감도 시 제5호」)의 존재다.

그런데 흥미로운 것은 이 일종의 시각 장애와는 반대로 청각, 후각, 촉각 등의 다른 감각들이 작품 곳곳에서 준동한다는 점이다. 이는 "세계가 그림이 된다는 사실이야말로 근대의 정수를 드러내는 것"[29](하이데거)이라는 말로 웅변되는바, 시각을 중심으로 구성된 감각의 근대적 위계질서 및 '망막중심주의'를 전복하는 듯하다.[30] 예컨대 주인공은 "비웃 굽는 내 탕고 도란[31] 내 뜨물 내 비눗내"를 맡는다. 그리고 아내의 화장품에서는 "몸이

---

29) 데이비드 마이클 레빈 편, 정성철·백문임 옮김, 『모더니티와 헤게모니』(시각과언어, 2004), 142쪽에서 재인용함.

30) 이와 관련해서는 위의 책을 참고할 것.

31) 1930년대 화장품 이름.

배배 꼬일 것 같은 체취"에 탐닉한다. 한편 "기적 소리가 모차르트보다도 더 가깝다."라고 느끼는 그는 지폐가 떨어지는 "가뿐한 음향"조차 들을 수 있을 만큼 예민한 청각을 지녔다. 다음은 그 대표적인 예다.

그러나 그때는 벌써 아내와 남자는 앉았던 자리를 툭툭 털며 일어섰고 일어서면서 옷과 모자 쓰는 기척이 나더니 이어 미닫이가 열리고 구두 뒤축 소리가 나고 그리고 뜰에 내려서는 소리가 쿵 하고 나면서 뒤를 따르는 아내의 고무신 소리가 두어 발자국 찍찍 나고 사뿐사뿐 나나 하는 사이에 두 사람의 발소리가 대문간 쪽으로 사라졌다.(204~205쪽)

그러나 필자가 더욱 강조하고자 하는 것은 작품에서 산견되는 촉각의 문제다. 일단 그것은 "전신이 까칫까칫"(200쪽), "내 방에 담겨서 철철 넘치는 그 흐늑흐늑한 공기"(200쪽), "하룻밤 사이에도 수십 차를 돌쳐 눕지 않고는 여기저기가 배겨서 나는 배겨내일 수가 없다."(202쪽), "한 숟갈을 입에 떠 넣었을 때 그 촉감은 참 너무도 냉회와 같이 써늘하였다."(207쪽), "콜덴 옷이 젖기 시작이더니 나중에는 속속들이 스며들면서 처근거린다."(210쪽), "아내 손이 이마에 선뜩한 것을 보면 신열이 어지간한 모양"(211쪽), "아내는 넘어진 내 위에 덮치면서 내 살을 함부로 물어뜯는 것이다. 아파 죽겠다."(213쪽) 등과 같이 주인공의 신체적 감각을 묘사한다. 이때 "무명 헝겊이나 메밀 껍질로 땅땅 찬 한 덩어리 베개와도 같은 신경 한 벌"(200쪽)이라는 규정은 주인공의 특성을 요약한다. 『12월 12일』의 업이 "피부의 옅은 환락"[32]을 찾아다녔던 것처럼, 「날개」의 주인공은 무엇보다도 촉각의 존재다. 이는 다음 서술로 집약된다.

내 비록 아내가 내게 돈을 놓고 가는 것이 싫지 않았다 하더라도 그것

---

32) 이상, 『12월 12일』, 『이상 문학 전집 2』(문학사상사, 1991), 59쪽.

은 다만 고것이 내 손가락에 닿는 순간에서부터 고 벙어리 주둥이에서 자취를 감추기까지의 하잘것없는 촉각이 좋았달 뿐이지 그 이상 아무 기쁨도 없다.(203쪽)

그러므로 이 인물은 방에 대해서도 "내 몸과 마음에 옷처럼 잘 맞는 방"(199쪽)이라고 느낀다. 「지주회시」의 주인공이 "화끈화끈한 방"으로 향했듯이, 「날개」의 주인공 역시 공간을 촉각적으로 지각한다. 이는 "방대한 방은 속으로 곪아서 벽지가 가렵다."(「가외가전」)라는 표현으로도 나타난다. 그리고 이는 아내와 자기의 방이 "두 칸으로 나뉘어" 있다는 서술의 진정한 의미다. 그것은 아내와 주인공의 접촉 불가능성을 상징하기 때문이다. 그는 어떤 '내객'처럼 "아내를 한 아름에 덥석 안아가지고 방으로 들어"(213쪽) 갈 수 없다. 그는 아내를 만지고 싶지만 그러지 못한다. 당연히 아내가 "다소곳이 그렇게 안겨 들어가는 것"이 "여간 미운 것이 아니"(213쪽)었을 터이다.

따라서 그는 아내의 외출을 틈타 그녀의 방에 들어간다. 그러나 방에 아내가 없다는 점에서도 이는 그녀를 만지는 일을 대신할 수 없다. 아내와 한 방에 있음으로써 접촉을 기대하는 일은 주인공이 "그 돈 오 원을 꺼내 아내 손에 쥐어 준"(206쪽) 이후에, 또는 "그 돈 이 원을 아내 손에 덥석 쥐어 주고"(208쪽) 난 이후에야 가능했다. 이는 일종의 매춘을 상기시키며 이에 대해서는 필자도 논의한 바 있지만,[33] 여기서 주의를 기울이려 하는 것은 화폐 교환이 돈을 "아내 손에 덥석 쥐어" 주는 촉각의 활동과 함께 묘사된다는 점이다. 이때 추상적인 교환 가치는 "뜻밖에도 내 손에 쥐어지는 것이 있었다. 이 원밖에 없다."(208쪽)와 같은 촉각적 발견을 통해 그 실현의 활로를 얻는다. 돈은 촉각을 매개하는 도구다. 그렇다면 이 접촉의 세계에서 다음과 같이 더러운 발로 아내의 방을 디디는 일은 "내 것 아닌 지문(指

---

33) 이경훈, 『이상, 철천의 수사학』(소명출판사, 2000)을 참고할 것.

紋)이 그득한"(「무제」) 아내에 대한 똑같은 방법의 복수이자 그녀를 '덥석' 안고 가는 내객에 대한 본격적인 도전이다.

갑발자족 같은 발자족을 내이면서 덤벙덤벙 아내 방을 디디고 그리고 내 방으로 가서 쭉 빠진 옷을 활활 벗어 버리고 이불을 뒤썼다.(210쪽)

그러나 이렇게 촉각적 활동이 줄곧 진행됨과 동시에 "박제"의 시각 역시 계속 회복되거나 진화된다. 주인공이 경성역 시계를 바라보는 것, 티룸에서 "아무것도 없는 것과 마주" 앉는 것은 그 변화를 암시한다. 곧 그는 자신이 "형상 없는 모던보이"(「동해」)라는 사실을 알아차릴 것이다. 그리고 그 눈뜸의 결정적인 순간은 다음과 같이 도래한다.

그러나 다음 순간 나는 실로 세상에도 이상스러운 것이 눈에 띄었다. 그것은 최면약 아달린 갑이었다. 나는 그것을 아내의 화장대 밑에서 발견하고 그것이 흡사 아스피린처럼 생겼다고 느꼈다. 나는 그것을 열어 보았다. 똑 네 개가 비었다.(211~212쪽)

인용의 핵심은 아달린 갑을 발견했다는 점이 아니라 그것을 시각적으로 포착했다는 데에 있다. 이는 또 다른 명찰(明察)로 이어지면서 아스피린과 아달린의 착각을 사후적으로 인식하고 교정한다. 이때 이미 회복된 눈은 아달린을 먹어 버림으로써 그것을 익살스러운 "맛"으로 전환시키는 일로는 가려지지 않는다. 따라서 주인공은 "아내는 내가 자는 동안 무슨 짓을 했나?"(212쪽) 하고 의심하게 된다. 그리고 이는 "내 눈으로는 절대로 보아서 안 될 것을 그만 딱 보아 버리"(213쪽)는 일로 이어진다. 주인공은 사물의 지각을 넘어 사태의 발견으로 나아간다. 이는 자기 자신 및 그 종합적 위치에 대한 통찰로 심화될 터이다. 바로 이 눈뜸과 더불어 미스코시 옥상의 다음 장면은 전개되었던 것이다.

나는 또 회탁의 거리를 나려다 보았다. 거기서는 피곤한 생활이 똑 금붕어 지느러미처럼 흐늑흐늑 히비적거렸다. 눈에 보이지 않는 끈적끈적한 줄에 엉켜서 헤어나지들을 못한다.(214쪽)

3 환자의 "엑스빛"

이렇게 주인공은 "얼쑹덜쑹 종을 잡을 수 없는 거리의 풍경"(205쪽)에 당황하는 데에서 벗어나 "회탁의 거리"를 내려다보게 된다. 드디어 그는 "피곤한 생활이 똑 금붕어 지느러미처럼 흐늑흐늑 히비적"거리는 것을 정시한다. 그는 사회적 실상을 간파한다. 사실 '박제'이기 이전에 '천재'였던 그는, "SS는 그 바위만 한 가슴과 배 사이 체내로 치면 횡격막의 위치 부근에다 SS의 딸 어린 아이를 안고 나와 서 있다."[34]라고 한 보산처럼 투시(透視)조차 할 수 있었을 것이다. 그는 "시각의 이름을 가지는 일은 계획의 효시(視覺のナマヱを持つことは計畫の嚆矢)"(「선에 관한 각서 7」)라고 쓴 바도 있다. 건축가이자 '모던보이'로서 애초에 그는 다음과 같은 "새 아이"의 계보에 속해 있었던 것이다.

네눈이 밝고나 엑스빛같다
하늘을 꿰뚫고 땅을들추어
온가지 진리(眞理)를 캐고말란다
　　네가 '새 아이'로구나[35]

그런데 미스코시 옥상의 관찰에서 흥미로운 것은 주인공이 금붕어 지느러미를 "흐늑흐늑"하다고 묘사한다는 점이다. 지느러미는 "흐늑흐늑"하

---

34) 이상, 「휴업과 사정」, 《조선》 1932. 4, 119쪽.
35) 이광수, 「새 아이」, 《청춘》 1914. 12, 2쪽.

게 보이는 듯도 하고 만져지는 듯도 하다. 그리고 이는 "눈에 보이지 않는 끈적끈적한 줄에 엉켜서 헤어나지들을 못한다."(214쪽)라는 서술로 나아간다. 주인공은 "끈적끈적한" 촉각을 느낌으로써 "눈에 보이지 않는" 줄의 존재를 깨닫는다. 이는 "담벼락을 뚫고 스며"드는 '세상'의 "잔인한 관계"[36]에 대한 인식에 다름 아니다. 담벼락을 뚫고 스며드는 사회적 관계야말로 "눈에 보이지 않는 끈적끈적한 줄"이다. 이 눈뜸으로써 주인공은 시각이나 촉각의 개별적 작용을 넘어선 투시적 종합에 도달한다. 투시는 대상과의 거리를 돌파해 오히려 대상의 안쪽으로 침투해 들어가는 일종의 접촉 행위일 터, 이 맹렬한 자기 기투(企投, entwurf, 설계도) 속에서 시각과 촉각의 일반적인 구분과 대립은 지양된다. 주인공은 사회의 밑바닥에 룸펜으로 뒹굶으로써 세상의 "잔인한 관계"를 "끈적끈적"하게 본다. 또는 "근대 건축의 위용을 보면서 먼저 철근철골, 시멘트와 세사(細沙)"부터 '선뜩'하게 '감응'(「종생기」)한다.

따라서 이는 "청각을 더 예민하게 하기 위하여 나는 눈을 떴다."(204쪽)는 서술의 진정한 의미를 알려 준다. 그것은 "현란을 극한 정오"에 대한 지각과 인식의 총체적 대응을 예비한 것이다. 이는 다음 장면이 흥미롭게 암시하는 감각의 구분과 추상을 뛰어넘는다.

저는 처음에 이 천리경을 처음 보고는 우리 댁 영감께 아주 깜빡 속았어요. 먼 곳에 있는 것이 바로 눈앞에 와서 있는 것 같지 않느냐고 저더러 물으시길래, 네, 그렇습니다고 대답을 했더니, 영감 말씀이 천리경으로 보고는 곧 귀에다가 대면 말소리까지도 들리는 법이니 그렇게 해 보라고 하시겠지요.[37]

그런데 이는 주인공이 돋보기 장난을 할 때부터 준비되고 있었다. "평행

---

36) 이상, 「지주회시」, 《중앙》 1936. 6, 241쪽.
37) 조중환, 「장한몽」, 『한국 신소설 전집 9』(을유문화사, 1968), 97쪽.

광선을 굴절시켜서 한 초점에 모아 가지고 고 초점이 따끈따끈해지다가 마지막에는 종이를 끄실르기 시작하고 가느다란 연기를 내이면서 드디어 구녕을 뚫어 놓는"(199쪽) 일이 그것이다. 밝은 빛을 "따끈따끈"한 볕으로 전환시키는 것은 시각과 촉각의 상호 변환 및 종합의 가능성을 상징한다. 안광(眼光)이 지배(紙背)를 철(徹)한다고 했듯이, 보는 일은 접촉하는 일로 전화될 수 있다. 아니 보는 일 그 자체가 눈동자에 사물이 반사하는 빛이 접촉됨으로써 이루어진다. 망원경은 먼 곳의 소리를 들리게 할 수 있을지도 모른다. 그렇지 않다고 주장하는 것은 근대적이고 합리주의적인 입장일 뿐이다.

한편, 돋보기 장난은 조감도가 시각의 작용으로만 구성되지 않는다는 것도 깨닫게 한다. 조감도는 어디까지나 "백지가 준비"(196쪽)되어야 그 위에 그릴 수 있는 것이다. 금붕어들이 "그릇 바탕에 그림자를 내려뜨렸"(214쪽)던 것처럼, "미닫이에 광선 잉크가 암시적으로 쓰는 의미"(「지도의 암실」)가 알려 주는 것처럼, 조감도 그리기는 입체적인 장면을 2차원의 평면에 붙잡는다. 풍경은 종이에 접촉됨으로써 그림이 된다. 달리 말해 그림은 손이 닿지 않는 저 먼 곳의 산까지도 종이 위에 놓는다. 그림은 스스로 하늘조차 만진다. 사진 역시 그러하다. 풍경은 필름에 촬영되고 종이에 현상될 때 사진이 된다. 스크린 위에 투영됨(가로막힘)으로써 활동사진은 보인다. 요컨대 조감도는 시각과 촉각 모두에 걸쳐 있으며, 이는 원근법으로 수행되고 '환각(幻覺)'된다.

그런데 평면은 시각적 거리와 공간적 입체성이 함축하는 시간적 흐름을 한순간에 정지시킨 것이다. 카메라 렌즈가 셔터에 의해 열렸다 닫힐 때 풍경은 사진으로 고정된다. 비유컨대 눈을 깜빡이는 '조(鳥)'와 '오(烏)'의 상호작용을 통해 사진은 탄생한다. 따라서 "망막(網膜)에 무표정(無表情)"(「LE URINE」)을 만드는 '오감도'는 필연적이다. 모든 조감도는 '오감도'로써(서) 완성된다.

그렇다면 이상의 문학에서 "지도의 암실"은 "피부의 옅은 환락"만을 의미하지는 않는다. "얼음 같은 수정체(水晶體)"(「LE URINE」)와 함께 도래한 존재의 어두움은 위와 같이 조감도를 그리는 '오감도'적인 촉각을 활성화한다. 촉각은 앞서 말한 감각의 종합과 지양 작용을 대표한다. 더 나아가 이는 감각과 관념, 자연과 인공의 분절 자체를 넘어서려는 그 어떤 운동을 지향한다. 다음은 그 한 표현이다.

나는 불현듯 겨드랑이가 가렵다. 아하, 그것은 내 인공의 날개가 돋았던 자족이다.(214쪽)

날개는 조감의 시점을 확보하기 위해 필요한 운동 기관이지만, 그 회복은 시각적으로 포착되지 않는다. 그것은 명징하게 보이는 대신 겨드랑이의 가려움처럼 모호하게 감촉된다. 이는 인공적(시각적)으로 구성된 조감도가 원래는 자연적(촉각적)으로 발생했던(돋았던) 것이었음을 환기한다. 조감은 새의 자연적인 시점(존재)을 인공적으로 전유(도구화)한 것이다. 더 이상 새는 조감하지 못한다. 그것은 생물학으로 기술되고 동물원에 갇힌다. 오히려 그것은 "박제"로 전시됨으로써 인간의 시선에 지배된다. 이상이 현미경 "아래에서는 인공도 자연과 똑같이 현상되었다."라고 시 쓴 것은 이에 대한 또 다른 표현이다. 이는 다음과 같은 착각을 낳기도 한다.

동물원에서밖에 볼 수 없는 짐승, 산에 있는 짐승들을 사로잡아다가 동물원에 갖다 가둔 것이 아니라, 동물원에 있는 짐승들을 이런 산에다 내어 놓아준 것만 같은 착각을 자꾸만 느낍니다.[38]

그러므로 이는 "박제가 되어 버린 천재"의 의미와도 관련된다. 건축가로서 시선의 주체였던 주인공은 "여인과 생활을 설계"하는 룸펜으로서 시선

---

38) 이상, 「산촌여정」, 『공포의 기록(외)』(범우사, 2005), 163쪽.

의 대상이 되었다. 그는 경성역이나 미스코시를 설계하는 대신 그 건물들의 다방에 앉거나 옥상을 밟았다. 그는 '천재'와 '박제'의 분열을 유리창 너머에서 바라보지 않았다. 그는 자기 자신으로써(서) 이 모두를 한꺼번에 어루만졌다. 따라서 날개는 조감도를 그리기 위한 합목적적인 시점보다는 "책임의사"(「오감도 시 제4호」)와 "실험동물"(「금제」)을 매개하는 존재의 위치를 표상한다.[39] 주인공이 다음과 같이 결심하는 것은 그 때문이다.

나는 피로와 공복 때문에 무너져 들어가는 몸뚱이를 끌고 그 회탁의 거리 속으로 섞여 들어가지 않는 수도 없다 생각했다.(214쪽)

자기 자신에게 그러했듯이, 주인공은 "눈에 보이지 않는 끈적끈적한 줄에 엉켜서 헤어나지들을 못"하는 다른 사람들을 멀리서 조망하려 하지 않는다. "무너져 들어가는 몸뚱이"를 지닌 그는 "회탁의 거리"를 밟으며 그들과 아이러니하게 뒤섞여 들어간다. 그는 스스로 "끈적끈적한 줄"에 휘감긴다. 그는 "이렇게 부지런한 지구 위에서는 현기증도 날 것 같고 해서 한시 바삐 내려 버리고 싶었다."(203쪽)라고 고백했지만, 그러면서도 "거리 속으로 섞여 들어가지 않는 수도 없"었다. 그는 "엑스빛"의 눈을 가진 "책임의사"이지만은 않았기 때문이다. "가외가(街外街)"에서 뒹구는 그는 "이 세상 모든 건강한 사람의 그 누구와도 (조금도) 닮지 않"(「어리석은 석반」)은 "거지적 존재"(「조춘점묘」)이기도 했다.

하지만 그는 "자기가 자기의 목적을 정하고 그 목적을 달하기 위하여 계획된 진로를 밟아 노력하면서 시각마다 자기의 속도를 측량"[40]하라고 한 근대적 계몽을 배척하지도 않았다. 오히려 그는 그것을 "아침 오후 두 시"

---

39) 이와 관련해서는 이경훈, 「육체, 이상의 유리창」, 『오빠의 탄생』(문학과지성사, 2003), 223~242쪽을 참고할 것.
40) 이광수, 「민족개조론」, 『이광수 전집 17』(삼중당, 1962), 170쪽.

(「휴업과 사정」)의 생활로 껴안았다. 그는 "문명인의 휘장(徽章)"[41]인 "총망(忽忙)"을 오직 "문명인"으로서 버렸다. "박제"로 성장한 그는 아들의 아버지가 되는 대신 "아버지의 아버지"(「오감도 시 제2호」)가 되었다. 그런 의미에서 그는 심오한 "역도병(逆倒病) 환자"(「황의 기」)였다. 그는 "사도발굴탐색대(死都發掘探索隊)"(「1931년(작품 제1번)」)의 일원으로서 "밤의 밀집 부대" 속으로 "점점 깊이 들어"갔다.

이렇게 그는 결핵균과 매독균을 "민족의 적"으로 규정하며 '문사'를 '의사'(「문사와 수양」)에 비유한 춘원의 '조감도' 안쪽에 결핵이나 매독에 감염(접촉)된 환자의 '오감도'를 선포했다.[42] 「사랑」(이광수)의 안빈이 다른 사람의 몸으로 인체 실험을 수행했다면, 그는 자신의 전 존재로써 "책임의사"이자 "실험동물"이 되었다. 그에게 "조감도"는 "오감도"와 분리될 수 없었다. "날자. 날자. 날자. 한 번만 더 날자꾸나."는 이 사실을 깊이 포옹하는 까마귀의 비행을 소망하는 말이었다. 이토록 이상의 "무서운 아해"는 춘원의 "새 아이"와는 또 다른 "새 아이"였다. 그는 근대 문명의 새로운 눈(new eye)을 가진 "새 아이"(new kid)였던 동시에, 새(박제, 까마귀)의 눈(bird's eye)을 가진 "새 아이"(bird's kid)였다.

주인공의 이러한 특징은 앞서 말한 독자들의 착각과 오해를 낳은 강력한 이유다. 독자들은 「날개」를 냉철히 바라볼 수만은 없었던 것이다. 미스코시 옥상의 맹목과 더불어 그들은 종종 텍스트 속에 발을 들여놓기도 했으리라. 작자가 계획한 대로 독자들은 주인공을 만졌다. 따라서 다음과 같은 기존의 평가는 수정되어야 할 듯도 하다. 주인공은 '날개'를 가진 '두더지'였기 때문이다.

20세기와 19세기 틈바구니에 끼어 질식한 식민지 주민으로서의 한 청년이

---

41) 이광수, 「동경잡신」, 위의 책, 488쪽.
42) 따라서 「조감도」가 일본어로, 「오감도」가 조선어로 발표된 것은 상징적이다.

44

있었다. 초근목피(草根木皮)로 연명하는 주제에, 도스토예프스키를 보아 버린 것이며, 그 때문에 그는 날개는커녕 두더지가 되어, 33번지 18가구의 골방에서 숨 막혀 허덕거리고 있다.[43]

---

43) 김윤식, 『이상 연구』(문학사상사, 1988), 21쪽.

참고 문헌

자료

이상, 「異常ナ可逆反應」, 《朝鮮と建築》 1931. 7

이상, 「지도의 암실」, 《조선》 1932. 3

이상, 「휴업과 사정」, 《조선》 1932. 4

이상, 「지주회시」, 《중앙》 1936. 6

이상, 「날개」, 《조광》 1936. 9

이상, 「동해」, 《조광》 1937. 2

이상, 「권태(4)」, 《조선일보》 1937. 5. 7

이상, 「종생기」, 《조광》 1937. 5

이상, 「실화」, 《문장》 1939. 3

이상, 『공포의 기록(외)》, 범우사, 2005

이광수, 「새 아이」, 《청춘》 1914. 12

이광수, 『이광수 전집 17』, 삼중당, 1962

원용석 외, 「이상의 학창 시절」, 《문학사상》 1981. 6

조중환, 「장한몽」, 『한국 신소설 전집 9』, 을유문화사, 1968

논문 및 단행본

김성수, 『이상 소설의 해석』, 태학사, 1999

김윤식, 『이상 연구』, 문학사상사, 1988

김주현, 『이상 소설 연구』, 소명출판사, 1999

이경훈, 『이상, 철천의 수사학』, 소명출판사, 2000

이경훈, 『오빠의 탄생』, 문학과지성사, 2003

이경훈, 「「휴업과 사정」: 계몽과 유머」, 『이상 소설 작품론』, 역락출판사, 2007

데이비드 마이클 레빈 편, 정성철·백문임 옮김, 『모더니티와 시각의 헤게모니』, 시각과언어, 2004

제1주제에 관한 토론문

김주현(경북대 교수)

김해경 탄생 100주년을 맞이했다. 그의 탄생 한 세기를 맞아 그의 문학에 대해 다양하게 조감해 보는 것은 의미 있는 일이라 생각한다. 특히 이상이고 보면 더욱 그렇다. 탄생 100주년, 사망 70여 년, 이 정도면 그의 문학에 대한 정리와 조망의 시간이 되었다고 본다. 이상은 우리 근대 문학가 가운데에서 가장 영향력 있는 작가이다. 또한 이전에도 이후에도 그만큼 전위적이고 실험적인 작가가 있었던가? 그는 근대 문인들의 질시와 선망을 동시에 받았던 작가이지만, 여전히 극복되어야 할 대상이다.

이상 문학을 정리하는 자리가 그동안 적지 않게 있었다. 1957년 이상 20주기를 맞아 《국제신문》,《경향신문》,《서울신문》,《연합신문》,《평화신문》 등에서 이상 문학에 대해 집중 조명했다. 그래서 이상을 적극 알리고 그를 문학사 속으로 호명하는 계기가 되었다. 그것은 무엇보다 임종국의 『이상 전집』 발간의 영향이 크지만, 또한 이어령, 임종국, 고석규 등의 이상 연구에 힘입은 바 컸다. 그들에 의해 새로운 이상 신화가 쓰이고, 이상 문학 연구의 성채가 마련되었다. 그 이후 이상 문학은 자료의 발굴과 해석사로 점철된다. 그리고 1987년 이상 50주기를 맞아 《문학사상》에서 기획 특집이 마련되었고, 1997년 60주기를 맞아 역시 《문학사상》에서 이상을 집중 논의하는 자리가 마련되었다. 그러한 것들은 이상 문학을 정리하고 재평가하는 계기가 된 것이 분명하다. 이전 전집에서 텍스트의 오류도 있었고, 연구에서 지나치게 과장되거나 도에 넘는 해석도 적지 않았다. 그러했기에 정리와 재평가는 더욱 필요한 것이다.

정리와 재평가를 위해 연구자는 몇 가지 사항을 고려해 볼 필요가 있다고 생각한다. 먼저 이상 문학의 기원에 대한 논의가 더욱 필요하다. 이상 문학의 원천 찾기가 그것, 다음으로는 이상 문학이 끼친 영향을 논의하는 것, 마지막으로 이를 통해서 문학사적 자리매김을 하는 것일 터이다. 여기에 새로운 자료의 발굴이나 텍스트의 확정, 그리고 기존의 해석과는 다른 새로운 해석 등도 고려될 수 있다.

바르트는 '쓰여질 수 있는 텍스트'에 대해 높이 평가했다. 이상의 문학은 여전히 현재형이다. 왜냐하면 그는 독자들에 의해 여전히 쓰여지고 있기 때문이다. 그의 텍스트는 끊임없이 열려 있고, 그래서 다양한 해석들이 지금도 넘치고 있다. 해석에 있어 가장 많은 편차를 보여 주는 것이 「오감도」가 아니던가. 그중에서도 「오감도 시 제1호」에 대해서는 끊임없이 다양한 해석들이 나오지 않았던가. 최근에는 「且8氏의 出發」도 그러한 텍스트로 옮겨 가고 있다. "且8氏"를 구본웅으로 해석한다거나 또는 채플린으로 해석한 경우가 그렇다. 이전의 해석과는 다른 차원에서 시도된 의미 있는 해석들이다. 그만큼 그의 문학은 새로운 해석에 열려 있고, 그래서 풍성한 해석이 나오고 있다. 그것은 텍스트의 난해함에 기인하지만, 또한 연구자의 체험과 기대, 그리고 인식 영역에 긴밀히 연관되어 있다.

"천하의 형안"을 기대했던 이상, 그의 문학은 여전히 "암만 베껴"도 실상을 드러내지 않는 "다마네기" 같은 존재이다. 그래서 한국 문학 연구는 그로 말미암아 해석학의 신기원을 이룩했다 해도 과언이 아니다.

토론자에게 부여된 논문은 사실 기대와는 사뭇 다른 논문이었다. 「날개」를 통해서 이상 문학의 의미를 궁구해 본 것이다. 해석학이라는 것은 다양한 스펙트럼이 있고, 그것을 인정하는 순간 토론은 무의미해진다. 특히 「날개」에 대해서는 이미 많은 논문이 나온 터라 더욱 그러하다. 그래서 논문에 대한 간단한 질문과 이상 문학 전반에 대한 질문으로 토론자의 소임을 다하려고 한다.

1절에서 발표자는 「날개」의 주인공이 날고 싶어 하는 행위의 발생 지점을 논했다. 이미 김성수가 주장한 것처럼 '나'는 '거리'에서 '날자' 하고 "외치고 싶었"던 것이 옳다. 많은 연구자들이 미스코시 옥상에서 회탁의 거리를 내려다보았으니까 거기에서 날고(하강하고) 싶은 충동(또는 욕망)을 느낀 것으로 생각해서 그렇게 된 것일 것이다. "나서서"라는 말을 제대로 염두에 두지 못한 결과이다. 그리고 길거리에서 날고 싶어 하는 것은 하강이 아니라 비상에의 욕망이며, 그런 측면에서 하강 이미지로 본 이전 해석과는 사뭇 달라진다. 2절에서 '촉각'에 대해 논의했는데, 이상은 「동해」에서 촉각에 대해 자세히 내세웠다. 이상이 제기한 촉각 역시 최근 들어 집중 논의되고 있다. 충분히 상고할 가치가 있는 문제이다. 3절은 「날개」를 통해 이상 문학 전반을 규정하려고 했다. 이상이 "책임의사"이자 "실험동물"이 되었으며, 그는 새 아이(new kid)이자 새 아이(bird's kid)였다는 것이다. 그 과정에서 비약이 따른다. 바로 다음과 같은 구문이 그러하다.

카메라 렌즈가 셔터에 의해 열렸다 닫힐 때 풍경은 사진으로 고정된다. 비유컨대 눈을 깜빡이는 '조(鳥)'와 '오(烏)'의 상호 작용을 통해 사진은 탄생한다. 따라서 "망막(網膜)에 무표정(無表情)"(「LE URINE」)을 만드는 '오감도'는 필연적이다. 모든 조감도는 '오감도'로써(서) 완성된다.

"박제"로 성장한 그는 아들의 아버지가 되는 대신 "아버지의 아버지"(「오감도 시 제2호」)가 되었다. 그런 의미에서 그는 심오한 "역도병(逆倒病) 환자"(「황의 기」)였다. 그는 "사도발굴탐색대(死都發掘探索隊)"(「1931년(작품 제1번)」)의 일원으로서 "밤의 밀집 부대" 속으로 "점점 깊이 들어"갔다.

글은 전반적으로 재기와 상상력이 번뜩이며, 가끔 타자의 추종을 불허하는 해석학적 지평을 열고 있는 것이 사실이다. 그러나 위 단락의 경우 주장의 객관화에는 미진한 형국이다.

이제 본론에 들어가서 발표자는 "엑스빛"을 이상의, 또는 이상 문학의 중요 특성으로 설명했다. 발표고에서 설명이 조금 미진한데, 이 부분을 좀 더 부연해 주었으면 좋겠다.

다음으로 이상 문학에 나타난 제5감각으로서 촉각의 의미에 대해 설명해 주고, 그것이 근대 문학(사)에서 갖는 의미에 대해 구체적으로 설명해 주었으면 한다.

그리고 오랫동안 이상 문학을 연구해 온 발표자에게 두 가지 문제에 대해 의견을 구한다.

하나는 이상의 일본어 글쓰기에 대해 김향안과 임종국 간에 항일 시 논란이 있었는데, 발표자는 이상이 일본어로 창작한 문학에 대해 어떻게 생각하는지 의견을 듣고 싶다.

다음으로 향후 이상 문학의 연구가 어떤 방향으로 전개될지, 그리고 이상 문학 연구에서 꼭 논의되어야 할 과제는 어떤 것이 있는지 말해 달라.

작년 《문학사상》 11월호에는 이상 동시 「목장」(《가톨릭소년》(1936. 5)이 발견되었고, 그동안 여러 차례 전집이 나왔지만 아직 《조선과건축》의 권두언의 저자도 실증적으로 밝혀지지 않았다. 그의 작품 해석이 열려 있는 것처럼 그의 문학 텍스트는 아직도 유동적이라는 말이다. 조금씩 그의 문학의 비밀이 풀리고 있지만, 여전히 그의 문학은 요새에 갇혀 있다. 이제 우리는 그 요새를 함락하려 하기보다 새로운 이상을 맞아야 하지 않을까? 아무쪼록 김해경 탄생 100주년을 맞으면서 더 크고, 더 영향력 있는 새로운 이상을 기대해 본다. 당대 최고의 전위 작가 또는 실험 작가로 고착화된 이상, 이제 박제가 된 그의 이름 (또는 명성)을 해방시킬 때이다.

음악적인 것의 시학

'질주'와 '변형'의 생성적 이미지를 중심으로

조영복(광운대 교수)

1 '음악적인 것' 혹은 열린 텍스트

본인에게 주어진 과제는 이상 시 장르에 관한 것이다. 이상의 시'만'을 특별히 언급한다는 것은 이상 텍스트의 장르 간 경계를 확정하기 어려운 점을 고려한다면 적절하지 않을 수 있다. 근대 문학 텍스트는 엄격히 양식론적 성격을 규정하기 힘든 경우도 있고, 근대 저널리즘 제도하의 신문 잡지 매체의 특성 때문에 새롭게 생성된 혼종 장르인 경우도 있다. 그러나 이상의 경우는 이 같은 문예 미학의 문제나 근대 문학의 제도 문제를 넘어서 있다. 이상 텍스트는 저널리즘적이기보다는 탈저널리즘적이며,[1] 에피그람적인 단편들의 조합이나 은유적 모티프의 절합으로 이루어져 있어, 이들 텍스트에 펼쳐진 관념들을 하나의 체계로 전환시키려는 비평적 유혹에 끊임없이 저항한다. 이른바 '독수리의 시선'을 가진 헤겔적 텍스트가 아니라, '까마귀의 시선'을 가진 니체적 텍스트이다.[2] 이상 텍스트를 분석하면서 하

---

1) 이상, 「「오감도」 작자의 말」.
2) 밀란 쿤데라, 김병욱 옮김, 『사유하는 존재의 아름다움』(청년사, 1994), 174~175쪽.

나의 모티프 변주나 이미지 주제론에 집중할 수 있는 이유가 여기에 있다. 이상은 동일한 이미지를 반복하거나 파편적으로 절합시킬 뿐 아니라 동일하거나 유사한 어구나 문장을 각기 다른 텍스트에 펼쳐 둔다. 시 양식 특유의 연구 테마인 이미지, 상징을 주목하는 경우에도 이 특정 테마들은 시뿐 아니라 이상 텍스트 전반에 나타나므로, 시 장르'만'의 연구는 처음부터 난항을 겪게 마련이다. 파편적인 이미지, 모티프를 추출해, 어구나 문장들의 텍스트 내적 맥락을 유기적이고 종합적으로 분석, 해석하는 것이 연구자의 중요한 임무가 된 것은 이상 텍스트의 본질적 성격에 기인한다.[3] 「「오감도」 작자의 말」을 보면, 이상이 시 장르에 대한 자의식은 분명 있었을 것으로 추정되지만, 텍스트 자체로써 시와 비시적인 것을 구분하기는 쉽지 않다. 이 같은 이상 텍스트의 성격을 고려하면서, 이 글은 이상 시에 대한 새로운 해석이나 분석, 특정한 주제론적 접근을 지양하고, 대신 이상 텍스트의 시학적 성격을 고찰하는 데 목적을 둔다.

이상 텍스트는 그 자체가 자료이면서 작품이고 또한 연구방법론이다. 이상 문학은 기본적으로 에피그람적인 성격을 갖는다. 통상적인 의미 체계가 해체되고, 비개연성을 가진 어구나 문장이 인접적으로 연결됨으로써 텍스트는 독창적인 의미들을 생산하는데, 이는 미학적인 가치와 자료적인 것 사이의 갈등 속에서 끊임없는 논쟁적 효력을 발휘한다.[4] 이상 문학은 '항구적 당대성'이라는 이율배반성을 갖는다. 예술 작품이 본질적으로 형식과 체계의 문제를 전유하고 있다면 이 이율배반성은 전형성과 개방성, 자유로운 다극성과 항구성 간의 변증법을 포함한다.[5]

---

3) 파편적인 제재나 모티프를 체계적으로 이론화한 논의들, 특정 유형들에 집중하는 최근의 논의들이 장르적인 시각이 아니라 포괄적인 주제론에 집중되고 있다는 것은 흥미롭다. 레이몽 트루송, 「주제의 연구: 방법론의 문제」, 이재선 편, 『주제학이란 무엇인가』(민음사, 1996), 5~41쪽.
4) 김윤식은, 이상 문학 연구의 방향성은 텍스트 연구와 문학 연구의 갈림길을 인식하는 것에 있다고 본다. 김윤식, 「이상 문학 연구의 어떤 방향성」, 『발견으로서의 한국 현대 문학사』(서울대 출판부, 1997).

이 같은 이상 텍스트를 설명하는 하나의 틀을 제시한다면, 그것은 '열린 텍스트'이다. 이는 자의적인 해석을 가능하게 하는 텍스트라는 의미가 아니며, 초현실주의, 다다, 미래파 같은 전위주의적이고 해체주의적 전통의 계보 속에서 문예 사조사적 위치를 점유하고 있다는 의미도 아니다. 특징적으로, 이상 텍스트가 현대 예술의 계보 속에서 그 역사성을 견지하고 있으면서도 어떻게 지속적으로 문학방법론의 탐구 대상이 되고 있는가를 말하는 것이다. 전위 예술가들이 견지했던 '의도적인 열림'의 효과를 넘어 이상의 텍스트는 자료로서의 가치, 작품으로서의 가치, 방법론적인 탐구 대상으로서의 가치를 동시에 견지하면서 저 스스로 열린다. 이는 이상 텍스트가 해석의 지층을 무한대로 확장하는 근본적이고 본질적인 조건이다. 이상 텍스트 분석은 그물 조직의 빈 여백처럼 무질서하게 놓인 텍스트의 지층을 파고들어 하나의 질서를 찾아가는 과정이며, 이는 보다 분절적이고 명료한 언어를 요구한다는 점에서 역설적이다.[6]

열린 텍스트는 정보 전달의 차원에서 설명될 수 있다.[7] 열린 성격을 가진 텍스트는 관습적인 텍스트보다 훨씬 많은 양의 정보를 전달한다. 이 경우, 창작 과정의 규명이나 역사적 이해가 작품 자체에 대한 비평적 해석보다 더욱 용이하다. 이는 이상 텍스트 분석이 문학 사회학적 입장, 역사주의적 입장, 텍스트 생성론에 치우쳤던 이유다. 열린 텍스트의 관점에서 이상 텍스트는 좋은 작품과 나쁜 작품, 시와 비시의 경계를 구분하기도 힘들다. 시 작품 자체에 대한 미학적 평가보다는 작품의 구성 원리, 곧 시학의 분석과 해설이 우선적이며 텍스트는 시학의 표현으로서의 의미가 중요해진다. 예술 작품이 곧 예술론이듯, 시 작품은 시론인 것이다. 시가 시인이 말하고자 하는 시학의 문제를 표현하고 있는 것이니만큼 좋은 작품이냐 나쁜 작품이냐의 논의 자체는 그다지 유용하지 않다. 이상 시 연구가 수필이

---

5) 움베르토 에코, 조형준 옮김, 『열린 예술 작품』(새물결, 2006), 140쪽.

6) 미셸 푸코, 이광래 옮김, 『말과 사물』(민음사, 1993), 16~17쪽.

7) 움베르토 에코, 앞의 책, 301쪽.

나 소설과 공통 영역을 점유하고 있고, 시성(poésie) 문제가 중요 쟁점이 되지 않는 이유도 같은 맥락이다.

일련의 이미지나 모티프들이 텍스트를 따라 반복적으로 재배치되면서 끊임없이 변형되는 속성은 '음악적인 것'으로 규정할 수 있다.[8] 이상 텍스트는 비분절적인 음들의 파편성과 시간의 연속성을 특징으로 하는 음악의 속성과 유사하다. '음악적인 것'은 음악 장르와의 직접적 연관성을 의미하지는 않는다.[9] 텍스트 생성 요건 자체가 음악적인 성격에서 기인한다는 것인데, 질주와 속도의 모티프, 소리, 소음, 음향의 탐색, 공감각적 이미지, 텍스트의 배치 등에서 이를 확인할 수 있다. 음악은 정서나 사상의 '의미'를 표현하는 도구가 아니라 그 자체로 독립적이고 자율적인 음들의 운동이다. 음의 비분절성, 무의미성은 음악의 내재적 질서를 구성하며, 질주하는 음은 시간성을 초월해 절대 자유를 추구하는 정신의 운동을 표상한다. 음악을 최고의 예술로 이해했던 로맹 롤랑은 음악으로부터 절대 자유의 영웅주의를 읽어 낸다. 음악의 소리는 무한 질주와 변형의 생성적 요인이며 모든 음악적인 것들은 이 같은 창조와 변형의 정신주의를 내포한다.

들뢰즈는 이를 '리토르넬로(ritornello)'로 설명한다. 리토르넬로가 유독 음악과 관련되는 것은 대지(영토, 의미)에 덜 종속적이며, 음악의 역량을 기표 작용이나 전달의 가치에 두지 않기 때문이다.[10] 새의 노랫소리나 트랄랄랄 같은 어떤 뜻없는 흥얼거림처럼, 리토르넬로는 오히려 음악을 방해하고 몰아내거나 음악 없이 지내게 함으로써 음악의 본질적 내용이 된다.[11] 리토르넬로는 반복과 재배치를 통한 생성과 창조의 동인이다. 이상의 얼굴에서 미샤 엘만과 피디아스의 제우스 상을 겹쳐 읽은 김기림은 '신화의 귀환'과 음악적

---

8) 슈타이거가 구분한 '서정적인 것'과 '서정 양식'의 차이가 하나의 준거가 될 것이다. 에밀 슈타이거, 오현일 외 옮김, 『시학의 근본 개념』(삼중당, 1978).

9) 음악과의 상관성을 논한 것으로는, 신범순, 「바다의 거울 푸가」, 『이상의 무한정원 삼차각 나비』; 조은주, 「박태원과 이상의 문학적 공유점」,《한국 현대 문학 연구》23(2007).

10) 들뢰즈·가타리, 김재인 옮김, 『천 개의 고원』(새물결, 2003), 661쪽.

11) 들뢰즈·가타리, 위의 책, 567~569쪽.

열림 상태를 동시에 포착한다.

따라서 열린 텍스트이자 음악적인 텍스트로서 이상 시는 세 가지 층위로 요약된다. 첫째, 선과 점, 숫자의 배치는 음렬 음악적인 열린 상태를 지향한다. 둘째, 동일한 어구 혹은 이미지들의 반복, 속도, 질주, 변형의 정신주의적 경향은 음악적 형식의 내적 구조를 모방한다. 질주와 소음의 형이상학을 리토르넬로의 정신주의로 이해할 수 있는 것이다.[12] 셋째, 소리, 소음, 음향의 모티프들은 음악의 공감각적인 특성을 효과적으로 반향한다. 공감각적인 이미지는 초자아적인 불멸성의 존재론적 사유와 관계가 있다.

2 열린 텍스트의 인식론적 지도

이상 시는 크게 보아 도상적인 텍스트와 문자적인 텍스트로 나눌 수 있다.[13] 도상적인 텍스트로는 「3차각 설계도」의 연작시들, 「건축무한육면각체」 계열의 「진단」 같은 시들, 문자 및 숫자의 배열로 이루어진 텍스트, 도상, 선형 텍스트 등을 포함한 것이다. 문자적인 텍스트는 초현실주의적인 내용을 담든 서정성을 견지하든 문자적 문맥적 이해를 통해 의미에 접근하는 경우들이다. 「오감도」 계열의 시들, 그러니까 「시 제1호」처럼 문자적 이해와 도상적 이해의 경계가 확실하지 않은 것들도 있다. 이들은 문자적 의미 해독에 중점을 두기도 하지만, 숫자의 배열, 수평적 읽기와 수직적 읽기, 수평적 질주감과 수직적인 확장감 등의 교차가 역동적인 아우라를 생성하고 있어 전자에 속한다고 볼 수도 있다. 다만 이 글의 목적이 이상의 시 분류에 있지 않으므로 이들을 어떤 계열로 분류할 것인가의 문제는 논외로 한다. 이상 텍스트 자체가 혼종적인 성격을 가지고 있으므로 분류 자체가 그다지 이상 시 연구에 결정적인 변수로 작용하지 않는다. 위에서 두

---

12) 졸고, 「이상 혹은 리토르넬로의 비교교유록」, 『이상의 사상과 예술』(신구문화사, 2007).
13) 이하 이 글에서 인용한 이상 텍스트는 권영민, 『이상 전집』 1~4(뿔, 2009).

가지 계열로 분류한 것은 논의의 편의를 위해서다.

「3차각 설계도」의 「선에 관한 각서」 계열의 시는 숫자나 점의 배열, 프렉탈적 층위의 연속을 보여 주는 도상 텍스트들이다. 이들은 일종의 '배치의 시'로서, 신음악에서 말하는 음렬 음악과 유사한 형태를 보여 준다. 음렬 음악은 기존의 조성 음악의 강압적이고 형식적인 틀에서 벗어나 있는데, 하나의 사물을 서로 다른 각도에서 포착해서 형상화한 비구상 회화와 함께 현대 추상 예술의 계보에 속한다. 소나타의 경우는 주제의 연속적인 이어짐과 중첩 과정을 쉽게 알 수 있다는 점에서 개연성의 원리를 따른다고 볼 수 있다. 하지만 음렬 음악의 경우는 통상적인 음조적 가능성의 질서로부터 떨어져 나와 거대한 무질서를 새로 도입하면서 새로운 형태의 조직화 방식을 끌어들인다. 음렬 음악에서는 무의식적으로 일반 음악 체계를 따르는 청취 행위는 부정되고 대신 개인적 창조 행위가 요구된다.[14]

12음렬 기법의 작곡가 베베른은 이 같은 열린 상태의 배치를 '내적인 결합'이라고 말하고 이를 음악적 담론을 조직화할 수 있는 방안으로 활용한다. 왼쪽은 베베른이 사용한 공식이며, 오른쪽은 이상의 「선에 관한 각서 1」이다.

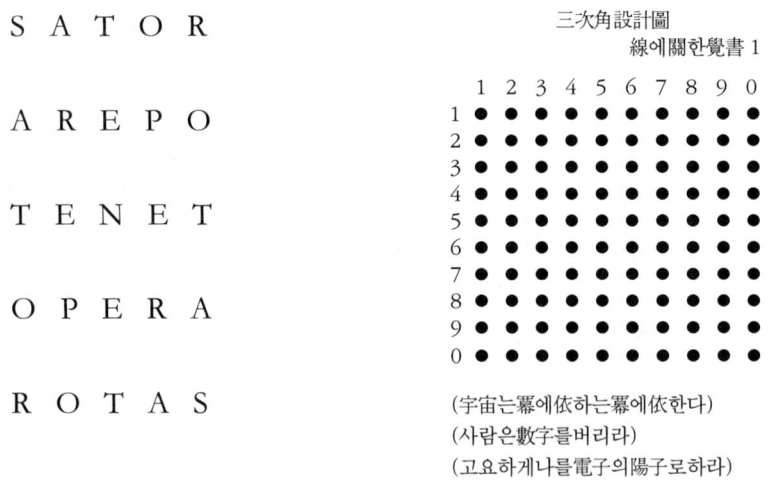

14) 레비스트로스, 임봉길 옮김, 『신화학 1: 날것과 익힌 것』(한길사, 2005), 132~133쪽.

수평적으로 읽을 때와 위에서 아래로 혹은 아래에서 위로 수직적으로 읽을 때 이 상이한 배치를 통한 의미의 산출 방식은 확연히 다르다. 하지만 이 방식은 단순한 언어의 결합만을 목표로 하는 크로스워드 퍼즐 게임과는 다르다. 배치를 통한 담론의 전략이 있고 독자의 이해 가능성의 채널을 열어 놓음으로써 의미 생성에 기여하기 때문이다. 이 같은 '배치'는 의미의 무질서화된 원천을 이용하고 있기는 하지만 조직화된 메시지 전달이라는 목적을 포기하지 않는다. 개연성의 체계와 단순한 무질서 사이의 끊임없는 동요를 통해 의미 생성에 기여한다. 즉 열린 상태의 텍스트 내적 무질서는 일련의 창조적인 텍스트 읽기를 통해 재조직되고 질서화된다는 것이다.[15] 가장 흥미로운 메시지는 정보는 풍부하지만 해독하기 어려운 것인데, 이때 문제가 되는 것은 의미 자체를 전혀 인식할 수 없도록 만드는 원초적 무질서에 의존하는 경우이다. 무질서와 질서 사이의 긴장과 동요의 변증법이 사라지는 임계점에 도달하면 정보로서의 가치는 전혀 무화되기 때문이다. 열린 텍스트는 결국 제한된 잠재력, 통제된 무질서를 겨냥하게 되는데 이상은 '배치의 시'의 무질서한 배열을 통제하는 전략을 구사한다. 도표 아래는 문자 텍스트가 덧붙여 있다. 일종의 무질서를 통제하는 장치들을 배치함으로써 의미의 산출을 유도하고 다양한 해석 가능성을 열어 둠으로써 시 작품으로서의 가치를 구축한다. 도상적인 성격을 갖는 이상의 시들은 문자 감각과 공간 감각을 통합적으로 재현함으로써 무질서의 임계점을 넘어선다.

문자와 도상 기호의 결합을 통해 감각의 변형을 시도한 또 다른 예는 「선에 관한 각서 7」에서 볼 수 있다. 이 시에서 '운동하지 않으면서 운동의 코스를 가진다든가, 시각의 이름으로하여 광선보다도 빠르게 달아날 필요는 없다' 등의 의미를 정확하게 규정하기는 어렵다. 많은 연구자들이 지적한 대로, '속도'와 '숫자(시간)'의 개념이 결합되는 것에서 현대 물리학적인

---

15) 움베르토 에코, 앞의 책, 137~138쪽.

시, 공간 개념에 의해 구축된 이상의 사유나 사상을 설명할 수 있을 것이다. 하지만 이 텍스트가 주목되는 것은 문자적 텍스트에 도상적인 입체감을 부여하는 방식 때문이다. 문자의 도상화는 "시각의 이름'이라는 문맥으로 표현된다. "□는 나의 이름", "△는 아내의 이름"은 문자를 도상적 형태감을 가진 기호로 변환한 것이다. 문자에 비해 정보량이 증가하면서 의미 및 해석의 지평이 확대된다. 숫자나 점, 프랙탈적 도형의 연속으로 배열된 텍스트들과 유사하다고 하겠다. "시각의 이름은 사람과 같이 영원히 살아야 하는 숫자적(數字的)인 어떤 점이다."는 '배치의 시'에서의 숫자와 점의 배열을 상기시킨다. 이 같은 '배치의 시'들은 궁극적으로 음의 질주와 변형의 모티프와 긴밀하게 연결된다. 질주와 변형의 모티프는 공감각적인 이미지들의 변주와 깊은 관련성을 가진 것으로 이상 시학의 음악적 원리를 탐색하는 또 다른 틀이다. 「선에 관한 각서 1」의 '후각의 미각과 미각의 후각'[16]의 공감각적인 사고 역시, 선과 점의 배치를 통해 무한 우주로 열리는 창조적 정신의 지평과 관련이 있다. 숫자나 점의 배열이 연산을 위해서가 아니라 내포적인 힘의 강도로써 변신술의 요체가 된다는 지적을 주목할 수 있겠다.[17]『오감도 시 제1호』가 막힌 공간 내에서의 질주를 통한 변형을 보여 준다는 점은 상징적이다.

한편, 이상 시 텍스트는 많은 경우 에피그람적 성격을 가지고 있으며, 파편적인 이미지의 비개연적 결합을 특징적으로 보여 준다. 파편적인 이미지들은 프랙탈적 다층성의 텍스트가 갖는 의미의 무한 변주를 대체하는 듯 보인다.『실화』에서 언급한 '비밀과 전략'은 이상 시학의 근본 원리가 된다. 「소영위제」 같은 96음절을 한 문장으로 통어한 시[18]에서 보듯 이상 시의 공감각적 이미지는 이상 텍스트의 생성적 전략과 무관하지 않다. '비밀 전

---

16) '2차원의 평면을 입체적이고 공간적인 3차원의 차원에서 다룰 수 있는 해석기하학의 관념을 도표화한 것'과 상관성이 있다고 판단된다. 권영민, 『이상 전집』 1, 273쪽.
17) 박슬기, 「질주'의 이중적 계보학」, 『이상의 사상과 예술』(신구문화사, 2007), 317~318쪽.
18) 권영민, 『이상 전집』 1(시)(뿔, 2009), 88~89쪽.

략'의 궤도를 이상은 '지도'라는 선명한 시각적 인상으로 구체화한다. 하나의 지도를 펼쳐 놓고 시선은 그 행로 위를 오르내린다. 이상은 명백한 앞의 지도 위에서 움직이면서 자신의 마음의 표정들을 탐색하고 그것을 감각적인 형태로 가시화한다. 그래서 지도 위의 시선은 여정과 관계가 있거나 여행 중이다. 이상은 자신의 마음을 "백지(白紙) 위에 깔아 둔 한 줄기 철로"(「거리(距離)」)라는 여로로 표상하기도 한다. "내문(門) 빗장을 내가지르는 소리는 내심두(心頭)의 동결(凍結)하는 녹음(錄音)이거나, 그 겹이거나"(「파첩(破帖)」)에서는 여행을 가는 마음의 문의 빗장을 질러 버리고 있고, "조소(嘲笑)와같이안해의버서노흔 버선이 나같은 공복(空腹)을 표정(表情)하면서 곧걸어갈것갓다(「지비(紙碑)」)"는 여정을 떠날 준비를 한다. 그런데 이런 행로는 "심두의 동결하는 녹음"이라는 시각적인 대상을 청각적으로 전이하는 방식에 의해 선명하면서도 초현실주의적인 시선을 만들어 낸다. "나 같은 공백"이라는 마음의 표정은 "조소 같은 버선"이 환유하는 시각적 인상에 의해 구체적인 표정을 얻는다. "내신선(新鮮)한도망(逃亡)이 그끈적끈적한청각(聽覺)을벗어버릴수가업다"(「위독(危篤)」 중 「육친(肉親)」)에서 '도망'은 신선하면서 끈적끈적한 청각적 감수성과 관련된다. 마음의 지도는 시각적인 것에 머물러 있지 않고 청각이나 촉각과 같은 감각의 전이를 통해 낯설고 신비로운 인상을 공명한다. 마음의 '지도'는 마음의 스크린을 통해 입체적인 효과를 달성한다.

　초현실주의 이론으로 이상의 이 같은 공감각적인 감수성을 설명하기는 충분치 않은 듯 보인다. 이상 텍스트의 공감각적인 이미저리는 초월적이면서도 강력한 주관성을 지닌 자아의 성찰적인 시선에 의해 포착된 것이다. '지도'를 보고 있는 응시의 시선에서 이를 확인할 수 있다. 「오감도 시 제14호」에서는 응시의 시선이 선명하게 나타나 있다. "심장(心臟)이 두개골(頭蓋骨)속으로옮겨가는지도(地圖)가보인다"라고 썼다. 지도를 따라 움직이는 시선은 육체의 감각적 지점들을 정확하게 포착하면서 선명한 인상을 제시한다. 이마에 싸늘한 손자국이 찍히는 것을 느끼는 것은 그러한 '지도'를 따라가

는 정신의 행로 덕분이다. "내문 빗장을 내가지르는 소리는 내심두의 동결
하는 녹음"(「파첩」)에서 자아는 문의 빗장을 지르는 자신의 소리를 "심두"
로 듣는다. "동결하는 녹음"이라는 소리의 공명감은 차갑고 절망적인 내면
공간을 들여다보는 응시의 시선에 의해 포착된 것이다. "지도"는 앎의 모든
감각들과 정신을 통어하는 자아의 인식론적인 좌표이다.

　이상의 텍스트는 텍스트를 끌고 가는 인식론적인 주체의 전략에 따라
열리고 닫힌다. 아폴리네르가 말한 '질서와 모험' 간의 항상적인 투쟁을 상
정할 수 있다.[19] 순수 질료적인 성격을 가진 이상의 텍스트가 성찰적인 힘
을 이끌어 내고 해석의 지평을 확장하는 것은 이 때문이다.[20]

3 탈주의 감각과 '작은 영화'적 공명

　이상 시의 통합적이면서도 생동적인 이미저리들은 감각의 복합과 착종
을 보여 준다. 이는 이상이 다양한 예술 장르에 심취했던 전기적이고 경험
적인 사실과도 분리되기 어렵다. 이상 텍스트의 열린 성격은 예술 전반의
다양한 장르가 혼종된 아방가르드 예술 자체의 성격과도 다르지 않은데,
미술, 영화, 건축, 음악 등 이상의 다양한 예술 체험을 지적할 수 있을 것이
다.[21] 다만 여기서는 이상 텍스트의 공감각적인 이미지 문제를 중심으로 살
펴보기로 한다.

　예술에 대한 경험적 지식은 미적 감각을 형성하는 중요한 바탕이다. 추
상적인 재현과 이 같은 경험적인 감각의 수용 사이에는 깊은 연관성이 있

---

19) 움베르트 에코, 앞의 책, 143쪽.

20) 레비스트로스, 『보다, 듣다, 읽다』, 167쪽.

21) 문학 분야 이외의 연구자들의 논의를 참조할 수 있다. 김민수, 「시각 예술의 관점에서
　　본 이상(李箱) 시의 혁명성」, 『이상 문학 연구 60년』(문학사상사, 1998); 안상수, 「타이
　　포그라피적 관점에서 본 이상 시에 대한 연구」(홍익대 대학원, 1995); 김정동, 「이상의
　　「날개」에 나타난 건축적 이미지에 관한 연구 ─ 1930년대 경성 거리를 중심으로」, 《건
　　축·도시환경연구》(2000).

다. 인식론적 미학의 접근법은 한 예술가가 다른 장르의 예술을 체험하면서 특정 감각이나 형식의 제한에서 벗어날 수 있는가를 설명한다.[22] 두뇌학적으로 산문이나 시와 관련된 좌뇌와 음악이나 비주얼 아트와 같은 우뇌의 역할이 동시적으로 통합적으로 재현되는 예술을 제시하기도 한다. 아방가르드 예술이 구현하고자 하는 것은 객관적인 기능 혹은 과학적으로 증명되는 외적인 리얼리티가 아니라 의식적인 주체의 내적인 리얼리티이다. 이 같은 내적인 리얼리티가 생성되는 요인은 이미지화 방식 때문인데, 이는 특정한 하나의 감각에 좌우되는 인상을 떠올리는 단순한 방식보다는 감각의 공명감을 통해 발현되는 것이다. 따라서 아방가르드 예술은 이 같은 착종과 혼종의 공감각적인 이미지들을 구현한다. '입체 시'의 공감각적인 이미지는 전위 예술 자체가 갖는 장르 넘나들기의 장르적 성격에서 기인한다. 문자 매체로서의 시의 운명과 그 평면적인 속성을 어떻게 탈피할 것인가에 대한 고민은 아폴리네르 등 아방가르드 시인들이 고민했던 문제였다. 그들은 활자의 형태나 크기, 색깔 등의 재배치나 변화를 통해 이를 해결하고자 실험적인 모험을 시도한다. 그들은 다층적 공감각적 효과를 가진 '입체 시'를 제안하면서 그 궁극적 가능성을 영화에서 찾는다. 영화(특히 토기 영화)는 그러한 공감각적인 이미지를 효과적으로 재현한다. 이미지스트들이 꿈꾸었던 '마음의 스크린(mindscreen)'은 소리를 시각적 층위에 병렬시킴으로써 감각의 동시적인 수용과 그것의 생성 효과를 노린 것이다. 과거와 현재, 시각과 청각, 기억과 망각, 주체와 객체는 뒤섞이고 착종되면서 그 경계를 무너뜨리는데, 이는 영화를 통해 포스트휴먼적인 불멸의 이미지를 발견해 냈던 사실에 유비된다.[23] 김기림은 '입체 시'를 통해 시의 단조적인 속성(선형성)을 뛰어넘고자 했고 구체적으로 영화 시 장르를 모색하기도 한다.[24]

---

22) Degan, Dario Del, "Crossing borders: Towards a cognitive aesthetic approach to Caravaggio and Beckett," *Semiotics*, 2005, Vol. 157, 68쪽.

23) Ying Kong, "Cinematic Techniques in Modernist Poetry," *Literature-film Quarterly* 33(1), 2005, 35쪽.

이상 시의 특징적인 요소인 질주의 이미지와 공감각성은 생동적이고 전략적으로 관계를 맺는다. 이는 문자적 텍스트의 평면적인 한계를 뛰어넘어 공감각적인 공간 확장과 인식론적인 사유의 지평을 열어 준다. '모든 지각들이 뒤섞이고 소멸되고 다시 생성되는 추상과 꿈의 지대에 세계의 형상을 위치 짓는' 전위적 예술 문법의 스펙트럼을 이상은 보여 준다.[25] 감각의 혼성과 입체화를 통해 리얼리티를 살리는 방식은 일종의 '작은 영화(a tiny movie)'의 효과를 갖는다. '반향하고 공명하는 이미지, 미묘하게 마음을 움직이는 음향' 이미지의 속성들은 영화와 음악의 장르적 성격에서 온 것이다.[26] 감각적 존재의 단일성, 지각된 세계의 단일성을 전제한 보들레르의 형이상학적 '조응'의 개념과는 다른, 질주의 물질성과 초현실주의적인 신비주의와 결합된 것이다.[27]

음악의 무어휘성과 무의미성을 루소는 "사전은 음악을 배제한다."라고 말한다. 레비스트로스는 음악의 언어는 번역 불가능하다고 설명하면서[28] 야콥슨의 논의를 소개하는데, 음악에서는 음소들의 어원학적 분류체인 어휘는 존재하지 않는다.[29] 음악의 악구 사이에는 분절 언어적인 중간 구성층이 없다. 음악은 '의미'를 갖는 단위인 분절 언어가 존재하지 않으며 따라서 모방의 구속으로부터 자유롭다. 음악이 절대정신을 구현하는 것은 이 때문이다. 소리에는 확정적인 의미가 들어 있지 않으므로 다양한 오브제들과 자연의 다양한 효과들을 결부시켜 가며 정신은 끊임없이 소리와 의미의 연

---

24) 졸고, 「1930년대 문학의 테크놀러지 매체의 수용과 매체 혼종」, 《어문연구》 142, 2009.
25) 이상과 클레르의 관계에 대해서는 졸고, 「이상의 예술 체험과 1930년대 예술 공동체의 기원 ─ '제비'의 라보엠적 기원과 르네 클레르 영화의 수용」, 《한국현대문학연구》 23, 2007. 12.
26) Ying Kong, 앞의 논문, 29쪽.
27) 정희경, 『은유, 그 형식과 의미 작용』(서울대 출판부, 2000), 119쪽.
28) 레비스트로스, 『보다, 듣다, 읽다』, 105~124쪽.
29) 한국어 번역본을 참조한다. 신문수 편역, 『문학 속의 언어학』(문학과 지성사, 1989), 308쪽. 내용은 다르게 번역되어 있다. "어원에 따른 음운의 분포나 유성음 따위를 찾아볼 수 없다는 데 있다."

관성을 찾는다. 음악은 '조응'의 공감각적 감수성을 효과적으로 부각시키면서 또한 감각들의 상관성을 포착한다. 음악을 통해 우리는 상상하는 것들의 관계들을 생각한다는 것이다. 눈에 인상을 주는 것을 음악으로 그릴 때 그 음악을 듣는 것은 귀가 아니다. 두 감각 사이에 위치해 그 감각 작용을 비교하고 조합하는 정신인 것이다.[30]

이상의 음악과 관련된 텍스트들은 질주의 이미지와 함께 공감각적 감수성을 보여 준다. "네온사인은 섹소폰같이 수척했다."(「가구의 추위」)에서는 네온사인의 불빛이 주는 차가움과 고독감이 색소폰의 이미지와 혹은 그것이 뿜어내는 음률적인 이미지와 결합하고 있다. 불빛은 시각적으로 보일 뿐 아니라 온도로 감각된다.

곽란(霍亂)처럼 들끓는 음악을 그는 기울어져 가는 한칸의 창(窓)에서 전송했다. 낡은 모습의 슬픔이 그를 엄습했다. 악보화(樂譜化)된 성적표가 그의 소화계를 난마(亂麻)와 같이 유린(蹂躪)했다. 중량(重量)의 구두 소리의 체적(體積) — [31]

이 장면은 영상과 음향이 카오스적인 형태로 결합되어 있는 것인데, 이른바 '리토르넬로' 형식이다. 이상은 「지도의 암실」에서 이 같은 공감각적인 공명감을 '음악적 효과'로 이름 붙인다. '음악의 효과'는 '언어의 채색'이라는 수사를 통해 은유의 이론을 설명하고자 했던 야콥슨의 논의를 떠올리게 한다. 소리는 포괄적이고 섬세하며 심층적인 감각을 작동시킨다. 페이브먼트를 누르는 구두의 중량감과 리듬감은 자신을 향해 쏟아져 들어오는 불빛의 어지러운 '마술'에 대응된다. 밤안개 사이로 흐릿해진 시야는 불빛을 받아 마술 부리듯 요동치고, 이 같은 시선 아래서 구두 소리는 마치 꿈을 꾸듯

---

30) 레비스트로스, 『보다, 듣다, 읽다』, 108쪽.
31) 이상, 「얼마 안 되는 변해」, 『이상 전집』 4, 349쪽.

흐릿한 시야와 혼돈스럽게 얽힌다. '스포츠'와 '마술'은 율동감 있는 동작과 음악적 리듬감이 혼란스럽게 얽히는 효과를 표현한 것이다. "홀홀 나는 초콜레에트처럼 홀홀 날아서" 페브먼트는 "구두 밑창으로 쏙쏙 빠져나"간다. 몽환성은 질주와 속도감이 주는 이미지들과 깊은 관련이 있다. 소란과 소음은 초현실주의적이고 공감각적인 이미지의 원천이다. "리코드 고랑 위의 질주"(「단장(斷章)」, 「객혈의 아침」)에서 질주와 속도가 만들어 내는 몽상적인 사유들 역시 음악과 관련된 순간에 작동된다.[32] 「실화(失花)」는 소리, 소음, 음악의 이미지들과 다양한 감각적 감수성이 미묘하게 섞이면서 환각적인 이미지를 만든다. 이 텍스트에서 가장 아름다운 장면은 진보초의 고본 거리를 묘사한 대목이다. 젖은 아스팔트를 비추는 영란꽃 모양의 가등은 공감각적인 환상의 이미지를 연출한다. 이 같은 거리의 환상적인 장면은 곡마단 '진따'의 음악 혹은 군중들의 알아들을 수 없는 소란과 결부된다. 와글와글하는 소리들은 무질서한 반복과 질주의 이미지를 갖는다.

> 시내—사람들은 여전히 그 알아볼 수 없는 낯짝들을 쳐들고 와글와글 야단이다. 가등(街燈)이 안개 속에서 축축해 한다.[33]

소란, 소음은 음악의 미려한 선율과 다르지 않다. 이상이 음악을 통해 듣는 것은 아름다운 선율 그 자체이기보다는 질주와 변형의 생성적 힘이다. '음악의 효과'는, 감각의 다양한 것들이 상호 얽히고 교차하면서 만들어 내는 무질서한 공간과 그로부터 생성되는 정신적 모험의 이미지를 가진다. 이상이 죽기 얼마 전 김기림 앞에서 혼신을 다해 쏟아 내던 '엘만 톤'의 이미지 또한 감각의 착종과 분열적인 에너지를 담고 있다. 바이올리니스트 미샤 엘만(Mischa Elman, 1891~1967)[34]에 대한 언급을 참조할 수 있겠다.

---

32) 조은주, 앞의 논문, 274쪽.
33) 이상, 「실화」, 『이상 전집』 2, 162쪽.
34) 엘만이 조선에서 독주회를 가진 것은 1937년 4월 25일이다.(이강숙 외, 『우리 양악 100년』

「랄로 협주곡」을 연주한 두 연주자를 비교 평가하면서, 이상은 엘만의 연주를 '질주'와 '변형'이라는 관점으로 포착한다. 브로니슬로 휴베르만(Bronislaw Huberman)의 '랄로'는 너무나 탐미적이지만 기묘할 뿐 정서가 없다고 혹평하고, 미샤 엘만의 그것은 "그저 막 헐어내서는 완전히 딴것을 만들어 버린다."고 평가한다.

후베르만이란 제금가(提琴家)는 참 너무나 탐미주의(眈美主義)입니다. 그저 한없이 기레이(멋지다)하다 뿐이지 정서가 없소, 거기 비하면 미샤 엘만은 참 놀라운 인물입니다. 같은 랄로 더욱이 최종 론도의 부를 그저 막 헐어내서는 완전히 딴것을 맨들어 버립디다. 미샤 엘만은 내가 싫어하는 제금가였었는데, 그의 꾸준히 지속되는 성가(聲價)의 원인을 이번 실연을 듣고 비로소 알았오. 소위 엘만톤이란 무엇인지 사도(斯道)의 문외한 이상으로서 알 길이 없으나 그의 슬라브적인 굵은 선은 그리고 그 분방한 디포메이션은 경탄할 만한 것입디다. 영국 사람인줄 알았더니 나중에 알고 보니까 역시 이미그란트입디다.[35]

이 편지는 음력 섣달그믐에 보낸 것으로 되어 있다. "사도의 문외한"이라 말할 정도로 이상의 진지한 음성이 전해지는 편지인데, 이 진지함은 엘만의 '변형'이 그의 정신을 지배하고 있었던 데서 기인했을 것이다. 이상은 동경에서 엘만의 연주를 실연으로 보았을 것이다. 끽다점에 앉아 축음기로 듣던 엘만의 연주를 동경에서 실연으로 들었을 때의 감동은 말로 표현하기 어려웠을 것이다. 이상은 그러한 질주와 변형의 음들을 "이미그란트"적인 정신의 지표 위에 세워 두고 있다.

(현암사, 2001), 350쪽) 일본 연주회를 전한 기사도 확인된다.(《조선일보》 1937. 1. 14) 엘만 언급은 윤극영, 「현하의 악단을 도라보면서」, 《개벽》 1926. 1. 1 참조. 엘만뿐 아니라 라스, 하이페츠, 짐발리스트 등 세계적인 바이올린 연주자들이 일제 강점기에 내한 공연을 했다. 1936년 10월 동경으로 간 이상은 서울에서는 엘만의 독주회를 관람하지 못했던 것 같다.

35) 이상, 「편지 7」, 『이상 전집』 4, 174~175쪽.

'엘만 톤'은 기교파적인 테크닉보다는 정확한 주법과 비브라토의 아름다움, 화려한 색채와 완벽한 인터네이션을 가리킨다.[36] 바이올린 곡의 특성상 애잔한 선율과 정서는 센티멘털리즘적인 분위기를 탈각하지 못한다. 이 감상성을 삭제할 수 있는 것이 바로 개성적인 주법인데, 엘만은 특히 완벽한 인터네이션과 비브라토를 통해 화성적인 선율의 평범한 아름다움을 비틀고 새롭고 독창적인 선율을 만들어 낸다. 거기에 강력한 비트가 생기고 탈선적인 음률의 질주가 생기는 것이다. 엘만의 연주에서 이상은 예술의 지고한 아방가르드 정신뿐 아니라 화려한 색채의 마술을 본다. '색청(色聽)'의 감각은 일종의 파상적인 리듬과 율동감이다. 이때 '색청'은 '색채-음향'의 조응 관계이기보다는 선후와 중첩의 관계, 곧 혼돈의 아우라가 있다. 음이 선도적인 역할을 하고 다음 눈으로 본 색채와 중첩되는 색채를 끄집어 내고 그러한 색채에 음의 고유한 리듬과 운동을 전달하는 것이다.[37] 이상은 이 화려한 비브라토에서 색청의 감수성을 읽고, "헐어내서 완전히 딴것을 만들어 내는" 질주와 변형의 생성적 힘을 꿰뚫는다. 슬라브 계통 음악 교육의 한 계보를 이루는 레오폴트 아우어의 영향을 받았다는 것, 1927년 미국 시민권을 얻음으로써 우크라이나 태생의 유대인 음악계의 계보를 이어 간 것도 엘만에게서 주목할 부분이다.[38] 슬라브계로 태어나 미국으로 이민을 간 "이미그란트"인 엘만의 생애 역시 '탈주'와 '변형'의 유목적 감각과 관련 있는 것으로 이상은 파악하고 있다. 한편으로는, 바이올린이라는 악기 자체에 주목하고 멘델스존 이후의 화려하고 개성적인 색채의 바이올린 선율을 창조해 낸 랄로와, 엘만의 만남은 그 자체로 '변형'과 '창조'의 표상일 수 있다.[39]

---

36) 안동림, 『이 한 장의 명반』(현암사, 1997), 1091~1092쪽.

37) 들뢰즈·가타리, 앞의 책, 660쪽.

38) 마르크 팽세를르, 『바이올린 음악의 역사』(대학음악저작연구회, 삼호출판사, 1989), 114~115쪽.

39) 로베르 피투르, 편집부 옮김, 『프랑스 근대 음악의 대작곡가들』(삼호출판사, 1993), 37~39쪽.

현대의 음악 미학자들은, 음악을 어떤 감정이나 사상의 표현이라고 말하는 것은 불충분하다고 말한다. 음악은 인간과 시간 사이에 일종의 질서를 부여해 준다. 이 같은 질서의 구축에 절대적으로 필요한 것이 바로 건축학적인 구조이다. 엘만의 연주에서 이상은 폐허와 같은 무너짐과 창조적 생성력을 동시에 보고 있다. '헐어 버린 뒤 새것을 만드는' 강력하고 견고한 건축학의 질서를 엘만 연주의 테크닉의 완벽함뿐 아니라 이미그란트적인 정신의 힘에서 찾고 있는 것이다.[40] 특히 완전히 허물고 새로운 것을 만들어 내는 엘만의 탁월한 주법(엘만 톤)은 소리 그 자체의 '리토르넬로'에 접근해 가는 신비스러움을 자아내는데, 이를 이상이 말한 '분방한 변형'이 주는 아름다움으로 설명할 수 있을 것이다. 탈주적인 선율은 육체의 탈각과 같은 환상을 일으키면서 이상의 아방가르드적인 감수성을 자극했던 것이다. 공복과 피로와 같은 육체의 고통을 '곽란'처럼 들끓는 악보의 이미지로 그려 낸 「얼마 안되는 변해(辨解)」에서 "음악은 사상을 떨어 버리고 우곡(迂曲)된 길 위를 질서 없이 도망쳐 다니고 있었다."라고 쓴다. "자신의 계통을 상한" 음악은 계보와 사상을 떨어 버리고 무한 질주한다. 질주는 무한 변형과 생성을 위한 방법론적 무질서이다. 시간성의 예술이면서 또한 무한대로 열리는 음악의 존재론은 공간의 무한 확장을 담보한다. 소리의 질주는 이상의 탈주해 가는 정신의 물질적 표상이다. 이상은, 광대한 음역을 가로지르며 달려나가는 엘만의 바이올린의 선율에서 육체를 통과해 나가는 찰나적 영원성을 느낀다. 음악은 순간적으로 통과해 가는 빛의 영원성과 소리의 무한 질주가 결합된 어떤 창조적 영감의 지층을 구성하고 있는 것이다.[41]

예술 장르의 전방위적인 종합과 초현실주의적인 방법론으로 시학의 영화화를 구상한 르네 클레르 영화에 이상이 심취한 이유 역시 '질주와 변형'

---

40) 스트라빈스키, 박문정 옮김, 『나의 생애와 음악』(지문사, 1990), 70~71쪽.
41) 엘만 관련 언급은 졸고, 「이상 혹은 리토르넬로의 비교교유록」에서 인용.

과 관련이 있다. 클레르의 영화는 음악적이며 전위적이다. 클레르는 질주와 속도감의 역동적인 이미지를 입체적으로 구현한다. 클레르 영화의 서정적 시학은 시간의 논리성을 제거한 바탕 위에 환상과 꿈의 판타지를 구현한 것이다. 클레르 영화는 다양한 장르를 혼합하고 소리와 장면의 비논리성을 구축함으로써 '시각적 교향악'을 탄생시킨다.

음악과 소음의 착종, 혼돈의 이미지들은 관습적인 현실의 평면들을 가로지르며 무질서한 혼합의 '중간 지대'를 만들어 낸다. 그러한 감각의 혼합과 극한적인 정신적 모험의 정점에 "모차르트의 환술"이 있다. 「실화」에서 모차르트의 교향곡 41번 일명 「목성(주피터)」을 이상이 분명하게 언급하고 있는 것을 주목할 수 있겠다.

Mozart의 41번은 '목성(木星)'이다. 나는 몰래 모차르트의 환술(幻術)을 투시하려고 애를 쓰지만 공복(空腹)으로 하여 저윽히 어지럽다.[42]

이상이 위에서 언급한 모차르트 「41번 교향곡」(KV 551번, 일명 '주피터')은 모차르트의 교향곡 중 최고의 작품으로 평가된다.[43] 「40번 G단조 교향곡」(KV 550번)의 음울하면서도 비극적이고 그러면서도 튕겨져 나오는 반항적인 아름다움을 계승하면서도 숭고미와 이상주의적인 정신을 담은 것이다. 승리와 힘과 지성을 상징하는 최고의 신 '주피터'의 이름을 딴 제목에서 보듯, 이 곡은 승리와 환희의 순간을 재현한 것으로 평가되기도 한다. 승리의 황홀을 알리는 팡파르적인 음율과 음울하고 비탄적인 내면의 목소리가 대위법적으로 밀도 있게 구성되어 있으며, 특히 4악장에서 푸가의 기법을 통합하고 있다는 점이 주목된다. 푸가는 동일 모티프들의 반복적 변환을 통해 우주적 무한 공간을 재현하는 음악 형식이다. 우아함과 명랑함

---

42) 이상, 「실화」, 『이상 전집』 2, 163쪽.
43) 말테 코르프, 김윤소 옮김, 『아마데우스 모차르트』(인물과 사상사, 1998), 171쪽.

을 표현력의 깊이로 견인하고, 음악적으로 서로 반대되는 것들을 결합해 놀랄 만한 시적 탄력성을 부여했던 모차르트의 음악은, 질주와 변형의 모범적인 투사가 있다. "스스로 닫힌 세계에 의해 거부되고 농락당한" "비인습적인 인간"으로서의 모차르트는, 이상이 「실화」에서 밝혔듯, 자신의 환신(幻身)이다. 정신의 극한 지대를 달려 나가는 음악의 이미지에서 그는 불사성의 자아를 환각한다.

4 반복의 신화적 기원과 불멸성의 존재론

「I WED A TOY BRIDE」에서 이상은 자신의 신경이 들어앉아 있음직한 곳을 '일력, 시집, 시계'라고 밝혀 놓았다. '시집'은 '일력', '시계'와 같은 층위에서 이상의 초조와 강박증을 역동시키는 기제이다. 일력과 시계가 시간의 구속과 관련되고, 시간의 구속과 글쓰기의 관계가 죽음과 생명의 전치 상태에 놓인다는 점에서 이들 대상들은 「종생기」의 주제를 환기할 뿐 아니라 이상 시학의 원리를 설명해 주고 있다.

다음 시에서, 시계 소리는 돌연 공간적인 팽창을 부른다. '13', '호외'의 비상식적이고 비일상적인 코드는 '별안간'의 부사에 밀착되면서 공감각적인 공간감을 생성한다.

나의 방의 시계(時計) 별안간 13을 치다. 그때, 호외(號外)의 방울 소리 들리다.[44]

"호외의 방울 소리"는 질주와 소란의 이미지를 갖는다. 소리는 질주하면서 공간적으로 급격히 팽창하는 느낌을 준다. '시간'이나 시계의 신경증적인 초조감은 시간의 원형 상징인 '달'의 이미지에 깊이 투사된다. 달은 시

---

44) 이상, 「1931년 — 작품 제1번」, 『이상 전집』 4, 342쪽.

간적 공간적 주기성과 관계가 있는 상징이다. 그런데 '달'의 원형적 모티프는 단순히 신화적 상징을 재현하는 것에 그치지 않고, 공감각적 이미지 구축과 공간 확장을 통해 신비주의적이고 초월적인 주제 의식을 구현한다.

육체의 죽음과 달빛의 냉각이라는 모티프는 이상 시에서 반복적으로 나타난다. 「역단(易斷)」 중 「가정(家庭)」에서는 "집웅에서리가나리고뾰족한데는침(鍼)처럼월광(月光)이무덨다"라고 달빛의 차고 냉혹한 특징들을 묘사해 두었다. 그런데 '빛'이 뿜어내는 신비스러움은 공감각적인 심상으로 전환되면서 초현실주의적인 분위기를 형성한다.

> 달빛속에있는네얼골앞에서내얼골은한장얇은피부(皮膚)가되여너를칭찬하는내말슴이발음(發音)하지아니하고미다지를간즐으는한숨처럼동백(冬柏)꽃내음새진이고잇는네머리털속으로기어들면서모심듯키내설음을하나하나심어가네나[45]

달빛은 창백하지만 황홀한 빛을 내뿜는다. 달빛은 촉감과 청각과 후각과 시각의 모든 감각으로 전이되며 그것들은 육체의 내부로 빨려 들어간다. 달빛은 나와 너를 잇는 줄, 운명의 실타래를 연상시킨다. 한숨처럼 뿜어나오는 설움은 동백꽃 내음새의 황홀한 감각들을 자극하며 나의 내부에서 너의 내부로 옮겨진다. 영혼만이 달빛 속에서 충분히 빛나는 것이다.(「습작쇼윈도수점(數點)」) 달빛 이미지가 색조나 광도로 강조되기보다는 빛나고 어두운 정도의 대립(luminance)을 보여 준다는 점에서 시원적이고 신화적인 분위기가 더욱 강렬하다.[46]

달빛이 차고 냉혹한 것은 달이 어둠과 죽음의 상징성을 갖기 때문이다. 달은 밤의 가장 깊은 곳에 존재하면서 어둡고 검은 성질들을 가지며 축축

---

45) 이상, 「소영위제(素榮爲題)」, 『이상 전집』 1, 88쪽.
46) 레비스트로스, 『보다, 듣다, 읽다』, 155쪽.

하고 불길한 느낌을 준다. 달은 죽음과 소멸의 상징이지만 그것 또한 낮의 이미지들을 구원하는 여성화의 완곡 어법이다.[47] 제목에서 흰빛의 색채감과 차고 창백한 여성의 이미지를 환기시키는 「소영위제」에서는 죽음과 시간의 비극적인 이미지들이 아름답게 펼쳐져 있다. 달빛이 내 육체에 닿아 그림자에는 피가 아물거리고 혈관에는 냉수가 방울방울 젖는다. 달빛은 피와 냉수의 냉혹한 죽음의 이미지들을 발산한다. 육체는 달빛에 냉각되고 달빛의 그림자에 응어리진다. 그러한 육체는 이즈러진 헝겊 조각의 심장으로 표상되는데 거기에는 투명하게 자신을 비추는 거울 어항이 존재한다. 어항은 이 냉각된 자신의 육체를 투명하게 반사한다. 달—심장—어항의 이미지들은 죽음과 생명의 반복적 순환 속에서 자아의 내면을 비추는 거울의 형상을 하고 있다.

「파첩」에서 달은 전자의 파동적인 이미지와 음향적인 이미지가 결합된다. '향선(香線)'이라 표현한 다른 텍스트에서 음은 어떤 미지의 향에 유비되면서 신비스러움이 더욱 강화된다. 달빛이 발산하는 '야음(夜陰)'은 잃어버린 온도보다 더욱 온도를 냉각시킨다. "파상철판"은 그러한 달빛과 전파의 파동적인 이미지를 투사한다. "완고한 음향에는 여운도 없다."에서 파동적인 이미지들과 그것이 전달하는 잔잔한 감각은 '여운'이라는 정서의 미묘한 움직임으로 포착된다. 여운이 없는 음향은 그러한 존재의 죽음을 말한다. 차고 단단해진 음향은 죽음과 같은 딱딱한 상태로 변한다. 달빛은 육체의 죽음을 화려하게 비춘다. "참살당한 광경"을 이상은 "달이 둥그래지는 내 잔등을 흡사 묘분 비추듯 하는 것"이라고 표현한다.(「월원등일랑(月原橙一郎)」) 내 잔등이 "묘분 비추듯" 비춰지면서 상상적인 공간은 크게 확대될 뿐 아니라 죽음의 어두운 이미지는 여기서 화려하게 살아난다. 죽음은 '어둠과 밝음'의 대립이 아니라 '어둠과 빛남'의 조응 관계를 갖는다. 달빛은 어둠과 밝음의 시각적 차이를 넘어 온도의 차이를 통해 선명하게 감지된다는

---

47) 질베르 뒤랑, 『상상계의 인류학적 구조들』(문학동네, 1992), 175쪽.

점도 주목된다. 달빛은 열과 추위라는 정서적이고 감각적이며 실존적인 차원으로 감지된다. "야음을 발굴하는 월광"(「파첩」)은 어둠과 빛의 대조가 찬 것과 더 찬 것이라는 온도 차이와 중첩된다. "실고초 같은 피"가 달빛에 놀라 "냉수"로 전이되어 혈관을 흐른다는 「소영위제」 역시 달빛은 어둠과 빛남의 시각적 차원을 넘어 피부로 감지되는 물질적인 차원이다.

밤의 어둡고 불길한 이미지들은 추락, 공포, 현기증, 무게와 같은 양상과 가까이한다. '추락'은 단절과 소멸과 같은 시간의 끔찍한 양상들을 요약하고 응축한 것이다. 일문 시 「최후(最後)」는 행성의 추락이라는 이미지가 정신의 완전한 절멸, 어떤 정신도 받아하지 않는 상황을 이끌어 낸다. 이 같은 죽음과 소멸의 묵시론적인 주제는 여성 육체나 불안의 심적 상태를 환기하는 것, 원형적인 것이다. 죽음과 시간 앞의 공포라는 주제는 시간성과 죽음의 비밀스러운 장소이자 소우주인 여성 육체의 월경과 연결된다. 달이 축축하고 습기차며 어둡고 불길한 것은 월경의 성질을 닮았기 때문이다. 피는 시간과 운명과 죽음과 동형적 성질을 지닌다. 그러나 '피'에 대한 공포는 그것이 최초의 인간 시계(시간), 달의 운행에 관계 있는 인간 최초 신화이기 때문이다.[48] 「실낙원」 중 한 편인 「월상(月傷)」은 죽음의 묵시론적인 주제와, 창조와 생성이라는 신화적인 모티프가 중층적으로 나타나 있다. 죽음과 재난 그리고 창조와 생성의 모티프가 달의 죽음과 새로운 달의 출현이라는 서사와 결합된 것이다. 달의 죽음은 피묻은 달(惡血)의 유영과, 냉각, 동결의 이미지로 나타난다. 촌각을 다투는 재난과 멸망의 이미지는 지구 멸망의 시간을 그려 내는 SF 소설의 상상력과 근본적인 구도를 같이 한다는 점에서 현대적인 감수성과 연결된다.

달은 이처럼 냉각과 죽음과 불모의 이미지를 강력하게 환기시키지만, 한편으로는 불모의 상태에 빠진 지구를 생명의 빛으로 녹인다. 「단상(斷想)」에서 달은 속수무책으로 죽음을 기다리는 지구에 한 줄기 빛을 던진다.

---

48) 질베르 뒤랑, 앞의 책, 159쪽.

달빛은 눈을 녹이고 황량한 빙원을 정맥처럼 흘러간다. 달이 지구에 던지는 생명의 빛은 "지도"의 행선을 그리고 인류는 그 빛을 따라 봄을 쫓는다. 「월상」에는 한 인물이 등장하는데 "수염난 사람" 혹은 "나"이다. "수염난 사람"과 "나"와의 관계는 이미 지적돼 온 바와 같이 이상의 분신적 모티프일 것이다. 이 인물은 행성 멸망의 시간을 아는 예지자일 뿐 아니라 새로운 달을 발견해야만 하는 선지자이다. 이 인물은 달이 멸망하는 순간에 새로운 달을 발견하는 존재이다. 새로운 달은 불과 같이 빛나며 홍수와 같이 화려하다. 그것은 "나"가 일종의 불사성(Immortality)을 가진 존재이기 때문이다. 묵시론적인 주제는 이 불사성을 가진 존재에 의해 황홀한 빛의 주제들로 변환된다. "거울"과 "어항"과 "보석"은 여기서 공감각적인 표현을 얻는다.

이상의 다중적 정체성을 보여 주는 "거울"의 이미지는 한편으로 "어항"의 이미지와 연결되면서 몽상적이고 신비주의적인 공간을 확대한다. 안과 밖의 공간적 층위를 가진 "거울"에 비해 "어항"의 층위는 더욱 다중적이고 몽상적이다. "어항"은 그러한 거울상의 프리즘에 속해 있으면서도 다른 한편으로 대상과 자신을 비추는 "금붕어"의 이미지를 그 공간 층위에 겹쳐 둔다. "어항"의 이미지는 개방과 폐쇄, 다르게 보기로서의 응시를 설명해 준다. 금붕어의 시선은 거울의 두꺼운 면과 달리 어항의 투명한 면을 헤치고 나온다. 투명한 어항은 금붕어와 시인의 응시의 교차와 혼종을 가능하게 한다.

마티스와 피카소는 일상 세계의 물체들을 통해서 신성한 것을 불러일으킬 수 있는 그림을 창조하는 것을 목표로 세우고, 물체들이 최소한의 물리적인 정체성을 보유하면서 동시에 다른 어떤 것으로 변형되는 방식을 강조한다. '변형과 창조의 문법'을 보여 주는 마티스, 피카소 등의 화풍은 리토르넬로 시학과 밀접한 연관을 갖는다. 어항과 금붕어의 이미지는 마티스와 피카소의 여러 그림에서 방법론적인 차용과 변용의 과정을 거치면서 독특한 미학적 방법론으로 구축되는데, 마티스의 금붕어와 어항의 이미지는 「금붕어와 조각」, 「금붕어와 팔레트」(1914) 등에서 확인할 수 있다. 봉쇄와 개방 간의 대비, 서로 다르게 바라보는 방법 간의 대비가 표현되어 있다. 붉은 금붕어들은 두꺼운 안경을 통해 세상을 응시하는 화가의 이중적 자아이다. 피카소의 「어릿광대」는 마티스의 이 금붕어 그림들로부터 영향을 받은 것이다. 다중적 인간으로서의 자아, 미완의 과정으로서의 그림 혹은 재현의 불가능성, 인간의 원초적 불안 같은 모티프들이 이 단순화되고 추상화된 선과 색채 속에 표현되어 있다. 이 그림을 두고, 마티스는 자신의 금붕어가 이 그림이 되었다고 말한다.[49] 이상이 이들의 그림을 보았는지는 확인하기 어렵다. 인식론적으로는 피카소의 방법론을 수용했는지 몰라도 실제 이상이 남긴 누드 풍의 그림은 상당히 마티스적인 것에 가깝다.

앞의 「소영위제」에서 어항과 금붕어의 이미지가 변주된 점을 주목한 바 있다. "칠 년 동안 금붕어처럼 개흙만을 토하고 지내면 된다. 아니—미여기처럼[50]"과 같이 「실락원」 중 「육친의 장」에서도 이는 반복되고 있다. 「수인(囚人)이 만든 소정원」에서 "금붕어"는 폐쇄적인 공간에 수놓인 것이다. 금붕어는 수인이 만든 소정원에 유폐되어 있다. 어항의 투명성도 사라졌다. 구름은 방 속으로 들어오지 못하며, 이슬은 유리창에서 울고 있다. "영어된" 정원은 투명성이 사라진 갇힌 "어항"이다. "영어(囹圄)된 몸"은 「오감도 시 제15호」에서도 나타나는데, "금붕어"는 죽음과 같은 자기 응시의 시선을 보여 준다. "어항"의 투명성이 사라진 곳에서 계절은 순환하지 않으며 금붕어는 삶의 활력을 잃는다.

이 "금붕어"의 이미지가 아름답게 변주되는 것은 달빛과 연결될 때이다. "내가 존재하지 않으면서도 나를 위조할 수 없는 거울"이라는 명제는 응시적 시선의 리얼리티를 담고 있다. 내가 자살하지 않으면 그도 자살할 수 없다. 거울 속의 "나"는 나가 존재하는 점에서는 불사적인 것이다.(「시 제15호」) 마티스와 피카소가 "금붕어"와 "어항"의 관계를 통해 드러내고자

49) 잭 플램, 이영주 옮김, 『세기의 우정과 경쟁: 마티스와 피카소』(예경, 2005), 130~131쪽.
50) 이상, 『이상 전집』 4, 143쪽.

했던 몽상적이고 신비적인 자기 응시의 시선을 이상은 "달빛"과 "금붕어"의 관계로 치환한다. 어둡고 차가운 자기 응시의 시선은 이때 빛나는 이미지를 획득한다. 음악적인 정신의 질주를 형상화한 텍스트 중 하나인 「얼마 안 되는 변해」에서, 달은 황홀한 빛을 분사한다. 달빛은 "그를 붕어와 같이 아름답게 하"며, 그는 스스로 "잘 제련된 보석을 교묘하게" 분만한다. "붕어의 아름다운 분만"이 출발하는 지점은 음악의 질주하는 이미지다. 그것은 공간의 한계를 넘어 초현실주의적이고 공감각적인 신비를 만들어 낸다. 마티스와 같이 공부한 막스 베버는 "수학적인 말이나 신비주의적인 말이 아니라 공간의 광대함이 주는 엄청나고 압도적인 느낌을 사방에서 한꺼번에 의식하는 것"이라고 말한 바 있다.[51] 이상의 공감각적인 이미지는 문자 매체의 평면성을 넘어 입체적이고 신비적인 아우라를 준다. 그것은 시간의 예술이면서 공간적인 열림을 지향하는 음악의 정신을 구현한다. 음악은 대지를 떠나면서 우주를 향해 팽창해 간다. 그것은 소리가 갖는 공간의 무한한 열림이라는 이상에 조응한다. 음악은 무한 질주를 통해 죽음과 생성의 근원 회귀를 반복하는 강력한 탈영토화의 힘을 가진다. 불멸성이라는 주제는 음악적 절대 정신이라는 이상주의와 긴밀하게 연결된다.

5 남은 과제

이상 텍스트는 본질적으로 열린 텍스트이다. 이상의 텍스트는 자료이면서 작품이고 또한 그 자체가 방법론이다. 따라서, 이상 시 텍스트 전반을 포괄적이면서도 체계적으로 설명할 수 있는 방법론을 설정한다는 것은 본인에게는 무리이다. 다만, 이 글은 이 같은 열린 텍스트로서의 이상 텍스트가 '음악적인 것'을 지향한다고 보고, 이상 시학을 설명하는 하나의 틀을 제시하는 데 만족할 수밖에 없었다. 음악적인 절대정신의 지향 아래서 이

---

51) 잭 플램, 앞의 책, 97~98쪽.

상의 텍스트는 생성적 요건을 갖는다. 이상의 텍스트는 지역과 공간과 시간을 뛰어넘어 다양한 해석학적 지형을 향해 나아간다. 여기서, 이상 텍스트는 1930년대 일제 강점기 시대 조선이라는 특수한 모더니즘적 조건 아래서 생성된 텍스트이기를 멈춘다. 또한 단순히 문학 작품으로서의 성격도 멈춘다. 이상 텍스트는 그런 점에서 글로벌적인 성격을 가진 텍스트이며, 문학, 음악, 미술, 건축, 영화 등 제 분야 예술의 통합적 지위를 가진 텍스트이다. 뿐만 아니라 문화론, 통합 매체론, 기호론 등의 다영역에서 개별적인 연구 대상이면서 또한 이들 분야를 융합하는 소통 텍스트로서의 성격을 가진다. 또한 이상 텍스트는 그 자체로 방법론이 된다는 점에서 이론을 소비하는 텍스트이기보다는 스스로 새로운 이론적 입론들의 생산 주체이다. 연구자의 입장에서 이상 탄생 100주년을 기념하는 자리가 불편한 것은 이 때문이다.

제2주제에 관한 토론문

조해옥(평론가)

조영복 선생은 이상의 텍스트가 시, 소설, 수필 등 한 장르에 닫혀 있지 않다는 점과 문학 외적 양식, 즉 음악과 영화와 회화 등과 결합되는 양상을 들어 이상 텍스트의 특징을 '열린 텍스트'로 규정했다. 선생은 열린 텍스트이자 음악적인 텍스트로서 이상 시는 세 가지 층위로 요약된다고 했는데, 선, 점, 숫자의 배치는 음렬 음악적인 열린 상태를 지향하고, 동일한 어구 혹은 이미지들의 반복, 속도, 질주, 변형의 정신주의적 경향은 음악적 형식의 내적 구조를 모방하고, 소리, 소음, 음향의 모티프는 음악의 공감각적 특성을 반향한다고 보았다. 이상의 텍스트에서 찾아낸 음악적인 것에 대한 의미화는 텍스트 위를 달리는 이상의 자유로운 정신을 드러내는 데 적절한 접근으로 보인다.

다만 이 자리에서 질문자는 선생의 주장에 대해 의문이 드는 부분을 다시 한 번 짚어 보고자 한다.

첫째, 2절 "열린 텍스트의 인식론적 지도"를 보면, 선생께서는 「오감도 시 제1호」에 대해 "숫자의 배열, 수평적 읽기와 수직적 읽기, 수평적 질주감과 수직적인 확장감 등의 교차가 아우라를 생성하고 있"다고 서술한다. 「오감도 시 제1호」의 원문은 세로쓰기로 되어 있다. 시 해석의 일차 텍스트는 발표된 원문이 그 대상이 되어야 한다고 생각한다. 선생께서 어떤 텍스트를 대상으로 이 같은 해석을 하셨는지 논문에는 드러나 있지 않은데, 선생께서 제시하신 "수평적 읽기와 수직적 읽기, 수평적 질주감과 수직적인 확장감 등의 교차"는 세로쓰기된 시 원문의 시 형태에도, 또한 이상의 전집 등에서 가로쓰기로 바꾼 시 형태에도 동일하게 적용되는 해석일 수 있는가 의문이 든다.

十三人의兒孩가道路로疾走하오.
(길은막달은골목이適當하오.) 1)

第一의兒孩가무섭다고그리오.
第二의兒孩가무섭다고그리오.
第三의兒孩가무섭다고그리오.
第四의兒孩가무섭다고그리오.
第五의兒孩가무섭다고그리오.
第六의兒孩가무섭다고그리오.
第七의兒孩가무섭다고그리오.
第八의兒孩가무섭다고그리오.
第九의兒孩가무섭다고그리오.
第十의兒孩가무섭다고그리오.
第十一(이하생략)

十三人의兒孩가道路로疾走하오.
(길은막달은골목이適當하오.)

第一의兒孩가무섭다고그리오.

---

1) 이상, 「烏瞰圖 詩第一號」, 《조선중앙일보》 1934. 7. 24.

第二의兒孩도무섭다고그리오.
第三의兒孩도무섭다고그리오.
第四의兒孩도무섭다고그리오.
第五의兒孩도무섭다고그리오.
第六의兒孩도무섭다고그리오.
第七의兒孩도무섭다고그리오.
第八의兒孩도무섭다고그리오.
第九의兒孩도무섭다고그리오.
第十의兒孩도무섭다고그리오.

第十一의兒孩가무섭다고그리오.
(이하 생략)

예외적으로 《조선의건축》(1932. 7)에 실린 일문 시 「건축무한육면각체」에 속한 7편만이 가로쓰기로 되어 있고, 《조선의건축》에 실린 일문 시를 비롯하여 이상의 국문 시 작품들은 세로쓰기 형태로 발표되었으며, 세로쓰기 형태로 독자들에게 읽혔다.

三次角設計圖

金海卿

線に關する覺書 1[2]

0 9 8 7 6 5 4 3 2 1
● ● ● ● ● ● ● ● ● ● 1
● ● ● ● ● ● ● ● ● ● 2
● ● ● ● ● ● ● ● ● ● 3
● ● ● ● ● ● ● ● ● ● 4
● ● ● ● ● ● ● ● ● ● 5
● ● ● ● ● ● ● ● ● ● 6
● ● ● ● ● ● ● ● ● ● 7
● ● ● ● ● ● ● ● ● ● 8
● ● ● ● ● ● ● ● ● ● 9
● ● ● ● ● ● ● ● ● ● 0

(이하 생략)

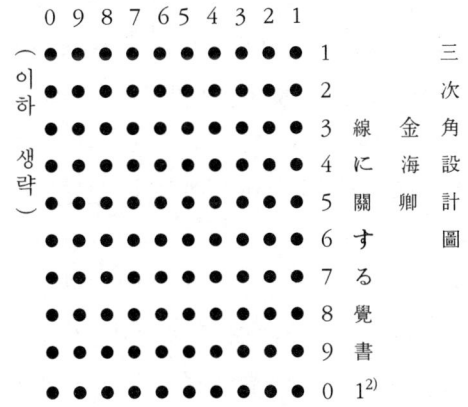

2) 金海卿, 「線に關する覺書 1」, 《朝鮮と建築》, 1931. 10, 29쪽.

위의 작품은 원문에 실려 있는 그대로인데, 세로쓰기로 되어 있다. 선생께서는 가로쓰기한 「선에 의한 각서 1」과 베베른이 사용한 공식을 제시하면서 "수평적으로 읽을 때와 위에서 아래로 혹은 아래에서 위로 수직적으로 읽을 때 이 상이한 배치가 주는 의미의 산출 방식은 확연히 다르다."라고 했다. 발표 논문에는 "상이한 배치가 주는 의미의 산출 방식"의 차이가 무엇인지 나타나 있지는 않지만, 인용하신 가로쓰기한 시 작품에 대한 해석의 결과와 세로쓰기한 시 원문에 대한 해석의 결과가 동일할 것인가 의문이 든다. 질문자가 특히 이 부분에 대해 주목하는 이유는, 이상 시는 형태와 의미가 밀접하게 결합되는 특징을 갖고 있기 때문이다.

둘째, 3절의 "탈주의 감각과 '작은 영화'적 공명"을 보면, 선생께서 이상이 김기림에게 보낸 서신 가운데 하나를 인용하고, "이상은 엘만의 연주를 '질주'와 '변형'이라는 관점에서 포착"한 것으로 보고, 「얼마 안되는 변해」의 "음악은 사상을 떨어 버리고 우곡된 길 위를 질서 없이 도망쳐 다니고 있었다."와 연관 지어 이상의 탈주의 정신을 찾아내고 있다. 그러나 이 서신(1937년 정월의 서신, 임종국 편, 『이상 전집』(문성사, 1966), 209쪽)에서 이상이 발견한 엘만의 탈주와 변형의 정신을 「얼마 안되는 우곡」과 연관시켜서 분석하기 위해서는 먼저 조연현 선생이 1960년에 발굴한 「얼마 안되는 우곡(혹은 일 년이라는 제목)」(《현대문학》 1960. 11, 168~173쪽)이 과연 이상의 작품인가에 대한 과제부터 해결해야 할 것이다. 8쪽의 「단장」과 「각혈의 아침」도 마찬가지 경우이다.

조연현 선생은 1960년대 일문 노트를 입수하여 《현대문학》과 《문학사상》에 실으면서 발굴 원고가 왜 이상의 작품으로 추정되는가를 입증하지 않았다. 이를 입증하는 일은 후대의 연구자들의 몫이지만, 연구자들 역시 조연현 발굴 원고가 이상 작품이라는 것에 의문을 제기하지 않은 채 이상의 텍스트로 인정하고 있다.

선생의 견해대로 이상의 텍스트는 장르뿐만 아니라 음악, 미술, 영화 등을 넘나든다는 점에서 '열린 텍스트'이다. 선생의 논문은 이상의 이 같은 특징을 해명하는 데 상당히 흥미롭게 접근했다는 점에서 의미가 있다. 선생께서는 이상의 텍스트에서 음악적인 것을 형성하는 요소를 도형 배열, 음악, 소음, 소란 등의 주제어로 도출하고 계신데, 음악적인 것을 형성하는 본질적인 요소인 리듬을 생성하는 반복적인 단어, 구절, 구성을 보여 주는 텍스트들(이상의 시, 소설, 수필 모두 해당된다.)에 대한 의미화도 필요할 것이다.

이상 생애 연보

1910년   9월 23일, 경성부 북부 순화방 반정동 4통 6호에서 아버지 김영창(金
         永昌)과 어머니 박세창(朴世昌)의 2남 1녀 중 장남으로 태어남. 본명
         은 김해경(金海卿)이며 본관은 강릉(江陵). 이상의 본적은 경성부 통
         동(뒤에 통인동으로 개칭) 154번지로 대부분의 공문서에 기록되어 있
         음. 이곳은 이상의 선대에서부터 줄곧 지내 온 거처로서 이상이 태어
         날 당시에는 조부 김병복(金炳福)이 가장으로 살림을 이끌었음. 부친
         김영창은 일제 강점기 이전 구한말 궁내부(宮內府) 활판소(活版所)에
         서 일하다가 사고로 손가락이 절단된 뒤 일을 중단하고 집 근처에 이
         발관을 개업하여 가계를 꾸려 감. 이상의 형제로는 누이동생 김옥희
         (金玉姬)와 남동생 김운경(金雲卿)이 있음.

1913년   백부 김연필(金演弼)의 집으로 옮겨 그곳에서 성장함. 이상의 백부
         김연필과 백모 김영숙(金英淑) 사이에는 늦도록 소생이 없어서 조카
         인 이상을 친자식처럼 키우고 그 학업을 도움. 뒤에 둘 사이에 아들
         문경이 태어남. 김연필은 한일합방 이후에는 총독부 상공과의 하급직
         관리로 일했던 것으로 알려져 있음.

1917년   여덟 살 되던 해, 누상동(樓上洞)에 있던 신명학교(新明學校)에 입학
         함. 신명학교 재학 중에 구본웅(具本雄, 1906~1953, 화가)과 동기생
         이 되어 오랜 친구로 지냄.

1921년   신명학교를 졸업한 후 조선불교중앙교무원(朝鮮佛敎中央敎務院)에
         서 경영하는 동광학교(東光學校)에 입학함.

1922년   동광학교가 보성고등보통학교(普成高等普通學校)와 합병되자 보성

고보에 편입함. 보성고보 재학 중 미술에 관심을 가지고 화가 지망생이 되었으며 학업 성적도 상급 수준에 오름.

1926년   3월, 보성고보 제4회 졸업생이 됨. 경성 동숭동(東崇洞)에 소재한 경성고등공업학교(京城高等工業學校) 건축과(建築科)에 입학함.

1928년   경성고등공업학교 졸업 기념 사진첩에 본명인 김해경 대신 이상(李箱)이란 별명을 씀.

1929년   경성고등보통학교 건축과를 졸업한 후 조선총독부 내무국(內務局) 건축과(建築課) 기수(技手)로 발령을 받음. 11월, 조선총독부 관방회계과(官房會計課) 영선계(營繕係)로 자리를 옮김. 조선에 진출해 있던 일본인 건축 기술자들을 중심으로 결성한 조선건축회(朝鮮建築會, 1922년 3월 결성)에 정회원으로 가입했고, 12월, 이 학회의 일본어 학회지 《조선과 건축((朝鮮と建築)》의 표지 도안 현상모집에 1등과 3등으로 당선됨.

1930년   조선총독부에서 일본의 식민지 정책을 일반에게 홍보하기 위해 발간하던 잡지 《조선(朝鮮)》 국문판에 1930년 2월호부터 12월호까지 9회에 걸쳐 처녀작이며 유일한 장편 소설인 『12월 12일(十二月 十二日)』을 '이상(李箱)'이란 필명으로 연재함.

1931년   조선미술전람회에 서양화 「자상(自像)」이 입선함. 《조선과 건축》에 일본어로 쓴 시 「이상한 가역반응(可逆反應)」 등 20여 편을 세 차례에 걸쳐 발표함. 폐결핵 감염 사실을 진단 받았고 병의 증세가 점차 악화됨.

1932년   이상의 성장 과정을 돌봐 준 백부 김연필이 5월 7일 뇌일혈로 사망함. 《조선과 건축》에 「건축무한육면각체」라는 제목으로 일본어 시 「AU MAGASIN DE NOUVEAUTES」, 「출판법」 등을 발표함. 《조선》에 단편 소설 「지도의 암실」을 '비구(比久)'라는 필명으로 발표하고, 단편 소설 「휴업과 사정」을 '보산(甫山)'이라는 필명으로 잇달아 발표함. 《조선과 건축》의 표지 도안 현상 공모에서 가작 4석(席)으로 입상함.

1933년   폐결핵으로 인하여 직무를 수행하기 어렵게 되자 조선총독부 기수직을 사직하고 봄에 황해도 배천(白川) 온천에서 요양함. 그곳에서 알게 된 기생 금홍을 서울로 불러올려 종로 1가에 다방 '제비'를 개업하면서 동거함. 8월에 결성된 문학 단체 '구인회(九人會)'의 핵심 동인인 이태준(李泰俊), 정지용(鄭芝溶), 김기림(金起林), 박태원(朴泰遠) 등과 교유가 시작되었고 정지용의 주선으로 잡지 《가톨닉청년》에 「꽃나무」, 「이런 시」 등을 국문으로 발표함.

1934년   '구인회'의 동인으로 김유정(金裕貞), 김환태(金煥泰) 등과 함께 가담함. 태준의 도움으로 시 「오감도(烏瞰圖)」를 《조선중앙일보》에 연재하게 되지만 15편을 발표한 후 독자들의 항의와 비난으로 연재를 중단함. 박태원의 소설 「소설가 구보 씨의 일일」이 《조선중앙일보》에 연재 (1934. 8. 1~9. 19)되는 동안 '하융(河戎)'이라는 필명으로 작품 속의 삽화를 그림.

1935년   다방 '제비'를 경영난으로 폐업한 후 금홍과 결별함. 인사동의 카페 '쓰루〔鶴〕'를 인수하여 운영하다가 실패함. 다방 '69'를 개업 양도하고 명동에서 다방 '무기〔麥〕'를 경영하다가 문을 닫은 후 성천, 인천 등지를 유랑함. 구본웅이 이상을 모델로 한 초상화 「친구의 초상(肖像)」을 그림. 그 후 구본웅은 그의 부친이 운영하던 인쇄소 창문사(彰文社)에 이상의 일자리를 주선함.

1936년   창문사에 근무하면서 구인회 동인지 《시와 소설》의 창간호를 편집 발간함. 단편 소설 「지주회시」, 「날개」를 발표하면서 평단의 관심을 받자 자기 문학에 새로운 자신감을 얻음. 이해에 가장 많은 시와 수필을 발표함. 연작시 「역단(易斷)」을 발표했으며 「위독」을 《조선일보》에 연재함. 6월, 변동림(卞東琳, 구본웅의 계모의 이복동생)과 결혼하여 경성 황금정(黃金町)에서 신혼살림을 차림. 10월 하순, 새로운 문학 세계를 향하여 일본 동경으로 떠남. 동경에서는 주로 《삼사문학(三四文學)》의 동인 신백수·이시우(李時雨)·정현웅(鄭玄雄)·조풍연(趙豊衍) 등을 자주 만나 문학을 토론함.

1937년 2월, 사상 혐의로 동경 니시간다(西神田) 경찰서에 피검되어 한 달 정
　　　　도 조사를 받다가 폐결핵이 악화되어 동경제국대학 부속병원으로 옮
　　　　겨짐. 단편 소설 「동해(童骸)」, 「종생기(終生記)」를 발표. 4월 16일,
　　　　서울에서 부친 김영창과 조모가 함께 세상을 떠남. 4월 17일, 동경제
　　　　대 부속병원에서 28세의 일기로 요절함. 위독하다는 급보를 듣고 일
　　　　본으로 건너온 부인 변동림에 의해 유해가 화장된 후 미아리 공동묘
　　　　지에 안장됨. 5월 15일, 경성 부민관에서 이상과 고 김유정(3월 29일
　　　　작고)을 위한 합동 추도식이 열림.

이상 작품 연보

발표일	분류	제목	발표지
1929	표지 도안	표지 도안 현상모집에 1등, 3등 당선	조선과 건축
1930. 2~12	장편 소설	12월 12일	조선(연재, 국문)
1931	서양화	자상(自像)	조선미술전람회[1]
1931. 7	시	이상한 가역 반응 (異常ナ可逆反應)	조선과 건축
1931. 7	시	파편의 경치(破片ノ景色)	조선과 건축
1931. 7	시	▽의 유희(▽ノ遊戲)	조선과 건축
1931. 7	시	수염(ひげ)	조선과 건축
1931. 7	시	BOITEUX・BOITEUSE	조선과 건축
1931. 7	시	공복(空腹)	조선과 건축
1931. 8	연작시	조감도(鳥瞰圖) (2인…1…(二人…1…)/ 2인…2…(二人… 2…)/ 신경질적으로 비만한 삼각형 (神經質に肥滿した三角形)/ LE URINE/얼굴〔顔〕/운동/	조선과 건축

---

1) 조선미술전람회에 서양화 「자상(自像)」이 입선.

발표일	분류	제목	발표지
		광녀의 고백(狂女の告白)/ 흥행물천사(興行物天使))	
1931. 10	연작시	삼차각설계도 (三次角設計圖)(선에 관한 각서 1(線に關する覺書1)/ 선에 관한 각서 2/ 선에 관한 각서 3/ 선에 관한 각서 4/ 선에 관한 각서 5/ 선에 관한 각서 6/ 선에 관한 각서 7)	조선과 건축
1932	표지 도안	현상 공모 가작 4석(席) 입상2)	조선과 건축
1932. 3	단편 소설	지도의 암실('비구(比久)' 라는 필명으로 발표)	조선
1932. 4	단편 소설	휴업과 사정('보산(甫山)' 이라는 필명으로 발표)	조선
1932. 7	연작시	건축무한육면각체 (建築無限六面角體) (AU MAGASIN DE NOUVEAUTES/열하약도 No. 2(熱河略圖 No. 2, 未定稿/ 진단 0 : 1(診斷 0 : 1)/22년/	조선과 건축

2)《조선과 건축》표지 도안 현상 공모에서 가작 4석(席) 입상.

발표일	분류	제목	발표지
		출판법/차8씨의 출발 (且8氏の出發)/대낮 (眞晝-或るESQUISSE-))	
1933. 6	시	이런 시(詩)	가톨닉청년
1933. 7	시	꽃나무	가톨닉청년
1933. 7			가톨닉청년
1933. 10	시	거울	가톨닉청년
1934. 6	시	보통기념(普通記念)	월간매신
1934. 6	수필	혈서삼태(血書三態)	신여성
1934. 7. 24~8. 8	연작시	오감도(烏瞰圖) (시 제1호(詩第一號) (7. 24)/시 제2호(7. 25)/ 시 제3호(7. 25)/시 제4호 (7. 28)/시 제5호(7. 28)/ 시 제6호(7. 31)/시 제7호 (8. 1)/시 제8호(8. 2)/ 시 제9호(8. 3)/시 제10호 (8. 3)/시 제11호(8. 4)/ 시 제12호(8. 4)/시 제13호 (8. 7)/시 제14호(8. 7)/ 시 제15호(8. 8))	조선중앙일보
1934. 8	단편 소설	지팡이 역사(轢死)	월간매신
1934. 8. 1~ 9. 19	삽화	박태원의 소설 「소설가 구보 씨의 일일」의 연재 삽화	조선중앙일보
1934. 9	시	소영위제(素榮爲題)	중앙

발표일	분류	제목	발표지
1934. 10	수필	산책(散策)의 가을	신동아
1935. 1. 6	수필	문학을 버리고 문화를 상상할 수 없다	조선중앙일보
1935. 9	시	정식(正式)	가톨닉청년
1935. 9. 15	시	지비(紙碑)	조선중앙일보
1935. 9. 27~10. 11	수필	산촌여정(山村餘情)	매일신보
1936. 1	시	지비(紙碑) — 어디로갔는지모르는안해	중앙
1936. 2	연작시	역단(易斷)(화로/ 아침/가정(家庭)/ 역단/행로(行路))	가톨닉청년
1936. 3	시	가외가전(街外街傳)	시와 소설
1936. 3	수필	서망율도(西望栗島)	조광
1936. 3. 3~26	수필	조춘점묘(早春點描) (보험 없는 화재/ 단지(斷指)한 처녀/ 차생윤회(此生輪廻)/ 공지(空地)에서/ 도회(都會)의 인심/ 골동벽(骨董癖)/ 동심행렬(童心行列))	매일신보 연재
1936. 4	수필	여상(女像)	여성
1936. 5	시	명경(明鏡)	여성
1936. 5	동시	목장	가톨릭소년
1936. 5	표지	《가톨닉소년》 표지	창문사

발표일	분류	제목	발표지
1936. 5	표지	김기림 시집 『기상도』 표지	창문사
1936. 6	단편 소설	지주회시	중앙
1936. 7	수필	약수(藥水)	중앙
1936. 8	수필	EPIGRAM	여성
1936. 9	수필	동생 옥희(玉姬) 보아라	중앙
1936. 9	단편 소설	날개	조광
1936. 10	시	I WED A TOY BRIDE	삼사문학
1936. 10	수필	행복	여성
1936. 10	수필	가을의 탐승처(探勝處)	조광
1936. 10. 4~10. 9	연작시	위독(금제(禁制)(10. 4)/ 추구(追求)(10. 4)/ 침몰(沈歿)(10. 4)/ 절벽(絶壁)(10. 6)/ 백화(白晝)(10. 6)/ 문벌(門閥)(10. 6)/ 위치(位置)(10. 8)/ 매춘(賣春)(10. 8)/ 생애(生涯)(10. 8)/ 내부(內部)(10. 9)/ 육친(肉親)(10. 9)/ 자상(自像)(10. 9))	조선일보 연재
1936. 10. 14~ 10. 28	수필	추등잡필(秋燈雜筆) (추석 삽화(10. 14~15)/ 구경(求景)(10. 16)/ 예의(禮儀)(10. 21)/	매일신보 연재

발표일	분류	제목	발표지
		기여(寄與)(10. 22)/	
		실수(失手)(10. 27~28))	
1936. 12	단편 소설	봉별기(逢別記)	여성
1937. 2	소설	동해(童骸)	조광
1937. 4	수필	19세기식(十九世紀式)	삼사문학
1937. 4. 25~5. 15	수필	공포의 기록	매일신보 연재
1937. 5	소설	종생기(終生記)	조광
1937. 5. 4~5. 11	수필	권태	조선일보 연재
1937. 6	수필	슬픈 이야기	조광, 유고
1937. 11	시	파첩(破帖)	자오선, 유고
1938. 6	소설	환시기(幻視記)	청색지, 유고
1938. 7	수필	문학과 정치	사해공론, 유고
1938. 10	시	무제(無題)	맥(貘), 유고
1939. 2	시	무제(無題)	맥, 유고
1939. 2	수필	실낙원(소녀/육친(肉親)의 장(章)/실낙원/면경(面鏡)/ 자화상/월상(月傷))	조광, 유고
1939. 3	소설	실화(失花)	문장, 유고
1939. 4	소설	단발(斷髮)	조선문학, 유고
1939. 5	소설	김유정(金裕貞)	청색지, 유고
1939. 5	수필	병상 이후(病床 以後)	청색지, 유고
1939. 5	수필	최저낙원(最低樂園)	조선문학, 유고
1939. 5	수필	동경(東京)	문장, 유고
1940	시	청령(蜻蛉), 한 개의 밤	김소운의 『젖빛 구름』[3]

발표일	분류	제목	발표지
1949	선집	김기림의 『이상 선집』	백양당
1956	전집	이상 전집[4]	태성사
1956	유고 시	척각(隻脚)	태성사
1956	유고 시	거리(距離)	태성사
1956	유고 시	수인이 만든 소정원 (囚人の作つた箱庭)	태성사
1956	유고 시	육친의 장(肉親の章)	태성사
1956	유고 시	내과(內科)	태성사
1956	유고 시	골편에 관한 무제 (骨片ニ關スル無題)	태성사
1956	유고 시	가구의 추위(街衢ノ寒サ)	태성사
1956	유고 시	아침〔朝〕	태성사
1956	유고 시	최후(最後)	태성사
1960. 11	유고	무제[5]	현대문학
1960. 11	유고	1931년	현대문학
1960. 11	유고	얼마 안 되는 변해(辨解)	현대문학
1960. 11	유고	무제	현대문학
1960. 11	유고	무제	현대문학
1960. 12	유고	이 아해(兒孩)들에게 장난감을 주라	현대문학

---

3) 김소운의 『젖빛 구름』에 이상의 시 「청령」, 「한 개의 밤」이 일본어로 소개.
4) 고대문학회 편으로 전 3권이 임종국(林鍾國) 편집으로 태성사(泰成社)에서 발간. 이 전집에 이상의 유고 시 9편(일본어 원문) 발굴 번역 수록. 이하 「척각」~「최후」까지 해당됨.
5) 조연현이 이상의 일본어 습작 노트를 발굴하여 거기 수록된 자료들을 《현대문학》지에 번역 소개. 이하 「회한의 장」까지.

발표일	분류	제목	발표지
1960. 12	유고	모색(暮色)	현대문학
1960. 12	유고	무제	현대문학
1961. 1	유고	구두	현대문학
1961. 1	유고	어리석은 석반(夕飯)	현대문학
1961. 2	유고	습작 쇼오윈도우 수점(數點)	현대문학
1966. 7	유고	무제	현대문학
1966. 7	유고	애야(哀夜)	현대문학
1966. 7	유고	회한(悔恨)의 장(章)	현대문학
1976. 6	유고	단장(斷章)6)	문학사상
1976. 7	유고	첫 번째 방랑	문학사상
1976. 7	유고	불행한 계승	문학사상
1976. 7	유고	객혈의 아침	문학사상
1976. 7	유고	황(獚)의 기(記) — 작품 제1번	문학사상
1976. 7	유고	작품 제3번	문학사상
1976. 7	유고	여전준일(與田準一)	문학사상
1976. 7	유고	월원등일랑(月原橙一郎)	문학사상
1976. 7	유고	공포의 성채(城砦)	문학사상
1976. 7	유고	야색(夜色)	문학사상
1976. 7	유고	단상(斷想)	문학사상
1977	전집	이상 소설 전작집 1, 2	갑인출판사

---

6) 《문학사상》지에서 조연현이 발굴한 이상의 일본어 습작 노트에 남아 있던 자료들을 추가 번역 소개. 「단상」까지.

발표일	분류	제목	발표지
			(이어령 편)
1977	전집	이상 수필 전작집	갑인출판사
			(이어령 편)
1978	전집	이상 시 전작집	갑인출판사
			(이어령 편)
1986. 10	유고	「공포의 기록」 서장(序章)	문학사상
1989	전집	이상 문학 전집 — 시	문학사상사
			(이승훈 편)
1991	전집	이상 문학 전집 — 소설	문학사상사
			(김윤식 편)
1993	전집	이상 문학 전집 — 수필	문학사상사
			(김윤식 편)
1998	전집	이상 문학 연구 60년[7]	
2005	전집	정본 이상 문학 전집 (전 3권)	소명출판사 (김주현 편)
2009	전집	이상 전집(전 4권)	문학에디션 뿔 (권영민 편)

작성자 권영민 서울대 교수.

---

7) 이상 문학 60년을 기념하기 위한 학술 세미나를 세종문화회관에서 개최하고 그 발표 논문을 모아 『이상 문학 연구 60년』(권영민 편, 1998) 발간.

이상 연구서지

1934. 7. 12~22	김기림, 「현대 시의 발전 — 난해에 대하야」, 《조선일보》
1935. 4. 11	김안서, 「시는 기지가 아니다 — 이상 시 「정식」」, 《매일신보》
1935. 12. 24	박용철, 「새로우려 하는 노력 — 올해 시단 총평」, 《동아일보》
1936. 10	이시우, 「SURREALISME」, 《삼사문학》
1936. 11. 31~12. 7	최재서, 「리얼리즘의 확대와 심화 — 「천변풍경」과 「날개」에 관하여」, 《조선일보》
1937. 2	김문집, 「「날개」의 시학적 재비판」, 《문예가》
1937. 4. 21	박상엽, 「箱아, 箱아」, 《매일신보》
1937. 4. 22	박태원, 「이상, 애사(哀詞)」, 《조선일보》
1937. 5. 11	엄흥섭, 「요절한 두 작가의 작품 — 5월 창작평」, 《조선일보》
1937. 5. 15~20	최재서, 「현대적 지성에 관하여」, 《조선일보》
1937. 6	김기림, 「고 이상의 추억」, 《조광》
1937. 6	박태원, 「이상의 편모」, 《조광》
1937. 6	최재서, 「고 이상의 예술」, 《조선문학》
1939. 5	정인택, 「축방」, 《청색지》
1939. 6	최재서, 「고 이상의 추억」, 《조광》
1939. 12	정인택, 「요절한 그들의 면영 — 불쌍한 이상」, 《조광》
1949	김기림 편, 『이상 전집』, 백양당

1949. 1	조연현, 「자의식의 비극」, 《백민》
1949. 4. 26	김기림, 「동양에의 반역 — 이상 문학의 한모」, 《태양신문》
1949. 4. 27	김기림, 「절박의 매력 — 이상 문학의 한모」, 《태양신문》
1949. 11	조연현, 「근대 정신의 해체 — 고 이상의 문학적 의의」, 《문예》
1954. 7	이활, 「이상론」, 《시작》
1954. 10. 3	임종국, 「「날개」에 대한 시론」, 《고대신보》, 고려대
1955. 2. 25	신재연, 「이상의 생애와 예술 — 문학의 새 충동을 위하여」, 《연합신문》
1955. 9	이어령, 「이상론 — 순수 의식의 뇌성과 그 파벽」, 《문리대학보》, 서울대 문리대 학생회
1955. 12	임종국, 「이상론(1) — 근대적 자아의 절망과 항거」, 《고대문화》1, 고대문학회
1956	임종국 편, 『이상 전집』(전 3권), 태성사
1956. 1	김춘수, 「시 형태상의 다다이즘」, 《문학예술》
1956. 3. 20	신석주, 「이상의 생애와 예술 — 그의 18주기를 보내며」, 《평화신문》
1956. 3	이봉구, 「이상」(실명 소설), 《현대문학》
1956. 9	김춘수, 「이상의 시 — 그의 시 형태와 그 밑받침」, 《문학예술》
1956. 10~1957. 1	이어령, 「나르시스의 학살 — 이상의 시와 그 난해성」, 《신세계》
1957. 4. 17	고석규, 「모더니즘의 교훈 — 이상 20주기에 기함」, 《국제신문》
1957. 4. 17	이봉구, 「이상의 고독과 표 — 그의 20주기를 맞으며」, 《서울신문》

1957. 4. 17	이어령, 「묘비 없는 무덤 앞에서―추도 이상 20주기」, 《경향신문》
1957. 4. 19	권준, 「이상의 「날개」―그의 20주기를 맞이하며」, 《평화신문》
1957. 4. 29	김우종, 「TABU 이상론―그의 문학은 과연 옳은 것인가」, 《조선일보》
1957. 4~7	고석규, 「시인의 역설」, 《문학예술》
1957. 5	김우종, 「이상론」, 《현대문학》
1957. 7	김춘수, 「이상의 죽음」, 《사상계》
1957. 7	이무영, 「애정비평시론―이상의 시와 그 난해성」, 《자유문학》
1957. 7	이어령, 「속 나르시스의 학살―이상의 시와 그 난해성」, 《자유문학》
1958. 5. 16~18	임종국, 「이상 삽화―그의 21주기를 기념하여」, 《자유신문》
1959. 10. 9	정태용, 「작가와 생활 방식―춘원과 금동과 이상」, 《한국일보》
1959. 11~12	이어령, 「이상의 소설과 기교」, 《문예》
1959. 12	정태용, 「이상의 인간과 문학」, 《예술원보》, 대한민국 예술원
1960. 8	신동욱, 「고독한 초상―이상의 애인들이 찢은」, 《현대문학》
1960. 11~1961. 2	조연현, 「이상의 미발표 유고의 발견」, 《현대문학》
1960. 11	김교선, 「이상론―불안 문학의 계보 위에서 본 이상의 본질과 위치」, 《Critique》 1-1, 전북대
1961. 1	김영수, 「이상의 문학 자세―김우종 씨의 견해에 대한 이견」, 《문경》 10, 중앙대

1961. 11	김규동, 「HERETIC DOCTRINE —「봉별기」를 통해 본 이상」, 《현대문학》
1962	추은희, 「이상론」, 숙명여대 석사 학위 논문
1962. 2	김교선, 「불안 문학의 계보와 이상」, 《현대문학》
1962. 6	김옥희, 「오빠 이상」, 《현대문학》
1962. 8	김구용, 「'레몽'에 도달한 길 — 이상 연구」, 《현대문학》
1962. 10	김현, 「이상에 나타난 만남의 문제 — 소설을 주로 하여」, 《자유문학》
1962. 10	임중빈, 「레몽과 실본의 발견」, 《성균》 16, 성균관대
1962. 10	정금숙, 「이상 연구」, 《국어국문학연구》 4, 이화여대 국어국문학회
1962. 10	차현실, 「이상론」, 《국어국문학연구》 5, 이화여대 국어국문학회.
1962. 12	윤태영, 「자신이 '건담가(健談家)'라던 이상」, 《현대문학》
1963	김현승, 「한국 현대 시의 서구적 경향과 그 진로에 관한 고찰 — 하나의 반성과 비평적 견지에서」, 『무애 양주동 박사 화갑 기념 논문집』, 화갑기념논문집간행위원회
1963. 1	이진순, 「동경 시절의 이상」, 《신동아》
1963. 1	조병무, 「날개」의 두 표상」, 《현대문학》
1963. 6	김석, 「이상론」, 《국어국문학연구논문집》 4, 동아대 국어국문학회
1963. 12	오경운, 「상극하는 두 개의 자아 — 이상의 「오감도 시제15호」에 나타난 이미지 분석시론」, 《문리대학보》 19, 서울대 문리대 학생회
1963. 12	이재철, 「이상의 시사적 위상 — 소월, 지용과 비교해 본」, 《계간문예》

1964. 8	송기숙, 「이상론 서론」, 전남대 석사 학위 논문
1964. 10	최용재, 「이상의 「날개」를 통해서 본 '나'의 정신적 편력」, 《조대문학》 5, 조선대 문리대 문학연구실
1964. 11	김종출, 「엑자일의 문학」, 《동아일보》
1964. 11	윤병로, 「고고(孤高)의 이방인」, 『엽전의 비애』, 현대문학사
1964. 11	이영일, 「도피와 순교 — 이상론」, 《문학춘추》
1964. 12	김옥희, 「오빠 이상」, 《신동아》
1965. 4	이봉구, 「과거를 돌아보니 회한뿐 — 고독한 향수 속에 죽어 간 이상」, 《문학춘추》
1965. 4	이영일, 「부도덕의 사도행전 — 이상론」, 《문학춘추》
1965. 6	염무웅, 「잃어버린 '날개'의 추념」, 『한국의 인간상』 5, 신구문화사
1965. 9	송기숙, 「이상 서설」, 《현대문학》
1965. 10. 19	조연현, 「문학 논쟁, 그 행방 — 최재서 대 김문집: 이상의 「날개」 평」, 《서울신문》
1966	임종국·박노준, 「이상 편」, 『흘러간 성좌』, 국제문화사
1966	조동민, 「한국적 모더니즘의 계보를 위한 연구」, 건국대 석사 학위 논문
1966. 2	나종인, 「로고 레볼루숀, 이상 시의 치역(値域)」, 《신동아》
1966. 2	예종숙, 「시에 있어서 언어와 형태의 분석 — 특히 이상의 시를 대상으로」, 경북대 석사 학위 논문
1966. 3	유종호, 「모더니즘의 공과」, 『20세기의 문예』, 박우사
1966. 8. 25	원용석, 「이상의 회고」, 《대한일보》
1966. 11	임선혜, 「절망 없는 절망의 세계 — 이상의 문학적 가치」, 《한국어문학연구》 7, 이화여대 한국어문학회

1966. 12	장윤익, 「1930년대 한국의 모더니즘 — 시를 중심으로」, 《국어국문학연구》 9, 청구대 국어국문학회
1967. 1	권영하, 「이상의 작품과 사상」, 《성남》 10, 성남중고
1967. 1	김용직, 「이상 — 문제작가·문제작품」, 《국어국문학》 34·35, 국어국문학회
1967. 2	김상태, 「시적 언어의 의미론적 연구 — 이상과 광균을 중심으로」, 서울대 석사 학위 논문
1967. 2	김용직, 「Dadaism 그 처지에 관한 약간의 이견」, 《현대문학》
1967. 2	장백일, 「시에 대한 의심 — 이상의 시 형태에 대하여」, 《현대문학》
1968	김소운, 「李箱異常」, 『하늘 끝에 살아도』, 동아출판공사
1968	송욱, 「창부와 사회의식 — 이상과 샤르트르」, 『한국인과 문학 사상』, 일조각
1968	윤태영·송민호, 『절망은 기교를 낳고』, 교학사
1968	정명환, 「부정과 생성」, 『한국인과 문학 사상』, 일조각
1968. 1	김재영, 「사족으로서의 모노로오그 — 작품 「날개」 서문을 중심으로」, 《성남》 11, 성남중고
1968. 1	이동주, 「이상」(실명 소설), 《현대문학》
1968. 4	구연식, 「다다이즘과 이상 문학」, 《동아논총》 4, 동아대
1968. 4	남미영, 「이상 문학의 문제점 — 그의 소설을 중심으로」, 《청파문학》 8, 숙명여대
1968. 5	여영택, 「이상론 — 제2부 시에 대하여」, 《어문학》 18, 한국어문학회
1968. 5	여영택, 「이상의 산문에 관한 고구」, 《국어국문학》 39·40, 국어국문학회
1968. 10	박철희, 「한국 시의 정신적 구조론」, 《논문집》 5, 공주교대

1968. 11~12	천이두, 「내성적 자의식적 소설론」, 《현대문학》
1968. 11	여영택, 「이상론 — 제3부 문학의 원천에 대하여」, 《어문학》 19, 한국어문학회
1968. 12	이보영, 「질서에의 의욕 — 이상 재론」, 《창작과 비평》
1969	송욱, 「잉여 존재와 사회 의식 구조」, 『문학 평전』, 일조각
1969	조용만, 「이상의 문학」, 『청빈의 서: 수필집』, 고문사
1969. 1	김현, 「구체시로서의 이상 시」, 『공간』
1969. 1	김주연, 「깨어진 거울의 혼란 — 이상론」, 《68문학》, 현명문화사
1969. 1	임헌영, 「한국 현대 서설 사전(6) — 이상 편」, 《현대문학》
1969. 2	장윤익, 「1930년대 한국 모더니즘 시 연구 — 비교 문학적 입장에서」, 경북대 석사 학위 논문
1969. 4	문종혁, 「심심산천에 묻어 주오」, 《여원》
1969. 4	임종국, 「인간 이상의 유일한 증언자」, 《여원》
1969. 5	서정주, 「이상」, 『한국의 현대 시』, 일지사
1969. 5	조동민, 「Cubism을 통해서 본 한국의 해체 시 — 이상 다다적 요소의 근원을 밝히면서」, 《문호》 5, 건국대 국어국문학회
1969. 8	전숙희, 「문인가의 산책」, 《월간문학》
1969. 12	안장현, 「현대 시의 이해 — 상황과 초현실주의를 중심으로」, 《수련》 5, 부산여대
1970	정태용, 「계용묵, 김유정, 이상의 문학」, 《신한국 문학 전집》 10, 어문각
1970. 1	임종국, 「이상 — 한국 근대 인물 백선」, 《신동아》
1970. 1	최인훈, 「이상에게」, 《월간문학》
1970. 2	오생근, 「동물의 Image를 통한 이상의 상상적 세계」, 《신동아》

1970. 2	이규정, 「이상과 김유정의 문체 연구」, 동아대 석사 학위 논문
1970. 2	최성남, 「산문에 나타난 Metaphor의 변화에서 본 이상의 사적 연구 — 김유정과 비교를 중심으로」, 《한국어문학연구》 10, 이화여대 한국어문학회
1970. 6	송기숙, 「문학의 교육 — 이상 「오감도」」, 《월간문학》
1970. 10	김치홍, 「이상 소설 속의 주인공들 — 정신분석학적 입장에서」, 《명지어문학》 4, 명지대 국어국문학과
1970. 10	이혜옥, 「이상의 생애와 작품고 — 작가의 사상을 중심으로」, 《한국어문학연구》 10, 이화여대 국어국문학과
1971. 2	김윤식, 「이상의 현실에 대한 태도」, 《현대문학》
1971. 7	송민호, 「이상 문학 단평」, 『중등 교수 자료 — 국어과 편』, 1-2
1971. 9	이강언, 「한국 현대 소설의 심리적 요소 — 이상의 「날개」를 중심으로」, 《국어국문학연구》 13, 영남대 국어국문학회
1971. 10	서정주, 「이상의 일」, 《월간중앙》
1971. 12	오규원, 「색채의 미학 — 이상, 유치환, 서정주를 중심으로」, 《시문학》
1972	이어령, 「날개 잃은 증인」, 『한국 단편 문학 대계』, 삼성출판사
1972	임중빈, 「부정의 모험 — 이상의 「날개」론고」, 『부정의 미학』, 한얼문고
1972. 2	김열규, 「현대의 언어적 구제와 이상 문학」, 《지성》
1972. 3	김주연, 「시 문화와 의미의 한계」, 『현대 한국 문학의 이론』, 민음사
1972. 3	장윤익, 「이상의 성격 연구 — 작품 분석과 문예 사조 수

	용을 중심으로」,《어문학》26, 한국어문학회
1972. 4	장윤익, 「이상 문학의 자의식적 성격과 난해의 한계성」, 《현대문학》
1972. 5	오세영, 「이상의 시 세계」,《현대시학》
1972. 5	최창록, 「소설 미학의 새로운 전개 ─ 동인과 해경을 중심으로」,《현대문학》
1972. 6	김종길, 「우리에게 시란 무엇인가」,《신동아》
1972. 10	김상태, 「김광균과 이상의 시 ─ 기 대비적 고찰, 의미론적 관점에서」,《논문집》14, 전북대
1972. 12~1973. 7	김상태, 「이상의 문체 연구 ─ 소설을 중심으로 한 통계적 방법의 시고」,《국어국문학》58~61, 국어국문학회
1972. 12	구인환, 「기법의 부정과 혁신 ─ 기법으로 본 이상론」, 《국어교육》18~20, 한국국어교육연구회
1972. 12	임헌영, 「역사적 미감아의 환영 ─ 한수산, 이상을 중심으로」,《문학사상》
1973	김우종, 「섹스에의 도피」,『한국 현대소설사』, 선명문화사
1973	김윤식, 「「거울」, 「날개」」,『한국 근대 문학의 이해』, 일지사
1973	김윤식·김현, 「이상 혹은 자아의 파산」,『한국문학사』, 민음사
1973	임종국, 「이상의 생애와 예술」,『이상 시집』, 정음사
1973	조지훈, 「한국 현대시사의 관점」,『조지훈 전집』, 일지사
1973. 2	김용운, 「이상 문학에 있어서의 수학」,《신동아》
1973. 2	양명학, 「1930년대 한국 소설의 연구 ─ 특히 채만식, 이효석, 이상, 김유정의 단편 소설을 중심으로」, 경북대 석사 학위 논문
1973. 2	이명희, 「이상 소설고 ─ 허무주의적 성격에 관하여」, 고

	려대 석사 학위 논문
1973. 3	이재국, 「도피의 제 양상 — 이상의 시에 대한 한 연구」, 《선청어문》 4, 서울사대 국어교육학과
1973. 4	황헌식, 「형식미의 희롱 — 이상 시를 텍스트로 한 방법론적 시고」, 《시문학》
1973. 5~11	고은, 「이상 그 문학과 인간」, 《세대》
1973. 5	김윤식, 「가장 행위와 그 방법 — 이상의 산문」, 《수필문학》 2~4 합본호
1973. 5	문학사상 자료연구조사실, 「이상 「지주회시」의 작품 배경」, 《문학사상》
1973. 7~9	정귀영, 「이상 문학의 초의식 심리학」, 《현대문학》
1973. 7	구인환, 「이상」, 『문학과 인간』, 대한교련
1973. 7	김종은, 「이상의 이상(理想)과 상이(異常) — 한국 예술가에 관한 정신의학적 추적」, 《문학사상》
1973. 7	추은희, 「Surrealism에 비춰 본 이상의 작품 세계」, 《현대문학》
1973. 9	신경득, 「이상 문학의 심리주의적 연구」, 청주대 석사 학위 논문
1973. 10~1974. 5	고은, 「이상, 그 인간과 문학」, 《세대》
1973. 10	김상선, 「이상론」, 《논문집》 18, 중앙대
1973. 10	미셸 들롱, 「이상의 「날개」와 그 실패의 승리」, 《문학사상》
1973. 11	구인환, 「1930년대 한국 소설 연구 — 이효석, 이상, 김유정을 중심으로」, 《어문학계 연구보고서》 4, 문교부
1973. 11	김용운, 「수학자가 푼 이상의 난해성 — 이상과 파스칼의 대비적 조명」, 《문학사상》
1973. 12	신경득, 「이상 연구방법론 비판」, 《문화비평》 5-3, 아현학회

1973. 12	최금산, 「소설 비평의 한 양태 ─ 이상의 「날개」를 중심으로」, 《현대문학》
1974	고은, 『이상 평전』, 민음사
1974	김용직, 「30년대 후반기의 한국 시」, 『한국 현대 시 연구』, 일지사
1974	영무웅, 「내면의 수기 ─ 이상의 소설들」, 『이상 창작집』, 정음사
1974. 2	배정은, 「아웃사이더 의식에 비추어 본 이상, 손창섭, 장용학의 작품고」, 이화여대 석사 학위 논문
1974. 4	김상태, 「부정의 미학 ─ 이상의 문체론」, 《문학사상》
1974. 4	김윤식, 「어둠에의 인식 ─ 이상의 문학사적 위치」, 《문학사상》
1974. 4	김종길, 「무의미의 의미 ─ 이상 시의 특질」, 《문학사상》
1974. 4	문종혁, 「몇 가지 이의 ─ 소설 「지주회시」의 인물 '鼅'가 증언하는 이상」, 《문학사상》
1974. 4	문학사상자료조사연구실, 「이상 작품 및 관계 문헌 목록」, 《문학사상》
1974. 4	오생근, 「자아의 진실과 허위 ─ 이상의 소설을 중심으로」, 《문학사상》
1974. 4	이성미, 「새 자료로 본 이상의 생애」, 《문학사상》
1974. 4	한상무, 「작가의 관점과 그 세계 ─ 김동인과 이상을 대상으로」, 《국어교육》 22, 한국국어교육연구회
1974. 6	김대규, 「수자의 Libido성 ─ 「오감도 시 제1호」의 '십삼 인의 아해'에 대하여」, 《연세어문학》 5, 연세대 국어국문학과
1974. 6	윤재근, 「이상의 산문시 ─ 산문시의 문제점」, 《심상》
1974. 8	한혜선, 「시간 구조와 공간 구조에 나타난 사상성 연

구」, 이화여대 석사 학위 논문

1974. 9	이승훈, 「권태 릴리프 — 이상의 「절벽」」, 《심상》
1974. 9	한지현, 「반어법의 성격과 작가의 시선 — 「치숙」과 「날개」를 중심으로」, 《국어국문학》 64, 국어국문학회
1974. 10	송상일, 「우연의 구조 — 「오감도」의 분석」, 《제주문학》 3, 제주문인협회
1974. 10	이승훈, 「이상 해석 시론 — 구조의 문제를 중심으로」, 《석우》 11, 춘천교대
1974. 12	추은희, 「현대 시의 숙명적 의미 — 이상의 시 세계를 중심으로」, 《청파문학》 11, 숙명여대
1975. 2	구연식, 「한국 다다이즘의 비교 문학적 연구 — 이상 시를 중심으로」, 동아대 박사 학위 논문
1975. 2	김상선, 「이상의 「날개」」, 《어문논집》 10, 중앙대 국어국문학회
1975. 2	김주환, 「이상과 그의 문학 속에 투영된 사회의식」, 《문리대학보》 33, 중앙대 문리대학생회
1975. 2	홍경표, 「이효석과 이상 소설 연구 — Eroticism을 중심으로」, 경북대 석사 학위 논문
1975. 3	김윤식, 「이상론의 행방」, 《심상》
1975. 3	김종은, 「이상의 정신세계」, 《심상》
1975. 3	박경은, 「이상 시의 언어 미학적 고찰」, 《명지어문학》 7, 명지대 국어국문학과
1975. 3	윤재근, 「이상의 시사적 위치」, 《심상》
1975. 3	이창배, 「모더니스트로서의 이상」, 《심상》
1975. 3	이활, 「영원한 실험 — 이상 연구」, 《심상》
1975. 4	구연식, 「한국 다다이즘의 비교 문학적 연구」, 《동아논총》 12, 동아대

1975. 4	권도현, 「20년대 상징시의 수용과 전통의 해조(諧調)」, 《한국문학》
1975. 5	김영수, 「진단서로 표출된 이상 문학」, 《현대문학》
1975. 5	윤홍로, 「「날개」와 「처용가」와의 거리」, 《문학사상》
1975. 5	정귀영, 「레알리즘과 쉬르레알리즘」, 《현대문학》
1975. 8	문학사상자료조사연구실, 「이상은 공사장에서 주운 이름인가?」, 《문학사상》
1975. 9	백순재, 「소경에 눈을 뜨게 만든 이상의 장편」, 《문학사상》
1975. 9	이동희, 「정신 풍토와 문체 특성 ─ 이상의 경우」, 《논문집》 8, 안동교대
1975. 9	이어령, 「이상 문학의 출발점」, 《문학사상》
1975. 10~11	김상선, 「절대 추구의 역설 ─ 이상의 수필을 중심으로」, 《수필문학》 4~10·11
1975. 10	김준오, 「자아와 시간 의식에 관한 시고(試考) ─ 김소월과 이상의 대비」, 《어문학》 33, 한국어문학회
1975. 12	김상선, 「이상의 시에 나타난 성 문제」, 《아카데미논총》 3, 세계평화교수아카데미
1975. 12	박영환, 「이상 문학의 이중 구조」, 《숭전어문학》 4, 숭전대 국어국문학회
1975. 12	오세영, 「한국 현대 시의 두 세계 ─ 이상과 김소월의 이미지 비교」, 《한국언어문학》 13, 한국언어문학회
1976	김상선, 「이상과 스핑크스」, 『현대 한국 작가 연구』, 민음사
1976. 2	김종구, 「한국 소설의 서술 시점 연구 ─ 그 일반 양상: 김유정과 이상 소설의 개별 양상, 시각 예술과의 구조적 동질성 등에서」, 서강대 석사 학위 논문
1976. 2	왕선희, 「초현실주의가 한국 현대 시에 미친 영향」, 《선

청어문》 6, 서울사대 국어교육학과

1976. 2   원명수, 「이상 시의 모더니티와 모더니즘에 관한 고찰」, 《어문논집》 11, 중앙대 국어국문학회

1976. 2   임완숙, 「이상의 소설에 나타난 여성의 상징적 의미 고찰」, 이화여대 석사 학위 논문

1976. 2   황우미, 「이상 소설 연구」, 고려대 석사 학위 논문

1976. 3   문학사상자료조사연구실, 「이상 자화상 및 유품 파이프」, 《문학사상》

1976. 6   문학사상자료조사연구실, 「아포리즘 「권중」 외 12편」, 《문학사상》

1976. 6   오광수, 「화가로서의 이상」, 《문학사상》

1976. 6   임종국, 「이상의 소설이 지닌 현실성 — 「지주회시」, 「날개」를 중심으로」, 《한국문학》

1976. 7   오규원, 「이상과 쥘르의 대화」, 《심상》

1976. 7   이재선, 「전통과 반역 — 실존주의와 이상 문학의 시간」, 《인문연구논집》 6, 서강대 인문과학연구소

1976. 8   박삼서, 「한국 소설에 나타난 애정관 — 전후 대표 단편을 중심으로 한 시고」, 《선청어문》 7, 서울사대 국어교육학과

1976. 8   원명수, 「이상 시의 시문학사적 위치 — 시의 형식과 주제를 중심으로」, 중앙대 석사 학위 논문

1976. 8   정귀영, 「이상과 현대 문학」, 《현대문학》

1976. 8   조병무, 「기교와 반성」, 《현대문학》

1976. 10   오유미, 「이상 문학의 외래적 요소 연구」, 《관악어문연구》 1, 서울대 국어국문학과

1976. 12   김봉렬, 「이상론, 불안 의식의 구극(究極) — 「오감도 시 제1호」를 중심으로」, 《한국언어문학》 14, 한국언어문학회

1976. 12	김종운, 「이상의 「날개」와 '앵그리 맨'」, 《문학사상》
1976. 12	김중하, 「패턴(Pattern) 분석에 의한 한국 소설의 연구」, 《논문집》 15, 부산대 문리대
1977	김상선, 「이상론―『12월 12일』을 중심으로」, 『성봉 김성배 박사 회갑 기념 논문집』, 회갑기념논총간행위원회
1977	김용직, 『이상』, 문학과지성사
1977	서정주, 「이상과 그의 시」, 『이상 소설 전작집』 2, 갑인출판사
1977	오세영, 「한국 현대 시의 두 세계」, 『국문학논문선』 9, 민중서관
1977	이명자, 「이상」, 『이상 소설 전작집』 1, 갑인출판사
1977. 1	추은희, 「이상과 태제치(太宰治)에 있어서 하강 지향 문학의 대조 연구」, 《어문연구》 14, 한국어문교육연구회
1977. 2	김병택, 「「날개」의 Imagery에 관한 연구」, 동국대 석사 학위 논문
1977. 2	김용운, 「이상과 발레리 ― 한국의 반지성과 서구의 주지주의」, 《문학사상》
1977. 2	박명호, 「이상론 ― 시어 분석과 생활 환경, 의식 구조, 이미지의 상관성」, 연세대 석사 학위 논문
1977. 2	이옥형, 「1930년대 한국 모더니즘시론고」, 동아대 석사 학위 논문
1977. 2	이현숙, 「이상 소설에 나타난 화자의 심리적 위상」, 수도여사대 석사 학위 논문
1977. 2	조두영, 「이상 초기 작품의 정신 분석―『12월 12일』을 중심으로 하여」, 《신경정신의학》 38, 대한신경정신의학회
1977. 2	홍정운, 「한국 모더니즘 시 연구―후기 모더니즘 시운동을 중심으로」, 동국대 석사 학위 논문

1977. 3	박은경, 「이상 시의 언어미학적 고찰」, 《명지어문학》 7, 명지대 국어국문학과
1977. 4	김우창, 「일제하의 작가의 상황」, 『궁핍한 시대의 시인』, 민음사
1977. 5	김윤식, 「김유정과 이상」, 《뿌리깊은나무》
1977. 5	김혜란, 「이상의 이원적 세계 ─「산촌여정」의 문제를 중심으로」, 《고대문화》 17, 고려대
1977. 5	한석종, 「카프카와 이상의 문학」, 《문학사상》
1977. 6	오광수, 「현실과 인간의 발견 ─ 이상 평론 해설」, 《문학사상》
1977. 9	문덕수, 「이상의 작품 연구」, 《성곡논총》 8, 성곡학술문화재단
1977. 9	윤병로, 「이상론 ─ 고독한 이방인」, 《월간문학》
1977. 9	정재관, 「거울의 언어 ─ 이상론」, 《월간문학》
1977~1978	이어령 편주, 『이상 전작집』(전 3권), 갑인출판사
1977. 10	원명수, 「불교 문학의 측면에서 본 이상의 주제 의식」, 《우리문학연구》 2, 우리문학연구회
1978	김윤식, 「근대와 반근대 ─ 이상의 경우」, 『한국 근대 문학 사상 비판』, 일지사
1978	김윤식, 「모더니즘의 정신사적 기반」, 『한국 근대 문학 사상 비판』, 일지사
1978	정금철, 「상상력과 이미지의 현상학」, 『눈뫼 허웅 박사 환갑 기념 논문집』, 환갑기념논문집간행위원회
1978. 1~2	김윤식, 「이상과 모더니즘의 세계관」, 《시문학》
1978. 2	김정자, 「날개」의 문체론적 연구」, 부산대 석사 학위 논문
1978. 2	신상철, 「이상문학론 ─ 작품에 투영된 정신분석학적 요인을 중심으로」, 동아대 석사 학위 논문

1978. 2	오종호, 「1930년대 한국 소설의 상징성 연구―이효석, 이상의 단편을 중심으로」, 연세대 석사 학위 논문
1978. 2	이은주, 「이상의 「날개」 연구―구성 Image와 문체를 중심으로」, 이화여대 석사 학위 논문
1978. 4.	이재선, 「다원적 비평 방법론의 이해―이상 문학을 중심으로 한 진단」, 《문학사상》
1978. 5	김병택, 「의식의 방향」, 《현대문학》
1978. 5	김윤식, 「김유정과 이상」, 《뿌리깊은나무》
1978. 8	유시욱, 「이상과 윤동주 시에 나타난 자아 실현의 문제」, 영남대 석사 학위 논문
1978. 8	최영희, 「이상 소설에 나타난 소외 과정 연구―『12월 12일』, 「날개」, 「종생기」를 중심으로」, 이화여대 석사 학위 논문
1978. 9	조두영, 「이상 연구―「봉별기」의 정신 분석」, 《서울의대 학술지》 19-3, 서울의대
1978. 12	원명수, 「이상 시의 형식에 대한 재검토―몇 가지 문제점을 중심으로」, 《어문논집》 13, 중앙대 국어국문학회
1978. 12	이규정, 「「날개」와 「봄·봄」의 문체론적 비교 연구」, 《수련어문논집》 6, 부산대 국어국문학과
1978. 12	이병기, 「이상 문학과 저항」, 《논문집》 1, 유한공업전문대
1979	구연식, 「한국 다다이즘의 비교 문학적 연구」, 『한국 시의 고현학적 연구』, 문학사
1979	김상선, 「이상의 스핑크스」, 『한국 현대 작가 연구』, 민음사
1979	이재선, 「이상 문학의 시간의식」, 『한국 현대소설사』, 홍성사
1979. 7	정귀영, 「이상의 「날개」―정신분석학적 시론」, 《현대문학》

1979. 8	김이정, 「한국 현대 소설에 나타난 탈출 모티프」, 이화여대 석사 학위 논문
1979. 9	이태동, 「자의식의 표백과 반어적 의미 — 이상의 「날개」를 중심으로」, 《문학사상》
1979. 11	이태동, 「전통과 개인의 재능 — 상과 인훈의 경우」, 《현대문학》
1980	오규원, 『날자, 한 번만 더 날자꾸나』, 문장사
1980	정상균, 「이상의 「날개」 성격고」, 《문리대학보》 7, 조선대 문리대
1980. 2	주철환, 「성의 문학 사회적 의미 — 이상과 효석의 경우」, 고려대 석사 학위 논문
1980. 2	한미성, 「이상 「날개」에 있어서 소외 문제 연구 — 카프카의 「변신」과 대비하여」, 부산대 석사 학위 논문
1980. 3	박철석, 「이상론 — 1930년대 작가론」, 《현대시학》
1980. 3	송혜경, 「이상의 좌절」, 《국어교육연구》 2, 원광대 국어교육학과
1980. 3	최금산, 「이상의 시들」, 《현대문학》
1980. 6	최동호, 「서정적 자아 탐구와 시적 변용 — 이상, 윤동주, 서정주를 중심으로」, 《현대문학》
1980. 8	홍경표, 「이상의 「날개」 그 구조와 상징 형식」, 《문학과 언어》 1, 문학과언어연구회
1980. 9	성관모, 「이상 소설 연구」, 고려대 석사 학위 논문
1980. 10	원명수, 「이상 시의 형식에 대한 고찰」, 《국어국문학》 84, 국어국문학회
1980. 10	이승훈, 「소설에 있어서의 시간 — 「날개」의 시간 구조」, 《현대문학》
1980. 11	원용석, 「내가 마지막 본 이상」, 《문학사상》

1980. 12	이승훈, 「「날개」의 구조 분석」, 《월간문학》
1980. 12	홍종만, 「「날개」에 대한 시론―작품 분석을 통해 본 배경의 의미」, 《논문집》 1, 오산공업전문대학
1981	김주연, 「이상의 「꽃나무」」, 『한국 현대 시 작품론』, 문장사
1981	김준오, 「이상의 「거울」―자의식과 자기 모험」, 『한국 현대시 작품론』, 문장사
1981	서우석, 「이상―리듬 파괴의 의미」, 『시와 리듬』, 문학과지성사
1981	오규원, 『이상 소설집―거기서 나는 죽어도 좋았다』, 문장사
1981	오규원, 『이상 시 전집―거울 속의 나는 외출중』, 문장사
1981	조병춘, 「모더니즘 시의 기수들―이상」, 『한국 현대시사』, 집문당
1981. 1	김진녀, 「'나'의 삼원적 분석―이상의 「날개」를 중심으로」, 《향란문학》 10, 성신여대 국어국문학회
1981. 2	가영심, 「한국 현대 시에 나타난 거울 이미지 연구」, 상명여사대 석사 학위 논문
1981. 2	권혁희, 「이상 소설의 시간성 연구」, 충남대 석사 학위 논문
1981. 2	안순옥, 「「날개」의 분석적 연구」, 영남대 석사 학위 논문
1981. 2	엄국현, 「이상 시에 나타난 공간의 문제」, 부산대 석사 학위 논문
1981. 2	이승훈, 「「날개」의 구조 분석」, 《월간문학》
1981. 2	채만묵, 「한국 모더니즘 시 연구―1930년대를 중심으로」, 전북대 박사 학위 논문
1981. 2	허남영, 「이상 소설에 있어서 주관적 시간의 의미」, 경희

대 석사 학위 논문

1981. 4	유시욱, 「이상과 윤동주의 시 — 현상학적 의미에서의 분석 비교」, 《시문학》
1981. 4	鴻農映二, 「일본의 모더니즘과 이상 시」, 《현대문학》
1981. 6	김종구, 「이상 「날개」의 시간 공간 구조 — 그 상징적 의미 분석을 중심으로」, 《서강어문》 1, 서강어문학회
1981. 6	유정, 「이상의 학창 시절 — 大愚彌次郎과의 대담」, 《문학사상》
1981. 6	이규동, 「이상의 정신세계와 작품 — 정신분석학적 지평서 본 분석」, 《월간조선》
1981. 6	이재선, 「도착과 가역의 논리 — 이상의 「날개」」, 《문학사상》
1981. 8	김승희, 「접촉과 부재의 시학 — 이상 시에 나타난 거울의 구조와 상징」, 서강대 석사 학위 논문
1981. 8	김정은, 「「오감도」의 시적 구조 — 이상 시의 기호 문제적 연구 서설」, 서강대 석사 학위 논문
1981. 8	박성구, 「이상 문학의 시간 표상과 삶의 양식」, 전북대 석사 학위 논문
1981. 8	손종호, 「이상 문학 연구 — 그의 시에 나타난 부정 의식을 중심으로」, 성균관대 석사 학위 논문
1981. 8	유성하, 「이상 소설의 기법 연구 — 제임스 조이스의 「율리시즈」와의 대비를 중심으로」, 계명대 석사 학위 논문
1981. 8	中里弘子, 「「날개」와 「권태」의 형성 과정 연구」, 경북대 석사 학위 논문
1981. 9	손병희, 「반복적인 행위와 시간의 회복 — 「날개」의 경우」, 《문학과언어》 2, 문학과언어연구회
1981. 9	오규원, 「이상 시의 접근 방법」, 《한국문학》

1981. 9	진병도, 「이상 문학에 비친 시간 의식」, 《국어교육논총》 1, 연세대 교육대학원
1981. 9	채만묵, 「이상의 시에 관한 연구」, 《교육논총》 1, 전북대
1982	김승희, 『이상 평전 — 제13의 아해도 위독하오』, 문학세계사
1982	엄국현, 「「오감도 시 제1호」의 분석」, 『현대시논총 — 대여 김춘수 교수 회갑 기념』, 형설출판사
1982	원명수, 「이상 시의 형식고 — 몇 가지 문제점을 중심으로」, 『현대시논총 — 대여 김춘수 교수 회갑 기념』, 형설출판사
1982	이성희, 「한국 현대 문학에 나타난 동물 상징 연구 — 이효석과 이상을 중심으로」, 서강대 석사 학위 논문
1982	전규태, 「이상의 시 형태」, 『비교 문학 — 그 국문학적 연구』, 이우출판사
1982	정다비, 「속임의 세계, 속임의 반응 — 이상의 시 세계」, 『한국 현대 시 문학 대계』 9, 지식산업사
1982. 1	김정동, 「이상의 펴지 못한 날개 건축의 꿈」, 《월간마당》
1982. 2	김용태, 「한국 근대 시의 경험 유형 연구 — 소월, 이상, 만해의 대비」, 부산대 박사 학위 논문
1982. 2	김인환, 「희극적 소설의 구조 원리」, 고려대 석사 학위 논문
1982. 2	김진령, 「1930년대 한국 모더니즘 시 연구」, 충남대 석사 학위 논문
1982. 2	문덕수, 「이상의 「거울」」, 《시문학》
1982. 2	서종택, 「왜곡된 자아와 폐쇄된 사회 — 채만식, 이상 소설의 구조」, 《홍익어문》 1, 홍익어문연구회
1982. 2	신규호, 「이상 문학 연구 — 자아 탐색의 제 양상 및 그

시간 구조」, 단국대 석사 학위 논문

1982. 2	임한곤, 「30년대 한국 모더니즘 시 연구」, 전남대 석사 학위 논문
1982. 2	천소화, 「한국 쉬르레알리즘 문학 연구」, 성심여대 석사 학위 논문
1982. 3	문덕수, 「이상의 「오감도 시 제1호」」, 《시문학》
1982. 5	추은희, 「이상의 「날개」와 太宰治의 「ヴィヨンの妻」와의 대조 연구」, 《어문연구》 33, 한국어문교육연구회
1982. 6	이보영, 「이상 문학과 종말 의식 ─ 소설을 중심으로」, 《표현》 5, 표현문학회
1982. 8	김만석, 「이상 소설 연구」, 연세대 석사 학위 논문
1982. 8	김상태, 「한국 현대 소설의 문체 연구」, 서울대 박사 학위 논문
1982. 8	김종윤, 「「날개」의 심리학적 분석 사고」, 《육사논문집》 22, 육군사관학교
1982. 8	박혜숙, 「이상 소설 연구」, 영남대 석사 학위 논문
1982. 8	신규호, 「자아 탐색의 제 양상 ─ 이상 시의 시간 구조를 중심으로」, 《심상》
1982. 8	이도형, 「이상론 ─ 작가의 성격과 문학 사상의 정신 분석적 연구」, 인하대 석사 학위 논문
1982. 8	이상호, 「「종생기」의 분석적 연구」, 경남대 석사 학위 논문
1982. 8	최병우, 「이상 소설고 ─ 서술 구조를 중심으로」, 서울대 석사 학위 논문
1982. 11	장영수, 「회귀와 탐험 ─ 정지용, 이상의 시 세계에 대하여」, 《국어교육》 42·43, 한국국어교육연구회
1982. 12	박혜숙, 「이상 문학에서 『12월 12일』이 지니는 의미」, 《어문학》 9, 영남대 국어국문학과

1982. 12	성병오, 「이상 소설의 서술자(Narrator) 연구」, 《논문집》 3, 부산여전
1982. 12	이영성, 「이상 시의 심상과 그 구조적 특성 — 그의 성장기를 통해 본 심층 구조 분석」, 국민대 석사 학위 논문
1982. 12	中重弘子, 「「날개」の成立過程」, 《일본학지》 2·3, 계명대 일본문화연구소
1983	김용직, 「이상의 자아 인식」, 『한국 현대시사 연구』, 일지사
1983	김중하, 「이상의 「날개」 — 「날개」의 패턴 분석」, 『한국 현대 소설 작품론』, 문장사
1983	박인기, 「이상의 자아 인식」, 『일모 정한모 박사 회갑 기념 논총』, 일지사
1983	오규원, 「이상론」, 『언어와 삶』, 문학과지성사
1983	원명수, 「시 문체의 어학적 분석시고 — 이상 시를 중심으로」, 『한국 문학 작가작품론 연구 — 추강 황희영 박사 송수 기념 논총』, 성수기념논총간행위
1983	이상호, 「이상론」, 『이경선 박사 회갑 기념 한국 어문학 연구』, 민족문화사
1983	장윤익, 「이상의 「오감도」 연구」, 『한국 대표 시 평설』, 문학세계사
1983	정신재, 「이상 문학의 철학적 해석과 이해」, 『구조주의 문학론』, 문학예술사
1983. 1	신용님, 「이상과 최인훈에 나타난 방의 이미지」, 《홍익어문》 2, 홍익어문연구회
1983. 2	김진경, 「이상 시에 나타난 거울 이미지 연구」, 서울대 석사 학위 논문
1983. 2	김천서, 「이상 소설 연구」, 중앙대 석사 학위 논문

1983. 2	노행판, 「이상 시의 의미론적 접근 ― 「오감도」를 중심으로」, 고려대 석사 학위 논문
1983. 2	민병욱, 「식민지 시대 지식인의 삶의 한 양상 ― 이상의 일어체 시를 중심으로」, 《신동아》
1983. 2	박철석, 「이상 시의 두 양상」, 《현대시학》
1983. 2	신동욱, 「문학과 소외 문제」, 《의맥》 17, 카톨릭의대
1983. 2	안혜경, 「이상 문학의 구조와 의미」, 상명여사대 석사 학위 논문
1983. 2	유재천, 「이상 시 연구」, 연세대 석사 학위 논문
1983. 2	윤명숙, 「이상 연구 ― 작가혼의 본질 조명을 위한 몇 가지 고찰」, 숙명여대 석사 학위 논문
1983. 2	전중호, 「이상 소설에 나타난 비유법에 관한 연구」, 건국대 석사 학위 논문
1983. 2	정덕자, 「이상 문학 연구 ― 시간, 공간 및 물질 의식을 중심으로」, 서울대 석사 학위 논문
1983. 2	정효구, 「소월과 이상 시의 구조 연구 ― 텐션의 측면을 중심으로」, 서울대 석사 학위 논문
1983. 2	한보경, 「현대 소설의 시간 의식 연구 ― 이상의 「지주회시」를 대상으로」, 부산대 석사 학위 논문
1983. 3	진병도, 「시간으로부터의 도피 의식 ― 이상론」, 《현대문학》
1983. 5~12	정효구, 「소월의 이상 시의 구조 연구」, 《심상》
1983. 6	박정환, 「이상 연구」, 《논문집》 9, 공주전문대
1983. 8	이기서, 「1930년대 한국 시의 의식 구조 연구 ― 세계 상실과 그 변이 과정을 중심으로」, 고려대 박사 학위 논문
1983. 8	이승훈, 「이상 시 연구 ― 자아의 시적 변용」, 연세대 박사 학위 논문
1983. 8	이종화, 「이상 소설의 문체 연구」, 전북대 석사 학위 논문

1983. 8	이행성, 「이상의 「날개」에 나타난 '시간과 문체'에 관한 연구」, 원광대 석사 학위 논문
1983. 8	조갑순, 「이상 소설의 문체 연구」, 강원대 석사 학위 논문
1983. 9	추은희, 「이상과 太宰治 문학의 비교 연구 ― 부정과 파괴의 미학」, 《어문연구》 38, 한국어문교육연구회
1983. 10	김은자, 「「벽」과 「자정」의 현실 인식 ―『화사집』과 「날개」를 중심으로」, 《청논》 3, 중앙대 한국예술연구소
1983. 10	이승훈, 「이상 시의 자아 분석(상) ― 거울의 심상을 중심으로」, 《현대문학》
1983. 10	이종주, 「시적 자화상의 의미 구조 ― 박지원, 김정희, 이상, 윤동주의 경우」, 《서강어문》 3, 서강어문학회
1983. 10	최숙인, 「이상의 「날개」에 나타난 회화성」, 《이화어문논집》 6, 이화여대 한국어문학연구소
1983. 11	김태곤, 「「날개」의 원본적 의미」, 《한국문학》
1983. 11	이승훈, 「이상 시의 자아 분석(중) ― 신체 기관의 심상을 중심으로」, 《현대문학》
1983. 11	최동호, 「「날개」론의 향방」, 《한국문학》
1983. 11	최래옥, 「전설의 날개와 소설의 「날개」 비교」, 《한국문학》
1983. 11	황패강, 「이상의 「날개」 소고 ― '사이렌'의 상징을 중심으로」, 《한국문학》
1983. 12~1984. 1	박진환, 「소월 시와 이상 시의 비교 연구 ― 정신 외상을 중심으로」(상·하), 《현대시학》
1983. 12	김평엽, 「이상론 재고」, 《천잠어문학》 1, 전주대 국어교육연구소
1983. 12	민현기, 「인물의 희화화와 작가 정신 ―「소망」, 「지주회시」, 「안해」를 중심으로」, 《한국학논집》 10, 계명대 한국학연구원

1983. 12	유성하, 「이상 소설에 나타난 언어 고찰—「율리시즈」와의 대비를 중심으로」,《한국학논집》10, 계명대 한국학연구원
1983. 12	유재천, 「성과 비인간화—이상 시의 성 문제」,《연세어문학》16, 연세대 국어국문학과
1983. 12	이승훈, 「이상 시의 자아 분석(완)—성의 세계를 중심으로」,《현대문학》
1983. 12	정덕준, 「이상 소설의 시간—현재, 과거의 구조」,《우석어문》1, 우석대 국어국문학연구회
1984	김용성, 「이상」,『한국 현대문학사 탐방』, 현암사
1984	김중하, 「이상의 소설과 공간성」,『한국 현대 소설사 연구』, 민음사
1984	이기서, 「세계 상실의 구조」,『한국 현대 시 의식 연구』, 고려대 민족문화연구소
1984	조용만,『구인회 만들 무렵—조용만 창작집』, 정음사
1984. 1	박철석, 「한일 근대 시의 비교 문학적 연구」,《현대시학》
1984. 2	김유진, 「이상과 김유정의 작품에 나타난 Ego의 연구」, 충남대 석사 학위 논문
1984. 2	김윤창, 「한국 현대 소설의 소외 의식 연구—이상의 「날개」와 최인훈의 「회색인」을 중심으로」, 한양대 석사 학위 논문
1984. 2	김정자, 「한국 근대 소설의 시간 기법 연구—시간 착오와 서술 기법을 중심으로」, 부산대 박사 학위 논문
1984. 2	문광영, 「이상 시 연구—성격학적 분석을 중심으로」, 단국대 석사 학위 논문
1984. 2	문광영, 「이상 시의 성격학적 분석 연구」,《논문집》18, 인천교대

1984. 2	박종홍, 「「물레방아」와 「날개」의 대비적 고찰 ― 가치 지향의 대립과 화해의 양상을 중심으로」, 《국어교육연구》 15, 국어교육연구회
1984. 2	정펑미, 「Franz Kafka와 이상에 나타난 절망의 문제」, 《민족사상》 2, 한성대 민족사상연구소
1984. 4	최래옥, 「아기장수 전설과 이상의 「날개」 비교」, 『이두현 박사 회갑 기념 논문집』, 회갑기념논문간행위
1984. 6	김윤섭, 「카프카의 '변신'과 이상의 '날개'에 나타난 구심성과 원심성」, 《카프카연구》 1, 한국카프카학회
1984. 6	유한근, 「전통의 모방과 모반 ― 이상의 문제작」, 《소설 문학》
1984. 7	박인기, 「이상 시론 ― 자아와 시간」, 《국어국문학》 11, 공주사대 국어국문학회
1984. 7	신윤하, 「이상 시의 분석과 존재 양상 ― 「오감도」의 경우」, 《한국문학》
1984. 8	정덕준, 「한국 근대 소설의 시간 구조에 관한 연구」, 고려대 박사 학위 논문
1984. 9	이승훈, 「시와 수학 ― 이상 시의 수학적 기초」, 《문예중앙》
1984. 9	채수영, 「절망의 비교 연구 ― 이상, 이광수, 한용운을 중심으로」, 《논문집》 1, 경기대 대학원
1984. 10	박철석, 「한국 다다 초현실주의 형성에 관한 연구」, 《한국문학논총》 6·7, 한국문학회
1984. 12	강창민, 「이상 시 분석 ― 리파테르의 독서법을 통하여」, 《현상과인식》 30, 한국인문사회과학회
1984. 12	강태근, 「이상 문학의 허상과 실상」, 《호서문학》 10, 호서문학회
1984. 12	송하선, 「이상 문학의 문학 외적 조명 ― 화가 구본웅의

예술 세계와 관련하여」,《논문집》6, 우석대

1984. 12   유인순,「「날개」의 재생 공간」,《인문학연구》20, 강원대

1984. 12   이영자,「이상의 시 「오감도」의 연구」,《명지어문학》16, 명지대 국어국문학회

1984. 12   임명진,「「날개」의 역설적 구조」,《한국언어문학》23, 한국언어문학회

1984. 12   전복규,「이상의 의식 세계와 작품 특질에 관한 고찰」,《논문집》5, 인천전문대

1984. 12   정효구,「이상과 윤동주 시의 거울 이미지 고찰」,《국어국문학》92, 국어국문학회

1984. 12   홍석표,「이상 연구의 새로운 모색─「날개」를 중심으로 한 해석학적 접근」,《강릉어문학》1, 강릉대 국어국문학과

1985   김정자,「이상 소설의 문체」,『한국 근대 소설의 문체론적 연구』, 삼지원

1985   문덕수,「이상의 「오감도 시 제1호」의 해석」,『국문학 연구─송랑 구연식 박사 화갑 기념 논총』, 화갑기념논총간행위원회

1985   성병오,「서술자와 작품 세계─이상 소설을 중심으로」,『국문학 연구─송랑 구연식 박사 화갑 기념 논총』, 화갑기념논총간행위원회

1985   양윤옥,『슬픈 이상』, 한겨레

1985   이규동,「정신분석학적으로 본 이상」,『위대한 콤플렉스─정신분석학적으로 본 역대 인물 33인』, 대학문화사

1985   이상우,「행동 양식과 소설의 구조─이상의 「날개」」,『현대 소설의 원형적 연구』, 집문당

1985   임관수,「자아 탐색의 제 양상─이상 문학의 내용 세계를 중심으로」,『월천 구수영 선생 화갑 기념 논총』, 화갑

	기념논총간행위원회
1985	조용만, 「'구인회'의 발족과 멤버」, 『울밑에 핀 봉선화야 ― 남기고 싶은 이야기』, 범양사
1985	홍경표, 「심리주의 리얼리즘 소설의 두 유형 ―「표본실의 청개구리」와 「날개」의 의미」, 『국어학 논총 ― 백민 전재호 박사 화갑 기념』, 화갑기념논총간행위원회
1985. 1	임명진, 「역설과 고통의 언어 ― 이상 작품론」, 《경향신문》
1985. 1	추은희, 「이상과 太宰治 문학 대조 연구 ― 서설(序說)로서의 하강 지향적 문학의 특성과 환경적 특이성의 비교, 대조」, 《국제문화연구》 2, 청주대 국제문제연구소
1985. 2	원명수, 「한국 모더니즘 시에 나타난 소외 의식과 불안 의식 연구」, 중앙대 박사 학위 논문
1985. 2	이승훈, 「이상 시의 구조 분석(1)」, 《한국학논집》 7, 한양대 한국학연구소
1985. 2	이승훈, 「이상 시의 구조 분석(2) ― 유추의 구조를 중심으로」, 《인문총론》 9, 한양대 인문과학대학
1985. 2	최성심, 「「날개」의 몰개성적 서술 ― 시점에 의한 조명」, 동국대 석사 학위 논문
1985. 2	홍현숙, 「이상과 김유정의 문체 비교 연구」, 전남대 석사 학위 논문
1985. 4	신윤하, 「선험과 역설의 존재론 ― 이상과 이승훈의 시」, 《예술계》
1985. 4	조춘기, 「「날개」의 작품 연구」, 《사림어문연구》 2, 창원대 국어국문학회
1985. 5	이영자, 「이상의 시 「오감도」의 구조」, 《국어국문학》 93, 국어국문학회
1985. 8	고광원, 「「지주회시」의 구조 분석 ― 소설 분석의 방법론

적 고찰」, 이화여대 석사 학위 논문

1985. 8	권윤옥, 「이상 소설의 시간 분석 ─「날개」를 중심으로」, 동국대 석사 학위 논문
1985. 8	박의상, 「만해 시와 이상 시의 아이러니 연구」, 인하대 석사 학위 논문
1985. 8	이경, 「이상 소설에 있어서 작중 인물의 양면성 연구─「지주회시」, 「날개」, 「봉별기」를 중심으로」, 부산대 석사 학위 논문
1985. 8	이승훈, 「「오감도 시 제15호」의 분석」, 《한국학논집》 8, 한양대 한국학연구소
1985. 8	홍성암, 「1930년대 한국 심리 소설의 양상」, 《한국학논집》 8, 한양대 한국학연구소
1985. 9	정효구, 「비밀과 암호의 공간 ─ 이상론」, 《한국문학》
1985. 11	백기문, 「이상 소설의 풍자적 고찰」, 성균관대 석사 학위 논문
1985. 12	강우식, 「이상 시와 소설의 비교 고찰 ─ 금홍이를 중심으로」, 《성대문학》 24, 성균관대 국어국문학과
1985. 12	김승희, 「반영과 차단의 문법 ─「거울」」, 《문학사상》
1985. 12	김열규, 「시가 만든 책략의 장난기 ─ 텍스트 분석 「오감도 시 제1호」」, 《문학사상》
1985. 12	김옥순, 「이상 시 연구사 개관」, 《문학사상》
1985. 12	김용운, 「자학이냐 위장이냐」, 《문학사상》
1985. 12	김용직, 「시대에 희생당한 도형수」, 《문학사상》
1985. 12	김정은, 「해체와 조합의 시학 ─「오감도 시 제5호」」, 《문학사상》
1985. 12	이승훈, 「이상의 대표 시 20편은 무엇인가」, 《문학사상》
1985. 12	이영자, 「이상의 작가론적 본질 조명」, 《새국어교육》 41,

한국국어교육학회

1986   김인환, 「반어의 의미 ─ 「지주회시」의 구성·「지주회시」의 문체」, 『한국 문학 이론의 연구』, 을유문화사

1986   김중하, 「「날개」의 패턴 분석」, 『한국현대소설작품론』, 문장사

1986   임종국, 「'저 포도는 시다'는 우화 ─ 이상의 「환시기」」, 『한국 문학의 민중사』, 실천문학사

1986   임종국, 「「지주회시」의 모델」, 『한국 문학의 민중사』, 실천문학사

1986. 1 김사림, 「자학과 가학 그리고 여성 편력의 구조」, 《문학사상》

1986. 1 윤수영, 「소설에 나타난 은화의 이미지 ─ 「허생전」과 「날개」를 중심으로」, 《이화어문논집》 8, 이화여대 한국어문학연구소

1986. 2 공종구, 「이상 소설의 연구 ─ 문체의 기능적 측면에서」, 전남대 석사 학위 논문

1986. 2 김영애, 「이상 소설의 공간 의식 ─ 「날개」, 「지주회시」를 중심으로」, 경남대 석사 학위 논문

1986. 2 김중신, 「1930년대 작가의 현실 인식에 관한 연구 ─ 1920~1930년대 소설을 중심으로」, 서울대 석사 학위 논문

1986. 2 백기문, 「이상 소설의 풍자성 고찰」, 성균관대 석사 학위 논문

1986. 2 송광희, 「이범선과 이상 문학의 구조 연구 ─ 작품 「날개」와 「오발탄」의 공간을 중심으로」, 이화여대 석사 학위 논문

1986. 2 이미옥, 「한국 현대 소설에 나타난 시간 연구」, 중앙대

석사 학위 논문

1986. 2	최병호, 「이상의 작품 세계에 대하여」, 《대전어문학》 3, 대전대 국어국문학회
1986. 2	최철, 「한국 근대 소설에 나타난 부부 관계의 변화상 연구 — 1920~1930년대 소설을 중심으로」, 건국대 석사 학위 논문
1986. 2	최혜실, 「1930년대 한국 심리 소설 연구」, 서울대 석사 학위 논문
1986. 4. 22	조양옥, 「이상의 「오감도」는 항일 시 — 아내 김향안 씨 50년 만의 증언」, 《조선일보》
1986. 4	김향안, 「마로니에의 노래와 인터뷰 봉변」, 《문학사상》
1986. 5. 20	양헌석, 「이상의 종생극은 멜런이었다」, 《중앙일보》
1986. 5	김향안, 「이젠 이상의 진실을 알리고 싶다」, 《문학사상》
1986. 6	김윤식, 「레몬의 향기와 멜론의 맛」, 《문학사상》
1986. 8	곽미자, 「이상 시 연구」, 상명여대 석사 학위 논문
1986. 8	김은자, 「한국 현대 시의 공간 의식에 관한 연구 — 김소월, 이상, 서정주를 중심으로」, 서울대 박사 학위 논문
1986. 8	김향안, 「이상과의 결혼」, 《문학사상》
1986. 8	박혜경, 「이상 소설론 — 상황과 개인의 대립 양상을 중심으로」, 동국대 석사 학위 논문
1986. 9. 16	양헌석, 「이상의 미발표 유고 14편 발굴」, 《중앙일보》
1986. 9	김향안, 「이상(理想)에서 창조된 이상」, 《문학사상》
1986. 9	이강언, 「「지주회시」의 몇 가지 기법」, 《영남어문학》 14, 영남어문학회
1986. 10	권윤옥, 「이상 소설의 시간 분석」, 《한국어문학연구》 21, 한국어문학연구학회
1986. 10	김경린, 「이상 문학의 표층과 심층」, 《문학사상》

1986. 10	김윤식, 「이상 연구 각서」, 《문학사상》
1986. 11	조두영, 「이상의 인간사와 정신 분석 — 초기 작품을 중심으로」, 《문학사상》
1986. 12	강홍기, 「이상 시의 구조 양상 — 회화성을 중심으로」, 《국어국문학》 96, 국어국문학회
1986. 12	김윤식, 「텍스트의 세 범주와 규칙 세 가지」, 《시문학》
1986. 12	김향안, 「헤프지도 인색하지도 않았던 이상」, 《문학사상》
1986. 12	나병철, 「「날개」에 나타난 현대성과 현실성」, 《연세어문학》 19, 연세대 국어국문학과
1986. 12	박태상, 「파괴와 침몰의 미학 — 식민지 시대에 죽음의 두 양상」, 《논문집》 6, 한국방송대
1986. 12	서준섭, 「모더니즘과 1930년대의 서울 — 역사적 모더니즘의 재평가를 위한 문학사회학적 연구」 1, 《한국학보》 45
1986. 12	신규호, 「자아 부정의 미학 — 이상 시에 나타난 바울적 미존관(美存觀)」, 《논문집》 15, 성결신학교
1986. 12	원형갑, 「암실의 낙서 — 언어 게임을 넘어서」, 《표현》 12, 표현문학회
1986. 12	유기룡, 「이상의 「날개」 — 그 밝음을 향한 자기 승화의 상징」, 《어문논총》 20, 경북대 국어국문학과
1987	김윤식, 『이상 연구』, 문학과지성사
1987	이경열, 「이상 소설의 서사 구조 연구」, 숭전대 석사 학위 논문
1987	이승훈, 『이상 시 연구』, 고려원
1987	전혜자, 「도시와 농촌의 병행 의지와 상반성 — 단절, 소외 의식의 시작」, 『현대소설사 연구』, 새문사
1987	정덕준, 「도시성의 체험과 이상의 자유 의지」, 『한국 근대 작가 연구』, 삼지원

1987	한국신시학회, 『이상(李箱) 문학에도 이상(異常)은 있는가: 이상 문학의 재조명』, 거목
1987. 1	김향안, 「이상이 남긴 유산들」, 《문학사상》
1987. 1	이영지, 「이상 시에 나타난 시어의 이미지 연구」, 『열므나 이응호 박사 회갑 기념 논문집』, 한샘출판사
1987. 2~3	이복숙, 「이상 시의 단절성 소고」(상·하), 《월간문학》
1987. 2	고명수, 「한국에 있어서의 초현실주의 문학 고찰 ─ 한국 초현실주의 문학의 전개 양상」, 동국대 석사 학위 논문
1987. 2	김광수, 「이상 시의 외래적 요소에 관한 연구」, 《논문집》 5, 경원대
1987. 2	김상태, 「현대의 고전을 찾는다 ─ 한국 현대 소설의 고전」, 《현대문학》
1987. 2	김성은, 「이상론 ─ 참된 자아실현의 실패」, 연세대 석사 학위 논문
1987. 2	김창원, 「한국 현대 시에 나타난 아이러니에 관한 연구 ─ 이상 시와 김수영 시를 중심으로」, 서울대 석사 학위 논문
1987. 2	박성은, 「1930년대 모더니즘 소설 연구 ─ 이상 소설을 중심으로」, 이화여대 석사 학위 논문
1987. 2	이병렬, 「이상 소설의 서사 구조 연구」, 숭실대 석사 학위 논문
1987. 2	이상욱, 「1930년대 한국 심리 소설에 나타난 '자의식 과잉'」, 경북대 석사 학위 논문
1987. 2	이성모, 「이상 문학의 존재론적 연구 ─ 죽음 의식을 중심으로」, 부산대 석사 학위 논문
1987. 2	정희모, 「이상 소설 연구 ─ 작품에 나타난 의미와 그 형성 과정을 중심으로」, 연세대 석사 학위 논문

1987. 2	조양욱, 「이상 50주기 '난해 시의 세계' 재평가 활발」, 《조선일보》
1987. 2	조은희, 「한국 현대 시에 나타난 다다이즘, 초현실주의 수용 양상에 관한 연구」, 서울대 석사 학위 논문
1987. 2	허민식, 「「날개」의 삶의 공간과 그 의미」, 《백록어문》 2, 제주대 국어교육연구회
1987. 2	황도경, 「이상 소설의 공간성 연구」, 이화여대 석사 학위 논문
1987. 3	김경린, 「이상의 문학에도 이상(異狀)은 있다 — 그의 독특한 스타일과 코뮤니케이션의 결격성과 그가 남긴 일화들」, 《소설문학》
1987. 3	박혜주, 「「봉별기」 구조 분석 — 기호학적 접근」, 《문학과 비평》 1, 탑출판사
1987. 3	이승훈, 「이상은 시를 어떻게 썼는가 — 시의 구조적 특성 분석」, 《소설문학》
1987. 4~6	조용만, 「이상 시대, 젊은 예술가의 초상」, 《문학사상》
1987. 4	김경린, 「이상 문학의 심층과 표층」, 《문학사상》
1987. 4	김승희, 「오빠 김해경은 천재 이상과 너무 다르다」(대담), 《문학사상》
1987. 4	유성하, 「이상 소설에 나타난 이미지와 상징」, 《계명어문학》 3, 계명대 국어국문학과
1987. 4	이병렬, 「이상 소설의 한 연구」, 《숭실어문》 4, 숭실대 국어국문학회
1987. 4	이승훈, 「세 편의 현대 시」, 《현대문학》
1987. 4	이태동, 「이상의 신화와 지성 — 이상의 비밀에 대한 또 하나의 시도」, 《소설문학》
1987. 5	박경옥, 「이상의 「날개」 분석」, 《국어교육연구》 4, 인하

대 국어교육학과

1987. 5	이영지, 「「오감도」의 시어 구조」, 《국어국문학》 87, 국어국문학회
1987. 5	조용만, 「이상과 김유정의 문학과 우정」, 《신동아》
1987. 6	김윤식, 「결핵의 속성과 결핵 문학 ─ 「봉별기」를 중심으로」, 《문학사상》
1987. 8. 19	조양욱, 「이상의 「오감도」는 항일시 ─ 일본 평론가 가와무라, 새로운 해석」, 《조선일보》
1987. 8	노은수, 「光利一과 이상 소설 연구 ─ 심리주의 경향과 형식 문체를 중심으로」, 계명대 석사 학위 논문
1987. 8	박인기, 「한국 현대 시의 모더니즘 수용 연구」, 서울대 박사 학위 논문
1987. 8	유성하, 「1930년대 한국 심리 소설 기법 연구 ─ 서구 현대 심리 소설의 대비를 중심으로」, 계명대 박사 학위 논문
1987. 8	이강언, 「1930년대 모더니즘 소설 연구」, 영남대 박사 학위 논문
1987. 8	이창성, 「탈출과 인식의 문학 ─ 문(門) 이미지로 본 이상론」, 《비평문학》 1, 한국비평문학회
1987. 9	김귀례, 「이상 문학 연구 ─ 시에 나타난 부정 의식을 중심으로」, 《우석어문》 4, 우석대 국어국문학연구회
1987. 9	김사림, 「작품화시킨 무의식 세계 ─ 이상의 외래적 요소들」, 《예술계》
1987. 9	김상태, 「「날개」의 동굴 모티프 ─ 폐쇄된 현실, 이카루스의 비상」, 《문학과 비평》 3, 탑출판사
1987. 9	김윤식, 「말이 되고 싶었던 사나이 ─ 이상 심층 연구」, 《문학사상》
1987. 9	이영지, 「이상 시의 시학적 조명」, 『한샅 이상보 박사 회

갑 기념 논총』, 회갑기념논총간행위원회

1987. 9	조진기, 「이상 소설에 나타난 잠의 의미」, 《광장》 169, 세계평화교수협의회

1987. 9 　川村, 「모더니스트 이상의 시 세계」, 《문학사상》

1987. 9 　川村, 「이상의 새로운 면모를 찾기까지」, 《문학사상》

1987. 10 　박혜경, 「이상 소설론」, 《한국어문학연구》 22, 한국어문학연구학회

1987. 11 　김수엽, 「이상의 문학 고찰」, 《천잠어문학》 5, 전주대 국어교육학과

1987. 11 　이보영, 「이상 문학의 정치성」, 《표현》 14, 표현문학회

1987. 12 　김종은, 「이상 문학의 심층심리학적 분석 ―「오감도」에 대한 초현실주의적 접근」, 《문학과 비평》 4

1987. 12 　최일수, 「이상 문학을 지양하는 길」, 『한국현대시인작가론』, 신아

1988 　김윤식, 『이상 소설 연구』, 문학과비평사

1988 　김은자, 「이상 시의 공간」, 『한국 현대 시의 공간 구조』, 문학과비평사

1988 　윤정숙, 「이상의 시 세계에 대하여 ―「오감도를 중심으로」, 《나랏말쌈》 3, 대구대 국어교육과

1988 　임명진, 「이상의 시 세계 ― 그 깊고 어두운 골짜기」, 『한국 현대시인 연구』, 신아

1988 　조용만, 「구인회 이야기」, 『30년대 문화 예술인들』, 범양사

1988. 2 　김윤식, 「「날개」와 「종생기」에 대하여 ― 소설적 허위와 삶의 진실」, 《홍익어문》 7, 홍익어문연구회

1988. 2 　나영희, 「「날개」의 시점 연구」, 《백록어문》 5, 제주대 국어교육연구회

1988. 2 　이복숙, 「이상 시의 모더니티 연구 ― 단절성과 추상성을

중심으로」, 경희대 박사 학위 논문

1988. 2	이승훈, 「이상 시의 기법 분석」, 《한국학논집》 13, 한양대 한국학연구소
1988. 2	최은자, 「이상의 「날개」 연구」, 전남대 석사 학위 논문
1988. 3	김병욱, 「좌절과 비상 ─ 「날개」의 변신 모티프」, 《문학과 비평》 5, 탑출판사
1988. 3	김승희, 「분열된 자아를 응시하는 제3의 자아 ─ 이상의 「오감도」에 나타난 까마귀의 메타 모포시스」, 《문학과 비평》 5, 탑출판사
1988. 3	김윤식, 「한국 모더니즘 문학 연구(1) ─ 이상 소설의 네 가지 유형」, 《한국학보》 50, 일지사
1988. 4	조진기, 「깨어 있는 의식과 잠자는 의식 ─ 이상 소설에 나타난 '잠'의 의미」, 《시문학》
1988. 5	구수경, 「이상 소설 시론 ─ 장편 『12월 12일』을 중심으로」, 《한국언어문학》 26, 한국언어문학회
1988. 5	윤지관, 「모더니즘의 세계관과 정직성의 깊이 ─ 이상론」, 《문학과 사회》
1988. 6	김용구, 「이상 소설의 구조」, 《국어국문학》 99, 국어국문학회
1988. 6	마광수, 「한국 현대 시의 심리 비평적 해석」, 《인문과학》 59, 연세대 인문과학연구소
1988. 6	홍경표, 「이상 문학의 비유법 소고 ─ 「산촌여정」을 중심으로」, 《국문학연구》 11, 효성여대 국어국문학연구회
1988. 8	김윤식, 「네 가지 죽음의 형태 ─ 나빈, 고월, 소월, 이상」, 《선청어문》 16·17, 서울사대 국어교육학과
1988. 8	서준섭, 「1930년대 한국 모더니즘 문학 연구」, 서울대 박사 학위 논문

1988. 8	손성지, 「이상의 시에 나타난 자아 부정의 양상 연구 — 실존주의적 측면에서 본 자아 부정을 중심으로」, 《비사논집》 11, 계명대 총학생회
1988. 8	이재선, 「1930년대 도시 소설 연구」, 《문학사상》
1988. 8	한영일, 「이상 문학의 의식 세계 연구」, 연세대 석사 학위 논문
1988. 9	김윤식, 「한국 모더니즘 문학 연구(2) — 이상 문학에서의 관념 탐구」, 《한국학보》 52, 일지사
1988. 9	이복숙, 「모더니즘 시의 추상성 연구 — 이상 시를 중심으로」, 《논문집》 12, 건국대 교육연구소
1988. 9	최상윤, 「자의식 소설에 나타난 성도착 성격 양상」, 『파전 김무조 박사 화갑 기념 논총』, 화갑기념논총간행위
1988. 11	장영수, 「한국 현대문학사를 다시 쓴다 — 소설 경향의 몇 가지 흐름」, 《현대문학》
1988. 11	조동민, 「현대 시에 나타난 '날개'의 상징성」, 『인산 김원경 박사 화갑 기념 논문집』, 화갑기념논총간행위
1988. 12	김일태, 「이상 문학 연구사」, 《국어국문연구》 1, 국민대 국어국문학연구회
1988. 12	서준섭, 「모더니즘과 문학의 신비화」, 《외국문학》
1988. 12	신희천, 「이상과 이상 문학」, 《국민어문연구》 1, 국민대 국어문학연구회
1988. 12	이성모, 「이상 문학의 시간 의식」, 《경남어문논집》 3, 경남대 국어국문학과
1988. 12	이영지, 「이상의 「오감도」 시 제고」, 《국어국문학》 100, 국어국문학회
1988. 12	전규태, 「모더니즘 문학과 그 한국적 수용 연구」, 《비교문학연구》 2, 전주대 비교문화연구소

1989~1993	김윤식·이승훈 편주, 『이상 문학 전집』(전 4권), 문학사상사
1989	이영지, 『이상 시 연구』, 양문각
1989. 2	권성우, 「1930년대 한국 모더니즘 소설 연구」, 서울대 석사 학위 논문
1989. 2	김용태, 「한국 근대 시의 경험 구조—이상, 소월, 만해의 대비」, 부산대 박사 학위 논문
1989. 2	남금희, 「이상 소설에 나타난 시간 연구」, 효성여대 석사 학위 논문
1989. 2	박근영, 「한국 초현실주의 시의 비교 문학적 연구」, 단국대 박사 학위 논문
1989. 2	한상규, 「1930년대 모더니즘 문학에 나타난 미적 자의식에 관한 연구」, 서울대 석사 학위 논문
1989. 3	이우경, 「이상의 「권태」의 세 공간 구조와 자의식의 양상」, 《이화어문논집》 10, 이화여대 한국어문학연구소
1989. 4	이동하, 「불안과 절망을 통해 절대 자아를 향하는 초월 의지—이상의 시에 나타난 수학적 기호와 초월 의지」, 《문예평론》 1, 문예평론사
1989. 6	한상규, 「1930년대 모더니즘 문학의 미적 자의식—이상 문학의 경우」, 《한국학보》 55, 일지사
1989. 7	이영지, 『이상 시 연구』, 양문각
1989. 8	김옥순, 「은유구조론—이상의 작품을 모형으로」, 이화여대 박사 학위 논문
1989. 8	김종회, 「한국 소설의 낙원 의식 연구」, 경희대 박사 학위 논문
1989. 8	박향서, 「이상 문학의 시간 의식 연구」, 원광대 석사 학위 논문

1989. 8	안성수, 「한국 근대 단편 소설의 플롯 연구 ―「배따라기」, 「광염 소나타」, 「운수 좋은 날」, 「날개」, 「무녀도」를 중심으로」, 중앙대 박사 학위 논문
1989. 8	임문혁, 「이상 시의 구조와 의미」, 《비평문학》 3, 한국비평문학회
1989. 8	최상윤, 「한국의 자의식 소설 연구 ― 그 구조 분석을 중심으로」, 세종대 박사 학위 논문
1989. 8	최재선, 「1930년대 작가의 현실 인식 연구 ― 이상과 박태원의 작품을 중심으로」, 숙명여대 석사 학위 논문
1989. 8	최혜실, 「이상 문학에 나타나는 이항 대립 해체로서의 근대성」, 《선청어문》 18, 서울사대 국어교육학과
1989. 8	홍경표, 「이상 소설의 여성」, 《여성문제연구》 17, 효성여대 한국여성문제연구소
1989. 9	김진석, 「이상 문학 연구 ―「지주회시」와 「실화」에 나타난 심리 소설적 경향을 중심으로」, 《논문집》 24, 서원대
1989. 9	이복숙, 「우리나라 모더니즘과 서구 모더니즘의 관련성 연구 ― 이상 시를 중심으로」, 《논문집》 13, 건국대 교육연구소
1989. 10	성기조, 「이상의 「거울」에 나타난 상황 의식」, 『운당 구인환 교수 화갑 기념 논문집』, 화갑기념논문간행위원회
1989. 10	윤병로, 「이상의 「날개」 분석」, 『운당 구인환 교수 화갑 기념 논문집』, 화갑기념논문간행위원회
1989. 11	강태근, 「한국 현대 문학 연구의 문제점 ― 한국 현대 풍자 소설을 중심으로」, 《호서문학》 15, 호서문학회
1989. 11	김종건, 「이상 소설의 배경 연구 ―「날개」를 중심으로」, 《대구어문논총》 7, 대구어문학회
1989. 12	김종회, 「한국 소설의 낙원 의식 연구」, 《어문연구》 64,

	한국어문교육연구회
1989. 12	마광수, 「한국 현대 시의 정신분석학적 해석」, 《현대시 사상》
1989. 12	이봉신, 「이상·시에 나타난 식민지 삶과 자의식」, 《건국 어문학》 13·14, 건국대 국어국문연구회
1989. 12	한계전 외, 「1930년대 한국 문학의 비교 문학적 연구」, 《비교문학》 14, 한국비교문학회
1990	손종호, 「이상 시의 현상학적 접근」, 《어문논집》, 충남대 국어국문학과
1990. 2	김진석, 「1930년대 한국 심리 소설 연구」, 고려대 박사 학위 논문
1990. 2	나병철, 「1930년대 후반기 도시 소설 연구」, 연세대 박사 학위 논문
1990. 2	박진환, 「한국 시의 공간 구조 연구―1920년대와 1930년 대 시를 중심으로」, 중앙대 박사 학위 논문
1990. 2	이대영, 「이상 문학의 부조리와 실존의식」, 《논문집》 10, 충남대 대학원
1990. 2	이승복, 「이상 시의 니힐리즘적 경향」, 《논문집》 13, 한 양여전
1990. 2	정문규, 「이상의 「날개」에 나타난 갈등 연구」, 조선대 석 사 학위 논문
1990. 5~1993. 2	신규호, 「이상 문학 연구」, 《문예운동》
1990. 5	신범순, 「이상 문학에 있어서의 분열증적 욕망과 우화」, 《국어국문학》 103, 국어국문학회
1990. 5	이강언, 「한국 모더니즘 소설의 형성과 그 배경」, 《대구 어문논총》 8, 대구어문학회
1990. 5	이복숙, 「한국과 일본의 모더니즘 시 비교 연구」, 《학술

지》34, 건국대

1990. 6   최병우, 「이상 소설의 모더니티」, 《인문학보》 9, 강릉대
            인문과학연구소

1990. 7   김선, 「이상의 의식에 대한 고찰」, 《농민문학》

1990. 7   성기조, 「이상의 「거울」에 나타난 상황 의식」, 『한국 현
            대 시 연구』, 동백문화재단

1990. 8   이시영, 「이상 소설의 서사 구조 연구」, 경남대 석사 학
            위 논문

1990. 8   이재영, 「모더니즘 소설의 분석 연구 ― 「지주회시」와
            「소설가 구보 씨의 일일」을 중심으로」, 경남대 석사 학위
            논문

1990. 10   반경환, 「꿈과 현실, 그리고…… ― 이상론」, 《문학사상》

1990. 10   안성수, 「은폐와 폭로의 수사학 ― 「날개」의 '프롤로그'와
            그 방법론」, 『平沙閔濟 선생 화갑 기념 논문집』, 화갑기
            념논문간행위원회

1990. 10   염창권, 「무의식의 '거울'을 통해본 이상의 내면 풍경」,
            《청람어문학》 3, 청람어문학회

1990. 10   이강언, 「1930년대 모더니즘 소설의 양면성」, 《나랏말
            쌈》 5, 대구사대 국어교육학과

1990. 11   박현국, 「이상의 「날개」 고찰」, 『들곶 김상선 교수 화갑
            기념 논총』, 화갑기념논총간행위원회

1990. 12   김윤식, 「쥬피타 추방에 대한 6개의 주석 ― 이상과 김기
            림」, 《세계의 문학》

1990. 12   명형대, 「이상 소설의 공간성 연구 ― 「지주회시」를 통해
            본 구심적 공간」, 《어문논집》 4, 경남대 국어교육학과

1990. 12   유태수, 「한국에 있어서 주지주의 문학의 양상 ― 시를
            중심으로」, 《강원인문논총》 1, 강원대 인문과학연구소

1990. 12	최병준, 「30년대 한국 현대 시」, 《논문집》 20, 강남대
1991	김영택, 「폐쇄된 사회와 자의식의 고립」, 『한국 근대 소설론』, 민지사
1991	김종, 「이상」, 『한국 현대 시 작품 연구』, 학문사
1991	박진환, 「이상 시의 공간 구조 연구」, 『한국 시의 공간 구조 연구』, 경운출판사
1991	신옥주, 「이상—박제가 되어 버린 천재」, 『요절한 문학의 천재들』, 정음문화사
1991. 2	강동문, 「이상 문학에 나타난 '잠' 모티프 연구」, 경남대 석사 학위 논문
1991. 2	명형대, 「1930년대 한국 모더니즘 소설의 공간 구조 연구」, 부산대 박사 학위 논문
1991. 2	윤정숙, 「이상 시의 현실 적응 양상」, 동아대 석사 학위 논문
1991. 2	최혜실, 「1930년대 한국 모더니즘 소설 연구」, 서울대 박사 학위 논문
1991. 3	박지호, 「이상의 생애와 문학」, 《논문집》 12, 제주전문대
1991. 8	김진국, 「해체주의 비평과 한국 문학—이상의 「날개」의 체험론적 접근」, 《논문집》 25-1, 원광대
1991. 8	문흥술, 「이상 문학에 나타난 주체 분열과 반담론에 관한 연구」, 서울대 석사 학위 논문
1991. 8	박진임, 「이상 시의 페미니즘적 연구」, 서울대 석사 학위 논문
1991. 8	유원춘, 「이상 시의 은유 연구」, 서울대 석사 학위 논문
1991. 8	이활, 「트랜스 모던의 항로……그 초상—에스프리 누보와 이상 문학의 르포를 곁들여」, 《현대시》
1991. 8	최혜실, 「이상 문학과 건축」, 《문학사상》

1991. 8	허탁, 「시의 화자론」,《국어국문학》28, 부산대 국어국문학과
1991. 9	김선영, 「이상론 ― 「오감도」의 절망 의식을 중심으로」,《돈암어문학》7, 돈암어문학회
1991. 9	김윤식, 「유클리드 기하학과 광속의 변주 ― 이상 문학의 기호 체계 분석」,《문학사상》
1991. 9	조명제, 「역설의 논리와 미학 ― 이상 문학에 관한 한 고찰」,『현상 김종훈 박사 화갑 기념 논문집』, 집문당
1991. 9	홍경표, 「자전적 형식의 소설화 과정 ― 박태원과 이상의 두 작품을 중심으로」,《전통문화연구》7, 효성여대 한국전통문화연구소
1991. 10	三枝壽勝, 「李箱의 モダニズム ― の成立と限界」,《조선학보》141, 天理大朝鮮學會
1991. 11	최상윤, 「한국 자의식 소설의 개념과 사상적 바탕」,《동아어문논집》1, 동아대 국어국문학회
1991. 12	권희돈, 「「날개」의 빈자리 채우기」,《인문과학논집》10, 청주대 인문과학연구소
1991. 12	김성곤, 「빼앗긴 시대의 문학과 백년 동안의 고뇌 ― 현진건, 이상, 김승옥을 다시 읽으며」,《세계의 문학》
1991. 12	노영희, 「이상 문학과 동경」,《비교문학》16, 한국비교문학회
1992	강태근, 「이상 작품의 풍자」,『한국 현대 소설의 풍자』, 삼지원
1992	송현호, 「이상의 「날개」」,『한국 현대 소설의 이해』, 민지사
1992	이강언, 「자의식 과잉자의 비극적인 삶 ― 이상」,『한국 현대 소설의 전개』, 형설출판사

1992	최혜실, 「선험적 구상' 능력의 문화적 적용과 이상 문학」, 『한국 모더니즘 소설 연구』, 민지사
1992. 1	나병철, 「리얼리즘의 다양화와 1930년대 모더니즘 소설의 재평가」, 《표현》 22, 표현문학회
1992. 2	김수환, 「작가의 예비된 죽음과 작품과의 상관성 연구」, 《국어과교육》 12, 부산교대 국어교육연구회
1992. 2	김현종, 「이상, 이효석 소설의 서정성 연구」, 충남대 석사 학위 논문
1992. 2	박우극, 「이상의 소설 연구」, 《논문집》 14, 유한공전
1992. 2	이일녕, 「이상의 「오감도」론」, 단국대 석사 학위 논문
1992. 4	이기서, 「시 의식의 유폐 구조에 관한 시론」, 《홍익어문》 10·11, 홍익어문연구회
1992. 6~8	김용직, 「극렬 시학의 세계 — 이상론」, 《현대시》
1992. 6	최두석, 「1930년대 후반의 시 정신」, 《인문학보》 13, 강릉대 인문과학연구소
1992. 7	김기중, 「체험의 시적 변용에 대하여 — 지용, 이상, 만해의 경우」, 《민족문화연구》 25, 고려대 민족문화연구소
1992. 8	권혁남, 「이상 소설 연구」, 한양대 석사 학위 논문
1992. 8	김승희, 「이상 시 연구 — 말하는 주체와 기호성의 의미 작용을 중심으로」, 서강대 박사 학위 논문
1992. 8	이명자, 「이상의 「시 제4호」에 나타난 수의식과 기하학 정신」, 《월간문학》
1992. 8	황석숭, 「芥川龍之介의 문학과 이상의 소설」, 《논문집》 30, 상명여대
1992. 10	김승희, 「이상 시 생산 연구 — 말하는 주체와 기호적 코라의 의미 작용을 중심으로」, 《문학사상》
1992. 11	이탄, 「이상과 신석정」, 《현대시학》

1992. 11	조의홍, 「1930년대의 한국 산문시 연구」, 《동아어문논집》 2, 동아대 국어국문학회
1992. 12	문광영, 「한국 초현실주의 시의 Eroticism 고찰 — 이상과 조향의 시를 중심으로」, 《논문집》 26-2, 인천교대
1992. 12	유성하, 「이상 소설에 나타난 언어 고찰」, 《한국학논집》 10, 계명대 한국학연구원
1992. 12	이봉채, 「이상의 「오감도 시 제1호」의 의미」, 《경기교육논총》 2, 경기대 교육대학원
1993	김용직, 「모색과 충돌, 실험지상주의 — 이상론」, 『모더니즘 연구』, 자유세계
1993	문흥술, 「1930년대의 소설과 모더니즘」, 『모더니즘 연구』, 자유세계
1993	박혜숙, 「이상의 「날개」」, 『한국 현대 소설 문학의 이해와 감상』, 학문사
1993	유광우, 『이상 문학 연구』, 충남대 출판부
1993. 2	김창수, 「한국 모더니즘 문학의 현실 수용 양상 연구 — 이상 문학을 중심으로」, 한국교원대 석사 학위 논문
1993. 2	김현, 「현대 소설의 담화론적 연구 — 1920, 1930년대 단편의 결말을 중심으로」, 서강대 박사 학위 논문
1993. 2	김현호, 「이상 시 연구 — 이상의 해체 의식과 그의 시에 나타난 포스트모더니즘적 특성을 중심으로」, 중앙대 석사 학위 논문
1993. 2	류광우, 「이상 문학 텍스트의 구현 방식과 의미 연구」, 충남대 박사 학위 논문
1993. 2	우찬제, 「현대 장편 소설의 욕망시학적 연구 — 욕망 현시 유형을 중심으로」, 서강대 박사 학위 논문
1993. 2	윤지령, 「「날개」의 기호론적 연구」, 숭실대 석사 학위 논문

1993. 2	정구향, 「한국 모더니즘 시의 비교 연구 — 1930년대와 1950년대의 모더니즘 시를 중심으로」, 건국대 박사 학위 논문
1993. 2	최병우, 「한국 근대 일인칭 소설 연구」, 서울대 박사 학위 논문
1993. 3	김영수, 「이상의 실존과 역설」, 《시문학》
1993. 3	남금희, 「이상 소설의 창작방법론고」, 《효성어문학》 1, 효성어문학회
1993. 6	김상배·유재엽, 「이상의 「오감도」 중 「시 제1호」의 한 연구」, 《논문집》 24, 단국대
1993. 6	한성봉, 「「날개」의 의미 구조와 탐색담적 성격에 관한 고찰」, 《한국어문학회》 31, 한국언어문학회
1993. 7	김윤식, 「메타포로서의 결핵」, 《현대문학》
1993. 7	淺川晉, 「『12月 12日』論」, 《朝鮮學會》 148, 天理大 朝鮮學會
1993. 8	박연걸, 「1930년대 도시 소설 연구」, 건국대 석사 학위 논문
1993. 8	이경숙, 「'아스피린·아달린'의 조감 — 철학의 눈으로 다시 읽는 이상의 문학」, 《연세철학》 5, 연세대 대학원 철학과
1993. 8	이규헌, 「1930년대 한국 모더니즘 소설에 나타난 도시성 연구」, 국민대 석사 학위 논문
1993. 8	이재오, 「한국 현대 시의 텍스트 언어학적 연구」, 서울대 박사 학위 논문
1993. 8	한민수, 「1930년대 한국 모더니즘 소설의 기법 연구 — 이상과 박태원의 소설을 중심으로」, 중앙대 석사 학위 논문

1993. 8	황도경, 「이상의 소설 공간 연구」, 이화여대 박사 학위 논문
1993. 9	김승희, 「김해경 삶과 이상적 자아 사이의 갈등과 비극」, 《문학사상》
1993. 9	김옥순, 「상상력의 비유어로 꽃피운 이상과 현실」, 《문학사상》
1993. 9	김주현, 「이상 소설에 나타난 패러디에 관한 연구」, 《한국학보》 72, 일지사
1993. 9	김준오, 「도시적 감수성과 인간 탐구」, 《문학사상》
1993. 9	송효섭, 「자기 반성의 문체, 그 문화적 의미」, 《문학사상》
1993. 9	오병기, 「1930년대 심리 소설과 자의식의 변모 양상 — 이상과 정인택을 중심으로」, 《대구어문논총》 11, 대구어문학회
1993. 12	김미정, 「이상 문학에 나타난 외국 문화 수용 양상 — 자아 정체성 형성과 관련하여」, 《비교문학》 18, 한국비교문학회
1993. 12	박선경, 「'박제가 된 천재'가 꾸민 역설 구조 — Phallocentrism을 통해 본 「날개」」, 《서강어문》 9, 서강어문학회
1993. 12	이경교, 「원형의 탐색과 자기 찾기 모티프」, 《동악어문논집》 28, 동악어문학회
1993. 12	임명섭, 「이상 시의 심상 체계 분석 — 무기물, 유기물의 대비를 중심으로」, 《어문논집》 32, 고려대 국어국문학연구회
1993. 12	정상균, 「김해경(이상) 문학 연구」, 《인문과학》 1, 서울시립대 인문과학연구소
1993. 12	정신재, 「이상 시의 작가 심리학」, 《동악어문논집》 28,

동악어문학회

1994 　　　　 김인환, 「반어의 의미」, 『비평의 원리』, 나남

1994 　　　　 김주현, 「이상 소설에 나타난 죽음의 문제」, 『한국 문학
　　　　　　　과 모더니즘』, 한양출판

1994 　　　　 엄도선, 『이상의 삶과 그리고 시』, 예지문화사

1994. 2 　　　 김주현, 「이상 소설에 나타난 죽음의 문제 — 『12월 12
　　　　　　　일』, 「종생기」를 중심으로」, 《한국현대문학연구》 3, 한
　　　　　　　국현대문학회

1994. 2 　　　 문홍래, 「이상 연구」, 우석대 석사 학위 논문

1994. 2 　　　 박재섭, 「한국 근대 고백체 소설 연구」, 서강대 박사 학
　　　　　　　위 논문

1994. 2 　　　 염창권, 「한국 현대 시의 공간 구조와 교육적 적용 방안
　　　　　　　연구」, 한국교원대 박사 학위 논문

1994. 2 　　　 이석, 「이상 시의 의미 분석 — 식민지 현실의 기존 가치
　　　　　　　체계에 대한 부정과 극복 인식을 중심으로」, 연세대 석
　　　　　　　사 학위 논문

1994. 2 　　　 이진연, 「이상의 단편 소설 연구」, 중앙대 석사 학위 논문

1994. 2 　　　 최강민, 「자의식 소설의 공간 대비 연구 — 이상, 최명익,
　　　　　　　손창섭의 작품을 중심으로」, 중앙대 석사 학위 논문

1994. 3 　　　 김준오, 「이상의 「거울」 — 시에 있어서 자의식의 문제」,
　　　　　　　《시와시학》

1994. 4 　　　 유병관, 「1930년대 후반 시인들의 자화상」, 《반교어문연
　　　　　　　구》 5, 반교어문연구회

1994. 4 　　　 정신재, 「시에서의 자전적 요인의 의미 — 이상론」, 《시문학》

1994. 6 　　　 한성봉, 「「날개」의 의미 구조와 탐색담적 성격에 관한 고
　　　　　　　찰」, 《한국언어문학》 41, 한국언어문학회

1994. 8 　　　 김광수, 「이상 단편 소설 연구 — 「날개」를 중심으로」, 서

울시립대 석사 학위 논문

1994. 8	신순철·심영덕, 「이상 문학에 나타난 부정과 소외 의식」, 《논문집》 8, 서라벌대
1994. 8	이종화, 「1930년대 한국 심리 소설 연구」, 전북대 박사 학위 논문
1994. 8	이호, 「1930년대 심리 소설 연구 — 이상과 최명익 소설의 서사론적 분석을 통하여」, 서강대 석사 학위 논문
1994. 8	황도경, 「존재의 이중성과 문체의 이중성 — 이상 소설의 문제」, 《현대소설연구》 1, 한국현대소설연구회
1994. 9	김주현, 「「종생기」와 복화술 — 이상 문학의 새로운 해석을 위한 시론」, 《외국문학》
1994. 10	김윤식, 「미국 속의 이상 문학」, 《문학정신》
1994. 12	김용성·이종화, 「이상 소설의 욕망 구조」, 《교육논총》 14, 전북대 교육대학원
1994. 12	안숙원, 「'구인회'와 바보의 시학」, 《서강어문》 10, 서강어문학회
1994. 12	임명섭, 「근대 문학과 모더니즘 — 현대성과 이상 시」, 《어문논집》 33, 민족어문학회
1994. 12	전봉관, 「이상 문학에 드러난 실어증적 징후」, 《한국학보》 77, 일지사
1995	강상희, 「이상 소설에 나타난 자기 반영성에 관한 고찰」, 『국어국문학 연구 — 연거제 신동익 박사 정년 기념 논총』, 정년기념논총간행위원회
1995	고명수, 「이상론 — 유우머의 정신과 삶의 미학화」, 『한국모더니즘시인론』, 문학아카데미
1995	서영채, 「이상의 소설과 한국 문학의 근대성」, 『민족 문학과 근대성』, 문학과지성사

1995. 1	오승희, 「이상 문학에 나타난 공간 의식 연구」, 《한국어문논집》 4, 한국교원대 어문교육연구원
1995. 1	유재순, 「이상 문학에 나타난 유희성 고찰」, 《호남어문학》 2, 호남어문학회
1995. 2	강용운, 「「날개」를 통해 본 주체와 욕망의 문제」, 고려대 석사 학위 논문
1995. 2	권오만, 「이상 시 은유의 특질」, 《인문과학》 2, 서울시립대
1995. 2	김유중, 「1930년대 후반기 한국 모더니즘 문학의 세계관 연구 ─ 김기림과 이상을 중심으로」, 서울대 박사 학위 논문
1995. 2	박선경, 「세계 인식과 언어의 2원적 구조 ─ 이상 소설의 정신분석학적 연구」, 《태릉어문연구》 5·6, 서울여대
1995. 2	서용주, 「이상 시 「오감도」 고찰 ─ 「오감도」 해석을 중심으로」, 원광대 석사 학위 논문
1995. 2	오동규, 「이상 시의 공간 의식」, 중앙대 석사 학위 논문
1995. 2	유재순, 「이상 문학에 나타난 공간 의식 연구」, 호남대 석사 학위 논문
1995. 2	이경교, 「한국 현대 시 정신의 형성 과정 연구 ─ 한용운, 이육사 그리고 이상을 중심으로」, 동국대 박사 학위 논문
1995. 2	장창영, 「이상 시의 공간 연구 ─ 시적 자아의 공간 대응 양상을 중심으로」, 전북대 석사 학위 논문
1995. 2	정현선, 「모더니즘 시의 문화 교육적 연구 ─ 이상과 김수영을 중심으로」, 서울대 석사 학위 논문
1995. 2	최지숙, 「이상 소설 연구」, 서울대 석사 학위 논문
1995. 2	최학출, 「1930년대 한국 모더니즘의 근대성과 주체의 욕망 체계에 대한 연구」, 서강대 박사 학위 논문

1995. 2	한경희, 「「오감도」의 구성 방법 연구」, 정신문화연구원 석사 학위 논문
1995. 2	한승희, 「문체론의 언어학적 일 고찰 ─ 이상의 「날개」를 대상으로」, 고려대 석사 학위 논문
1995. 8	고명수, 「한국 모더니즘의 세계 인식 연구 ─ 1930년대를 중심으로」, 동국대 박사 학위 논문
1995. 8	설영숙, 「이상 소설의 탈중심적 담론 연구」, 국민대 석사 학위 논문
1995. 8	염철, 「이상 시에 나타난 시간 의식 연구」, 중앙대 석사 학위 논문
1995. 8	이계윤, 「이상 소설의 공간 연구」, 성신여대 석사 학위 논문
1995. 8	한성봉, 「1930년대 도시 소설 연구」, 원광대 박사 학위 논문
1995. 8	허민석, 「이상 소설의 인물 연구」, 제주대 석사 학위 논문
1995. 9	김수이, 「「거울」에 나타난 방법론적 고찰 ─ 이상과 윤동주 시에 나타난 거울 이미지를 중심으로」, 《고황논집》 16, 경희대 대학원 원우회
1995. 9	김종주, 「분석 행위를 분석하는 행위 ─ 이상 작품에 관한 라캉적 고찰」, 《문학정신》
1995. 9	이승하, 「언어에 대한 저항 정신과 풍자 ─ 내 문학 속에 나타난 이상의 영향」, 《문학정신》
1995. 9	이승훈, 「그는 거울을 향해 총을 쏜다 ─ 내 문학 속에 나타난 이상의 영향」, 《문학정신》
1995. 12	최학출, 「이상의 시와 그 부정성에 대하여」, 《울산어문논집》 10, 울산대 국어국문학과
1996	박성원, 『이상(李箱), 이상(異常), 이상(理想)』, 문학과

지성사

1996   박진환, 『소설 속에서 만난 이상과 프로이트』, 자유지성사

1996   서영채, 「이상 소설의 수사학과 한국 문학의 근대성」,
            『소설의 운명』, 문학동네

1996   오세영, 「모더니즘, 포스트모더니즘, 아방가르드」, 『한국
            근대문학론과 근대시』, 민음사

1996   장두식, 「슬픈 근대화의 정경 ― 이태준, 이상의 작품을
            중심으로」, 《국토》 177, 국토연구원

1996. 1   나영수, 「이상의 「날개」와 아웃사이더」, 《선무 학술 논
            집》 5, 국제선무학회

1996. 2   박숙자, 「1930년대 모더니즘 소설 연구 ― 일상성에 대한
            인물의 반응과 서술 기법을 중심으로」, 서강대 석사 학
            위 논문

1996. 2   안미영, 「1930년대 심리 소설의 두 가지 양상 ― 이상과
            최명익을 중심으로」, 경북대 석사 학위 논문

1996. 2   안상수, 「타이포그라피적 관점에서 본 이상 시에 대한
            연구」, 한양대 박사 학위 논문

1996. 2   유형희, 「이상과 기형도 시의 작가 의식 비교 연구」, 《대
            전어문학》 13, 대전대 국어국문학회

1996. 2   윤혜경, 「이상 소설 연구 ― 주체 분열과 절망의 양상」,
            국민대 석사 학위 논문

1996. 2   이중재, 「'구인회' 연구 ― 이태준, 박태원, 이상의 소설을
            중심으로」, 동국대 박사 학위 논문

1996. 2   조영복, 「1930년대 문학에 나타난 근대성의 담론 연
            구 ― 김기림, 이상을 중심으로」, 서울대 박사 학위 논문

1996. 3   김주현, 「「오감도 시 제1호」의 상호 텍스트성」, 《현대시학》

1996. 3   하길남, 「수필과 개성 ― 이상과 한용운을 중심으로」,

《수필학》3, 한국수필학연구소

1996. 6	임대근, 「郁達夫의 「春風沈醉的晩上」과 이상의 「날개」」, 《중국현대문학》 10, 한국중국현대문학학회
1996. 6	김승환, 「이상 소설 주인공의 자기 외화에 대하여」, 《현대소설연구》 4, 한국현대소설연구회
1996. 6	김정동, 「이상과 1930년대의 동경」, 《건축역사연구》 9, 한국건축역사학회
1996. 6	이재오, 「이상의 「날개」에 나타난 갈등 구조」, 《논문집》 19, 동양공전
1996. 6	최인자, 「이상 「날개」의 글쓰기 방식 고찰」, 《현대소설연구》 4, 한국현대소설연구회
1996. 6	하길남, 「사상의 유희, '개치기' ─ 이상의 「오감도 시 제1호」에 대한 해석」, 《서정시학》
1996. 7	이경훈, 「이상 연구 1 ─ 「街外街傳」에 대하여」, 《비평문학》 10, 한국비평문학회
1996. 8	남금희, 「이상 소설의 서술 형식 연구」, 대구효성가톨릭대 박사 학위 논문
1996. 8	우정권, 「이상의 글쓰기 양상」, 서울대 석사 학위 논문
1996. 8	이성혁, 「이상 시 문학의 미적 근대성 연구」, 한국외대 석사 학위 논문
1996. 8	이희숙, 「이상의 『12월 12일』 연구 ─ 생애와의 관계를 중심으로」, 상지대 석사 학위 논문
1996. 9	김상욱, 「이상의 「날개」 연구 ─ 아이러니의 수사학」, 《국어교육》 92, 한국국어교육연구회
1996. 9	김윤식, 「이상 문학 연구의 어떤 방향성 ─ 이상 문학 전집 주석 달기와 관련하여」, 《문예중앙》
1996. 9	오세영, 「이상의 「오감도 시 제1호」」, 《현대시》

1996. 9	정희모, 「「지주회시」에 대한 서사 구조적 분석 연구」, 《국어교육》 92, 한국국어교육연구회
1996. 9	차혜영, 「이상 소설의 창작 원리와 미적 전망」, 《상허학보》 3, 상허학회
1996. 10~12	변신원, 「「종생기」의 화자와 세계 인식의 방법」, 《문학과의식》
1996. 10~12	이경훈, 「이상의 또 다른 질병에 대하여」, 《문학과의식》
1996. 10	김은전, 「구인회와 신감각파」, 《선청어문》 24, 서울사대 국어교육학과
1996. 11	김주현, 「텍스트로부터 잘못되어 있다―이상 문학 연구의 문제점」, 《문학사상》
1996. 12	김인환, 「이상 시 연구」, 《양영 학술 연구 논문집》 4, 양영회
1996. 12	김종구, 「이상(李箱)/이상(異常)/이상(以上)―박제된 오르페우스의 종생의 담론들」, 《한국언어문학》 37, 한국언어문학회
1996. 12	김주현, 「이상 시의 상호 텍스트적 분석」, 《관악어문연구》 21, 서울대 국어국문학과
1996. 12	방민호, 「이상의 전후―전후 세대를 이해하는 한 방법」, 《문학정신》
1996. 12	이계열, 「이상 소설 연구―「지주회시」, 「날개」를 중심으로」, 《어문논집》 6, 숙명여대
1996. 12	이미순, 「이상 산문시의 모더니즘 담론」, 《어문연구》 92, 한국어문연구회
1996. 12	전정구, 「이상의 글쓰기와 수사학적 성격」, 《한국언어문학》 37, 한국언어문학회
1997	류광우, 「「봉별기」에 대한 새로운 관점의 가능성의 의

미」, 『오당 조항근 선생 화갑 기념 논총』, 화갑기념논총
간행위원회

1997   이경훈, 「권태의 사상」, 『현역 중진 작가 연구』 1, 국학자
            료원

1997   이승훈, 『이상 ― 식민지 시대의 모더니스트』, 건국대 출
            판부

1997   이정호, 「이상의 「오감도」에 나타난 기호의 이상한 질
            주」, 《예술문화연구》 7, 서울대 예술문화연구소

1997   이태동, 『이상』, 서강대 출판부

1997. 1   김명옥, 「이상 시에 나타난 현실 부정 정신과 미학적 자
            의식 고찰」, 《청람어문학》 17, 청람어문학회

1997. 2   권희영, 「1930년대 한국 지식인의 정서와 근대적 공
            간 ― 임화, 이상을 중심으로」, 《청계사학》 13, 청계사학회

1997. 2   박은주, 「1930년대 모더니즘 소설 연구 ― 소외된 지식인
            의 내면 의식을 중심으로」, 한국교원대 석사 학위 논문

1997. 2   우현주, 「열린 텍스트로서의 이상 시 연구」, 명지대 석사
            학위 논문

1997. 2   이강수, 「이상 텍스트 생산 과정 연구」, 서울대 석사 학
            위 논문

1997. 2   이경, 「한국 근대 소설에 나타난 '근대성' 연구」, 부산대
            박사 학위 논문

1997. 2   이윤정, 「이상 시 연구 ― 자크 라캉의 이론을 중심으
            로」, 성신여대 석사 학위 논문

1997. 2   진순애, 「한국 현대 시의 모더니티 연구 ― 30년대와 50년
            대 시를 중심으로」, 성균관대 박사 학위 논문

1997. 2   허창노, 「국외자적 성격으로 본 이상 시의 변모 양상」,
            경북대 석사 학위 논문

1997. 3	김주현, 「이상 시의 내적 상호 텍스트성」, 《국어국문학》 118, 국어국문학회
1997. 4	김성수, 「이상 문학의 기원과 글쓰기 정신」, 《연세어문학》 29, 연세대 국어국문학과
1997. 4	이종대, 「이상 시의 세계 인식의 연구」, 《작가연구》 3, 새미
1997. 5	김윤식, 「「봉별기」 속의 「날개」」, 《문학사상》
1997. 5	이재선, 「현대 소설의 '권태'의 시학」, 《현대문학》
1997. 5	정혜경, 「이상의 「날개」와 「동해」의 비교 연구」, 《국어국문학》 119, 국어국문학회
1997. 6	이경훈, 「모더니즘과 질병—박태원, 이태준, 이상 소설에 나타난 폐결핵, 성병, 위암의 근대 의학적 인식과 육체적 담론」, 『한국 문학 평론』 2, 범우사
1997. 7	이경훈, 「이상 연구 3—「그리스도」와 「알 카포네」에 대하여」, 《비평문학》 11, 한국비평문학회
1997. 7	장병호, 「닫힌 시대 지식인의 초상—이상의 「날개」에 나타난 소외의 의미」, 《비평문학》 11, 한국비평문학회
1997. 8	김정관, 「한국 모더니즘 소설의 인식 구조 연구—이상, 장용학, 최인훈의 소설을 중심으로」, 중앙대 박사 학위 논문
1997. 8	김혜영, 「「종생기」의 글쓰기 방법론 연구」, 《문학교육학》 1, 한국문학교육학회
1997. 8	박신헌, 「이상의 「날개」, 주제 구현을 위한 작품 전개 방식 연구」, 《어문학》 61, 한국어문학회
1997. 8	엄성원, 「1930년대 한국 모더니즘 시에 나타난 시간 의식 연구—김기림, 이상, 정지용 시를 중심으로」, 서강대 석사 학위 논문
1997. 8	이미순, 「담론의 측면에서 본 이상 산문시의 장르적 특

성」,《한국현대문학연구》5, 한국현대문학회

1997. 8	이수은,「이상 시 리듬 연구」, 이화여대 석사 학위 논문
1997. 8	임명섭,「이상 문자 경험 연구」, 고려대 박사 학위 논문
1997. 8	조영복,「1930년대 문학에 나타난 근대성의 담론 연구 ─ 김기림, 이상을 중심으로」,《한국현대문학연구》5, 한국현대문학회
1997. 8	최미숙,「한국 모더니즘 시의 글쓰기 방식에 관한 연구 ─ 이상과 김수영을 중심으로」, 서울대 박사 학위 논문
1997. 9	정연희,「이상의「동해」에 나타난 시간과 자아분열 양상」,《어문논집》36, 안암어문학회
1997. 10	고원,「「날개」3부작의 상징 체계 ─「날개」,「동해」,「종생기」에 설정된 꿈과 현실 관계」,《문학사상》
1997. 10	권택영,「투영된 자라를 통한 고백 ─『12월 12일』이 드러내는 것」,《문학사상》
1997. 10	김윤식,「이상 문학과 지방성 극복의 과제 ─ 세계사적 시선에서 바라보기」,《문학사상》
1997. 10	김인환,「이상 시의 계보」,《현대비평과 이론》14, 한신문화사
1997. 10	이경훈,「긍정성의 부재 암시하는 역설적 글쓰기 ─ 이상 및 박태원과 관련된 한국 모더니즘의 한 양상」,《문학사상》
1997. 10	이경훈,「이상과 정인택 1 ─ '업고'와 '우울증'에 대해」,《작가연구》4, 새미
1997. 10	이정호,「「오감도」에 나타난 기호의 질주 ─ 라캉의 정신분석을 원용한「오감도」읽기」,《문학사상》
1997. 10	이태동,「이상의 시와 반어적 의미 ─ 난해성 자체가 예술인 이상의 예술」,《문학사상》

1997. 10	정현기, 「집짓기 공리로 읽는 이상의 「지주회시」—천치의 중얼거림과 천재」, 《문학사상》
1997. 10	조남현, 「실험과 모순의 텍스트 그 안팎—자기 비하와 과시의 고백체 소설 「종생기」」, 《문학사상》
1997. 12	권영민, 「이상 문학, 근대적인 것으로부터의 탈출—합리주의에 맞선 존재론적 질문」, 《문학사상》
1997. 12	김윤식, 「보이는 텍스트와 보이지 않는 텍스트—이상 문학의 경우」, 《문예중앙》
1997. 12	김주현, 「이상 문학의 방향」, 《동서문학》
1997. 12	남금희, 다성적 문체의 특성과 기능—이상 소설을 중심으로」, 《울산어문논집》 12, 울산대 국어국문학과
1997. 12	남기택, 「불완전한 현실과 전복된 꿈—이상과 김수영 시를 중심으로」, 《어문연구》 29, 어문연구회
1997. 12	남상권, 「이상 소설의 성립 조건—「날개」를 중심으로」, 《영남어문학》 32, 영남어문학회
1997. 12	문혜원, 「이상 시 해석의 다양성」, 《동서문학》
1997. 12	문흥술, 「레몬의 향기의 현재적 의미」, 《동서문학》
1997. 12	박민영, 「이상 소설의 상상적 구조 연구—작품 「날개」를 중심으로」, 《한국문예비평연구》 1, 한국현대문예비평학회
1997. 12	서준섭, 「이상 문학의 현대성」, 《동서문학》
1997. 12	심영덕, 「소설 속에 나타난 시간의 비교 고찰」, 《국어국문학연구》 25, 영남대 국어국문학과
1997. 12	이경교, 「화자의 퇴행과 패러다임의 이동」, 《동국어문학》 9, 동국대 국어교육학과
1997. 12	장일구, 「서사적 공간론의 이론과 실제—「날개」 해석을 중심으로」, 《서강어문》 13, 서강어문학회

1997. 12	정효구, 「이상 문학에 나타난 '사물화 경향'의 고찰」,《개신어문연구》14, 충북대 개신어문연구회
1997. 12	조영복, 「방법으로서의 이상과 「날개」의 연구 방법」,《동서문학》
1997. 12	홍경표, 「이상 소설의 현학성에 대하여」,《논문집》 56, 대구효성가톨릭대
1998	권영민 외, 『이상 문학 연구 60년』, 문학사상사
1998	김승희, 『이상 시 연구』, 보고사
1998	김윤식, 『이상 문학 텍스트 연구』, 서울대 출판부
1998	신범순, 「1930년대 모더니즘에서 '작은 자아'와 '군중', '기술'의 의미」, 『한국 현대 시의 퇴폐와 작은 주체』, 신구문화사
1998	이보영, 『이상의 세계』, 금문서적
1998. 2	강상희, 「1930년대 한국 모더니즘 소설의 내면성 연구」, 서울대 박사 학위 논문
1998. 2	김성수, 「이상 문학에 이르는 한 가지 길—「진서(眞書)」의 해석을 통하여」,《연세학술논집》 27, 연세대 대학원
1998. 2	김옥순, 「언술은유와 이상의 역사의식」,《한국문학이론과비평》 2, 한국문학이론과 비평학회
1998. 2	김윤식, 「이상 문학에서의 글쓰기 유형과 일어시가 선 자리」,《문학과의식》
1998. 2	김주현, 「이상 소설의 글쓰기 양상 연구」, 서울대 박사 학위 논문
1998. 2	노지승, 「이상 소설의 시각성 연구」, 서울대 석사 학위 논문
1998. 2	문경주, 「이상 「날개」의 공간 구조」,《대전어문학》 15, 대전대 국어국문학회

1998. 2	박정수, 「이상「종생기」연구 ― 언어, 욕망, 그리고 죽음에 관하여」, 서강대 석사 학위 논문
1998. 2	우재학, 「이상 시 연구 ― 탈근대성을 중심으로」, 전남대 박사 학위 논문
1998. 2	유병관, 「한국 현대 시의 풍자성 연구」, 성균관대 박사 학위 논문
1998. 2	음영철, 「이상 문학의 현실 인식과 세계관」, 건국대 석사 학위 논문
1998. 2	이계열, 「1930년대 후반기 소설의 자아의식 연구 ― 이상, 최명익, 허준 소설을 중심으로」, 숙명여대 박사 학위 논문
1998. 2	홍영철, 「이상의 「오감도」 연구」, 동국대 석사 학위 논문
1998. 3	김윤식, 「이상 문학의 세 가지 글쓰기 층위」, 《한국학보》 90, 일지사
1998. 5	김용희, 「윤동주와 이상 시에 나타난 신체와 의식의 문제에 관한 고찰」, 《논문집》 10-1, 평택대
1998. 6	김은영, 「이상 시에 나타난 아이러니와 자의식의 분열 양상」, 《사림어문연구》 11, 창원대 국어국문학과
1998. 6	김주현, 「이상 소설의 기호학적 분석」, 《어문학》 64, 한국어문학회
1998. 6	문재호, 「이상의 「날개」 연구」, 《숭실어문》 14, 숭실대 숭실어문연구회
1998. 6	손광은, 「이상 시의 시적 논리 연구」, 《한국언어문학》 40, 한국언어문학회
1998. 6	우재학, 「이상 시의 탈근대성 고찰」, 《한국언어문학》 40, 한국언어문학회
1998. 6	이경훈, 「이상 연구 7 ― 「LE URINE」의 주석」, 《현대문

학이론연구》9, 한국현대문학이론연구회

1998. 6   정명중, 「이상론 — 그의 모더니티 인식을 중심으로」, 《한국언어문학》40, 한국언어문학회

1998. 7   강상희, 「이상 소설의 서사 전략」, 《인문논총》7, 경기대 연구교류처

1998. 8   강운석, 「한국 모더니즘 소설에 나타난 현대성 연구」, 숭실대 박사 학위 논문

1998. 8   구미리내, 「이상 시의 구조적 특성 연구」, 명지대 석사 학위 논문

1998. 8   김교식, 「이상 문학 연구 — 작품 기법과 작가 의식을 중심으로」, 서원대 석사 학위 논문

1998. 8   김남영, 「1930년대 도시 소설의 공간 연구 — 박태원과 이상의 소설을 중심으로」, 한남대 석사 학위 논문

1998. 8   김성수, 「이상 소설 연구」, 연세대 박사 학위 논문

1998. 8   김성수, 「이상의 「날개」 연구 1 — 페티시즘의 양상에 대한 해석」, 《연세학술논집》28, 연세대 대학원

1998. 8   김지숙, 「이상 시에 나타나는 수와 상징」, 《동남어문논집》8, 동남어문학회

1998. 8   문흥술, 「1930년대 한국 모더니즘 소설에 나타난 언술 주체의 분열 양태 연구」, 서울대 박사 학위 논문

1998. 8   박종렬, 「1930년대 모더니즘 소설의 현실 대응 방식 연구 — 「날개」와 「소설가 구보 씨의 일일」의 경우」, 대구대 석사 학위 논문

1998. 8   이만식, 「이상 시 연구 — 의식의 양극화와 모더니즘의 시적 변용」, 고려대 석사 학위 논문

1998. 8   한상규, 「1930년대 모더니즘 문학의 미적 자율성 연구」, 서울대 박사 학위 논문

1998. 8	허병식, 「예술가 소설에 나타난 주체의 형성에 관한 연구 — 이상과 박태원의 소설을 중심으로」, 동국대 석사학위 논문
1998. 9	황현산, 「「오감도」 평범하게 읽기」, 《창작과 비평》
1998. 12	김주현, 「이상 소설의 '위티즘' 연구」, 《한국현대문학연구》 6, 한국현대문학연구회
1998. 12	김주현, 「「절벽」의 기호학적 분석」, 《안동어문학》 2·3, 안동어문학회
1998. 12	김중신, 「이상을 위한 변명」, 《문학과 교육》 6, 한국교육미디어
1998. 12	류보선, 「기교에의 의지, 혹은 이상 문학의 계몽성」, 《한국현대문학연구》 6, 한국현대문학회
1998. 12	박기태, 「이상 시 연구 — 그 미적 상징을 중심으로」, 《한국어문학연구》 9, 한국외대 한국어문학연구회
1998. 12	이경훈, 「「낙타」와 '산호편'」, 《민족문학사연구》 13, 민족문학사연구소
1998. 12	이순옥, 「이상 시에 나타난 초현실주의적 유희성」, 《국어국문학연구》 26, 영남대 국어국문학과
1998. 12	이승훈, 「이상의 「오감도 시 제1호」」, 《시안》
1998. 12	이호, 「이상 소설의 반복 구조 분석 시론」, 《서강어문》 14, 서강어문학회
1998. 12	조동구, 「한국 현대 시와 아방가르드」, 《배달말》 23, 배달문학회
1998. 12	佐野正人, 「구인회 メンバーの일본 留學體驗 — 정지용, 김기림, 이상の場合をめぐつ」, 《인문과학연구》 4, 전주대
1998. 12	최원식, 「서울·동경·New York」, 《문학동네》
1998. 12	헨리 홍순임, 「이상의 「날개」 — 반식민주의적 알레고리

로 읽기」, 《역사연구》 6, 역사학연구소

1998. 12   황영미, 「이상과 박태원의 소설에 나타난 '극화된 화자'의 의미」, 《원우논총》 16, 숙명여대

1999   김민수, 『멀티미디어 인간 이상은 이렇게 말했다: 디지털 풍경, 마음의 도(道)』, 생각의나무

1999   김성수, 『이상 소설의 해석―생(生)과 사(死)의 감각』, 태학사

1999   김주현, 『이상 소설 연구』, 소명출판

1999   박현주, 「이상의 「날개」 연구」, 『작가의 이상과 현실』(이인복 편), 태학사

1999   이명귀, 「권태에 관한 공포의 기록―「오감도 시 제1호」 분석」, 『시 읽기의 즐거움』(최동호 저), 고려대출판부

1999   정은주, 「벼랑 끝 인식의 문학적 해명―「오감도 시 제1호」와 「오감도 시 제15호」 분석」, 『시 읽기의 즐거움』(최동호 저), 고려대 출판부

1999. 2   강동우, 「이상 시에 나타난 도가 사상적 특성 연구」, 한양대 석사 학위 논문

1999. 2   김윤정, 「이상 시에 나타난 탈근대적 사유―동일성 사유의 해체를 중심으로」, 서울대 석사 학위 논문

1999. 2   이경훈, 「질투의 수사학―이상 연구」, 《연세어문학》 30·31, 연세대 국어국문학과

1999. 2   이미경, 「이상 시 「오감도 시 제1호」 해석」, 《영남국어교육》 6, 영남대 국어교육학과

1999. 2   정용문, 「이상의 시에 나타난 기호의 의미―「오감도 시 제1호」를 중심으로」, 《영주어문》 1, 영주어문연구회

1999. 3   김주현, 「「날개」의 실험성과 문제성」, 《문학사상》

1999. 3   박현수, 「토포스의 힘과 창조성 고찰―정지용, 이상의

시를 중심으로」,《한국학보》94, 일지사

1999. 3 　　　정인하, 「이상의 초기 시에 나타난 한국 근대 건축의 '근대성' 탐구」,《건축역사연구》18, 한국건축역사학회

1999. 3 　　　황현산, 「오감도의 '시 제1호'에 과거가 없다」,《현대시학》

1999. 6 　　　김주현, 「이상 문학과 텍스트 확정에 나타난 문제점 고찰」,《민족문학사연구》14, 민족문학사연구소

1999. 6 　　　김주현, 「이상 소설과 분신의 주제」,《한국학보》95, 일지사

1999. 6 　　　한경희, 「닫힌 사회에서 시적 자아의 자기 모색—이상 시를 중심으로」,《어문학》67, 한국어문학회

1999. 8 　　　김주현, 「이상 소설의 미학적 접근」,《논문집》12, 경주대

1999. 8 　　　이경훈, 「이상과 정인택 2」,《현대문학연구》13, 한국문학연구회

1999. 8 　　　이진숙, 「이상 텍스트의 주체 연구」, 한양대 석사 학위 논문

1999. 8 　　　이화진, 「1930년대 후반기 소설 연구—현실 인식과 주체의 대응 논리에 관하여」, 성균관대 박사 학위 논문

1999. 8 　　　정노천, 「이상 문학에 나타난 성 연구」, 명지대 석사 학위 논문

1999. 10 　　김주현, 「이상 문학의 텍스트 확정을 위한 고찰—정인택의 이상 관련 작품을 중심으로」,《안동어문학》4, 안동어문학회

1999. 12 　　강경구, 「郁達夫와 이상 소설의 비교 연구」,《중어중문학》34, 영남중국어문학회

1999. 12 　　김경욱, 「이상 소설에 나타난 「단발(斷髮)」과 유혹자로서의 여성」,《관악어문연구》24, 서울대 국어국문학과

1999. 12 　　김낙춘·서정철, 「이상의 단편 소설 「날개」에 나타난 건

축적 공간 의식」,《건설기술논문집》 18-2, 충북대

1999. 12	사노 마사토, 「이상의 동경〔東京〕 체험 고찰」,《한국현대문학연구》 7, 한국현대문학회
1999. 12	석준, 「정신분석학과 문학 — 이상의 단편 소설 「날개」 첫 부분을 대상으로」,《동서문화연구》 7, 홍익대
1999. 12	이중재, 「이상의 「실화」론」,《동국어문학》 10·11, 동국대 국어교육과
2000	이경훈,『이상, 철천의 수사학』, 소명출판
2000. 1	김시태, 「모더니즘의 도래 — 1930년대 소설」,《시문학》
2000. 2	김용섭, 「이상 시의 언어학적 해석을 통한 건축 공간화에 관한 연구 — 언어의 시각(Typography)적 해석 방법을 중심으로」, 경원대 석사 학위 논문
2000. 2	김윤식, 「「날개」의 생성 과정론 1 — 이상과 박태원의 문학사적 게임론」,《문학과의식》
2000. 2	김주현, 「이상 시의 창작 방법 연구」,《어문학》 69, 한국어문학회
2000. 2	김혜영, 「한국 모더니즘 소설의 글쓰기 방법 연구 — 시간 구성 원리를 중심으로」, 서울대 박사 학위 논문
2000. 2	나병철, 「이상의 모더니즘과 혼성적 근대성의 발견」,《현대문학의 연구》 14, 국학자료원
2000. 2	서정철, 「이상의 「날개」에 나타난 건축적 공간 인식」, 충북대 석사 학위 논문
2000. 2	송문석, 「거리에 따른 화자와 대상 연구 — 1930년대의 정지용 시, 이상 시를 중심으로」, 제주대 석사 학위 논문
2000. 2	엄정희, 「이상의 「날개」 연구 — 카니발적 구조를 중심으로」, 단국대 석사 학위 논문
2000. 2	조해옥, 「이상 시의 근대성 연구」, 고려대 박사 학위 논문

2000. 2	한경희, 「시적 자아의 식민지 현실 인식과 자기부정 — 이상 시를 중심으로」, 《어문학》 69, 한국어문학회
2000. 2	호병탁, 「이상과 도스토예프스키 소설의 비교 문학적 연구 — 「날개」와 「지하 생활자의 수기」를 중심으로」, 원광대 석사 학위 논문
2000. 2	홍정선, 「일상생활에 대한 반란과 근대인의 길 — 이상 시에 대한 강의」, 《현대시》
2000. 3	양은창, 「「날개」의 등장인물에 나타난 정신구조고」, 《어문연구》 105, 한국어문교육연구회
2000. 3	유희석, 「이상과 식민지 근대」, 《창작과 비평》
2000. 3	이화경, 「이상 문학에 나타난 소수 문학적 특성」, 《한국문학이론과 비평》 7, 한국문학이론과 비평학회
2000. 3	황도경, 「도시의 욕망과 탈주의 서사」, 《오늘의 문예비평》
2000. 4	한형구, 「기호 놀이의 시학, 난센스의 시학: 이상 문학 연구 서설」, 《한국근대문학연구》 1, 한국근대문학회
2000. 5	김윤식, 「「날개」의 생성과정론 2 — 이상과 박태원의 문학사적 게임론」, 《문학과의식》
2000. 5	안미영, 「가족 질서의 변화와 개인의 성장 — 이상의 『12월 12일』 연구」, 《문학과언어》 22, 문학과언어학회
2000. 5	한경희, 「시적 자아의 형성 과정으로서 '거울 단계' 분석 — 이상 시 「시 제15호」, 「명경(明鏡)」, 「거울」을 중심으로」, 《국어국문학》 126, 국어국문학회
2000. 5	황현산, 「이 시를 어떻게 읽어야 할까 14 — 이상의 「막 달아나기」」, 《현대시학》
2000. 6	안미영, 「1930년대 소설에 나타난 여급 고찰 — 이상의 여성관을 중심으로」, 《여성문학연구》 3, 한국여성문학학회
2000. 6	이금재, 「한국문학에 있어서 요코미츠 리이치〔(橫光利一〕

의 수용 ― 이상 문체를 중심으로」,《일본학보》44, 한국
일본학회

2000. 6 　　　　최혜실, 「이상 문학이 '환상성'을 지니는 두 가지 이
유 ― 공포의 승화와 재귀 ― 지식 탐색의 무한역행」,《현
대소설연구》12, 현대소설학회

2000. 7 　　　　이미림, 「공간적 상상력으로 본 「날개」 연구」,《학술논
총》31, 원주대

2000. 8 　　　　문호성, 「이상 시의 텍스트성 ―「오감도」를 중심으로」,
《한국문학이론과 비평》8, 한국문학이론과 비평학회

2000. 8 　　　　송경아, 「1930년대 소설에 나타나는 자기연민 ― 이상의
「날개」 분석」,《연세학술논집》32, 연세대 대학원 총학
생회

2000. 8 　　　　안미영, 「근대 신체관 연구 ― 이상의 『12월 12일』을 중
심으로」,《어문논총》34, 경북어문학회

2000. 8 　　　　여지영, 「1930년대 심리 소설의 서사적 정체성 연
구 ― 이상의 「날개」와 박태원의 「소설가 구보 씨의 일
일」을 중심으로」, 서강대 석사 학위 논문

2000. 8 　　　　이상빈, 「문학 속의 침묵, 침묵 속의 문학」,《현대문학》

2000. 8 　　　　이호, 「이상 소설의 구성과 의미 형성 원리 ― 드러냄과
숨김의 이중적 서술 양상을 중심으로」,《한국문학이론
과 비평》8, 한국문학이론과 비평학회

2000. 8 　　　　이화경, 「이상 문학에 나타난 주체와 욕망 연구」, 전북대
박사 학위 논문

2000. 8 　　　　정덕준, 「이상의 자아의식, 창조적 회상」,《한국문학이
론과 비평》8, 한국문학이론과 비평학회

2000. 8 　　　　조해옥, 「물체로서의 육체와 육체의 자율성 ― 이상 시에
나타난 근대적 육체 의식」,《한국문학이론과 비평》8,

한국문학이론과 비평학회

2000. 9 김주현, 「이상 문학의 텍스트 확정을 위한 고찰―일문시의 한글 번역본을 중심으로」, 《한국학보》 100, 일지사

2000. 9 차혜영, 「이상 소설의 창작 원리와 미적 전망」, 《상허학보》 3, 상허문학회

2000. 9 홍정선, 「임화와 이상」, 《황해문화》 28, 새얼문화재단

2000. 10 김태환, 「이상의 시 세계와 거울 모티프」, 《현대시》

2000. 10 이승훈, 「이상 시의 계보학」, 《현대시》

2000. 11 김주현, 「이상 소설 연구―금홍, 동림의 성격화 양상을 중심으로」, 《안동어문학》 5, 안동어문학회

2000. 11 백문임, 「이상의 모더니즘 방법론 고찰」, 《상허학보》 4, 상허문학회

2000. 12 김민수, 「디지털 가상 공간으로 본 이상 시」, 2001년도 한국어문학연구소 2001 학술 대회: 공간을 테마로 한 대화: 문학·미술·건축의 만남」, 이화여대 한국어문학연구소

2000. 12 김승희, 「이상의 「거울」 텍스트, 기하학적 기호와 압젝션의 문제」, 《기호학연구》 8, 문학과지성사

2000. 12 김정동, 「이상의 「날개」에 나타난 건축적 이미지에 관한 연구―1930년대 경성 거리를 중심으로」, 《건축·도시환경연구》 8, 목원대 건축·도시연구센터

2000. 12 김진석, 「이상 문학의 심리 분석적 연구」, 《한국학연구》 13, 고려대 한국학연구소

2000. 12 노승욱, 「이상 소설에 있어서 '변신'의 문제」, 《관악어문연구》 25, 서울대 국어국문학과

2000. 12 안미영, 「근대 도시 문명의 이기성(利己性)과 이기성(利器性)―이상의 문명관을 중심으로」, 《개신어문연구》

17, 개신어문학회

2000. 12   안미영, 「여학생과 문명에의 의지 ― 이상 소설을 중심으로」, 《한국현대문학연구》 8, 한국현대문학회

2000. 12   엄정희, 「꿈과 현실의 어긋난 소망 ― 이상 「날개」의 꿈꾸는 자유」, 《국문학논집》 17, 단국대 국어국문학과

2000. 12   이재복, 「이상 시에 나타난 다다이즘적 특성에 관한 연구」, 《한국언어문화》 18, 한국언어문화학회

2000. 12   조해옥, 「육체와 근대 공간 ― 이상의 시」, 《작가연구》 10, 새미

2000. 12   차원현, 「이상 읽기의 한 방식」, 《민족문학사연구》 17, 민족문학사연구소

2001   이상문학회, 『이상 리뷰』 제1호, 역락

2001   조해옥, 『이상 시의 근대성 연구 ― 육체 의식을 중심으로』, 소명출판

2001. 2   김교식, 「오감도」에 나타난 대립 양상 고찰」, 《대전어문학》 18, 대전대 국어국문학과

2001. 2   김용하, 「이상 문학 연구 ― 성적 상상력을 중심으로」, 중앙대 석사 학위 논문

2001. 2   김진석, 「이상 문학에 나타난 시간 의식과 서사 구조」, 《인문과학연구》 10, 서원대 인문과학연구소

2001. 2   문순임, 「이상의 초현실주의 시 연구」, 건국대 석사 학위 논문

2001. 2   송종헌, 「이상의 「날개」 분석」, 동국대 석사 학위 논문

2001. 2   윤효정, 「인물의 구체적 형상을 통한 이상의 내면세계」, 중앙대 석사 학위 논문

2001. 2   이경배, 「이상 문학의 시간 의식 연구」, 동국대 석사 학위 논문

2001. 2   임종수·이재천, 「이상 문학의 문체 고찰」, 《논문집》34, 강원대

2001. 2   최진석, 「이상 소설의 서사 구조 연구」, 연세대 석사 학위 논문

2001. 2   황준하, 「이상 「날개」의 심리주의적 연구」, 중부대 석사 학위 논문

2001. 3   권혁웅, 「이상 시의 비유적 구조」, 《한국문학이론과 비평》 10, 한국문학이론과 비평학회

2001. 4   이금재, 「이상과 아쿠타가와 류노스케의 문체 비교」, 2001년도 춘계 학술발표대회 자료집, 한국일본어문학회

2001. 5   강동우, 「「오감도 시 제1호」 새롭게 읽기 — 도가적 사유 틀과 관련하여」, 《현대시》

2001. 5   김정신, 「이상 시 해석의 한 시도」, 《문학과언어》 23, 문학과언어학회

2001. 5   박선경, 「의식·무의식의 이원적 담론 — 정신분석학적 접근에서 살펴본 이상의 소설 세계」, 《한국언어문학》 46, 한국언어문학회

2001. 5   안미영, 「이상 소설과 사적(私的) 공간으로서의 일본」, 《문학과언어》 23, 문학과언어학회

2001. 6   김동근, 「「오감도」의 작시 논리와 텍스트 의미」, 《현대문학이론연구》 15, 현대문학이론학회

2001. 6   김주현, 「이상 문학에 있어서 성천 체험의 의미」, 《한국근대문학연구》 3, 한국근대문학회

2001. 6   김효신, 「수용 미학 이론의 적용 및 작품 수용사 — 이상의 시 「오감도 시 제1호」를 중심으로」, 《인문과학연구》 3, 대구카톨릭대 인문과학연구소

2001. 6   박선경, 「무의식적 언어에 대한 정신분석학적 일고

	찰—이상의 「날개」, 「지주회시」, 「지도의 암실」을 대상으로」, 《현대소설연구》 14, 한국현대소설학회
2001. 6	박현수, 「이상 시학과 「전원수첩」의 수사학」, 《한국학보》 103, 일지사
2001. 6	이명귀, 「권태에 관한 공포의 기록—이상의 「오감도 시 제1호」 분석」, 《고황논집》 28, 경희대 대학원
2001. 7	이혜원, 「이상과 윤동주 시에 나타나는 주체 형성의 양상」, 《우리어문연구》 16, 우리어문학회
2001. 8	김종훈, 「이상 시에 나타난 ‘나’의 유형 연구」, 고려대 석사 학위 논문
2001. 8	문영석, 「현대 시에 나타난 거울의 상징성 연구—이상, 윤동주, 서정주 시를 중심으로」, 서강대 석사 학위 논문
2001. 8	안미영, 「이상 소설에 나타난 신체 인식 표출 양상」, 경북대 박사 학위 논문
2001. 8	이순길, 「이상 시 연구—이상 시에 나타난 아버지 상을 중심으로」, 군산대 석사 학위 논문
2001. 8	이시은, 「이상의 도시와 시공간 의식」, 《현대문학의 연구》 17, 새미
2001. 8	이재복, 「이상 소설의 몸과 근대성에 관한 연구」, 한양대 박사 학위 논문
2001. 8	하영선, 「이상 소설 연구—작가의 소외 의식 중심으로」, 명지대 석사 학위 논문
2001. 8	함태영, 「권태로운 영웅」, 《현대문학의 연구》 17, 새미
2001. 9	김면수, 「이상 소설과 ‘요부(妖婦)’—‘금홍(錦紅)’을 중심으로」, 《여성문학연구》 5, 한국여성문학학회
2001. 10	김주현·최유희, 「이상 문학의 원전 확정 및 주석 연구」, 《우리말글》 22, 우리말글학회

2001. 11	김주현, 「1990년대 이상 연구의 성과 및 한계」, 《안동어문학》 6, 안동문학회
2001. 12	간호배, 「이상 시에 나타난 부정의 미학」, 《우리문학연구》 14, 우리문학회
2001. 12	김면수, 「결핵의 수사와 임상적 상상력 ― 이상 시 소고」, 《민족문학사연구》 19, 민족문학사연구소
2001. 12	김영아, 「1930년대 모더니즘과 이상 문학」, 《한어문교육》 9, 한국언어문학교육학회
2001. 12	김효신, 「이상의 시 「오감도 시 제1호」에 대한 수용 미학적 소고」, 《한민족어문학》 39, 한민족어문학회
2001. 12	나은진, 「이상 소설에 나타난 여성성 ― 양파 껍질 벗기기」, 《여성문학연구》 6, 한국여성문학학회
2001. 12	신주철, 「이상 시의 아이러니 연구」, 《里門論叢》 21, 한국외대 대학원
2001. 12	안미영, 「근대 소설에서 근대 의술의 수용 ― 이상의 『12월 12일』을 중심으로, 《개신어문연구》 18, 개신어문학회
2001. 12	윤수하, 「이상 시의 영상 이미지에 대한 연구 ― 「오감도 시 제1호와 제7호」를 중심으로」, 《국어국문학》 129, 국어국문학회
2001. 12	이재복, 「이상 소설의 각혈하는 몸과 근대성에 관한 연구」, 《여성문학연구》 6, 한국여성문학학회
2001. 12	정규희, 「이상의 「날개」 고찰」, 《동남어문논집》 13, 동남어문학회
2001. 12	최용석, 「「날개」에 구현된 모티프의 상징성 고찰」, 《우리문학연구》 14, 우리문학회
2001. 12	한민주, 「근대 댄디들의 사랑과 성 문제 ― 이상과 김유정을 중심으로」, 《국제어문학》 24, 국제어문학회

2002. 2   김진석, 「이상 수필 연구—표현 양식의 실험과 글쓰기 양상을 중심으로」, 《인문과학연구》 11, 서원대 인문과학연구소

2002. 2   김형필, 「이상의 시 연구」, 《한국어문학연구》 5, 한국외국어대 한국어문학연구회

2002. 2   김후남, 「이상 소설의 서사 담론 연구—「지주회시」·「날개」·「봉별기」를 중심으로」, 경성대 석사 학위 논문

2002. 2   나갑순, 「이상 수필에 나타난 욕망 연구」, 인제대 석사 학위 논문

2002. 2   박정희, 「이상 시의 자의식 연구」, 《논문집》 25, 한양여대

2002. 2   박현수, 「이상 시의 수사학적 연구」, 서울대 박사 학위 논문

2002. 2   서영채, 「한국 근대 소설에 나타난 사랑의 양상과 의미에 관한 연구—이광수, 염상섭, 이상을 중심으로」, 서울대 박사 학위 논문

2002. 2   송민호, 「이상 문학에 나타난 화폐와 글쓰기의 상관성 연구」, 서울대 석사 학위 논문

2002. 2   신주철, 「이상 시에 드러난 20세기」, 《한국어문학연구》 15, 한국외국어대 한국어문학연구회

2002. 2   엄성원, 「한국 모더니즘 시의 근대성과 비유 연구—김기림·이상·김수영·조향의 시를 중심으로」, 서강대 박사 학위 논문

2002. 2   이금재, 「이상의 「날개」와 요코미츠 리이치의 「새(鳥)」」, 《일어일문학연구》 40, 한국일어일문학회

2002. 2   주선옥, 「프란츠 카프카의 「변신」과 이상의 「날개」에 나타난 소외의 문제」, 조선대 석사 학위 논문

2002. 2   채연진, 「문학 작품 속에 나타난 자아에 관한 시각 표현

연구—이상의 시를 대상으로」, 이화여대 석사 학위 논문

2002. 2 한경희, 「한국 현대 시에 나타난 시적 자아의 내면 연구—이상, 백석, 윤동주 시를 중심으로」, 한국정신문화연구원 박사 학위 논문

2002. 2 한재인, 「건축무한육면각체—이상 시의 건축적 해석을 통한 공간 구성」, 경기대 건축전문대학원 석사 학위 논문

2002. 3 김민수, 「디지털 시대, 이상 시의 재발견」, 《포에지》 8, 나남출판

2002. 3 조해옥, 「자의식 해명의 구체화—이상 연구사 및 최근 동향」, 《포에지》 8, 나남출판

2002. 3 황현산, 「「오감도」 주석」, 《포에지》 8, 나남출판

2002. 3 황호덕, 「한국 모더니즘과 영화—이상, 메트로폴리탄, 활동사진」, 《한국사상과 문화》 15, 한국사상문화학회

2002. 4 김유중, 「대화적 관점에서 본 이상 문학의 모더니티」, 《우리말글》 24, 우리말글학회

2002. 4 박영호, 「1930년대 우리 모더니즘 시의 최후 과제와 이상」, 《시문학》

2002. 5 김유중, 「「오감도—二人.1/2」의 해석」, 《국어국문학》 130, 국어국문학회

2002. 5 장양수, 「전문(前文)에 주목한 「날개」의 재해석」, 『한국문학논총》 30, 한국문학회

2002. 6 송민호, 「이상 문학에 나타난 '화폐'와 글쓰기」, 《한국학보》 107, 일지사

2002. 6 정옥희, 「이상 수필의 문장 표현—「산촌여정」을 분석함」, 《미주문학》 19, 미주한국문인협회

2002. 7 김유중, 「이상 문학과 대화적 과제」, 《사이》 1, 지식산업사

2002. 8 최동호, 「윤동주의 「또 다른 고향」과 이상의 「문벌」의

상호 텍스트성 연구―시어 백골을 중심으로」,《어문연구》39, 어문연구학회

2002. 9   김유중, 「이상 시를 바라보는 한 시각―금기의 인식과 위반의 충동」,《어문학》77, 한국어문학회

2002. 9   신주철, 「이상 시에 드러난 운명의 아이러니」,《한국어문학연구》16, 한국어문교육연구회

2002. 9   이정엽, 「이상 소설 문체의 수사학과 서사 구조 연구」,《한국학보》108, 일지사

2002. 9   임준서, 「이상 시와 미스테리 영화」,《리토피아》7, 리토피아

2002. 9   한혜선, 「이상의 '날자'와 '내리굴러라'의 거리」,《새국어교육》64, 한국국어교육학회

2002. 10   문혜윤, 「이상의 「동해」에 나타난 언술 형식 연구」,《어문논집》46, 민족어문학회

2002. 10   이윤경, 「「오감도」에 나타나는 그로테스크 양상 연구」,《국민어문연구》10, 국어국문학연구회

2002. 10   임명숙, 「이상 시에 드러난 여성의 이미지, 혹은 몸 읽기」,《겨레어문학》29, 겨레어문학회

2002. 10   조사옥, 「이상 문학과 아쿠타가와 류노스케」,《일본문화연구》7, 동아시아일본학회

2002. 11   한경희, 「「오감도」의 구성 방법 연구」,《안동어문학》7, 안동어문학회

2002. 12   류양선, 「이상의 수필 「권태」의 의미망」,《어문연구》115, 한국어문교육연구회

2002. 12   송창섭, 「상징 날개와 욕망 트럭 1―이상의 「날개」와 김기덕의 「나쁜 남자」」,《내러티브》6, 한국서사학회

2002. 12   신형철, 「이상 시에 나타난 '시선'의 정치학과 '거울'의 주

체론 연구」,《한국현대문학연구》12, 한국현대문학회

2002. 12   안미영, 「이상 수필에 나타난 신체의 문명화」,《어문연구》40, 어문연구학회

2002. 12   장도준, 「한국 현대 시 텍스트의 시적 주체 분열에 대한 연구 — 김기림, 이상, 백석의 시를 중심으로」,《배달말》31, 배달말학회

2002. 12   조선숙, 「음양오행의 관점에서 본 이상의 「휴업과 사정」」,《현대소설연구》17, 현대소설학회

2003   박현수, 『모더니즘과 포스트모더니즘의 수사학: 이상 문학 연구』, 소명출판

2003   신주철, 『이상과 김수영 시의 아이러니』, 박이정

2003   안미영, 『이상과 그의 시대』, 소명출판

2003   오형엽, 「1930년대 모더니즘의 시사적 의미 — 김기림의 시론과 이상의 시를 중심으로」,《논문집》21, 수원대

2003   이상문학회, 『이상 리뷰』2, 역락

2003. 2   강용운, 「이상 소설의 역설의 의미 생성에 관한 연구」, 고려대 박사 학위 논문

2003. 2   김상원, 「谷崎潤一郎와 이상의 소설 비교 연구 —「刺青」,「痴人の愛」,「날개」,「봉별기」를 중심으로」, 경기대 석사 학위 논문

2003. 2   이건제, 「이상 시의 텍스트와 시 의식 연구」, 고려대 박사 학위 논문

2003. 2   이경재, 「이상 소설의 '동물' 모티프 고찰」,《육사논문집》59, 육군사관학교

2003. 2   함돈균, 「한국 실제 비평 방법의 한 연구: 이상의 「날개」를 중심으로」, 고려대 석사 학위 논문

2003. 2   황정미, 「「오감도」의 현학성 연구」, 대구가톨릭대 석사

학위 논문

2003. 3	강용운, 「이상 문학 생성의 기원 — 삶과 죽음의 역설, 『12월 12일』론」, 《한국학연구》 18, 고려대 한국학연구소
2003. 3	이미원, 「이상의 「날개」 — 자의식, 그 인문적 깊이가 주는 무게」, 《연극평론》 28, 한국연극평론가협회
2003. 6	서종택, 「한국 현대 소설의 미학적 기반(1) — 박태원 이상의 단편 소설」, 《한국문학이론과 비평》 19, 한국문학이론과 비평학회
2003. 8	김병국, 「이상 「날개」 연구 — 라캉 이론을 중심으로」, 단국대 석사 학위 논문
2003. 8	송창섭, 「상징 날개와 욕망 트럭 2 — 이상의 「날개」와 김기덕의 「나쁜 남자」」, 《내러티브》 7, 한국서사학회
2003. 8	유용태, 「1930년대 아방가르드 시 독자의 미적 영역 연구 — 이상 시를 중심으로」, 단국대 석사 학위 논문
2003. 8	이정엽, 「이상 소설의 서술 방식 연구」, 서울대 석사 학위 논문
2003. 8	이진오, 「이상의 「오감도」 연구」, 건국대 석사 학위 논문
2003. 8	임병권, 「이상의 소설에 나타난 근대성과 주체의 문제」, 《한국소설연구》 5, 한국소설학회
2003. 8	조구호, 「「날개」 읽기」, 《경상어문》 9, 경상대 국어국문학과
2003. 8	표정옥, 「놀이의 서사시학 — 1930년대 김유정, 이상, 채만식의 놀이성(Ludism)을 중심으로」, 서강대 박사 학위 논문
2003. 12	김주현, 「이상 시에 나타난 언어 문제」, 《서정시학》
2003. 12	이재복, 「이상 1910~1937 — 연심이! 혹은 치명적인 사랑」, 《시인세계》

2003. 12	이재복, 「이상 소설에 나타난 산책의 의미와 근대성에 관한 연구—몸의 문제를 중심으로」, 《우리말글》 29, 우리말글학회
2003. 12	임병권, 「탈식민주의와 모더니즘—이상을 통해 본 1930년대 모더니즘 문학에 나타난 주체 의식」, 《민족문학사연구》 23, 민족문학사연구소
2004	김승구, 『이상, 욕망의 기호』, 월인
2004	김유중·김주현, 『그리운 그 이름, 이상』, 지식산업사
2004	서영채, 『사랑의 문법: 이광수, 염상섭, 이상』, 민음사
2004	이상문학회, 『이상 리뷰 제3호』, 역락
2004. 2	박상호, 「이상 소설 연구—자본주의적 권력 관계와 남녀 관계를 중심으로」, 한국교원대 석사 학위 논문
2004. 2	박선영, 「이상 소설의 알레고리적 성격 연구」, 연세대 석사 학위 논문
2004. 2	양소진, 「이상 「종생기」 연구—분열 양상의 희극성을 중심으로」, 고려대 석사 학위 논문
2004. 2	염형운, 「유년기 체험의 욕망 변증법에 관한 연구—이상의 「오감도」를 중심으로」, 《한국어문학연구》 19, 한국외국어대 한국어문학연구회
2004. 2	이원도, 「이상 시의 타자적 자의식에 관한 연구」, 동의대 석사 학위 논문
2004. 2	이원도, 「이상의 세계 인식과 시적 대응」, 《동남어문논집》 18, 동남어문학회
2004. 2	정은경, 「한국 근대소설에 나타난 악의 표상 연구—김동인과 이상을 중심으로」, 고려대 박사 학위 논문
2004. 2	최은옥, 「이상 시의 서술 방식과 죽음 의식 연구」, 홍익대 석사 학위 논문

2004. 3   조해옥, 「이상 소설에 나타난 '슬픔'과 '진실성'」, 《작가연구》 17, 깊은샘

2004. 4   오진현, 「이상의 탈관념 2 ─ 이상의 오감도 「시 제5호, 6호, 7호, 8호」」, 《시문학》

2004. 5   김명주, 「아쿠타가와 「톱니바퀴〔歯車〕」와 이상 「날개」 비교 고찰」, 《일어일문학연구》 49, 일본문학·일본학 편, 한국일어일문학회

2004. 5   오진현, 「해체와 해탈의 관념 탈출 ─ 오감도 「시 제7호에서 15호」까지」, 《시문학》

2004. 5   장혜정, 「아쿠타가와〔芥川龍之介〕와 이상 문학의 비교 연구 ─ '양자(養子)' 의식의 유사성을 중심으로」, 《일본 근대문학》 3, 한국일본근대문학회

2004. 6   김종건, 「이상 소설의 공간 설정과 작가 의식 ─ 「날개」를 중심으로」, 《어문학》 84, 한국어문학회

2004. 6   박남희, 「이상의 「날개」의 은유와 환유」, 《숭실어문》 20, 숭실어문학회

2004. 6   소래섭, 「1930년대의 웃음과 이상」, 《한국현대문학연구》 15, 한국현대문학회

2004. 6   이수정, 「이상의 「날개」에 나타난 '어항(魚缸)'의 의미 연구」, 《한국현대문학연구》 15, 한국현대문학회

2004. 7   오진현, 「이상의 탈관념 4 ─「선에 관한 각서」 1, 2」, 《시문학》

2004. 8   김교식, 「이상 문학에 나타난 주체의 내면 의식 연구」, 대전대 박사 학위 논문

2004. 8   김승구, 「이상 문학에 나타난 욕망과 기호 생성의 상관성 연구」, 서울대 박사 학위 논문

2004. 8   김은진, 「이상 문학에 나타난 광기의 양상 연구 ─「오감

	도」와 「날개」를 중심으로」, 한양대 석사 학위 논문
2004. 8	김지녀, 「이상 시의 아이러니 연구」, 고려대 석사 학위 논문
2004. 8	박찬효, 「이상과 김남천 소설 비교 연구—주체의 시선과 욕망의 관계 구조를 중심으로」, 이화여대 석사 학위 논문
2004. 8	박현수, 「이상의 아방가르드 시학과 백화점의 문화기호학」, 《국제어문》 31, 국제어문학회
2004. 8	이윤경, 「이상 시의 변형 세계 연구」, 국민대 박사 학위 논문
2004. 8	조건형, 「이상 문학의 구조 분석—균형 의식을 중심으로」, 전북대 석사 학위 논문
2004. 8	조선희, 「이상의 「봉별기」에 나타난 공간 의미」, 《개신어문연구》 21, 개신어문학회
2004. 8	홍순이, 「이상 문학 텍스트 연구—텍스트 소통 과정을 중심으로」, 가톨릭대 박사 학위 논문
2004. 9	조남진, 「이상 소설의 공간 배경에 관한 소고—「지주회시」, 「날개」, 「봉별기」의 고찰을 통한 공간 배경으로서의 '인천' 지역이 갖는 의미」, 《인천학연구》 3, 인천대 인천학연구원
2004. 12	이보영, 「이상의 문학과 노장 사상」, 《월간문학》
2004. 12	이보영, 「이상 평전 2」, 《문예연구》 43, 문예연구사
2005	김주현 편주, 『이상 문학 전집』(전3권), 소명출판
2005	박찬효, 「이상과 김남천 소설 비교 연구」, 《대학원 연구논집》, 이화여대 대학원
2005	오진현, 『이상의 디지털리즘: 디지털리즘 문학 선언』, 범우사

2005	이상문학회, 『이상 리뷰』 4, 역락
2005. 1	이금재, 「아쿠타가와 류노스케와 이상의 문학 — 고백을 중심으로」, 《일본문화연구》 13, 동아시아일본학회
2005. 2	고봉준, 「한국 모더니즘 문학의 미적 근대성 연구 — 이상과 김수영의 문학을 중심으로」, 경희대 박사 학위 논문
2005. 2	김임구, 「주체적 권능의 과잉과 과소 — 헤세의 「데미안」과 이상의 「날개」의 주체 개념에 대한 비판적 고찰」, 《비교문학》 35, 한국비교문학회
2005. 2	김진석, 「모더니즘 소설의 시간과 공간 — 박태원과 이상을 중심으로」, 《과학과문화》 5, 서원대 미래창조연구소
2005. 2	윤석성, 「탄층(炭層)의 수인(囚人)」, 《한국어문학연구》 45, 한국어문학연구학회
2005. 2	이명학, 「1930년대 한·중 모더니즘 소설 비교 연구 — 이상, 박태원과 무스잉[穆時英], 스저춘[施蟄存]을 중심으로」, 부산대 박사 학위 논문
2005. 2	이원도, 「이상의 「오감도 시 제1호」에 나타난 상징성 연구」, 《새얼어문논집》 17, 새얼문학회
2005. 2	정원정, 「이상과 윤동주 시 비교 연구 — 자아 인식을 중심으로」, 한양대 석사 학위 논문
2005. 3	박건용, 「이상 문학에서의 '이상', '13' 및 '레몬'의 의미」, 《한국학보》 118, 일지사
2005. 3	이보영, 「이상 평전 3」, 《문예연구》
2005. 4	장수익, 「이상 소설의 글쓰기 양상 연구 — 원한과 복수, 분열증, 아이, 해골」, 《한국문학논총》 39, 한국문학회
2005. 5	표정옥, 「이상 소설 「동해」와 「실화」의 영상성 연구」, 《국어국문학》 139, 국어국문학회
2005. 6	이보영, 「이상 평전 4」, 《문예연구》

2005. 6	임명섭, 「이상 시의 또 다른 시사적 의미망」, 『이상 리뷰』 4, 역락
2005. 7	전영준, 「이상 시의 건축술과 분열의 형식 ― 역사적 아방가르드로서의 작품 탐구」, 《문학사상》 393, 문학사상사
2005. 8	고현혜, 「이상 『12월 12일』 연구 ― 기식자(寄食者)적 관계 양상을 중심으로」, 국민대 석사 학위 논문
2005. 8	김혜경, 「이상 시에 나타난 아이러니와 부정적 아니마 양상」, 한남대 석사 학위 논문
2005. 8	신주철, 「이상 작품에서의 '신'과 기독(교)의 문제」, 《외국문학연구》 20, 한국외국어대 외국문학연구소
2005. 8	한세정, 「이상 시의 어법적 특성 연구 ― 명령법·의문법·부정법을 중심으로」, 고려대 석사 학위 논문
2005. 9	고명수, 「초현실주의와 한국 현대 시」, 《문학사상》
2005. 9	이보영, 「이상 평전 5」, 《문예연구》
2005. 11	백승남, 「카밀페트레스쿠와 이상 소설의 등장인물들의 상관관계 연구」, 세계문학비교학회 2005년 가을 정기 학술대회 자료집, 세계문학비교학회
2005. 11	전성욱, 「근대에 대한 지향과 지양으로서의 이상 소설」, 《동남어문논집》 20, 동남어문학회
2005. 12	권택영, 「「종생기」: 증상으로 읽는 이상 문학」, 《한국 문학 이론과 비평》 29, 한국문학이론과 비평학회
2006	강용운, 『이상 소설의 서사와 의미 생성의 논리』, 태학사
2006	신범순 외, 『이상 문학 연구의 새로운 지평』, 역락
2006	신범순 외, 『이상의 사상과 예술: 이상 문학 연구의 새로운 지평 2』, 신구문화사
2006	이상문학회, 『이상 리뷰』 5, 역락
2006. 1	신범순, 「이상의 원시주의와 부채꼴 인간의 의미 ― 근

대적 파편성을 넘어서기」, 한국현대문학회 2006년 동계
학술발표회자료집

2006. 1   심상욱, 「조이스의 신화 기법으로 본 이상의 「오감도」:
삼족오 신화」,《세계문학비교연구》16, 세계문학비교학회

2006. 1   윤수하, 「이상 시의 표현주의 기법 연구」,《현대문학이론
연구》29, 현대문학이론학회

2006. 1   하재연, 「이상의 연작시 「위독」과 조선어 실험」,《어문논
집》54, 민족어문학회

2006. 2   김윤미, 「공포로부터의 도피와 좌절에 대한 연구 — 이상
텍스트에 나타난 근대인의 공포를 중심으로」, 아주대 석
사 학위 논문

2006. 2   오혜정, 「이상 시에 나타나는 시점 연구」, 한양대 석사
학위 논문

2006. 2   장기호, 「이상 소설의 내면의식 연구」, 서남대 석사 학위
논문

2006. 2   최미숙, 「이상 시의 심미성에 관한 연구 — 「오감도 시 제
1호」를 중심으로」,《국어교육》119, 한국어교육학회

2006. 2   한상규, 「이상 시에 나타난 초현실주의적 특성 연구 — 유
머와 유희를 중심으로」, 한양대 석사 학위 논문

2006. 3   고봉준, 「1930년대 경성과 이상의 모더니즘 — 백화점
과 새로운 시각 체제의 등장」,《문화과학》

2006. 3   이선이, 「한국 근대 시의 근대성과 탈식민성」,《정신문화
연구》102, 한국학중앙연구회

2006. 4   엄성원, 「이상 시의 비유적 특성과 탈식민적 저항의 가
능성」,《국제어문》36, 국제어문학회

2006. 5   고영훈, 「하이릴 안와르와 이상(李箱): 이상(理想)과 이
상(異常)의 접점」,《실천문학》

2006. 6	고현혜, 「이상 문학의 '방법적 정신'으로서의 패러독스」, 《한국현대문학연구》 19, 한국현대문학회
2006. 6	박승희, 「이상 시의 형상 언어적 의미와 글쓰기 전략」, 《한국문학이론과비평》 31, 한국문학이론과 비평학회
2006. 6	신범순, 「이상의 무한 사상의 비극적 최후」, 제19차 전국 학술대회 자료집, 한국시학회
2006. 8	김서랑, 「이상의 일문 시 연구—일문 시의 해체적 양상과 세계 인식에 관한 연구」, 명지대 석사 학위 논문
2006. 8	김선명, 「시각 시의 관점에서 본 마야꼽스끼와 이상의 비교 연구」, 고려대 박사 학위 논문
2006. 8	오윤정, 「이상 시에 나타난 타자 의식 연구」, 신라대 석사 학위 논문
2006. 8	조은주, 「이상 문학의 낭만성 영구」, 서울대 석사 학위 논문
2006. 8	최경미, 「이상의 「날개」 연구—「날개」에 나타난 시·공간적 의식을 중심으로」, 수원대 석사 학위 논문
2006. 8	황문숙, 「정신분석학적 고찰을 통한 이상의 「오감도」 연구」, 성균관대 석사 학위 논문
2006. 11	이금재, 「한국과 일본의 모더니즘 문학—이상과 요코미츠 리이치를 중심으로」, 《일어일문학연구》 59, 일본문학·일본학, 한국일어일문학회
2006. 12	박진환, 「이상의 「오감도」」, 《시와비평·시조와비평》 110, 시·시조와 비평사
2006. 12	이보영, 「이상의 문학과 시간의 문제」, 《문예연구》
2006. 12	한상철, 「이상의 오감도 시 제1호 분석」, 《비평문학》 24, 한국비평문학회
2007	김진경, 「이상 시에 나타난 집단적 불안 의식 연구」, 부

경대 석사 학위 논문

| 2007 | 류인균, 『한국 근대 소설에 나타난 오이디푸스 콤플렉스의 이해: 이광수, 김동인, 염상섭, 이상을 중심으로』, 서울대 출판부 |

2007   류인균, 『한국 근대 소설에 나타난 오이디푸스 콤플렉스의 이해: 이광수, 김동인, 염상섭, 이상을 중심으로』, 서울대 출판부

2007   신범순, 『이상의 무한정원 삼차각나비: 역사 시대의 종말과 제4세대 문명의 꿈』, 현암사

2007   이상문학회, 『이상 소설 작품론』, 역락

2007   이원도, 『이상이 만난 장자』, 서정시학

2007   이화경, 『이상 문학에 나타난 주체와 욕망에 관한 연구』, 한국학술정보

2007. 1   김종회, 「박태원의 「구인회」 활동과 이상과의 관계」, 《구보학보》 1, 구보학회

2007. 2   박가연, 「이상 소설의 서사 구조 분석」, 아주대 석사 학위 논문

2007. 2   박다린, 「이상론의 연구사적 동향 — 1986년 이후의 논의를 중심으로」, 단국대 석사 학위 논문

2007. 2   박희영, 「한국 근대 시에 나타난 자의식의 표출 양상」, 건국대 석사 학위 논문

2007. 2   신서영, 「이상 소설 『12월 12일』에 나타난 식민지 모더니티 — 橫光〔요코미츠〕 신감각 「상해」와의 연관성을 중심으로」, 이화여대 석사 학위 논문

2007. 2   이기인, 「이상 「오감도」 연구 — '놀이'를 중심으로」, 성균관대 석사 학위 논문

2007. 2   조혜진, 「1930년대 모더니즘 시의 타자성 연구 — 김기림, 이상, 백석 시를 중심으로」, 성신여대 박사 학위 논문

2007. 3~4   김상태, 「이상의 수필 그 천재성의 증명 — 문체를 중심으로」, 《수필과 비평》

2007. 6   김승구, 「근대적 삶의 지형에서의 탈신비화」, 《문예연구》

2007. 6   이보영, 「이상과 일본 작가들」, 《문예연구》

2007. 6   이원도, 「만물제동(萬物齊同)으로 출발한 화해의 제스처」, 《문예연구》

2007. 6   장동석, 「수필에 나타난 이상의 작가 의식」, 한국현대문학회 2007년 고려인 강제 이주 70주년 기념 학술대회 자료집

2007. 6   조선숙, 「음양오행의 관점에서 본 이상의 '날개'」, 《문예연구》

2007. 6   조해옥, 「이상 수필의 이중성 연구」, 《문예연구》

2007. 7   채호석, 「특집: 문학연구방법론의 재검토: 문학과 '돈'의 사회학: 1930년대 소설에서의 돈과 육체—이상의 소설을 중심으로」, 《현대문학의 연구》 32, 한국문학연구학회

2007. 8   김정수, 「584. 이상 문학에 나타난 '절름발이—거울—형해'의 의미 연구」, 《한국현대문학연구》 22, 한국현대문학회

2007. 8   신범순, 「이상의 근대 초극 사상—무한정수 멱좌표와 역사 시대의 종말」, 한국현대문학회/국제비교한국학회 학술대회발표자료집

2007. 8   최정미, 「카프카의 「변신」과 이상의 「지주회시」 비교 연구」, 고려대 석사 학위 논문

2007. 9   구연상, 「이상의 권태」, 《존재론 연구》 16, 한국하이데거학회

2007. 12   심상욱, 「이상 문학과 신화」, 《세계문학비교연구》 18, 세계문학비교학회

2007. 12   이원도, 「이상이 만난 장자」, 《서정시학》

2007. 12   조영복, 「이상의 예술 체험과 1930년대 예술 공동체의

기원」,《한국현대문학연구》23, 한국현대문학회

2007. 12   조은주, 「박태원과 이상의 문학적 공유점」,《한국현대문학연구》23, 한국현대문학회

2008. 1   조해옥, 「이상 시와 조연현의 발굴 원고 비교 연구」,《우리어문연구》31, 우리어문학회

2008. 2   석연경, 「이상 시의 환상성 연구」, 전남대 석사 학위 논문

2008. 2   조규갑, 「이상 문학의 원시주의 연구」, 서울대 석사 학위 논문

2008. 3   권영민, 「이상을 다시 묻다 1 ― 산호(珊瑚) 나무와 상아(象牙) 파이프 ― 이상의 시 「且8氏의 출발」을 위한 서설」,《문학사상》

2008. 3   조은주, 「이상 문학의 건축학적 시선과 '미궁' 모티프」,《어문연구》137, 한국어문교육연구회

2008. 4   권영민, 「이상을 다시 묻다 2 ― 병적 나르시시즘 혹은 고통의 미학 ― 「22년」을 위한 몇 가지 주석」,《문학사상》

2008. 4   박성필, 「이상 시의 근대성 연구」,《한국민족문화》31, 부산대 한국민족문화연구소

2008. 5   권영민, 「이상을 다시 묻다 3 ― 말하는 '눈' 혹은 육체의 물질성 ― 이상의 시 「광녀의 고백」과 「흥행물 천사」」,《문학사상》

2008. 6   권영민, 「이상을 다시 묻다 4 ― 배설, 그 욕망과 쾌락의 구조 ― 이상의 시 과 「정식(正式)」」,《문학사상》

2008. 7   권영민, 「이상을 다시 묻다 5 ― 생식과 소멸의 육체, 그리고 수염 ― 이상의 일본어 시 〈수염〉을 중심으로」,《문학사상》

2008. 8   고현혜, 「이상 문학의 상호 텍스트성 연구」, 국민대 박사 학위 논문

2008. 8	권영민, 「이상을 다시 묻다 6 — 춤추며 말하는 불꽃, 혹은 촛불의 미학 — 이상의 시 「파편의 경치(景致)」와 「▽의 유희(遊戲)」의 경우」, 《문학사상》
2008. 8	김예리, 「이상 시의 공백으로서의 '거울'과 지도적(地圖的) 글쓰기의 상상력」, 《한국현대문학연구》 25, 한국현대문학회
2008. 8	나미가타 츠요시(波潟 剛), 「이상과 식민지 조선의 근대」, 한국현대문학회 2008년 제3차 전국학술발표대회 학술발표자료집, 한국현대문학회
2008. 8	사근, 「육달부 문학과 이상 문학의 비교 연구」, 단국대 석사 학위 논문
2008. 8	이희문, 「이상 시에 나타난 탈구조주의 연구」, 중앙대 석사 학위 논문
2008. 8	정수진, 「이상 시의 시어와 표현 기법 연구」, 경희대 석사 학위 논문
2008. 8	정하늬, 「이상의 「지도의 암실」에 나타난 '모조' 이미지 연구」, 《한국현대문학연구》 25, 한국현대문학회
2008. 9	권영민, 「이상을 다시 묻다 7 — 사물의 인식 혹은 시각(視覺)의 문제 — 「AU MAGASIN DE NOUVEAUTES」의 경우」, 《문학사상》
2008. 9	김명주, 「아쿠타가와 류노스케(芥川龍之介)와 이상 문학 비교」, 《일본어교육》 44, 한국일본어교육학회
2008. 12	정하늬, 「이상의 「실화」에 나타난 도시 '동경'의 의미 연구」, 《한국현대문학연구》 26, 한국현대문학회
2008. 12	주현진, 「이상 문학의 근대성: 의학 — 육체 — 개인」, 《한국시학연구》 23, 한국시학회
2009	권영민 편주, 『이상 전집』(전 5권), 웅진씽크빅

2009	권영민, 『이상 텍스트 연구 — 이상을 다시 묻다』, 웅진 씽크빅
2009	김옥순, 『이상 문학과 은유』, 채륜
2009	이상문학회, 『이상 시 작품론』, 역락
2009	조해옥, 『이상 산문 연구』, 서정시학
2009. 1	송민호, 「이상의 미발표 창작 노트의 텍스트 확정 문제와 일본 문학 수용 양상」, 《비교문학》 49, 한국비교문학회
2009. 2	강동우, 「이상 문학에 나타난 노장적 사유에 관한 연구」, 한양대 박사 학위 논문
2009. 2	송선령, 「한국 현대 소설의 환상성 연구 — 이상, 장용학, 조세희를 중심으로」, 이화여대 박사 학위 논문
2009. 2	최유미, 「자화상에 나타난 고백의 욕망 연구 — 서정주, 윤동주, 이상의 「자화상」 시편을 중심으로」, 강남대 석사 학위 논문
2009. 4	주지영, 「두 개의 태양, 그리고 여왕봉과 미망인의 거리」, 《한국현대문학연구》 27, 한국현대문학회
2009. 5	윤수하, 「이상 시의 추상 회화 기법에 대한 연구」, 《국어국문학》 151, 국어국문학회
2009. 8	김성수, 「이상 문학에 나타난 화폐 물신성과 감각의 모더니티」, 《국제어문》 46, 국제어문학회
2009. 8	김아미, 「김유정과 이상 소설의 대비 연구 — 공통적인 모티프를 중심으로」, 중앙대 석사 학위 논문
2009. 8	윤수하, 「이상 시의 상호 매체성 연구」, 전북대 박사 학위 논문
2009. 9	심상욱, 「이상의 「오감도」 해석의 재고」, 《비평문학》 33, 한국비평문학회
2009. 9	정홍섭, 「이상 문학에 나타난 도시 이미지」, 《비평문학》

	33, 한국비평문학회
2009. 9	최창근, 「권태의 근대성과 놀이」, 《비평문학》 33, 한국비평문학회
2009. 10	김민수, 「이상 시의 시공간 의식과 현대 디자인적 가상 공간」, 학술대회 논문집, 한국시학회
2009. 12	윤영실, 「이상의 「종생기」에 나타난 사랑, 죽음, 예술」, 《한국문화》 48, 서울대 규장각한국학연구원
2009. 12	정끝별, 「이상 시의 상호 텍스트성 연구」, 《한국시학연구》 26, 한국시학회
2009. 12	하재연, 「이상의 시 쓰기와 '조선어'라는 사상」, 《한국시학연구》 26, 한국시학회
2010	구미리내, 『이상, 날개는 없다』, 산과들
2010	이상문학회, 『이상 수필 작품론』, 역락
2010	蘭明 외, 『이상(李箱)적 월경과 시의 생애: 『詩と詩論』 수용 및 그 주변』, 역락
2010. 1	구광모, 「이상 문학과 수용·영향 연구」, 《비교문학》 51, 한국비교문학회
2010. 2	최선영, 「이상의 「지도의 암실」 연구」, 숭실대 석사 학위 논문
2010. 3	박치범, 「이상 삽화 연구」, 《어문연구》 38, 한국어문교육연구회
2010. 3	심상욱, 「「지도의 암실」 : 이상과 조이스와의 제휴 관계」, 《비평문학》 35, 한국비평문학회
2010. 4	김미영, 「이상의 「오감도: 시 제1호」와 「건축무한육면각체: 且8氏의 출발」의 새로운 해석」, 《한국현대문학연구》 30, 한국현대문학회
2010. 4	김미영, 「이상의 문학에 나타난 건축과 회화의 영향 연

구」,《국어국문학》154, 국어국문학회

2010. 6   권채린, 「이상 문학에 나타난 자연 표상 재고(再考) — "성천" 체험을 중심으로」,《어문논총》52, 한국문학언어학회

2010. 6   이정석, 「「이상의 지도의 암실」론」,《우리문학연구》30, 우리문학회

2010. 6   이종호, 「죽은 자를 기억하기 — 이상 회고담에 나타난 재현의 방식을 중심으로」,《한국문학연구》38, 동국대 한국문학연구소

2010. 8   김정수, 「이상과 백석 문학에 나타난 아동 미학 연구」, 울산대 박사 학위 논문

2010. 8   이금란, 「한·중 신감각파의 여성상에 대한 비교 연구 — 이상/무스잉(穆時英) 소설을 중심으로」, 조선대 석사 학위 논문

2010. 8   제이슨 로저스, 「이상 시와 과학적 함의 — 「선에 관한 각서 1~7」을 중심으로」, 대구가톨릭대 석사 학위 논문

2010. 8   함돈균, 「이상 시의 아이러니와 미적 주체의 윤리학: 정신 분석적 관점을 중심으로」, 고려대 박사 학위 논문

2010. 9   권영민, 「이상의 소설, 영화의 세계와 만나다 — 「지도의 암실」과 영화 「러브 퍼레이드」」,《문학사상》

2010. 9   김윤식, 「내가 엿본 이상 문학의 심연」,《문학사상》

2010. 9   김주리, 「근대 사회의 관음증과 이상 소설의 육체」,《문예운동》

2010. 9   신범순, 「이상의 개벽 사상 — 태양 아이의 역사철학」,《문예운동》

2010. 9   함돈균, 「이상 시의 아이러니에 나타난 환상의 실패와 윤리적 주체의 가능성에 관한 소고 — 정신 분석의 관점

	으로 읽은 「꽃나무」, 「절벽」, 「공복」에 대한 주석」, 《우리어문연구》 37, 우리어문학회
2010. 9	김윤식, 『내가 엿본 이상 문학의 심연』, 문학사상사
2010. 9	권영민, 「이상의 소설, 영화의 세계와 만나다—「지도의 암실」과 영화 「러브 퍼레이드」」, 《문학사상》
2010. 10	권영민, 「이상의 소설, 영화의 세계와 만나다 2—「동해(童骸)」 속의 영화 「만춘(晩春)」」, 《문학사상》
2010. 10	조해옥, 「이상 연구 1세대—임종국, 이어령, 고석규의 이상론 연구」, 한국현대문학회 이상 탄생 백 주년 기념 2010년 제3차 전국학술발표대회 자료집, 한국현대문학회
2010. 10	김승구, 「1980년대 이상 시 연구의 성과와 한계: 이승훈의 경우」, 한국현대문학회 이상 탄생 백 주년 기념 2010년 제3차 전국학술발표대회 자료집, 한국현대문학회
2010. 10	권희철, 「2000년 이후의 이상 문학 연구」, 한국현대문학회 이상 탄생 백 주년 기념 2010년 제3차 전국학술발표대회 자료집, 한국현대문학회
2010. 10	김태화, 「이상의 줌과 이미지: 메타 언어와 메타 수학적 분석을 중심으로」, 한국현대문학회 이상 탄생 백 주년 기념 2010년 제3차 전국학술발표대회 자료집, 한국현대문학회
2010. 10	蘭明, 「昭和帝」의 담론 공간과 李箱적 모더니즘—동양의 표상으로서의 '獏' 및 그 주변」, 한국현대문학회 이상 탄생 백 주년 기념 2010년 제3차 전국학술발표대회 자료집, 한국현대문학회
2010. 10	이지연, 「러시아 아방가르드 문학과 이상」, 한국현대문학회 이상 탄생 백 주년 기념 2010년 제3차 전국학술발표대회 자료집, 한국현대문학회

2010. 10	주현진, 「프랑스 모더니즘과 이상의 모더니즘」, 한국현대문학회 이상 탄생 백 주년 기념 2010년 제3차 전국학술발표대회 자료집, 한국현대문학회
2010. 10	한상연, 「이상, 살/몸으로 일그러진 일상의 이름」, 한국현대문학회 이상 탄생 백 주년 기념 2010년 제3차 전국학술발표대회 자료집, 한국현대문학회
2010. 10	전우형, 「이상 문학의 영화적 제휴 양상과 그 의미」, 한국현대문학회 이상 탄생 백 주년 기념 2010년 제3차 전국학술발표대회 자료집, 한국현대문학회
2010. 10	김미영, 「삽화를 통해 본 이상의 「날개」」, 한국현대문학회 이상 탄생 백 주년 기념 2010년 제3차 전국학술발표대회 자료집, 한국현대문학회
2010. 10	문흥술, 「일본어 시 텍스트에 나타나는 언술 주체의 분열과 글쓰기의 원형」, 한국현대문학회 이상 탄생 백 주년 기념 2010년 제3차 전국학술발표대회 자료집, 한국현대문학회
2010. 10	이형진, 「이상의 '새' 모티프에 대한 비교 문학적 고찰」, 한국현대문학회 이상 탄생 백 주년 기념 2010년 제3차 전국학술발표대회 자료집, 한국현대문학회
2010. 10	조연정, 「'독서 불가능성'에 대한 실험으로서의 「지도의 암실」」, 한국현대문학회 이상 탄생 백 주년 기념 2010년 제3차 전국학술발표대회 자료집, 한국현대문학회
2010. 10	조강석, 「이상의 두 갈래 시적 영향 관계에 대한 소고 (1) — 김수영의 경우」, 한국현대문학회 이상 탄생 백 주년 기념 2010년 제3차 전국학술발표대회 자료집, 한국현대문학회
2010. 10	류보선, 「이상 소설과 그 이후」, 한국현대문학회 이상 탄

생 백 주년 기념 2010년 제3차 전국학술발표대회 자료
집, 한국현대문학회

2010. 11   김미영, 「삽화로 본 이상의 「날개」와 「동해(童骸)」」, 《문
학사상》

2010. 11   전우형, 「이상 문학의 영화적 제휴(affiliation) 양상과 의
미」, 《문학사상》

2010. 11   김승구, 「이상 시를 바라보는 1980년대의 한 관점 ─ 이
상 연구를 위한 반성」, 《문학사상》

2010. 11   권영민, 「이상의 소설, 영화의 세계와 만나다 3 ─「종생
기(終生記)」와 「실화(失花)」 속의 영화 」, 《문학사상》

작성자 안서현 문학평론가, 세종대 강사.

【제3주제 — 피천득론】

작은 것이 지닌 아름다움의 발견

피천득의 수필 세계

이태동(문학평론가·서강대 명예교수)

1

한국 현대문학사 벽두에 우리 수필은 지금과 같이 다른 문학 장르만큼 크게 각광을 받지 못했다. 한용운, 나도향, 이태준 그리고 이상(李箱) 등과 같은 시인과 소설가들이 수필을 썼지만, 이상을 제외하면 그들 대부분은 수필을 일종의 여기로 썼기 때문인지 탁월한 문학성을 띤 훌륭한 작품을 남기지 못했다.

그러나 1920년대에 이르러 김진섭과 피천득 그리고 이양하와 같은 외국 문학자들을 중심으로 현대적인 개념의 수필 문학이 일어나 독자들의 관심을 모았다. 김진섭은 일찍이 일본으로 건너가 호세이대학에서 독문학을 공부하고 돌아와 1920년대에 박학다식(博學多識)을 바탕으로 「생활인의 발견」과 같은 근대적인 개념의 수필을 써서 그 당시 잡문잡기(雜文雜記)의 수준을 벗어나지 못했던 한국 수필계에 새로운 지적 충격을 주며 수필 장르의 독자성을 구축했다. 그러나 독문학에 영향을 받은 그의 수필은 호흡이 긴 만연체인 문장으로 되어 있어 여유를 갖는 느긋함의 효과를 나타내고 있었지만, 언어적인 측면에서 구투(舊套)를 벗어나지 못했다.

김진섭의 뒤를 이어 올해 탄생 100주기를 맞는 영문학자이자 수필가였던 피천득은 일제 강점기에서 벗어난 1945년 이후 이양하와 더불어 대학에서 영문학을 가르치며 창작 활동을 해서 현대적인 의미에서 한국 수필 문학을 새롭게 정립하는 데 결정적인 역할을 했다.

피천득은 1910년 그러니까 지금부터 꼭 100년 전 서울 종로에서 신상(紳商)인 부친 피원근 씨와, 그림과 음악에 능하신 어머니 김수성 씨 사이에서 외아들로 태어났다. 일곱 살 때 아버지를 여의고 열 살 때는 어머니마저 잃었다. 그러나 두뇌가 명석하고 영특해서 서울 제일고보(현 경기중학교)에 입학했다가 중학 4년 때에 상해로 가서 도산 안창호 선생으로부터 가르침을 받아, 호강대학 영문학과에 진학했다. 재학 당시에 그는 학교를 떠나 수차 귀국해서 춘원 이광수 선생 댁에 유숙하기도 하고 금강산 등지에 머물기도 했다. 호강대학 영문과를 졸업하고 귀국하여 서울 중앙상업학원 교원으로 있으면서 결혼을 했다. 광복이 되자, 경성대학 예과 교수로서 1년 가르치다가 1951년 서울대학교 사범대학 교수가 되었다. 이후 1963년 서울대학교 대학원 영문학과 주임교수직을 수행하는 등 학자 생활을 계속해 오다 1974년 정년퇴임을 하고 미국 여행을 했다. 그는 『셰익스피어 소네트』를 번역하고 일생 동안 써서 모았던 시와 수필을 모아 책으로 엮어 내는 등 조용히 사색하는 생활을 하다 2007년에 작고했다.

2

피천득의 100주기를 맞아 우리가 그를 기억하며 문학사 속에 자리 매김을 해야 할 것은 그의 영문학 교수 경력이나 셰익스피어 소네트 번역 그리고 그가 남긴 한 권의 시집 『생명』 때문이 아니라 1980년에 일조각에서 출간한 『금아문선(琴兒文選)』과 그것을 다시 편집 보완해서 1997년 샘터사에서 출판한 『인연』에 모아 둔 그의 수필이다.

피천득은 영문학자였지만 영문학을 가르치고 연구하는 일에만 만족하지 않고, 개성 있는 훌륭한 수필을 과작(寡作)으로 남겼다. 그는 정형적인 수필(formal essay)이 아니라 프랑스의 미셸 몽테뉴가 처음으로 창안해서 영국의 프란시스 베이컨의 수필로 이어지는 비형식적인, 이른바 일상적인 수필(familiar essay), 즉 19세기 영국의 수필가 찰스 램의 수필과 유사한 내용의 서정적인 수필을 썼다. 피천득의 수필 개념은 서양 여러 나라의 고전적인 수필이 취급하고 있는 철학적이고 도덕적인 내용을 배제하고 우아하고 아름다운 삶의 작은 편린을 담는 것으로 제한하고 있다. 이것은 차주환이 지적했던 것처럼 피천득은 "한국의 전통적인 문학에 대한 이해를 바탕으로 하여 일본과 중국의 문화와 생활을 경험적으로 터득"[1]했기 때문인 듯하다. 그는 인간 찰스 램과 그의 수필을 예찬했지만, 그의 수필은 언어적인 측면에서 램의 수필보다 한결 절제되어 있고 결곡하며 시적인 여백의 미학을 지니고 있다. 수필에 대한 피천득의 정의는 이러한 사실을 다음과 같이 분명히 나타내 주고 있다.

　　수필은 청자의 연적(硯滴)이다. 수필은 난(蘭)이요, 학이요, 청초하고 몸맵시 날렵한 여인이다. 수필은 여인이 걸어가는 숲 속으로 난 평탄하고 고요한 길이다. 수필은 가로수 늘어진 페이브먼트가 될 수도 있다. 그러나 그 길은 깨끗하고 사람이 적게 다니는 주택가에 있다.
　　수필은 청춘의 글이 아니요, 서른여섯 살 중년 고개를 넘어선 사람의 글이며, 정열이나 심오한 지성을 내포한 문학이 아니요, 그저 수필가가 쓴 단순한 글이다.
　　수필은 흥미는 주지마는 읽는 사람을 흥분시키지는 아니한다. 수필은 마음의 산책이다. 그 속에 인생의 여운이 숨어 있는 것이다.
　　……
　　수필은 독백이다. 소설가나 극작가는 때로 여러 가지 성격을 가져 보아야

---

1) 차주환, 「피천득의 수필 세계」, 『산호와 진주와 금아』(서울, 샘터사, 2003), 168쪽.

한다. 셰익스피어는 햄릿도 되고 플로니우스 노릇도 한다. 그러나 수필가 램은 언제나 찰스 램이면 되는 것이다. 수필은 그 쓰는 사람을 가장 솔직히 나타내는 문학 형식이다. 그러므로 수필 독자에게 친밀감을 주며, 친구에게서 받은 편지와도 같은 것이다.

여기서 피천득이 수필을 정의하는 데 사용한 은유적인 표현들은 그가 자기 작품을 상징적으로 나타내기 위해 언급한 "산호와 진주" 혹은 바닷가에서 주운 조약돌의 그것과 같은 범주에 속한다.

산호와 진주는 나의 소원이었다. 그러나 산호와 진주는 바닷속 깊이깊이 거기에 있다. 파도는 언제나 거세고 바다 밑은 무섭다. 나는 수평선 멀리 나가지도 못하고, 잠수복을 입는다는 것은 감히 상상도 못할 일이다. 나는 고작 양복바지를 말아 올리고 거닐면서 젖은 모래 위에 있는 조가비와 조약돌을 줍는다. 주웠다가도 헤뜨려 버릴 것들, 그것들을 모아두었다.

그가 자기 수필이 산호와 진주처럼 되기를 원하는 것이라면, 그것은 삶의 경험을 정열적이거나 거친 감정으로 나타내는 것이 아니라 험난한 세월의 바닷속에서 오랫동안 갈고 닦이듯이 많은 경험과 시련을 거친 후 새로운 모습으로 변신해서 우아하고 아름다운 빛을 발하는 것을 의미한다고 말할 수 있겠다. 피천득이 이렇게 진주와 같은 빛을 지닌 수필을 쓸 수 있었던 것은 그의 타고난 감수성 때문이기도 하겠지만, 고난의 시간 속에서 치열한 독서와 사색 그리고 지적인 자기 수련을 통해서 폭넓은 교양을 쌓고 삶의 아름다움을 발견하는 직관에 가까운 통찰력을 길렀기 때문이었을 것이다.

그의 수필이 지닌 매력 중의 하나는 평범한 것 속에서 비범한 것의 발견이다. 그것은 우리들의 일상적인 삶 속에 존재하지만 보이지 않게 묻혀 있는 작은 즐거움과 아름다움의 가치를 새롭게 발견해서 그것을 미학적으로 느끼고 깨닫게 하는 것이다. 그의 이러한 문학적 노력은 생의 여정에서 멀리 떨어져 있는 큰 것에 대한 욕망으로 눈먼 사람에게 생의 진정한 즐거움을 가진 아름다움이 어디에 있는가를 일깨워 주는 역할을 함께 수반하고 있다. 왜냐하면 아름다운 것은 진실과 일치되고, 도덕성은 진실과 일치된 삶을 의미하기 때문이다. 그가 어린이 장난감과 인형은 물론 비원(秘苑)을 산책한다든지 손에 재가 만져지는 "보드랍고 고운 화롯불 재" 등과 같은 작은 것에 깃들어 있는 아름다움에 남다른 관심을 가지는 것에 우리가 깊은 공감을 하며 조용히 동의하는 것은 거기에 아무 욕심이 없다는 도덕성이 존재하기 때문일 수도 있다. 비록 「신춘(新春)」, 「조춘(早春)」, 「봄」, 「오월」, 그리고 「종달새」 등과 같은 그의 대표작들이 미래의 세계를 열기 위한 새로운 출발을 의미하고 있지만 그것들은 모두 다 우리들 가까이 있는 아름다운 현실이다. 대학 국어 교재에도 실렸던 작품 「은전 한 닢」은 작은 것들을 모아서 아름다움의 실체를 만들어 내는 과정에 나타난 심리학을 조용히 형상화해서 "작은 것이 아름답다"는 것을 탁월하게 예시해 주고 있다. 이 작품에서 피천득은 젊은 시절 상해에 있을 때 어떤 거지가 6개월 동안 구걸해서 모은 동전으로 바꿔 가진 은전 한 닢을 잃었다가 다시 찾게 되어 눈물을 흘리는 모습을, 짧지만 감동적으로 그리고 있는데 그의 수필 미학 그 자체이다.

"이것은 훔친 것이 아닙니다. 길에서 얻은 것도 아닙니다. 누가 저 같은 놈에게 1원짜리를 줍니까? 각전(角錢) 한 닢 받아 본 적이 없습니다. 동전 한 닢 주시는 분도 백에 한 분 쉽지 않습니다. 나는 한 푼 한 푼 얻은 돈에서 몇 닢씩 모았습니다. 이렇게 모은 돈 마흔여덟 닢을 각전 닢과 바꾸었습니다. 이러기를 여섯 번 하여 이 귀한 '대양(大洋)' 한 푼을 갖게 되었습니다. 이 돈을 얻느라고 여섯 달이 더 걸렸습니다."

그의 뺨에는 눈물이 흘렀다. 나는 "왜 그렇게까지 애를 써서 그 돈을 만들었단 말이오? 그 돈으로 무얼 하리오?" 하고 물었다.

그는 다시 머뭇거리다가 대답했다.

"이 돈 한 개가 갖고 싶었습니다."

많은 독자들은 거지가 은전 한 닢을 갖고 싶어 했던 것은 물론 돈의 단위가 크기 때문일 것이라고 생각할 것이다. 그러나 여기에 그가 내면적으로 추구한 것은 그 은전이 나타내고 있는 돈 가치보다 작은 것들이 모아져 바뀐 그 "은전 한 닢"이 지니고 있는 아름다움인 듯하다.

피천득이 아름다움을 발견한 것에는 침묵으로 말하는 도덕성이 없는 것이 없다. 그가 미국의 유서 깊은 도시 보스턴에 있는 "호이트 컬렉션"에서는 물론 "플룻트 프레이어" 그리고 "보스턴 심포니"의 연주에서 발견한 아름다움은 순간적으로 우연히 생겨난 것이 아니고 바닷속의 조개가 진주가 되듯이 예술가들이 수많은 시간을 보내면서 자신의 이기심을 버리는 헌신적인 노력으로 이룩한 결과이다. 그가 작품 「가구」에서 손때와 세월의 자국이 묻어 있는 "흑단(黑檀), 백단(白檀), 자단(紫檀)의 오래된 가구"의 고풍이 지닌 아름다움을 이야기하고, 말로 표현할 수 없는 처절한 사랑과 진실이 담긴 부칠 수 없는 "여인의 편지"를 소중히 생각하는 것 또한 이러한 사실과 깊은 관계가 있다.

그러나 피천득이 노래한 것은 조개를 진주로 만들어 내는 시간의 무게가 담긴 아름다움만이 아니다. 그는 언제나 새로운 세계를 약속하는 생명의 탄생과 "신록과 같은 여인"의 아름다움에 눈을 주는 것을 잊지 않았다. 어린 딸 서영이가 자라는 과정을 지켜보며 발견한 삶의 아름다움에 그가 남다른 애정의 시선을 보이는 것에도 도덕적인 진실이 있다. 왜냐하면 어린 생명이나 젊은 여성에게는 아름답게 펼칠 수 있는 생의 희망과 더럽혀지지 않은 순결이 있기 때문이다. "여성의 미는 생생한 생명력에서 온다. 맑고 시원한 눈, 낭랑한 음성, 처녀다운 또는 처녀 같은 가벼운 걸음걸이, 민활한 일솜씨, 생에 대한 희망과 환희, 건강한 여인이 발산하는, 특히 젊은 여인이 풍기는 싱싱한 맛, 애정을 가지고 있는 얼굴에 나타나는 윤기, 분석할 수 없는 생의 약동, 이런 것들이 여성의 미를 구성한다."

그의 여성미에 대한 예찬은 여성의 관능적인 미에 대한 것이 아니고 생명의 아름다움과 인간의 존엄, 그리고 도덕성에 대한 것으로서 자식에 대한 희생적인 애정과 정조(貞操) 그리고 인간적인 품격에 대한 것이었다. 그가 아버지에 대해서는 침묵을 지키면서도 어머니에 대해 남다른 애정과 존경심을 보였던 것은 아들인 자기에게 헌신적인 사랑을 쏟은 어머니가 생명을 잉태하는 모태이기 때문이기도 하겠지만 어머니가 입었던 모시옷처럼 절개를 지키며 깨끗하게 살아갔기 때문이다. 그래서 정정호는 피천득이 노래한 "엄마"를 변하지 않는 이데아에 비유하기도 했다.[2] "엄마가 나의 엄마였다는 것은 내가 타고난 영광이었다. 엄마는 우아하고 청초한 여성이었다. …… 여름이면 모시, 겨울이면 옥양목, 그의 생활은 모시같이 섬세하고 깔끔하고 옥양목같이 깨끗하고 차가웠다. 황진이처럼 멋있던 그는 죽은 남편을 위하며 기도와 고행으로 살아가려고 했다." "엄마 손가락에 비취가 끼이면 여름이 오고 엄마 모시 치마가 바람에 차기 전에 여름은 갔다."

그러나 작품 「그날」에서 볼 수 있듯이 그는 어머니를 임종했던 순간을 회상하며 생명의 소멸 현상에 대한 슬프고 애틋한 감정을 절제된 이미지를 통해 여과하고 있지만 적지 않게 노출하고 있다. 또 그의 대표작으로 알려진 「인연」 역시 풋풋하고 청순한 여인의 아름다움의 소멸 현상이 얼마나 절망적인가를 유머와 애환이 담긴 기억 속의 사건을 통해 탁월하게 형상화하고 있다. 서머셋 몸의 『빨강 머리(Red)』와 유사한 주제를 가진 이 작품은 그가 17세에 일본 동경에 머물게 되었을 때 우연한 인연으로 처음 만난 소학교 1학년이었던 "미우리 아사꼬"를 20년에 걸쳐 세 차례 만나고 헤어진 것을 간결한 문체로써 깨끗하게 그린 것이다. 오랜 세월을 살아가면서 피천득의 마음을 떠나지 않았던 "아사꼬"와 처음 만나고 헤어질 때 그녀는 그의 목을 껴안고 뺨에 입을 맞춰 주었고, 두 번째는 "아사꼬"가 청순하고

---

2) 앞의 책, 84쪽.

세련된 목련꽃과도 같이 성숙한 여대생이 되어 있어서, 좀 서먹서먹했지만 밤늦게까지 버지니아 울프의 『세월』 등과 같은 작품을 두고 문학 이야기를 하다가 가벼운 악수를 하고 헤어졌다. 세 번째는 피천득이 일본인 2세와 결혼해서 사는 집을 찾아갔다가 두 사람은 서로 몇 번 절을 했으나 악수도 하지 않고 헤어졌다.

이 작품은 처음에 피천득과 나이 차이가 많은 연하의 "아사꼬" 사이와의 미묘한 정을 수도원과 관계가 있는 성심학원을 배경으로 어리고 귀여운 꽃, 교실의 신발장 속의 하얀 운동화 그리고 수녀님 등의 이미지를 통해 유머가 있는 성스러움으로 만들어 놓고 있다. 그래서 우리는 피천득이 「파리에 부친 편지」에서 그림을 그리는 신록과도 같이 젊음에 넘친 아름다운 여인에 대해서 느끼는 사랑처럼, 작은 인연으로 만난 일본 여인 "아사꼬"에 대해 느끼는 플라토닉 사랑의 감정이 이 작품에 적지 않게 묻어 있다는 것을 감지할 수도 있다. 그러나 끝에 가서 피천득은 그녀에 대해 변치 않은 애정을 갖고 있지만 그녀의 아름다운 모습이 세월 속에서 파괴되어 소멸되어 가는 것에 대해 당혹스러워하며 안타까워하는 심정을 금치 못한다. 피천득이 하버드 대학교에 머물면서 그의 사랑하는 딸 서영에게 보낸 편지에서 지지 않는 유리 꽃에 대해 간곡히 쓴 것도 생명이 지닌 소멸 현상에 대한 두려움을 의식했기 때문인 듯하다.

대학 박물관에는 세계에서 몇 개 안 되는 금강석도 있지만, 그보다 더 유명한 것은 유리 꽃들이다. 유리 꽃 하면 두껍고 든든한 유리로 만들어 놓은 것을 상상하게 되지만, 그런 것이 아니고 정말 꽃잎과 같이 얇고 하늘하늘하며 조금만 흔들면 부서지는 아주 약한 것들이다. 빛깔도 정말 꽃들 같고, 긴 수술 암술 잎사귀 줄기들도 정말 꽃과 똑같다. 다른 것이 있다면 이 유리 꽃들은 사철 피어 영원히 시들지 않는 점일 것이다.

작품 배경은 다르지만 "외삼촌 할아버지"의 죽음을 회상하는 일은 물론 신록이 가고 있는 풍경을 노래한 「오월」에서 화자가 바닷가 모래 위에 그가 젊어서 죽은 중국 시인의 다음과 같은 글귀를 써 놓은 것도 이러한 사실과 무관하지 않다.

得了愛情痛苦

失了愛情痛苦

피천득이 그의 생애를 통해서 인연으로 만난 사람들을 대상으로 쓴 작품의 경우에도 앞에서 누차 언급했던 작고 평범한 것에 깃들어 있는 도덕적인 진실이 중심적인 내용을 이루고 있다. 그가 많은 수필을 쓰는 과정에서 많은 영향을 받았고 스스로 존경한다고 말한 '찰스 램'에 관한 글은 그가 사람들 가운데서 찾으려는 진실이 무엇인가를 분명히 밝혀 놓고 있다. "나는 위대한 인물에게서 매력을 느끼지 못한다. 나와의 유사성이 너무나 없기 때문인가 보다. 나는 그저 평범하되 정서가 섬세한 사람을 좋아한다. 동정(同情)을 주는 데 인색하지 않고, 작은 인연을 소중히 여기는 사람, 곧 잘 수줍어하고 겁 많은 사람, 순진한 사람, 아련한 애수와 미소 같은 유머를 지닌 그런 사람에게 매력을 느낀다." 그래서 피천득은 여기서 램을 시인이나 혹은 유명한 수필가로서 찬양하지 않고, 두뇌는 명석하나 가세가 어려운 아이들이 가는 자선 학교를 나와 발작성 정신병을 앓는 누님을 보호하면서 일생을 독신으로 보낸 사람이라고 적고 있다. 또 그를 "작은 사치"를 사랑하는 사람으로 그리면서 "아이가 없으면서도 아이를 사랑"했고, "어린 굴뚝 청소부 아이들도 사랑했다. …… 그들이 웃을 때면 램도 웃었다."라고 말했다.

피천득은 우리가 위대한 사람으로 생각하고 있는 도산 안창호 선생과 춘원 이광수에 대해서 기술할 때도 마찬가지였다. 그는 도산을 만나기 위해 상하이로 유학을 갔다고 말했지만, 그것은 그가 "위풍당당한 혁명가"였기 때문이 아니라 "인간으로서 높은 존재"였기 때문이라고 했다. "그는 숭고하다기에는 너무나 친근감을 주고, 근엄하다기에는 너무 인자했다. 그의 인격은 위엄으로 나를 억압하지 아니하고 정성으로 나를 품 안에 안아 버렸다. 연단에 서신 우아한 그의 풍채, 우렁차면서 날카롭지 않은 청아하면서 부드러운 그 음성, 거기에 자연스러운 몸가짐, 선생은 타고난 웅변가였다."

피천득이 이광수에 대해 매력과 존경심을 갖게 된 것도 그의 비범한 천재성보다 평범하고 진실된 인간적인 면모 때문이라고 했다. 그는 이광수와 함께 머물면서 그의 인격의 진면목을 보았다고 하며 다음과 같이 쓰고 있다.

그는 정직했다. 그를 위선자라 말하는 사람도 있었으나 그에게는 허위가 없었다. 그는 어린아이같이 순진했다. 누가 자기를 칭찬하면 대단히 좋아했다. 소년 시대부터 그의 명성은 누구보다도 높았지만, 그는 교태가 없었다. 나는 삼 년 이상 한집에 살면서도 거만하거나 텃세를 부리는 것을 본 일이 없다. 자기의 지식이나 재주라는 것은 대수롭지 않은 것이라고 했다.

그리고 도연명과 아인슈타인에게서도 착하고 평범한 인간적인 면을 부각시키는 데 그의 초점을 맞추었다. 도연명이라고 하면 우리는 범인(凡人)과는 거리가 먼 초월적인 존재라고 생각하는 경향이 있지만, 피천득은 그를 평범한 인간으로 묘사하며, 그가 추구한 삶이 자연 가운데서 자유를 추구하는 것이었다는 것을 그의 「귀거래사(歸去來辭)」를 통해 설명하고, 아인슈타인도 우주에 숨은 질서를 새로이 발견한 위대한 과학자였지만, 그에게 교만함이란 전혀 없고 어린이들의 숙제를 도와줄 만큼 겸손했고, "대수롭지 않은 능력을 가진 우리가 겸허함을 느낄 수밖에 없다."는 것을 믿었다는 점을 강조했다.

이것뿐이 아니다. 그가 만난 적이 있는 미국 시인 로버트 프로스트에 대해 이야기하는 과정에서도 그의 천재성을 언급하기보다 그의 겸허한 삶과 인품과 도덕성을 보이지 않게 나타내 보였다. 피천득이 프로스트가 자연과 더불어 사는 검소한 자연 시인이란 점을 나타내며 그의 시 속에서 동양 예술이 지니고 있는 여백의 미학을 지적한 것도 그가 추구해 왔던 예술적 목적과 일치하기 때문일 것이다.

당신의 시 중에는 동양 묵화와 같은 경지를 가진 것들이 있고, 한시(漢詩)의 품격을 지닌 것들이 많습니다. "프로스트(frost: 서리)다"라고 말하는 사람이 있는 것과 같이 당신의 시는 화려하지 않고 그윽하며 어슴푸레한 데가 있습니다. 그리고 당신의 목소리는 고요합니다. 그러나 그 속에는 유머와 재치가 무늬를 놓고 있습니다. "시는 기쁨에서 시작하여 예지로 끝난다."라고 당신은 말했습니다. 그 예지는 냉철하고 현명한 예지가 아니라, 인생의 슬픈 음악을 들어 온 인정 있고 이해성 있는 예지인 것입니다.

그런데 만일 피천득의 탁월한 언어적인 힘이 없었을 것 같으면, 작은 것의 아름다움을 주제로 한 그의 수필이 예술로서 지금처럼 그렇게 호소력을 갖지 못했을 것이다. 그가 그의 작품에 사용한 언어는 김진섭의 언어와는 달리 시대를 뛰어넘을 수 있을 정도로 시정(詩情)적이면서도 결곡하다. 특히, 잠언(箴言)에서 볼 수 있는 것과 같은 간결하고 진솔한 문체는 그의 수필을 깨끗하게 만들어 군더더기 없이 진실만을 나타내기 때문에 독자들의 마음 깊이까지 공감의 물결을 일으키기에 충분하다. 이것은 그의 언어가 침묵의 생략을 통해 깨끗함만을 제외하고는 모든 것을 배제함으로써 진실을 발견하려는 그의 목적을 반영해 주고 있을 뿐만 아니라 그것과 일치된다.

3

이렇게 피천득은 한국 현대문학사에서 한국 수필의 문학 장르를 새롭게 개척하는 데 큰 발자취를 남겼다. 그러나 그의 수필에 한계가 없는 것은 아니다. 무엇보다 그는 스스로 수필이 무엇인가를 정의 내림으로써 수필의 범위를 지극히 제한해 버렸다. 그래서 그의 수필은 나름대로 서정적인 아름다움과 도덕성을 지니고 있지만, 너무나 자전적인 생활과 경험에만 집착하고 있기 때문에 서양의 수필에서 볼 수 있는 폭넓은 삶을 수직적으로 담을 수 없는 양상을 보였다. 그의 수필은 맑고 아름다운 것은 좋으나 그것이 더 깊은 성숙한 삶의 본질 문제를 탐색해서 표현하지 못하고, 고답적이고 귀족적인 자세를 보이고 있지만 아이러니컬하게도 미성숙한 측면을 드러내 보이는 측면도 없지 않다. 그는 찰스 램을 좋아했고 그의 수필을 표본으로 삼을 정도로 예찬했지만, 그의 수필은 램의 그것과 많은 괴리를 보였다. 차주환은 피천득의 수필을 램의 수필과 비교하며 다음과 같이 말했다.

"램의 수필을 읽어 보면 …… 좀 수다스러울 정도로 요설(饒舌)적이어서 경박하고 치졸하게 여겨지는 구석이 없지 않다. 피천득 씨의 수필은 램과 방불한 점이 없지 않지만은 짜임새나 언어의 절제를 통해 램의 약점을 극복했고, 풍부한 말들에 학식과 다양한 견문이 뒷받침된 깊은 지성이 그가 사용한 말들에 각기 적의의 무게를 안배하여 둔탁함과 경박함을 모면하게 만들었다."[3]

그러나 우리가 램의 수필을 원문으로 읽어 보면 차주환의 평가와는 거리가 멀다는 것을 알 수 있다. 물론 램의 언어는 피천득의 언어에 비해 복잡한 것은 사실이다. 피천득의 언어는 램의 언어보다 간결하고 깨끗하다. 하지만 램의 언어가 다소 무겁고 밀도 짙다 하더라도 그것은 피천득 언어보다 생에 더욱 깊이 천착해 있다. 차주환은 램의 언어를 "요설"적이라고 말하지만, 만일 램이 피천득이 사용한 것과 같은 종류의 언어를 사용했더라면 그가 탐색한 삶의 잔영(殘影)이 그렇게 밀도 짙은 명암으로 그려질 수 없었을 것이다.

---

3) 차주환, 앞의 책, 171쪽.

이렇게 피천득은 수필이란 문학 장르를 맨 처음 창안한 미셸 몽테뉴와는 달리 수필의 대상(對象)과 범위를 축소해서 일상적인 삶을 주로 다루고 있기 때문에 작은 것의 아름다움을 평범한 삶 가운데서 발견하는 기쁨은 있지만, 프리즘과 같이 다양한 스펙트럼을 지닌 폭넓은 도덕적인 삶을 그려 내지 못했다. 그의 수필을 정전(正典)의 전범(典範)으로 사용해서 글을 쓰고 있는 오늘날의 많은 수필가들이 큰 문학적 성과를 얻지 못하는 이유도 신변에 일어나는 일을 서정적으로만 표현하는 범주를 크게 넘지 못하기 때문이다. 개인적 에세이라고 해서 주제를 너무 작은 것에만 고착할 필요는 없다. 오늘날 우리 문단의 일각에서 수필이 다른 문학 장르에 비해 영향력을 잃고 "변두리 장르"라고 불리고 있는 것도 이러한 현상과 깊은 관계가 있다고 말 할 수 있다.

　　누가 무엇이라 말해도 훌륭한 수필을 쓰는 것도 다른 문학 장르만큼 어렵다. 문제는 고전으로 남을 수 있는 수필을 쓰는 것이다. 세계문학사에서 정전에 오른 고전적인 수필은 다른 문학 장르에 속하는 고전들에 못지않은 내용을 담고 있다. 헤럴드 블룸은 수필 장르를 창안한 몽테뉴가 프랑스 에세이스트였지만 몰리에르와 짝을 이루며 프랑스 문학사뿐만 아니라 세계 문학사의 반열에 오른 위대한 예술가라고 평가했다. 몽테뉴는 셰익스피어의 유일한 적수인 몰리에르의 아버지였고 에머슨과 니체의 스승이었으며 파스칼의 극복 대상이었다. 다른 세계적인 평론가들도 그를 인간의 본성을 파악하는 데 프로이트에 비견할 만한 탁월한 인물이라고 주저하지 않고 말한다. 톨스토이가 아스타포프 역장(驛長) 집에서 임종할 때, 그의 침상 곁에 몽테뉴의 『수상록(Eassai)』이 도스토예프스키의 『카라마조프의 형제』와 함께 놓여 있었을 정도로 그의 문학적 영향력은 대단했다. 몽테뉴가 예술가로서 이렇게 높은 경지에 도달할 수 있었던 것은 취미와 여유로 글을 썼기 때문이 아니라, 치열한 사색과 명상, 방대한 양의 독서 결과를 글로 옮겨 놓았기 때문이었다. 그는 글쓰기의 재료를 찾기 위해 플라톤, 소크라테스는 물론이고 세네카와 플루타르코스의 책을 샅샅이 뒤졌다. 그는 "신은 숨어 있지만 도달할 수 있다."라는 파스칼과는 달리 "신은 숨어 있지 않지만 도달할 수 없다."라고 생각했으므로 항상 인내심을 가지고 신의 선물을 기다리며 철학적 여백의 미학을 보였으며, 일원론적인 입장에서 "영혼을 기쁘게 하기 위해 육체에 상처를 입히지" 않았다. 그리고 그는 지극히 독창적이었기 때문에 에머슨은 "그의 언어를 칼로 베면 피가 흐를 정도로 살아 있다."라고까지 말했다.[4]

그래서 우리나라 수필가들이 수필을 "정열이나 심오한 지성을 내포한 문학이 아니요, 그저 수필가가 쓴 단순한 글이다."라고 생각하면, 위에서 언급한 몽테뉴의 수필과 같이 절실하고 심오한 내용을 담은 글을 쓸 수 없게 되어, 지금 빠져 있는 침체의 늪에서 벗어나지 못할 것이다. 그리고 문학 작품에서 작은 것의 아름다움을 말할 때도 윌리엄 블레이크가 "하나의 모래알에서 우주를 본다."라고 노래 했듯이 그것 자체만으로 존재하게 만드는 것보다 우주와 사회 같은 넓고 큰 실제적인 삶의 현실과 관계를 맺고 그것을 비춰 주는 거울의 역할을 하게 할 때 그것이 주는 의미와 감동은 더 크게 확대될 것이다.

그러나 피천득이 앞에서 논의한 것과 같이 자기 나름대로의 수필이란 장르를 정의해서 그것에 따라 수필을 쓴 것은 비록 그가 찰스 램의 영향을 받은 것으로 이야기하고 있으나 "동양적 내지는 한국적 문장관"[5]의 전통에서 비롯된 것인 듯하다. 다시 말해, 그의 수필은 서양의 수필과 구별되는 한국적 수필의 특징을 지니고 있다고 하겠다. 그의 문장이 구어체가 아닌 산문 언어이면서도 시의 경우처럼 여백의 미학을 가져올 만큼 간결한 것은 물론 그의 작품의 길이가 원고용지 열 장을 크게 넘지 않을 정도로 짧은 것도 서양 수필의 경우와 다르다. 특히, 그의 언어가 지적이고 감성적이면서도 사물의 핵심을 포착해 낼 수 있도록 뼈에까지 닿을 수 있도록 깨끗이

---

4) Harold Bloom, *The Western Canon*(New York: Riverhead Books), 142쪽.
5) 차주환, 앞의 책, 170쪽.

옷을 벗고 있는 것 또한 시간과 공간을 초월할 수 있는 한국적인 미학에서 연유한 것이라 할 수 있겠다.

이렇게 피천득이 한국 현대문학사의 여명기에 태어나서 금년으로 탄생 100주년을 맞는 현 시점에서 그가 수필 분야에 남긴 발자국은 다음 두 가지로 설명할 수 있다. 하나는 과작이지만 그의 대표작들에게서 볼 수 있듯이 간결하고 단아한 모국어 문장 미학을 계승 발전시키면서 현대적인 개념의 특징적인 수필을 같은 영문학자인 이양하와 더불어 개척하는 일을 했다는 것이고, 다른 하나는 그가 서양의 수필을 소개하면서도 수필 장르의 범위를 스스로의 취향에 맞게 한정하고 축소해, 그것을 삶의 궁극적인 문제를 진지하게 탐색하는 문학으로서 보다 "작은 것이 아름답다"는 것으로 요약되는 여유롭고 한가한 일상적인 삶 속에서 발견할 수 있는 깨끗하고 우아한 "문학의 향기"이다. 후자의 경우는 물론 피천득만의 몫으로 높이 평가해야 할 그의 재능이만, 모순적이게도 그것 때문에 그의 수필이 고전의 반열에 오르기에 어려움을 보이고 있는 듯하다.

그러나 피천득이 우리 모두가 느끼지만 말하지 않은 생에 담겨 있는 작은 행복과 그 아름다움을 도덕적인 차원에서 여운이 있는 그의 독특한 언어 미학을 통해 그려 낸 것은 우리 현대문학사에서 보기 드물게 큰 문학적 업적이라고 하지 않을 수 없다. 일상적인 삶을 그린 그의 수필에 나타난 감성적인 면에 매력을 느낀 많은 사람들이 그의 수필을 모방하지만, 그들 대부분의 글들이 진부한 신변잡기의 영역을 크게 넘지 못하는 것은 삶을 보고 그리는 피천득의 눈과 언어가 그들의 것보다 더 오랜 세월 동안의 축적된 문학적 경험 시련 속에서 달구어져 표백되고 씻긴 것이기 때문이다. 그가 즐겨 읽었던 셰익스피어의 『태풍』 1막 2장에는 "깊고 깊은 바다 속의 너의 아버지 누워 있네./ 그의 뼈는 산호 되고 눈은 진주 되었네."라는 노래가 쓰여 있다.

제3주제에 관한 토론문

김진기(건국대 교수)

먼저 소설밖에, 소설도 제대로 하지 못했던 저에게 수필의 세계에 관심을 갖게 해 준 대산문화재단 '탄생 100주년 문학인 기념 문학제' 관계자 여러분께 심심한 감사의 말씀을 드립니다. 그리고 미흡한 저에게 피천득 수필 세계로 잘 인도해 주신 이태동 교수님께도 감사의 말씀을 드립니다. 그런지라 교수님이 발표하신 논문을 한 줄 한 줄 읽어 가면서 궁금한 것을 중심으로 하여 질문을 드리도록 하겠습니다.

발표문의 내용들을 일별할 때 전반적으로 피천득 수필에 대해 상당한 애정에 기반하여 작성되었음을 확인할 수 있었습니다. 이러한 애정은 탄생 100주년을 기념하는 자리인지라 어찌 보면 자연스러운 것 같기도 하지만 실제로는 그것이 그러한 행사적 의미를 넘어서 피천득 수필을 논하는 대부분의 평자들에게서 보이는 일반적이고도 보편적인 반응이라는 점에서 피천득 수필에 대한 한국 독자들의 무한한 사랑을 확인할 수 있다고 사료됩니다. 뿐만 아니라 그 사랑의 근저에는 피천득 수필 세계를 형성하고 있는 '작은 것이 지닌 아름다움'이 자리 잡고 있다고 할 수 있습니다. 김우창의 글에서도 확인할 수 있는 이 지적은 본 발표문의 주제이기도 하지만 보다 크게 보면 피천득 수필을 일괄하는 모든 평자들의 글에서 공통적으로 발견할 수 있는 것이라는 점에서 아마도 피천득 수필 세계의 핵심에 속하는 주제라고 해도 과언이 아닐 것입니다.

본 발표문에서는 '작은 것이 지닌 아름다움'을 말하기 위한 한 방편으로서 산호와 진주라는 비유적 대상을 끌어와 설명하고 있습니다. 인용문에서는 피천득의 소원이 산호와 진주이고, 그렇지만 그것들은 "바닷속 깊이깊이" 있고 "파도는 거세고 바다는 무"서워 "나"는 "수평선 멀리 나가지도 못하고 잠수복을 입는다는 것은 감히 상상도 못할 일이"어서 "고작 양복바지를 말아올리고 거닐면서 젖은 모래 위에 있는 조가비와 조약돌을", "주었다가도 헤뜨려 버릴 것들, 그것들을 모아두었다."라고 했습니다. 말하자면 자신의 수필들은 산호와 진주가 아니라 "조가비와 조약돌"이라는 것입니다. 그런데도 본 발표문에서는 피천득 수필이 "험난한 세월의 바닷속에서 오랫동안 갈고 닦이듯이 많은 경험과 시련을 거친 후 새로운 모습으로 변신해서 우아하고 아름다운 빛을 발하는" "진주와 같은 빛을 지닌 수필"이라고 규정하고 있습니다. 피천득의 말이 겸허의 표현이라고, 그래서 그가 자신의 수필들을 설사 조가비와 조약돌이라고 말한다 해도 기실은 그러한 겸허 자체가 바로 산호와 진주 아니겠는가라는 해석에 기반한 것이라면 모르겠으나 토론자가 보기에는 피천득 수필에 대한 그러한 규정이 어쩌면 과도한 해석일 수도 있겠다는 생각을 떨쳐버릴 수가 없었습니다. 왜냐하면 제가 보기에 피천득 수필은 험난한 현실과 고난을 통해 아름다운 빛을 발하게 된 진주와는 상당한 거리가 있다고 판단되기 때문입니다. 이에 대해 해명해 주시면 고맙겠습니다.

이와 연관하여 발표자는 "그의 수필이 지닌 매력 중의 하나는 평범한 것 속에서 비범한 것의 발견"이라고 전제하고 '생의 여정에서 멀리 떨어져 있는 큰 것에 대한 욕망으로 눈먼 사람에게 생의 진정한 즐거움을 가진 아름다움이 어디에 있는가를 일깨워 주는 역할을 함께 수반하고 있다.'라면서 그 이유로 "아름다운 것은 진실과 일치되고 도덕성은 진실과 일치된 삶을 의미하기 때문이"라고 설명하고 있습니다. 말하자면 피천득 수필에 함유된 깊이 있는 도덕성의 가치를 역설하고 있음인데 이 도덕성은 앞에서 밝힌 "피천득의 수필 개념은 서구 여러 나라의 고전적인 수필이 취급하고 있는 철학적이고 도덕적인 내용을 배제하고 우아하고 아름다운 삶의 작은 편린을 담는 것으로 제한하고 있다."라는 문장과 상치된다고 봅니다. 이에 대한 설명을 부탁드립니다.

이러한 모순은 제가 보기에는 아름다움과 도덕성이라는 상호 모순되는 개념을 무리하게 일치시켜 보려는 과정에서 발생한 것으로 보입니다. 왜냐하면 피천득 수필에는 "조개를 진주로 만들어 내는 시간의 무게가 담긴 아름다움만" 있는 것이 아니기 때문입니다. 물론 발표자는 그러한 아름다움("시간의 무게가 담긴 아름다움"이 아닌)도 "도덕적인 진실이 있다"고 하지만 피천득 수필에는 수시로 도덕성을 벗어나려는, 아니 도덕성 자체가 의식되지 않는 묘한 충동도 있는 것처럼 보입니다. 예컨대 널리 인구에 회자된 「인연」에서 대학생의 위치에서 초등학교 학생에게 연정을 품고 그것을 오랫동안 가꿔 나가는 것에 대해 하등의 연령적 자의식도 없는 것도 어색하거니와 서영에 대한 과도한 애정도 외부의 시선을 고려하지 않을 정도로 직접적인 형태로 드러나고 있고 그와 결부하여 서영의 대리물인 인형 난영에 대한 수십 년에 걸친 애정 표현 또한 작가와 유사한 연령대의 한국인들에겐 상상도 할 수 없는 도저한 미적 충동이 아니겠는가 하는 것입니다. 이는 분명 그의 수필을 인내와 시련의 산물인 산호와 진주로만 볼 수 없게 하는 부분일 것입니다.

이렇게 보면 피천득 수필 세계에는 인내와 시련의 결과물인 산호와 진주, 혹은 깊이 있는 도덕성의 성격을 지닌 '작은 것이 지닌 아름다움'이라는 특성이 분명히 존재하고 있다고 하겠으나 그와 더불어 그 어떤 세속적인 '큰 것'에도 아랑곳하지 않는 그 어떤 '작은 것'에 대한 맹목적인 집착, 혹은 충동이 엄연히 존재하고 있다는 것을 알 수 있습니다. 그것이 무엇인지는 확실치 않으나 대강 살펴보면 서영이, 난영이, 아사코, 유순이, 엄마 등입니다.(아사코와 유순은 그의 나이 이십 대 초반 무렵에 좋아했던 인물들인 것 같습니다.) 이들은 모두 피천득이 사랑했고 지키고 싶었던 인물들이며 자아의 이상적 존재처럼 그려지고 있습니다. 이러한 맹목적인 집착, 혹은 충동에 이광수, 안창호, 로버트 프로스트, 아인슈타인 등도 예외가 아닐 것이라 한다면 지나친 표현일까요. 이들이 그려지는 방식은 이들의 학문적, 문학적, 과학적 능력, 혹은 대 사회적 활동의 내용이나 그 의미가 절대 아니고 그들의 인간적인 성격, 보다 구체적으로 말하자면 피천득의 자아를 한없이 충족시켜 주었던 실제적인, 혹은 상상적인 보상적 대리물의 성격을 갖고 있습니다. 그런 의미에서 이 두 인물군들은 피천득에게 있어서는 유사한 성격을 가지고 있다고 하겠습니다.

문제는 이러한 인물들 외에는, 혹은 이러한 인물들이 보였던 태도와 행동 외에는 현실의 모든 것을 소거시켜 버리려는 과도한 현실 추방적 자세에 있지 않나 합니다. 그렇기 때문에 소거된 '큰' 현실들은 모두 사라지고 오직 자신이 받아들이고 싶었던 '작은' 것만이 남아 아름다운 빛으로 엮이고 있는 것입니다. 이렇게 본다면 왜 그가 춘원 이광수를 민족 지도자나 친일 변절자라는 일반의 잣대로 접근하지 않고 있는지를 설명할 수 있을 것입니다. 피천득에게 있어 이광수는 그러한 '큰' 현실적 존재 이전에 그에게 부재하는 아버지 같고 동시에 그를 한없이 받아주었던 서영이나 엄마나 아인슈타인 같은 상상적 보상물이 아니었을까요. 바로 이러한 맥락에서 피천득 수필 세계를 귀족주의라거나 제국주의적이라고 평가하는 비평(임헌영)도 생겼겠지만 제가 질문하고 싶은 것은 이러한 피천득의 인식 세계, 혹은 인식 방법을 기존의 피천득 수필에 대해 행해졌던 평가 방식과 어떻게 관련시킬 수 있겠는가 하는 것입니다.

마지막으로 발표문에서도 피천득 수필 세계의 논리적 빈약함의 원인으로 "동양적 내지는 한국적 문장관"의 전통에서 찾고 있는데 이렇게 보면 이태준의 문학 세계와 너무나 유사한 면이 없지 않습니다. 둘은 공히 고아로 성장했거니와, 피천득 수필에 나타나는 나르시시즘과 같이 이태준 장편 소설의 거개가 이 나르시시즘적 통속적 삼각관계가 중심이 되어 구성되어 있습니다. 수필을 대상 자체에 대한 논리적인 천착이 아니라 대상에 대한 주체의 감상으로 설명하려는 것도 유사하고 한시 등 전통적인 정서에 과도하게 매몰되어 있다는 것도 비슷합니다. 혹시 이 둘의 자전적 관련성, 혹은 영향 관계에 대해 아시는 것이 있다면 설명해 주시면 고맙겠습니다.

피천득 생애 연보

1910년   호는 금아(琴兒). 5월 29일(음력 4월 21일), 서울에서 출생.

1916년   부친이 사망함.

1919년   모친이 사망함. 서울 제일고보 부속국민학교 입학.

1923년   서울 제일고보에 입학.

1926년   상해로 유학을 떠나 Thomas Hanbury Public School에서 수학함.

1930년   《신동아》에 시 「서정소곡」, 「소곡」, 「파이프」 등을 발표하며 문학 활동을 시작함.

1931년   중국 상해의 호강대학 영문과에 입학함.

1937년   호강대학 영문과 졸업. 서울 중앙상업학교에서 학생들을 가르침.

1945년   경성제국대학 예과 교수로 취임.

1947년   첫 시집인 『서정시집』을 출간.

1951년   서울대학교 사범대학 교수로 취임.

1954년   하버드 대학교에서 1955년까지 연구 활동을 펼침.

1960년   『금아시문선』 출간.

1963년   서울대학교 영문과 교수로 취임.

1969년   시집 『산호와 진주』 및 영문판 *A Flute Player* 출간.

1974년   서울대학교 교수 퇴임.

1976년   수필집 『수필』, 번역시집 셰익스피어의 『소네트 시집』 출간.

1980년   수필집 『금아문선』 출간.

1991년   대한민국 문화예술상 은관문화훈장 수상.

1993년   시집 『생명』 출간.

1995년   인촌상 문학 부문을 수상.

1996년   수필집 『인연』 출간.

1997년   번역시집 『내가 사랑하는 시』와 『금아 피천득 문학 전집』 출간.

2001년   영문판 시, 수필집 *A Skylark*를 출간.

2002년   수필집 『어린 벗에게』를 출간.

2003년   수필집 『인생은 작은 인연들로 아름답다』, 『산호와 진주와 금아』 출간.

2005년   번역시집 『내가 사랑하는 시』(개정판) 출간.

2006년   수필집 『인연』이 러시아어로 출간됨.

2007년   5월 25일, 향년 98세로 타계함.

피천득 작품 연보

발표일	분류	제목	발표지
1930	시	서정소곡, 소곡, 파이프	신동아
1930. 4. 7	시	찾음	동아일보
1931. 7. 15	동시	다친 구두	동아일보
1931. 7. 18	시	달	동아일보
1931. 7. 31	동시	유치원서 오는 길	동아일보
1931. 8. 16	시	어린 슬픔	동아일보
1931. 8. 18	동시	어린 근심	동아일보
1931. 9	시	소곡삼제	동광
1931. 9. 17	시	추억	동아일보
1932. 4. 12	시	기다림	동아일보
1932. 4. 16	시	봄	동아일보
1932. 4. 17	시	까치	동아일보
1932. 4. 21	시	양	동아일보
1932. 4. 22	시	타조	동아일보
1932. 4. 26	동시	락락	동아일보
1932. 4. 29	시	부엉이	동아일보
1932. 5	시	불을 질러라	동광
1932. 5. 2	동시	학	동아일보
1932. 5. 5	시	독수리	동아일보

발표일	분류	제목	발표지
1932. 5. 8	동화	어머니 사랑	동아일보
1932. 5. 8	동시	엄마의 아기	동아일보
1932. 5. 15~18	평론	『노산시조집』을 읽고	동아일보
1932. 5. 21	동요	베리깐	동아일보
1932. 5. 23	동시	사자	동아일보
1932. 5. 27	동요	공작새	동아일보
1932. 6. 1	동시	백로와 오리	동아일보
1933. 7. 23	시	여름밤의 나그네	동아일보
1938. 10. 21	수필	일기 일절	동아일보
1947	시집	서정시집	상호출판사
1949. 1	논문	애란문호 예이쯔	학풍
1950. 4	번역	로셋티의 비가	성균
1953. 1. 26	평론	안델센 원작 동화집 『미운 오리새끼』를 읽고	동아일보
1955. 10	수필	미주 이제(美洲二題)	사상계
1956. 5	번역	깊은 맹세	펜
1956. 5	논문	미국 문단의 근황	새벽
1956. 5	논문	애란 문학 개관	펜
1956. 12. 2	수필	시골 한약국	동아일보
1957. 3. 5	수필	기다려지는 마음	동아일보
1957. 12	수필	선물	가정교육
1958. 1. 29	수필	웃을 수 있는 가지가지 신춘에 부쳐서	동아일보
1958. 3. 1	수필	파랑새	사상계
1958. 6. 1	시	소곡	사상계

발표일	분류	제목	발표지
1958. 6	논문	영국 인포오멀 엣세이	자유문학
1958. 9. 28	수필	낙서	동아일보
1958. 12	수필	가아든 파티	사상계
1958. 12. 31	수필	웃음의 해는 아니었다 — 제야(除夜) 유감	동아일보
1959. 7. 30	수필	여자 여름옷	동아일보
1959. 8. 2	수필	워터 스키	동아일보
1959. 12. 8	수필	x월 x일	동아일보
1960	시집	금아시문선	경문사
1960. 3	논문	빅토리아조의 규방시인	사상계
1962. 12	수필	현대 남성에의 긴급 동의	여상
1963. 12	수필	종달새	현대문학
1964. 4	논문	셰익스피어의 소네트	현대문학
1964. 6	수필	기쁨을 준 여성	여상
1965. 1	수필	피가지변(皮哥之辯)	현대문학
1965. 5	수필	서영이 대학에 가다	신동아
1965. 5	수필	어머니를 그리는 글	여원
1968. 3	헌시	도산 선생께	기러기
1968. 5	시	새털 같은 머리칼을 적시며	새교육
1969	시집	산호와 진주	일조각
1972. 3	논문	英美의 FOLK BALLAD와 한국 서사 민요의 비교 연구	서울대 사범 대학 연구 논총
1973. 11	수필	인연	수필문학

발표일	분류	제목	발표지
1976	수필집	수필	범우사
1976	번역시집	셰익스피어의 『소네트 시집』	정음문고
1976. 6	수필	순간	현대문학
1976. 6	수필	아름다운 여인상	샘터
1976. 7	서평	김후란 수필집 『태양이 꽃을 물들이듯』 서평	독서생활
1977. 6	수필	나의 사랑하는 생활	독서생활
1977. 9	수필	우정은 이렇게 시작하는 것	샘터
1977. 10	수필	젊은이에게	동서문화
1977. 11	수필	플루트 플레이어	샘터
1978. 1	수필	부르크의 애국시	샘터
1978. 3	시	어떤 무희의 춤	춤
1978. 4	수필	찬란한 기적	샘터
1978. 5	시	어떤 오후	샘터
1979. 5	수필	아인슈타인 예찬	샘터
1979. 7	시	어떤 유화	샘터
1980	수필집	금아문선	일조각
1984. 3	시	계절의 길목	샘터
1984. 7	수필	사랑하는 딸 서영이에게	편지
1986. 3	수필	조춘(早春)	샘터
1987. 8	시	너는 이제	샘터
1988. 11	시	그들	수필
1988. 12	시	새	샘터

발표일	분류	제목	발표지
1990. 7	수필	로버트 프로스트	샘터
1991. 5	시	어떤 도둑	샘터
1991. 5	시	오월	공작
1991. 9	수필	금반지	샘터
1991. 12	시	고백	철학과 현실
1992. 12	수필	눈물	빛
1992. 12	시	만남	우리문학
1993	시집	생명	동학사
1993. 1	수필	사랑이 넉넉히 채워진 문학 정신으로	신용경제
1993. 5	수필	멋	동서산업
1995. 5	수필	5월의 수필	경기
1995. 7	시	축복	좋은생각
1995. 8	수필	돌아가리라	맑고 향기롭게
1995. 8	시	1945년 8월 15일	샘터
1995. 12	시	너	맥
1996	수필집	인연	샘터
1996. 9	수필	이야기	관세
1996. 10	수필	여성의 미	도남
1997	번역시집	내가 사랑하는 시	샘터
1997	전집	금아 피천득 문학 전집 (전 5권)	샘터
1997. 12	수필	송년	샘바위
1998. 1	시	이 순간	수필춘추
1998. 2	수필	계간 《수필》을 위하여	수필

발표일	분류	제목	발표지
1998. 11	시	꽃씨와 도둑	맑고 향기롭게
1999. 7	수필	도산	아름다운 세상
1999. 8	시	바다	KBS 사보
2000. 1	시	새해	경향잡지
2002	수필집	어린 벗에게	여백
2003	수필집	인생은 작은 인연들로 아름답다	샘터
2003	수필집	산호와 진주와 금아	샘터
2003. 6	시	찬사	문학예술
2003. 9	시	단풍	문학예술
2004. 7	수필	가상 유언장	한국문인
2004. 9	수필	수필	한울문학
2004. 9	수필	파리에 부친 편지	샘터
2005	번역시집	내가 사랑하는 시 (개정판)	샘터
2005. 3	시	소망	시와 시학
2005. 9	시조	진달래	새시대문학
2005. 12	서평	정목일의 『침향』	수필세계
2008	전집	금아 피천득 문학 전집(전 4권, 개정판)	샘터

피천득 연구서지

1983   이병덕, 「현대 수필의 문체 연구」, 경남대 석사 학위 논문

1995   박혜정, 「피천득 수필 연구」, 한남대 교육대학원 석사 학위 논문

1997   정주환, 『현대 수필 작가론』, 수필과비평사

2002   최영숙, 「피천득 수필 문학 연구」, 창원대 석사 학위 논문

2004   황필호, 「피천득의 수필이 한국 수필계에 끼친 영향」, 《수필학》 12, 한국수필학회

2006   이영숙, 「피천득 수필의 시간 구조 연구」, 부경대 석사 학위 논문

2007   박장원, 『현대 한국 수필론』, 북나비

2007   송명희, 「피천득의 수필 세계」, 《수필과 비평》 90, 수필과 비평사

2007   안경란, 「피천득 수필 연구」, 경기대 교육대학원 석사 학위 논문

2007   이영조, 「한국 현대 수필론 연구」, 배재대 박사 학위 논문

2007   장경렬, 「순수의 눈으로: 금아 피천득의 시 세계」, 《시와시학》 67, 시와시학사

2008   오차숙, 「금아 피천득의 자취와 수필 세계」, 《수필학》 16, 한국수필학회

2009   류현경, 「피천득의 『인연』 연구」, 순천대 교육대학원 석사 학위 논문

2010   정진권, 『한국 수필 문학의 이해』, 학연사

작성자 장성규 중앙대 국문과 강사.

【제4주제 ─ 이찬론】

이찬 시의 낭만성과 비극성

유성호(한양대 교수)

1 이찬의 생애와 시적 궤적

시인 이찬(李燦, 1910~1974)을 우리가 지금 살피는 것은, '근대'의 여러 양상과 징후들을 매우 짧은 시간 동안 실험하고 폐기해 온 한국 근대 시사의 음영을 재현하는 일인 동시에, 지금까지 한국 근대사를 규율해 온 여러 동인(動因)들을 '시(詩)'라는 창을 통해 들여다보는 일이기도 하다. 그만큼 이찬이 걸어온 60여 년의 시간은 불구적인 한국 근대 시사의 여러 표징들을 단층적으로 그리고 집약적으로 드러내는 표상이고, 그는 한국 근대 시의 여러 궤적들을 단시간에 차례차례 구현해 간 흔치 않은 시인이라고 할 수 있다.

이찬은 함경남도 북청 출신이다. 파인(巴人)의 「북청 물장수」로 유명한 바로 그곳이다. 그는 경성 제2고보를 졸업하고 연희전문과 릿쿄대학과 와세다대학에서 수학했다. 동경에서 임화를 만나 사회주의 세례를 받았고, 1931년 '동지사'를 결성하여 카프에 가담했다. 1932년 5월 귀국하여 검거되어 2년 가까운 세월을 수감되어 있었고, 만기 출소한 후 낙향하여 시집 『대망(待望)』(1937), 『분향(焚香)』(1938), 『망양(茫洋)』(1940) 등을 잇달아 펴냄으로써 당시 국경과 변방 지역의 정서를 첨예하게 보여 주는 작품 세계를 구현한다. 일제 강점기 말에는 친일 시를 발표했으며, 해방 후에는 조선 문학가동맹에 참여했다가 고향으로 돌아가 북한 문학의 맹장으로 활동한다. 이처럼 그의 생애는 고향을 떠나, 서울과 동경에서 근대의 빛과 어둠을 두루 경험하고 표현한 후 고향으로 돌아간, 일종의 원환 회귀형의 것이라 할 수 있다.

그는 1928년 《신시단(新詩壇)》 창간호에 「잃어진 화원」, 「봄은 간다」 등을 발표하며 등단한다. 초기 시에서는 강렬한 정치의식과 계층 의식을 결속한 세계를 보여 준 그는, 구속과 수감 그리고 만기 출소라는 휴지기를 거치는 동안 시 세계의 확연한 단층을 형성한다. 1937년 이후 그는 고향에 돌아가 한만 국경 지대를 돌아다니면서 많은 시편을 썼다. 이때의 시 세계가 바로 시인 이찬을 대표하는 경향으로 평가할 수 있는데, 실제 생활에 충실한 범부(凡夫)로서의 정서적 세목을 드러내는 성향과 식민지 시대의 비극성을 내면화하면서 그것을 북국 정서와 결합하는 성향을 동시에 보여 주게 된다. 그가 펴낸 세 권의 시집은 이 시기를 집약한 성과라 할 것이다. 그러다가 해방과 분단이라는 경로를 거치는 동안, 이찬은 한 사람의 시인으로서는 감당하기 힘든 여러 험로를 다 걸어간 근대 시사의 흔치 않은 시인으로 귀결하게 된다.

여기서 우리는, 매우 단층적이면서도 변형과 굴절이 심한 성취를 이루어 온 한 시인의 궤적을 통해, 한국 시의 모더니티가 얼마나 허약한 동일성과 자의식으로 구성되어 왔는가 하는 뚜렷한 실증과 함께, 근대의 우울과 맞서면서 끝끝내 '시'라는 실천 행위를 놓지 않으려 했던 한 비극적 영혼과 만나게 될 것이다.

2 낭만성과 프로 시

이찬의 제1기 시편은 등단 후 보여 준 초기 낭만성의 세계이다. 제2기는 프로 시와 옥중 체험을 담은 시편들을 쓴 때이고, 제3기는 이찬 시의 핵심이랄 수 있는 이른바 '북국 정서'가 드러난 비극성의 시편들을 쓴 때이고, 제4기는 내면 침잠과 전쟁 협력의 시편들을 쓴 때이며, 마지막 제5기는 월북 후 보여 준 이른바 '수령 형상'의 문학적 단계라고 할 수 있을 것이다. 이러한 도정은 그가 우리 근대 시의 여러 극단들, 예컨대 '낭만주의 시', '프로 시', '옥중 시', '친일 시', '북한 시'의 궤적을 두루 밟아 온 예외적 시인이었음을 선명하게 알려 준다. 이러한 극단적 변모와 굴절을, 그것도 길지 않은 시간 동안 치러 온 그의 내면은 과연 어떤 기원을 가진 것이었을까. 등단작이라고 할 수 있는 다음 시편을 읽어 보자.

> 북쪽 나라— 눈바람 불어치는 거칠은 벌판에
> 외로이 모여 선 산향나무의
> 남국을 그리우는 쓰린 마음을
> 뉘라서 알아주리!
> 두견 우는 비애의 호젓한 미지를
> 초생달의 엷은 빛만
> 입을 씻고 흘러라
> 말갛고— 노랗고— 또— 하얗고— 빨간—
> 채색의 풀꽃이 무르녹던 화원도
> 눈 나리기 전 그 옛날의 환상이어니
> 지금은 어둔 컴컴한 빛 속에 파묻혔어라
> 그렇다고 그대여! 내 마음은 막지 말아라
> 이 몸은 열두 번 죽어 두더지가 되어서라도
> 손발톱이 다 닳도록 눈벌판을 헤매어서
> 기어이 잃어진 화원을 찾아보고야 말려노라
> ——「잃어진 화원」 전문(《신시단》 1928. 8)

같은 지면에 발표된 작품에서 이찬은 "네가 왔다 해도/ 나라는 꽃은 피지도 않고"(「봄은 간다」)라는 의미심장한 알레고리를 내뱉는다. '춘래불사춘(春來不似春)'이라는 관용구를 "나라는 꽃은 피지도 않고"라고 표현함으로써 식민지 지식인의 깊은 시대적 자의식을 드러낸 것이다. 그러한 자의식의 기저(基底) 위에서 그는, 눈바람 부는 거친 북국에 외롭게 서 있는 '산향나무'라는 상관물을 통해 "채색의 풀꽃이 무르녹던 화원"을 그리워하는 마음과, 어두움 속에 파묻혀 버린 "잃어진 화원"을 두더지가 되어서라도 찾겠다는 만만찮은 결의를 동시에 내비친다. 그의 나이 스무 살 때이다. 그리고 그는 "거지반 빈주먹으로 현해탄을 건너는 키다리 청년"(「가라지의 설움」, 『대망』)의 모습으로 동경에 가서, 그곳 유학생 기관지에 발표한 시편을 통해 "허물어진 그대들의 화원에 새로운 봄을 맞이하려거든/ 사벨을 펜을 뿔괭을 곡괭이를 가지고서/ 이곳으로 그대들의 일터로 줄달음질하여 나아오라!"(「일꾼의 노래」,《학지광》1930. 4)라고 노래했을 만큼, 그의 자의식은 "잃어진 화원", "허물어진 화원"에 대한 동경과 갈망을 현저하게 보여 준다. 이 때 우리는 잃어버린(허물어진) 어떤 세계에 대한 동경과 갈망이야말로 이찬 시의 깊은 수원(水源)이며, 바로 이러한 지향이 '낭만성'의 핵심 요소라는 데 상도(想到)하게 된다.

우리는 흔히 낭만주의의 정신적 기조를 '동경(憧憬)'에서 찾는다.[1] 이러한 '동경'의 배경에는 '극성(極性)의 원리' 곧 양극적 대립에서 삶의 완성을 기하는 운동 혹은 그러한 대립을 고차원적 제3자로 극복하는 운동의 원리가 놓여 있고, 그만큼 모든 것을 포괄하는 통일성을 추구하는 것이 낭만주의의 핵심이 됨을 알 수 있다.[2] 유토피아적 열망을 토대로 통일성을 지향하는 이러한 낭만적 상상력은, 찰스 테일러가 한 "우리 감정에서 발견하는 진리의 개념들은 다양한 형태의 낭만주의적 충동을 정당화하는 중요한

---

1) 지명렬, 『독일 낭만주의 연구』(일지사, 1988), 14쪽.
2) 지명렬, 「낭만주의와 동경의 문제」, 『문예사조』, 김용직 외 편(문학과지성사, 1983), 61쪽.

개념"³⁾이라는 지적에서 보듯이, '진리'에 가까운 어떤 세계를 열망하는 충동과 태도를 핵심 요소로 삼게 된다. 바로 그 '낭만성'의 충동과 에너지가 이찬 시편으로 하여금 오래도록 여러 차원의 '화원(花園)'을 향하게끔 한 것이다.

이러한 낭만적 속성이 극대화된 형태가 바로 '프로 시' 형식일 것이다. 이찬은 와세다 재학 시절 '무산자사'와 깊은 관계를 맺었고, 이때, 비로소 식민지 조선의 구체적 현실로 직핍해 들어가게 된다. 그의 이러한 변화는 당대 노동자들의 삶에 대한 관심으로 적극 이월하게 된다. 그때《무산자 (無産者)》가 발매 금지되고 임화가 구속되는데, 그때의 심회를 이찬은 "우리의 유일한 기관지요 전위적 지도적 임무에 노력하는 '무산자'는 어떠하냐. 발금(發禁)에 또 발금 위 없는 경제적 곤궁과 피압(被壓)에 탄식하고 있다. 카페 바에서 웨이트리스의 값싼 웃음을 살 돈은 있어도 부유한 우리 학생 분들의 고국을 위한, 인류를 위한, 우리의 일에는 일문의 기조(寄助)가 없다 개탄함은 활동하는 어느 동무의 말이다. 더욱이 근일에도 오륙 인의 동무가 끌려갔다가 행이 나오기는 했다만 그러나 임화 형만은 아직 그 속에서 신음하고 있다."⁴⁾라고 말한 바 있다. 이러한 이찬의 임화 의존은, 그의 프로 시 창작에서, 임화가 실험하고 보편화했던 이른바 '단편 서사시'의 외관을 현저하게 취하는 면모로 이어진다.

　　가고야 말려느냐
　　순아
　　너는 참 정말 가고야 말려느냐

　　산길로 삼백 리 물길로 육십 리

---

3) Charles Taylor, *Sources of The Self: The Making of the Modern Identity*(Harvard University Press, 1989,) 368~369쪽.

4) 이찬,「동무에게 보내는 편지(片紙)」,《학지광》1930. 4.

저 낯선 마을 낯선 거리 실 뽑는 공장으로
가고야 가고야 말려느냐

응― 가난한 네 집을 위해서거든
가난한 네 집 살림을 위해서거든
칠순에 풍 나 누운 네 아버지와
육순에도 품팔이하는 네 어머니를 위해서거든

내 아무리 이리도 서러운들
내 아무리 이리도 안타까운들
오 어찌 너를 막을 수 있겠니 걷잡을 수 있겠니

내 만일에 고용살이하는 신세가 아니었던들
고용살이로 삼사 명 식솔을 기르는 신세가 아니었던들

하더라도 하더라도
네가 가려는 그곳이
네가 가려는 그 공장이
그의 말같이 그 모집원의 말같이
"일 헐하고 돈 많이 나고 대우야 아주 좋고 ― " 하다 하면야 했으면야
　　　　　　　　―「가고야 말려느냐」 부분《조선일보》1932. 5. 6)

　이 시편은 이른바 '단편 서사시' 형식을 취하고 있다. 당대 카프의 시 창
작 방법 가운데 일종의 계급성에 바탕을 둔 새로운 탐색 형식을 일러 '단
편 서사시(短篇敍事詩)'로 명명한 이는 김기진이다. 그것은 비록 편의적이고
과도기적인 명칭이었지만 당시로서는 꽤 파장이 큰 창작 방법이자 양식 명
칭이었다. 이러한 명명과 기율의 파장은 당대 프로 시의 화법과 어조에 두

루 걸쳐 작용했는데, 특히 김기진이 임화의 「우리 오빠와 화로」에 대해 상찬한 대목은 당시 프로 시가 나아가야 할 올바른 대중화의 방향타를 제시한 것으로 평가받기에 이른다. 이러한 '단편 서사시'의 광범위한 창작과 비평은, 근대 시사에서 1920년대에 나타난 감상적 낭만주의의 보편적 감염 이후 거의 처음으로 이루어진 전(全) 문단적 현상이었다고 할 수 있다. 아무튼 그것은 독특한 서간체 서술과 배역 시(配役詩)적 요소로 인해 '대중화'라는 현실적 요구와 '리얼리즘 시'라는 미학적 요구를 동시에 모색하는 흔적을 남긴다. 이러한 '단편 서사시'의 집중 창작으로 인해 "이찬의 시는 서사성이나 이야기를 내포하는 경우가 많다."[5]는 평가를 얻게 된다. 하지만 이찬의 단편 서사시 양식은 나중에 임화 스스로 자기비판한 장면에서 입증되듯이, 화자의 일방적 진술에만 의존하다 보니 인물의 구체성이 떨어지고 시편 전체는 일정하게 감상성을 띨 수밖에 없었다는 지적을 여전히 유효하게 안고 있다고 할 수 있다.

위 시편의 화자는 '순이'라는 청자를 향한 '말건넴'의 발화를 통해 "낯선 마을 낯선 거리 실 뽑는 공장으로" 떠나는 그녀의 삶을 드러내 보여 준다. 가난한 집안 살림과 병들고 빈곤한 부모를 위해 떠나는 그녀를 향해 화자는 '설움'과 '안타까움'을 토로한다. 물론 화자 역시 '고용살이하는 신세'이고 '삼사 명 식솔'을 길러야 하는 노동자의 처지이다. 마치 "피·감정·생각·기억조차 잃은/ 뼈만 남은 한 사나이"(「기계 같은 사나이」, 《대중공론》 1930. 6) 같은 존재로 그는 서 있다. 그는 순이가 가는 그 공장이 좋은 조건이기만을 바라고 있지만, 시편 후반부에서 "오오 샛별 같은 네 눈초리/ 붉은 네 볼 ─ 조그만 네 손길/ 이루 이루 만나도 다시 볼 수 없겠구나 찾아볼 수 없겠구나"라고 한 것으로 미루어, 그곳이 비극적 공간일 것임을 징후적으로 드러낸다. 이러한 이찬의 단편 서사시는, 노동자의 국제 연대를 강

---

5) 윤여탁, 「이찬 시의 현실 인식과 변모 과정에 대한 연구」, 윤여탁 외 편, 『한국 현대 리얼리즘 시인론』(태학사, 1990), 92쪽.

조한 「사과(謝過)」나, 「아내의 죽음을 듣고」, 「잠 안 오는 밤」, 「지고야 말 다니」 등의 시편으로 이어진다. 이 시편들은 한결같이 '동경'과 '환멸'을 양 가성으로 하는 낭만성을 구체적으로 보여 주는 실례들이다. 모든 것을 사 물화하는 데 대한 강력한 항의로서의 낭만성, 초월과 비약과 동경의 에너 지로서의 낭만성, 그 동경이 현실에서 불가능할 것이라는 환멸의 낭만성이 그의 프로 시편들을 감싸고 있었던 것이다.

이러한 이 시편들을 쓴 후 이찬은 이른바 '별나라 사건'으로 투옥된다. 그러다가 1934년 9월 "허구한 세월 삼 년의 낮과 밤"(「만기」)을 감옥에서 보 내고 만기 출소한다. 정확하게 1년 10개월을 겪은 옥중 경험은 그에게 말할 수 없이 혹독한 기억을 준 듯하다. 작품 「면회」와 「만기」는 이때 그가 느꼈 던 고통과 침잠의 강도를 선명하게 증언해 준다. 출소 후 귀향한 이찬은 인 쇄업과 양조업에 종사하는데 이때 경험한 생활적 구체성이 그에게 가장 중 요한 시적 덕목을 불러오게 되는 것이다.

3 비극성의 구현과 변형

이찬 시편들 가운데 '프로 시'는 그가 펴낸 시집에 전혀 수록되지 않는 다. 아마도 귀향한 후 생활에의 헌신과 시작에의 충실을 도모한 그가, 지난 시기의 관념적이고 낭만적인 시편들을 배제하고 싶었던 듯하다. 아니면 언 제나 새로운 '화원'으로 줄달음치던 그가, 생활에의 곤고(困苦)와 싸우면서, 지난 시기의 급진성을 넘어선 구체적 현실로 돌아서려고 했던 것인지도 모 른다. 어쨌든 그는 이 시기에 이르러 우리 근대 시사에 이찬만의 북국 정서 시편을 남긴다. 파인과 이용악과 백석이 남긴 북방 시편들과 정서적 동질성 을 가지면서도 현저하게 '비극성'으로 경사한 세계를 보여 주는 것이다.

가고야 말려느냐 가고야 말아
너는 너는 참 정말 가고야 말려느냐

이민이라 낼 아침 첫차에 실려
이역 천리 저 북만주 가고야 말려느냐

아 잡아보자 네 손길 이게 마지막이냐
이리도 살뜰한 널 내 어이 여의는가

야속하다 하늘도 물은 왜 그리 지워
너희네 부치던 논밭뙈기 다 빼낸단 말이냐

하더라도 행랑살이 내 집 살림 절박치 않다면
내 너를 보내랴만 꿈속엔들 보내랴만

아아 다 없고 황막한 그 땅 네 얼마나 쓸쓸하랴
철철 추위 혹독한 그 땅 네 얼마나 괴로우랴

사시장장 가여운 네 생각 내 어찌 견디리
자나깨나 그리운 네 생각 내 어찌 배기리

언제나 내 일자리 얻어 집 형편 좀 피울 날
누가 믿으랴 여자 귀한 그곳에서 널 그때까지 두마는 말

아아 안겨다오 내 품에 이게 마지막이냐
이리도 살뜰한 널 내 어이 여의는가

울지 말아라 울지 말아라 나도 따라 울어를 지니
어허이구 월아 너는 참말 가고야 말려느냐
　　　　　　　　　　——「북만주로 가는 월이」 전문(《대망》, 1937)

이 작품에는 한만 국경 지역의 비극적 분위기가 짙게 서려 있다. 이른바 '유이민 시'에 해당할 이 시편은, 철저하게 타의에 의해 디아스포라의 운명을 받아들이고 있는 당대 유이민의 삶이 '말건넴'의 발화에 담겨 있다. 우리는 여기서 유이민의 광범위한 확산 과정을 일종의 '비극성'의 시선으로 포착하고 있는 이찬 시편의 동선을 확인하게 된다.[6)]

이미 앞에서 경험한 "가고야 말려느냐"라는 외침으로 이 시편은 시작된다. '이역 천리 저 북만주'는 월이가 "부치던 논밭뙈기 다" 빼앗기고 떠나는 곳이다. 화자 역시 "행랑살이 내 집 살림"의 절박함에 놓여 있다. '황막한 그 땅' 혹은 '추위 혹독한 그 땅'에서 쓸쓸하고 괴롭게 살아갈 월이를 생각하면서 화자는, 스스로 "일자리 얻어 집 형편 좀 피울 날"을 기약한다. 하지만 월이는 속절없이 떠나고 그 북만 이역은 귀환할 수 없는 가혹한 디아스포라의 지역으로 화한다. 식민지 현실의 첨예한 동력을 관찰하고 표현하는 시인의 이러한 비극성의 시선은, 그의 시로 하여금 "거기에는 적어도 파시즘의 거센 폭위 아래서 신음하는 우리 사회의 감정이 흐르고 있는 것"[7)]이라는 평가를 가능케 하고 있는 것이다. 이러한 비극성은 국경 지방을 경험하면서 쓰이는 시편에서 더욱 선연하게 모습을 드러낸다.

> 시월 중순이언만
> 함박눈이 퍼 — ㄱ 퍽……

---

6) 윤영천, 『한국의 유민 시』(실천문학사, 1987), 118쪽. 다음 진술을 참고할 수 있다. "그런데 우리가 유의해야 할 것은, '무엇 때문에 그곳으로 갔는가.'와는 전혀 무관하게 만주 유이민들은 그 전체 기간 동안 줄곧 강도 높은 고통을 치렀다는 점이다. '합방'으로 말미암아 일체의 반제국주의 해방 운동 부면이 심각한 타격을 입은 데 따른 정치적 망명 이민의 국외 유출 현상이기 때문이기도 했지만, 이는 극히 부분적인 것에 불과했을 뿐 만주 유이민의 압도적 다수는 일제의 혹독한 식민 통치의 정직한 산물이었으며, 망명 이민들과는 다른 의미에서 이들의 만주 생활사는 한시도 편할 날이 없었던 것이다."

7) 김용직, 「이데올로기와 국경 의식 — 이찬론(論)」, 『한국 현대 시사 1』(한국문연, 1996), 622쪽.

보성(堡城)의 밤은 한 치 두 치 적설 속에 깊어간다

깊어가는 밤거리엔 '수하(誰何)' 소리 잦아가고

압록강 굽이치는 물결 귓가에 옮긴 듯 우렁차다

강안(江岸)엔 착잡(錯雜)하는 경비등, 경비등
그 빛에 섬섬(閃閃)하는 삼엄한 총검

포대는 산비랑에 숨죽은 듯 엎드리고
그 기슭에 나룻배 몇 척 언제 나의 도강(渡江)을 정비코 있나

오호 북만의 십오 도구(道溝) 말없는 산천이여
어서 크낙한 네 비밀의 문을 열어라

여기 오다가다 깃들인 설움 많은 한 사나이
맘껏 침통한 역사의 한 순간을 울어나 볼까 하노니
　　　　　―「눈 나리는 보성의 밤」 전문《조선문학》 1937. 1)

　함박눈 내리는 한만 국경 "보성"에서는 "수하" 소리가 들렸다가 사라지고, "압록강 굽이치는 물결"만이 화자의 위치를 선명하게 알려 준다. 이어지는 "강안엔 착잡하는 경비등, 경비등"과 "그 빛에 섬섬하는 삼엄한 총검"은 일련의 전쟁이 이어지는 시대에 대한 정확한 재현이고, "기슭에 나룻배 몇 척 언제 나의 도강을 정비코 있나"는 정향(定向) 자체를 불가능하게 하는 현실이 매개된 표현이다. 북만 산천은 그렇게 커다란 "비밀의 문"을 간직한 채, "오다가다 깃들인 설움 많은 한 사나이"로 하여금 "맘껏 침통한 역사의 한 순간을 울어나 볼까" 하는 비원(悲願)을 허락할 뿐이다.

하지만 이 시편에서 "막연하나마 미래에 대한 희망을 기대하는 발전적 면모"[8]를 읽는 것은 무리라고 생각된다. 왜냐하면 이 시편은, 1930년대 후반 "알누장안(岸) 팔백 리 불안한 지역"(「결빙기」, 《비판》 1937. 2)의 삼엄하고도 착잡한 풍경을 통해, 당대 닫힌 현실의 비극성을 선명하게 부조할 뿐이기 때문이다. 이를 두고 "침울한 북국의 정경 묘사와 유랑 체험을 통한 국경 지역의 삶의 애련"[9]을 담은 성과라고 지적한 사례는 시편의 정조와 근접하게 가닿아 있는 경우라 할 것이다. 이 작품에 담긴 시인의 시선과 감각은 "희미한 등불 아래 간혹 나타나는 무장 삼엄한 일경(日警)들"(「국경의 밤」, 《조광》 1936. 2) 같은 데서 더욱 직접화되어 나타나는데, 이러한 "대륙적"[10] 서정이 바로 이찬 시가 거둔 고유한 영역이 아닐까 한다.

주지하듯 '비극성(悲劇性)'이란 어떤 이상적 상태를 바라는 주체의 소망이 좌절되고 나서 발생하는 미적 범주이다. 예술에서의 '비극성'은, 실재 세계 속에서의 이상적인 것의 몰락이자 실재하는 것 속에서의 이상적인 것의 패배로 규정된다. 그렇게 '비극적인 것'은 실재하는 것과 이상적인 것 사이의 특수한 관계이기 때문에, 다른 미적 범주들과 마찬가지로 항상 특수한 역사성을 가지게 된다. 예컨대 중세 봉건 귀족들에게는 중세 이념과 봉건 지배 체제의 몰락이 비극적이었지만, 새로운 이상을 가진 이들에게는 그 이상의 패배로 해석되는 사건들이 비극적인 것이다. 이것은 비극성의 진정한 가치가 '올바른 역사'에 대한 해석 행위가 뒤따랐을 때 비로소 구현될 수 있다는 점을 뜻한다. 엥겔스(F. Engels)가 비극성을 "역사적으로 필요한 요구와 그 실현의 실제적 불가능 사이의 모순"이라 말한 것은 바로 이 점을 지적한 것이다. 우리 근대 시사에 나타난 비극성은, 식민지 시대의 불가항력적 운명을 승인하면서도 동시에 그에 저항하는 역설에서 생성되어 왔다. 1930년대

---

8) 김윤태, 「이찬의 시 세계」, 『한국 현대 시와 리얼리티』(소명출판, 2001), 50쪽.
9) 이동순, 「우리 시의 변방 체험과 북국 정서」, 이동순 외 편, 『이찬 시 전집』(소명출판, 2003), 576쪽.
10) 박세영, 「이찬 시집 『대망』을 읽고」, 《동아일보》 1937. 12. 6.

후반 이찬 시의 비극성 또한 이러한 맥락과 범주를 한껏 충족하고 있다 할 것이다. 그런가 하면 이찬은 예의 보여 준 '비극성'을 자신으로 향할 때에는, 환멸과 침잠의 정서를 견고하게 결속하는 모습을 보여 준다.

> 다람쥐
> 다람쥐
> 대아지 둥아리 속
> 조그만 다람쥐
>
> 다람쥐는 오늘도 달린다
> 돌기만 하는 쳇바퀴
> 달리고 달리고 또 달려도
> 돌기만 하는 쳇바퀴
>
> 오호 쳇바퀴도 이지러진 일 년의 날이여
>
> 그러나 다람쥐
> 안타까운 네 눈동자엔
> 아직도 뜨을에의 갈망이 사라지지 않았구나
>
> ─「갈망」 전문(《대망》 1937)

오늘도 반복적으로 쳇바퀴를 돌리는 조그만 '다람쥐'는 고스란히 시인 자신의 자화상이 아닐 수 없다. 이러한 형상은 "겨레의 영락을 보고/ 멀리 이웃의 무상조차 제 것으로"(「포플라」, 『분향』) 만든 자신에 대한 자책으로 이어지기도 하고, "한밤중 거리 위에 나를 발견하고 스스로 민소(憫笑)를 보내며 돌아서는 때가 있다"(「이 사람을 보아라」, 《시건설》 1940. 2)라는 쓸쓸한 고백으로 이어지기도 한다. 그만큼 환멸과 침잠 속에서 "남몰래 잃어지는 나를 발견하던 그 순간"(「잃어지는 나」, 『분향』)을 노래하는 이찬은, 그렇게 쳇바퀴마저 이지러진 1년 동안을 돌아보면서, 스스로 "아직도 뜨을에의 갈망이 사라지지 않았"음을 절감한다. 그러나 그 "뜨을에의 갈망"이 강렬한 의지에 의해 구축되어 있는 것은 아니다. 오히려 그것은 일종의 자기 환멸과 침잠에 감싸여 있을 뿐이다. 그는 이렇게 고백한다.

기억도 새로운 카프 말엽 우리들 몇이 비애의 성사로부터 사바의 첫날을 맞이하던 궂은비 나리는 늦가을 밤 비전주여행(非全州旅行)의 유일한 벗 세영(世永) 형과 격구(隔久)한 피차의 궁금을 풀다.[11]

백철 고유한 표현인 "비애의 성사"를 빌려 오는 것만으로도 이찬 시편의 퇴행을 예감할 수 있을 것이다.[12] 그래서 임화도 이때의 이찬 시편을 두고 "회고적 감상주의"[13]라고 일갈했을 것이다. 어쨌든 '잃어진 화원'을 찾아 동경으로, 카프로, 감옥으로, 고향으로 돌고 돌아 왔지만, 여전히 그의 눈에는 "뜨을에의 갈망"이 어른거린다. 그 갈망은 그래서 '잃어진 화원'에 대한 그의 지속적 의식을 암시해 주는 에너지가 된다. 그런데 그 '화원'은 일제 강점기 말, 그의 시편들 속에 대일 협력의 광장으로 바뀌어 나타난다. 그의 '잃어진 화원'은 어느 순간, 제국의 승리를 통한 '잔칫날'의 환각으로 나타나게 되는 것이다.

전승의 깃발 나부끼는 다양한 하늘을 나의 날이 풍선처럼 부풀어올라

놓아다오 놓아다오

---

11) 이찬, 「윤곤강의 시집 『대지』를 읽고」, 《조선문학》 1937. 6.
12) 여기에서 "비애(悲哀)의 성사(城舍)"를 '감옥'의 은유로 풀이하는 시각은 재고되어야 할 것이다. 김응교, 『이찬과 한국 근대 문학』(소명출판, 2007), 59쪽.
13) 임화, 「담천하의 시단 일 년」, 『문학의 논리』(학예사, 1940), 640쪽.

내 진정 날고프노라 날고프노라

불타는 적도직하 무르녹는 야자수 그늘 올리브 코코아 바나나 파인애플
훈훈한 향기에 쌓인—

그것은 자바라도 좋다 하와이라도 좋다
그것은 호주라도 좋다 난인(蘭印)이라도 좋다
나는 장군도 싫노라 총독도 싫노라
나는 다만 지극히 너와 친할 수 있는 한 개 에트랑제—로 족하나니

깜둥이 나의 여인아
어서 너의 기—타를 들어……

미친 듯 정열에 뛰는 손끝이여
우는 듯 웃는 듯 다감한 음률이여

들려다오 마음껏— 해방된 네 종족의
참으로 참으로 기쁜 네 노래를

오 오래인 인고에 헝클어진 네 머리칼을 쓰다듬으며 쓰다듬으며
나도 아이처럼 즐거워보련다 이웃 잔칫날처럼 즐거워보련다
　　　　　　　　　—「어서 너의 기—타를 들어」 전문(《『조광』》 1942. 6)

"전승의 깃발"을 "불타는 적도직하"에 펄럭이는 제국의 전쟁 수행에 시
인은 적극 화답한다. 그곳에는 대동아로 통합되는 "훈훈한 향기에 쌓인"
변형된 '화원'이 있다. 그 '화원'이 구체적으로 어디인지는 상관이 없다. 다
만 시인은 '자바/하와이/호주/난인(蘭印)'으로 이어지는 태평양전쟁의 지역

적 세목들, 그리고 '장군/총독'도 무색게 하는 범부로서의 소망을 노래할 뿐이다. "미친 듯 정열에 뛰는" 손끝과 음율로 노래하는 이국의 여인 역시, 피정복의 맥락도 모르는 채 '해방'된 종족의 기쁜 노래를 부르면서 "오래인 인고"에서 벗어난다. 시인도 어느새 "아이처럼 즐거워" 에트랑제의 시선으로 "이웃 잔칫날처럼" 그 시간을 맞이한다. 이러한 변형된 '화원'을 향한 시선은 「전사(餞詞)」로 이어지고, 몇 편의 희곡 창작으로 이어지기도 한다.[14]

주지하듯, 근대 이후 부단한 자기 갱신과 형식 미학 탐구의 길을 걷던 우리 근대 시는 1935년을 고비로 결정적인 외적 간섭을 맞게 된다. 카프 해산을 계기로 진보적 언어들이 자취를 감추게 되고, 1937년 6월에는 '수양동우회 사건'으로 민족 운동의 기운은 결정적 쇠잔을 맞는다. 그해 일어난 중일전쟁과 1941년 태평양전쟁 등으로 상황은 더욱 악화되어 가는데, 일본 제국은 "조선에 세계 최고의 황도 문학을 수립하고자" 조선문인보국회를 세우고, 일본과 조선의 궁극적 동일화를 위해 내선일체(內鮮一體), 일시동인(一視同仁)의 구호를 내건다. '내선일체'는 중일전쟁으로부터 태평양전쟁에 이르기까지 일제의 조선 지배의 최고 통치 목표였을 뿐만 아니라, 한일병합 이래 일본의 조선 지배의 기본 방침인 동화 정책의 극한화였다.[15] 이때 모국어의 근원적 박탈을 경험한 시인들은 절필과 칩거로 소극적 저항을 택한 경우도 있었지만, 미증유의 전역(戰役)을 치르면서 차츰 일본 정책에 동화되어 '성전(聖戰)'의 구호에 자신의 몸을 내맡기게 된다. 이찬 시편은 이러한 일제 강점기 말의 문법에서 한 치도 벗어나지 않는 환각 속에서, 시대의 비극성을 전혀 반대의 방향으로 향하게 하면서, 변형된 '화원'을 찾아간 작업의 일환이었다고 할 수 있을 것이다.

---

14) 이찬 친일 문학의 경개(景槪)와 실질에 대해서는 김응교, 앞의 책, 103~161쪽 참조. 상세한 자료와 주석이 있다.

15) 김원모, 「춘원의 친일과 민족보존론」, 이광수(김원모·이경훈 편역), 『동포에 고함』(철학과현실사, 1997), 312쪽.

4 새로운 '화원'을 찾아

이른바 '도적처럼' 찾아온 을유 해방은, 우리로 하여금 여러 충격적 변화를 경험케 했다. 그 가운데 가장 뜻깊은 것은 모국어의 회복일 것이다. 그동안 모국어를 근원적으로 박탈당한 채 식민지 시대를 살아온 이들에게 자기 언어의 회복은, 새로운 정체성 탐색과 정립에 필요한 결정적 모티프와 에너지를 선사했다. 특히 일제 강점기 말에 일본어로 써야만 발표가 가능했던 상황에 비하면, 모국어를 되찾은 해방 후의 조건은 더없이 강조되어야 한다. 또한 우리 문학은 해방을 맞아, 일제 강점기 때 불가피하게 행해졌던 친일 행위에 대한 자기반성을 필연적으로 요청받게 된다. 이는 당시에 매우 중요한 윤리적 과제로 제기되었으나, 격화되는 이념 대립과 현실화된 분단 과정에서 점차 희석되어 간다. 결국 '해방'은 우리 역사의 물줄기를 정치적·언어적·윤리적 근원에서부터 바꾼 일대 전기를 마련했으면서도, 분단 체제가 형성·완결되면서 미완의 가능성으로 자기 전개를 멈추게 된다. 이 미증유의 가능성으로 숨 쉬던 해방기를 맞아 이찬은, 빠른 자기 변신 혹은 자기 회귀 양상을 보여 준다. 그는 다시 민족사의 방향을 계층 의식의 시선으로 바라보게 되는데, 이러한 변화 혹은 회귀가 그로 하여금 이후 북에서 가장 정열적으로 그리고 성공적으로 활동할 수 있게 한 감각이라고 할 수 있을 것이다.[16]

> 코스모스 우거진 연천 마을엔
> 한글 공부 소리 박넝쿨보다 더 낭자하고
>
> 아우라지 나루는 새 서울의 나루여서
> 야반 준령 오십 리 길도 멀지 않았다

---

16) 이찬 시 전편을 모은 이동순 외 편, 『이찬 시 전집』에는 이찬의 해방기 시편으로 「현해탄」(《문학예술》 창간호)을 싣고 있다. 하지만 이 시편은 안막(安漠)의 작품 「현해탄(2)」이다. 이동순 외 편, 위의 책, 231쪽. 《문학예술》 창간호 참조.

나루는 기망(旣望)의 달빛이 백사(白砂)를 깔고
묘망(渺茫)한 금반 위에 은(銀)장기를 두고

나룻배는 한 척인데
서울 손은 천에도 또 몇몇 천

기다려도 기다려도 못 건너는 나루에
삼칠제(三七制)의 새 소식이 새 소식을 부르니

나루지기 할아버지의 늙은 볼에도 웃음이 돌며
휘연히 아오라지의 긴긴 밤도 밝아오는 것이었다
　　　　　　　　　　　　—「아우라지 나루」 전문《우리문학》 1946. 2)

　해방기에 쓰인 시편들은 환희와 좌절, 갈등과 화해, 저항과 순응, 반목
과 평정, 반성과 변명의 서사를 고스란히 드러내면서 다양한 갈래를 형성
한다. 그만큼 이 시기는 우리 시인들에게 혹독한 반성과 함께 새로운 국가
건설이라는 이중적 과제를 부여했다. 이찬 역시 이러한 과제 가운데 국가
건설의 흥분과 기대를 숨기지 않는다. 하지만 자신의 일제 강점기 말 시편
들에 대한 반성적 성찰의 언어는 결국 던져지지 않은 채, 새로운 '화원'을
다시 찾아나서는 그의 모습만이 단층적으로 나타날 뿐이다.
　1945년 9월 서울로 오면서 썼다는 이 시편의 부기로 보아, 이찬은 해방
이 되고 한 달 후 고향을 떠나 옛 동지들이 있는 서울로 온 것 같다. 그 도
정에서 그는 "한글 공부 소리"를 감격 속에 듣고 '서울'로 가는 길목의 아
우라지 나루를 흥분 속에서 바라본다. "나룻배는 한 척인데/ 서울 손은 천
에도 또 몇몇 천……"이라는 대목에서 해방 후 새로운 국가를 열망하며 귀
환하는 이들의 모습이 나타난다. "삼칠제의 새 소식"은 그가 새로운 '화원'
을 북에서 찾을 수밖에 없었던 저간의 사정을 기표 그대로 말해 준다. 그

'새 소식'이야말로 나루지기 할아버지의 볼에도 웃음이 돌게 하며 아우라
지 나루에도 새로운 새벽을 알려 주는 '화원'의 회복 소식이 아니었을까.
그 '화원'을 아예 표제로 삼은 다음 작품은, 이러한 이찬 시의 궁극적 귀결
을 보여 주는 듯하다.

꽃이 피런다!

오래인 영락의 화원에
갈망의 봄이 깃들어
아지아지 잎 푸르고 봉오리 맺고
바야흐로 백 가지 꽃 난만히 피런다

이 꿈 아닌 눈앞을
그리도 그리던 향기 목메게 풍기고
그리도 못 잊던 단꿀 떨기마다 흘리며
여기 꽃은 꽃마다 웃음지어 그대들을 맞으런다

어서 오라 모―든 봉접(蜂蝶)
어서 모으라 모―든 봉접
이제 그만 그 무의미한 허공의 저회(低廻)들을 그만두고
이제 그만 그 어리석은 잡초 속의 고집들을 버리고

화원은 그대들의 청황(靑黃)을 묻지 않는다 적백(赤白)도 가리지 않는다
화원은 말로 천봉만접(千蜂萬蝶) 그대들의 것
다―만 화원의 슬픈 날도 좀먹던 버러지떼만 물러가고
모―든 봉접은 화원으로 이 화원으로!
　　　　　　　　　　　　　――「화원(花園)」 전문(『승리의 기록』 1947)

'오래인 영락의 화원'은 식민지 시대에 그가 말한 '잃어진 화원'과 등가의 표현일 것이다. 그런데 그 불모의 '화원'에 봄이 깃들어 푸른 잎과 봉오리 그리고 꽃이 난만히 피었다. 꿈에나 가능한 그 '화원'에서 화자는 "웃음지어 그대들을" 맞고자 한다. 그 "모 ― 든 봉접"들은 이 '화원'을 가능케 했던 이들이고, "무의미한 허공의 저회"와 "어리석은 잡초 속의 고집"은 새로운 국가 건설에 방해가 되는 일체의 낡은 것들일 것이다. 청황과 적백도 묻지 않지만, 그럼에도 "슬픈 날도 좀먹던 버러지떼"만은 배제한 새로운 '화원'이, 그의 고향 북쪽에서, 그야말로 '현실적으로' 완성되어 가고 있는 것이다.

지금까지 우리가 읽어 온 이찬 시의 미학은, '근대'의 여러 양상들을 매우 짧은 시간 동안 실험하고 폐기해 온 한국 근대 시사의 음영을 그대로 보여 주는 표상이 아닐 수 없다. 그는 변화하는 현실에 대한 조급증과 빠른 변모 그리고 자기 자신에 대한 성찰의 부재를 어쩔 수 없는 부정적 속성으로 거느린 채 시를 이어 갔다. 초기 시편과 프로 시에서 동경의 '낭만성'을 짙게 보여 준 이찬은, 1930년대 후반 시편들에서 '비극성'의 첨예한 풍경들을 보여 주었다. 그리고 그러한 격랑에서 친일 문학과 북한 문학으로 몸을 옮겨 갔다. 하지만 이러한 변모의 마디마다 그는 반성적 성찰의 언어를 스스로에게 던지지 않았다. 아마도 더 많은 자료를 발굴하여 이러한 간단치 않은 변모들 사이에 끼어 있는 이찬의 반성적 자의식을 검토해야 하리라 생각된다. 왜냐하면 그저 재빠른 지식인의 기회주의적 변신으로 그의 시 세계를 일괄하는 것은 사실에도 부합하지 않을 뿐만 아니라, 식민지 시대를 살아간 진보적 주체들의 예술적 최정점을 평가하지 못하는 퇴영적 관점을 초래할 수밖에 없기 때문이다. 그 점에서 격류 같은 '솟구침'과 '가라앉음'의 교차 곧 여러 '화원'의 변형을 통해 자신의 유토피아적 감각을 극대화하는 지속성을 보여 준 이찬 시의 전모는 여전히 새로운 연구를 기다리고 있다 할 것이다.

궁극적으로 이찬 시편들은 우리 근대 시의 부박하고도 불행했던 토양을 증언하면서, 한국 시의 모더니티가 얼마나 허약한 동일성과 자의식으로 구성되어 왔는가를 실증한다. 하지만 그는 근대의 어두움과 맞서면서 끝끝내 '시'라는 실천 행위를 놓지 않았던 한 비극적 영혼이기도 했다. 그는 그렇게 자신의 '잃어진 화원'을 찾아, 결국 북쪽에서 자신만의 궁극적 '화원'을 완성한다. 그렇게 "뜨을에의 갈망"의 길을 걷고자 했던 그가, 분단의 '화원'에서 꿈꾼 것은 결국 무엇이었을까. 우리가 다시 새겨 보아야 할 근대문학사의 음영이 아닐 수 없다.

제4주제에 관한 토론문

김용희(평택대 교수)

격동적인 한국 근대사를 경험하면서 조선 지식인들은 언제나 새로운 이념적 목표와 문학적 자의식에 당면할 수밖에 없었다. 그것은 한국 근대 문학사에서 지속적으로 논의되는 변절이나 전향 혹은 문학적 양심과 윤리라는 명제와 관련이 있다. 아는 바와 같이 시대적 굴곡은 민족 문학과 문학적 선택이라는 당면 과제 속에서 문인들에게 끝없는 선택을 강요해 왔다. 근대사라는 시대적 굴곡의 변천 속에서 그 삶의 현장을 문학적으로 표상한 시인이 '이찬'이다.

이찬의 이름이 네 가지로 호명되는 자체가 그의 문학적 행보를 표징한다. 1930년대는 한문 '李燦'으로, 1940년대 친일 작품에서는 '아오바 가오리'로, 1945년 북한 혁명시인으로 활동할 때는 '리찬'으로, 1987년 북한 작가들이 해금된 이후 연구자에게서는 '이찬'으로 호명되었다.(김응교, 『이찬과 근대 문학』, 소명) 네 개의 호명은 그의 삶과 문학의 행방이 얼마나 많은 굴곡과 다양한 궤적으로 나아갔나를 알 수 있게 한다. 즉 시인 이찬은 한국 근대시의 행방을 관통하고 있는바, 경향 시(프로 시)(1928~1932), 옥중 시(1932~1934), 낭만적이고 모더니즘적인 시(1937~1940), 친일시(1940년대 초엽), 북한혁명 시(1945~1974)와 같은 변화를 거침없이 보여 준다. 그런 점에서 '시와 현실'이라는 국면을 초점화할 때 가장 흥미로운 시인이 이찬이 아닐까 한다.

유성호 선생님 논문을 통해 이찬의 시 세계, 비극성과 낭만적 상상력에 대한 흥미로운 논의거리를 듣게 된 것은 매우 즐거운 공부 체험이었다. 화원에서 출발하는 시인의 낭만성의 세계, 프로 문학이 가졌던 이상 세계에 대한 열망과 충동, 그것의 좌절, 관련된 비극성에 대한 지점도 흥미로운 지점이었다.

현대시사에서 카프 시는 조직이나 이념의 논리 위에서 창작 방법 일반론을 보여 준다. 그런 점에서 시라는 영역을 특수화하는 방식, 미적 자질로서 시를 확인하는 방식에 대해서는 미약했다 할 수 있다. 카프 시들이 시적 경향화에 둘러싸여 있었던 것은 사실이다. 그런데도 주목되는 것은 그들은 여전히 당시 현실과 주체가 처한 위치를 좀 더 성찰적으로 살피기 위한 매개로 시에서 미적 자질을 찾고 있었다는 점이다. 그것이 시에서 어떤 감상주의나 감정의 극대화로 보일 수 있으며 지나친 자기 폐쇄적 회고주의로도 보일 수도 있다. 실제 초기 이찬 시 「갈망」은 임화로부터 관조적 감상에 머물렀다는 비판을 받는다. 그러나 감상성은 여러 요소들의 작용에 의해 심화되고 때로 완화되면서 대중들과 만나는 다양한 진폭을 형성하기도 했던바, 그것은 바로 '낭만성'이라는 것에 대한 새로운 의미 부여라 할 수 있다. 이것은 1920년대 낭만주의와 구분되는 좀 더 현실 너머 세계에 대한 관심, 해방적 기능을 극대화하는 과정에서의 혁명적 로맨티시즘이라 할 수 있을 것이다. 이는 물론 임화가 자기 성찰과 고백에 의해 점진적으로 진화하여 이르게 되는 카프 시의 전환의 계기이기도 하다. 1934년 이전까지 임화에게서 낭만주의는 부정적 극복의 대상이었지만 1934년 들어 임화는 낭만 정신을 진정한 사실주의의 성취를 가능케 하는 한 개의 원리적 범주로 인정하게 된다. 사회주의 리얼리즘의 전폭적 수용이었다. 무엇보다 프로 문학의 본질적 거점이 대중적 호응에 있다고 봤을 때 낭만성 수용과 의미 부여는 현실적 대중적 지지를 위한 에너지가 되었다.

유성호 선생님의 논문대로 "낭만적 속성이 극대화된 형태가 바로 프로 시"라는 명제는 이런 전제하에서 가능한 언급이었다 생각된다.

카프 시에서 시적 성취와 그 의미를 따질 때 논의되는 화두는 '낭만성'과 '사실적인 것'이라는 두 양대 원리라 할 수 있다. 그런 점에서 유성호 선생님이 보여 주는 이찬 시에서의 낭만성과 비극성 고찰은 매우 의미 있는 고찰이다.

이에 대하여 질문자는 어떤 큰 이견을 갖기보다 몇 가지 보충 설명에 대한 의문을 제기하는 것으로 토론자의 몫을 하고자 한다.

우선, 이찬 시의 중요한 시적 특질로 삼는 '낭만성'에 대한 언급이다.

임화의 로만정신론을 전제할 때 프로 시에서 낭만 정신은 지속적인 수정과 재조정을 받아 오면서 그것이 단순한 주관적 환상이 아니라 현실의 위기와 현실 의식을 더욱 강화 극복해 가는 하나의 '신념적 형식'으로 받아들이고 있다는 점이다. 그렇다면 당시 프로 시에서 보여 주는 낭만성이 이찬 시에게서는 다른 프로 시인들과 구별될 수 있는 어떤 특질을 갖는지에 대해 좀더 논문이 주목해 본다면 당시 프로시인들과 구별될 수 있는 이찬 시의 시적 성취가 구체화되지 않을까 하는 점이다.

둘째, 이찬 시 세계의 '비극성'이라는 주제어가 너무 포괄적이지 않은가 하는 점이다. 당시 시대 상황에서의 북방 체험, 디아스포라 체험이 보편화되는 시기였다. 1935년 카프 해체 이후 1930년대 말 보여 주었던 일제의 내선일체를 내세운 전시 동원 체제하에서의 조선의 상황은 그야말로 극단적 파시즘, 황민화의 과정이었다. 그런 관점에서 비극성은 이미 일반화된 시적 경향이었던바, 백석, 이용악 등 그 외의 시인에게서도 일반화된 정서와 전제가 아니었는지. 그렇다면 이찬 시가 갖는 비극성에 대한 좀 더 구체적 접근 방식에 대한 주목이 필요하다. 이를테면 「북만주로 가는 월이」에서 민요적 반복성, 요적(謠的) 형식 등에 대한 주목도 해 볼 만한 것이란 생각이다. 이찬의 시에서 가장 문학적 성취가 이루어지는 쪽은 북방

시가 아니었나 하는 생각에서 이 점에 대한 선생님의 의견을 듣고 싶다.

셋째, 카프 해산 이후 1930년대 말 군국주의 파시즘 체제의 노골화 속에서 조선의 상당 지식인들이 민족 국가의 권력 관계 변동 속에서 황민화를 선택할 수밖에 없게 된다. 그 속에서 이찬은 전향하여 친일 시 창작 극본 「세월」, 대동아전쟁 출정을 위해 유서 형태로 일본어 시 「그나마 잘 죽어서 — 돌아가신 어머니에게」를 쓴다. 해방 후 1946년 「김일성 장군 찬가」를 지음으로써 반동 행위에 대한 면죄부를 받게 되고 북한의 가장 대표적인 혁명 시인이 된다. 극좌에서 극우에 이르기까지 시의 진폭을 보여 준 시인으로 전향과 친일과 북한 정치 시까지 나아간다는 점인데, 이러한 부분에 대한 연구자의 문학사적 고민이 좀 더 필요하다는 생각이다. 전향과 변신에 대하여 흔한 '문학적 윤리'의 문제에 대한 언급을 굳이 하지 않더라도, 임화와 달리 그의 친일시가 자발적이었나 방법적 전략이었나를 굳이 따지지 않더라도 이찬 시가 시대의 격류 속에서 현실주의와 시대적 실천을 극대화하려 했다는 점에서 생각의 여지가 있다. 그의 지나친 현실적 실천적 변모가 그의 낭만성, 잃어버린 화원에 대한 궁극적 열망 속에서 이루어진 일관된 시적 파토스에서 나온 것인지, 그리하여 그 열망이 일본 군국주의와 북한 혁명성과 연결되면서 자연스러운 결합점을 찾게 된 것이었는지. 이런 부분에 대한 유성호 선생님의 의견을 듣고 싶다.

넷째, 카프 시가 갖는 진보적 구호, 비관적 낭만성, 현실 실천적 이념 추구에 대한 문학사적 평가는 어떤 방식으로 이루어져야 할 것인지 궁금하다. 문학이 시간적 시련을 견뎌 내면서 오랫동안 살아남는 것만이 문학적 진정성을 갖는다 생각지 않는다. 또한 회월의 언급대로 "얻은 것은 이데올로기며 상실한 것은 예술 자신이었다."라는 단순한 명제로 한계 지을 수도 없다는 생각이다. 카프 시에 대한 문학사적 평가, 선생님의 의견을 듣고 싶다.

이찬 생애 연보

1910년   1월 15일, 함경남도 북청군 북천읍에서 농사꾼인 부친과 어머니 양일
        숙 사이에서 출생. 본명은 무종(務鍾).
1918년   북청 공립보통학교에 입학.
1922년   조혼에 해당하는 결혼을 함. 부친 별세.
1924년   북청 공립보통학교 졸업. 경성 제2고등보통학교 입학. 학적부 보호자
        난에는 어머니 '양일숙'으로 표기됨.
1927년   11월 29일, 조선일보 학생문예 공모에 시 「나팔」이 당선.
1928년   8월, 시 전문지 《신시단》에 시 「봄은 간다」, 「이러진 화원」 등을 발표.
1929년   3월, 경성 제2고등보통학교 졸업. 동경 릿쿄대학을 거쳐 와세다대학
        에서 영문학 수학. 이 무렵 '무산자사'와 관련을 가지면서 임화 등과
        교류.
1930년   2월 말 귀국. 가정교사로 일하다가 5월, 다시 도일. 4월, 동경 유학생
        기관지였던 《학지광》에 「해질녘의 내 감정」 발표.
1931년   4월 25일, 연희전문학교에 입학. 9월 10일에 제적. 11월 신고송과 함
        께 동경 '동지사' 편집위원으로 참여.
1932년   2월, '코프조선협의회'로 '동지사'가 발전적 해소를 할 때 안막 등과
        함께 해소 선언 기초위원으로 참여. 5월, 귀국하여 송계월 등과 교류
        하면서 카프 중앙위원이 됨. 11월 박동수가 기획한 《문학건설》 창간
        에 참여했다가 11월 19일 '별나라사건'으로 신고송과 함께 체포됨.
1934년   9월 4일, 만기 석방. 북청으로 귀향. 생계를 위하여 관납상회와 북청
        문화주식회사에서 일함. 양조장에서 일함.

1937년	시집 『대망(待望)』을 중앙인서관에서 펴냄.
1938년	시집 『분향(焚香)』을 한성도서주식회사에서 펴냄. 모친 별세.
1940년	시집 『망양(茫洋)』을 박문서관에서 펴냄.
1943년	'아오바 가오리〔靑葉薰〕'라는 일본 이름으로 친일 희곡을 발표.
1945년	9월, 상경하여 조선프롤레타리아예술동맹에 참여하나 곧 북청으로 귀향. 11월 7일, 함남 혜산진 기념식에서 시 「11월 7일」을 낭송. 혜산군 인민위원회 부위원장, 함남인민일보사 편집국장으로 일함.
1946년	3월, 북조선예술총연맹에 참여. 4월 해방기념시집 『햇불』(우리문학사)에 시를 실음. 북조선문학예술총동맹의 서기장이 됨. 시집 『화원』을 함흥문학동맹에서 펴냄. 조소문화협회 부위원장, 문화선전성 군중문화국장으로 일함. 「김일성 장군의 노래」 지음.
1947년	9월, 문화전선사에서 시집 『승리의 기록』을 펴냄. 시집 『쏘련시초』를 펴냄.
1958년	조선작가동맹출판사에서 『리찬 시선집』 펴냄.
1974년	1월 6일, 사망.
1981년	북한 최고 문인에게 주는 '혁명시인'이라는 칭호가 주어짐.
1982년	북한 문예출판사에서 추모 시 선집 『태양의 노래』 펴냄.
2003년	이동순과 박승희가 『이찬 시 전집』(소명출판)을 공동 편집하여 펴냄.

이찬 작품 연보

발표일	분류	제목	발표지
1927. 11. 29	시	나팔	조선일보
1928. 4	시	동모여	조선시단
1928. 8	시	이러진 화원	신시단
1928. 8	시	봄은 간다	신시단
1928. 12	시	아침	신시단
1929. 4	시	병상통정	조선시단
1929. 12	시	아츰의 어느 시악씨에게	조선시단
1929. 12. 6	시	황혼 빗긴 대관정에서	동아일보
1930. 4	시	일꾼의 노래	학지광
1930. 4	시	해질녘의 내 감정	학지광
1930. 4	산문	동무에게 보내는 편지	학지광
1930. 4. 16	시	고향에 돌아와서	조선일보
1930. 6	시	기계 같은 사나이	대중공론
1932. 5. 6	시	가구야 말려느냐	조선일보
1932. 10	시	사과(謝過)	제일선
1932. 11	시	안해의 죽음을 듣고	신여성
1932. 11	시	잠 안 오는 밤	제일선
1932. 11	시	지구야 말다니	신계단
1934. 3	산문	예술시감	형상

발표일	분류	제목	발표지
1935. 4. 30	시	양춘	조선일보
1935. 5. 19	시	녹음방초	조선문학
1935. 5	시	독소(獨嘯)	조선문단
1935. 5. 30~6. 2	산문	동무의 회상	조선중앙일보
1935. 6. 12	시	월야	조선일보
1935. 6	시	귀향	조선문단
1935. 10	시	국경일절	시건설
1935. 10. 22	시	후치령	조선중앙일보
1935. 11. 4	시	북관 천리	조선일보
1936. 2	시	일 년	신동아
1936. 2	시	국경의 밤	조광
1936. 3	시	불안	신동아
1936. 6	시	가라지의 설움	조선문학
1936. 6	시	폭풍후일담	중앙
1936. 7. 16~21	산문	할 곳 없는 하소연	조선중앙일보
1936. 10	시	유폐	조선문학
1936. 11	산문	대안, 아편, 3등기	조선문학
1936. 11	시	바리우는 이 없는 정거장	낭만
1936. 11	시	어화(漁火)	낭만
1936. 11	시	기원(祈願)	시건설
1937. 1	시	눈 나리는 보성의 밤	조선문학
1937. 2	시	결빙기	비판
1937. 2	시	조춘	조선문학
1937. 2	시	아편처	풍림
1937. 3	산문	형식은 알맞지 않다	풍림

발표일	분류	제목	발표지
1937. 4. 15~16	산문	북관 점경	조선일보
1937. 5	시	고충	풍림
1937. 6	산문	윤곤강 시집 『대지』를 읽고	조선문학
1937. 7. 2	시	고달픈 여로	조선일보
1937. 8	산문	실연부	조선문학
1937. 11	시	출범	시집 『대망』
1937. 11	시	등대	시집 『대망』
1937. 11	시	대망	시집 『대망』
1937. 11	시	대안(對岸)의 일야(一夜)	시집 『대망』
1937. 11	시	눈밤의 기억	시집 『대망』
1937. 11	시	우후(雨後)	시집 『대망』
1937. 11	시	소묘 · 북국 어항	시집 『대망』
1937. 11	시	갈망	시집 『대망』
1937. 11	시	면회	시집 『대망』
1937. 11	시	해후	시집 『대망』
1937. 11	시	북만주로 가는 월이	시집 『대망』
1937. 11	시	만기(滿期)	시집 『대망』
1937. 11	시	노변(爐邊)의 휴일	시집 『대망』
1938. 1. 21	산문	착상 · 표현의 비평범	동아일보
1938. 2. 6	시	근음이제(近吟二題)	동아일보
1938. 3. 31	산문	임화 시집 『현해탄』을 읽고	조선일보
1938. 4	시	다방 엘리자	조광
1938. 5	시	장야(長夜)	비판

발표일	분류	제목	발표지
1938. 5	시	자멸(自蔑)	비판
1938. 5	시	고뇌의 오도(娛道)	비판
1938. 5	시	삶에의 경고	중앙시보
1938. 6	시	추모	조선일보
1938. 7	시	우수(憂愁)	시집 『분향』
1938. 7	시	분향(焚香)	시집 『분향』
1938. 7	시	묘비	시집 『분향』
1938. 7	시	한 개의 시사(示唆)	시집 『분향』
1938. 7	시	포플라	시집 『분향』
1938. 7	시	소꿉놀이	시집 『분향』
1938. 7	시	빠 — 상하이	시집 『분향』
1938. 7	시	병실	시집 『분향』
1938. 7	시	Tearoom · Elise	시집 『분향』
1938. 7	시	희망	시집 『분향』
1938. 7	시	밤차	시집 『분향』
1938. 7	시	애련송	시집 『분향』
1938. 7	시	탐혹(耽惑)	시집 『분향』
1938. 7	시	강(江)	시집 『분향』
1938. 7	시	여름밤의 애상	시집 『분향』
1938. 7	시	자욱	시집 『분향』
1938. 7	시	하늘과 산악	시집 『분향』
1938. 7	시	돌팔매	시집 『분향』
1938. 7	시	그까짓 것	시집 『분향』
1938. 7	시	진정	시집 『분향』
1938. 7	시	창	시집 『분향』

발표일	분류	제목	발표지
1938. 7	시	일 년	시집 『분향』
1938. 7	시	북방의 길	시집 『분향』
1938. 7	시	청소읍(靑宵泣	시집 『분향』
1938. 7	시	실제(失題)	시집 『분향』
1938. 7	시	어느 묘비명	시집 『분향』
1938. 7	시	사용중·렌토겐실	시집 『분향』
1938. 7	시	연민	시집 『분향』
1938. 7	시	여자는 굳센 것	시집 『분향』
1938. 7	시	낙화	시집 『분향』
1938. 7	시	창망	시집 『분향』
1938. 7	시	그리운지	시집 『분향』
1938. 7	시	백두영토부감도	시집 『분향』
1938. 7	시	떠나는 마을	시집 『분향』
1938. 7	시	고야(古夜)	시집 『분향』
1938. 7	시	쓰르라미	시집 『분향』
1938. 7	시	손길의 탄식	시집 『분향』
1938. 7	시	설매	시집 『분향』
1938. 7	시	주색(酒色)	시집 『분향』
1938. 7	시	호곡(號哭)	시집 『분향』
1938. 7	시	산성(産聲)	시집 『분향』
1938. 7	시	잃어지는 나	시집 『분향』
1938. 7	시	오열	시집 『분향』
1938. 7	시	유망(遺望)	시집 『분향』
1938. 8. 30	산문	대망의 시집 『산제비』를 읽고	조선일보

발표일	분류	제목	발표지
1938. 10	산문	우수 깊은 북관의 추일	사해공론
1938. 11	시	허밀(虛謐)	조광
1939. 2	시	그대 오지 않으려느냐	조광
1939. 4. 1	산문	원방의 벗에게	조선문학
1939. 7	시	북국 전설	조선문학
1940. 2	시	이 사람을 보아라	시건설
1940. 2	시	공동(空洞)	인문평론
1940. 2	시	북방도	조광
1940. 3	시	내가 만일 왕자이라면	조광
1940. 4	시	항야(港夜)	조광
1940. 4. 18	산문	고고(孤苦)	동아일보
1940. 4. 21	산문	유약(柔弱)	동아일보
1940. 4. 27	산문	기분	동아일보
1940. 6	시	산타루치아	인문평론
1940. 6	시	사막	조광
1940. 6	시	종련(終戀)	조광
1940. 6	시	부두·오전 세 시	시집『망양』
1940. 6	시	침실에의 길	시집『망양』
1940. 6	시	나도 웃고 싶단다 웃고 싶단다	시집『망양』
1940. 6	시	최후의 만찬	시집『망양』
1940. 6	시	혼구(昏衢)	시집『망양』
1940. 6	시	농무(濃霧)	시집『망양』
1940. 6	시	휘장 나린 메인·스트	시집『망양』
1940. 6	시	빙원(氷原)	시집『망양』

발표일	분류	제목	발표지
1940. 6	시	망양(茫洋)	시집 『망양』
1940. 6	시	종연(終演)	시집 『망양』
1940. 6	시	동절(冬節)	시집 『망양』
1940. 6	시	하르빈	시집 『망양』
1940. 6	시	아드·바루웅	시집 『망양』
1940. 6	시	The Rail	시집 『망양』
1940. 6	시	박수	시집 『망양』
1940. 6	시	세월과 나와	시집 『망양』
1940. 6	시	조춘	시집 『망양』
1940. 6	시	나의 사람아 온실의 문을	시집 『망양』
1940. 6	시	별후(別後)	시집 『망양』
1940. 6	시	바리움	시집 『망양』
1940. 8	시	일몰	매일신보
1941. 1	산문	봉(逢) 고야(古夜)	문장
1941. 12	시	추풍초	조광
1942. 6	시	어서 너의 기타를 들어	조광
1943. 3	시	그 여인	조광
1943. 3	시	병정	신시대
1943. 5	산문	처음 느낀 아버지로의 자각	조광
1943. 6~8	희곡	세월	조광
1944. 1. 19	시	송(送) 출진학도 1	매일신보
1944. 2	시	송(頌)·아리나레	조광
1944. 2	시	산촌 일경	춘추
1944. 2	시	송(送) 출진학도 2	신시대

발표일	분류	제목	발표지
1944. 8	희곡	보내는 사람들	신시대
1944. 10	희곡	이기는 마을	춘추
1945. 2. 14	시	전사(餞詞)	조광
1945. 12	시	축연	예술운동
1946. 2	시	아오라지 나루	우리문학
1946. 4	시	피난민 열차	중앙신문
1946. 7. 25	시	김장군의 노래	문화전선
1946. 7. 25	시	승리의 기록	문화전선
1946. 7. 25	산문	예술 영역의 심문 문제와 그 뒤에 오는 것	문화전선
1946. 8. 15	시	김일성 장군의 노래	우리의 태양
1946. 8. 15	시	찬(讚) 김일성 장군	우리의 태양
1946. 9. 6	시	김일성 장군의 노래	조선여성
1946. 9. 6	시	떨쳐나오라 조국 창업 무르녹는 대도로!	조선여성
1946. 12. 28	시	승리의 대지	조소문화
1946. 12. 28	산문	소련 사절단 귀환기	조소문화
1947. 3. 20	시	비력(悲歷)의 종언	시집 『조선시집』
1947. 9	시집	승리의 기록	
1951. 11. 30	시	높은 고지에	문학예술
1956. 2	시	불멸의 청춘	조선문학
1957. 6	시	모스크바에 대하여	조선문학
1958. 4	시	즐거운 노력	조선문학
1958	시집	리찬 시선집	
1958	시	그는 갔으나, 오늘도	시집 『전우에게

발표일	분류	제목	발표지
		이 땅에	영광을』
1958	시	리별은 눈앞에 다가왔는데	시집『전우에게 영광을』
1958	시	후 까레유	시집『아침은 빛나라』
1959. 5	시	그 노래	조선문학
1959. 12	시	후판의 노래	조선문학
1959. 12	시	행복	조선문학
1959. 12	시	기쁨	조선문학
1959	시	힘	청년문학
1959	시	경쟁	청년문학
1959	시	그 어머니	청년문학
1960. 3	시	용해공의 노래	조선문학
1960. 3	시	자랑하노라 나의 조국	조선문학
1960. 3	시	배우고 또 배우리라	조선문학
1960. 8. 15	시	진펄	시집『8월의 태양』
1962	산문	강철공	청년문학
1962. 4	시	그 발길 이르는 곳마다	조선문학
1963. 10	시	눈부신 햇살	조선문학
1964	시	한 전선에서	시집『청춘송가』
1966	시	생각	시집『아름다운 강산』
1966. 1	시	처녀투사	조선문학
1966. 1. 7	시	길을 열자	문학신문
1966. 7	시	배낭	조선문학

발표일	분류	제목	발표지
1966. 8. 9	시	터지라 터지라	문학신문
1966. 10	시	하이퐁의 밤	조선문학
1967. 2. 11	시	서슬 푸른 총창 틀어쥐고	문학신문
1967. 5~6	시	끝없는 대렬이 한 사람처럼	조선문학
1971	산문	혁명의 수도 건설을 위한 첫발기	인민들 속에서
1979	시	달과 딸과 어머니와	시집 『해방후 서정 시선집』
1982	시집	태양의 노래	

이찬 연구서지

1937. 1   이정구, 「인고 — 이찬에게 주는 시」, 《풍림》

1937. 12. 6   박세영, 「이찬 시집 『대망』을 읽고」, 《동아일보》

1938. 9. 1   박아지, 「이찬 시집 『분향』을 읽고」, 《동아일보》

1938. 9. 5   윤곤강, 「『분향』을 읽다」, 《조선일보》

1940. 7. 3   임화, 「시집 『망양』」, 《매일신보》

1940. 7. 3   권환, 「이찬 씨 시집 『망양』」, 《조선일보》

1940. 7. 9   박세영, 「이찬 제3시집 『망양』 독후감」, 《동아일보》

1989   신범순, 「현실주의적 흐름과 비관적 낭만성 — 이찬론」, 《문학사상》 3월호

1989   홍문표, 「동무와 엘리제의 변주」, 《시문학》 9월호

1990   이승복, 「이찬 시에 있어서 소외 의식」, 《홍익어문》, 홍익대

1990   조능희, 「이찬론」, 연세대 석사 학위 논문

1990   윤여탁, 「이찬 시의 현실 인식과 변모 과정에 대한 연구」, 『한국 현대 리얼리즘 시인론』, 태학사

1991   고형진, 「표랑 생활과 북방 정서 — 이찬의 시 세계」, 《현대시학》

1991   김응교, 「주관적 감상주의와 변방 의식 — 이찬 시 연구(1)」, 『1950년대 남북한 문학』, 평민사

1993   박승희, 「이찬 시 연구」, 영남대 석사 학위 논문

1996   김윤태, 「1930년대 후반의 문학적 상황과 이찬의 시 세계」, 《작가연구》 창간호

1996   이동순, 『민족시의 정신사』, 창작과비평사

1996	최두석, 『시와 리얼리즘』, 창작과비평사
1996	김용직, 「이데올로기와 국경 의식 — 이찬론」, 『한국 현대시사 1』, 한국문연
2000	김응교, 「리찬의 개작시 연구」, 『민족 문학사 연구』, 민족문학사연구소
2000	김용직, 「국경 의식과 계급 시 — 이찬」, 『한국 현대시인 연구(상)』, 서울대 출판부
2002	김응교, 「리찬 시와 수령 형상 문학」, 『다매체 시대의 한국 문학』, 국학자료원
2003	이동순, 「우리 시의 변방 체험과 북국 정서」, 이동순 외 편, 『이찬 시 전집』, 소명출판
2004	김응교, 「잊혀진 이찬 시의 복원」, 《실천문학》 봄호
2004	김응교, 「아오바 가오리, 이찬의 희곡 '세월' 연구」, 《민족문화연구》, 고려대 민족문화연구소
2005	김응교, 「이찬의 일본어 시와 친일 시」, 《현대문학의 연구》, 한국문학연구학회
2007	김응교, 『이찬과 한국 근대 문학』, 소명출판
2010	유성호, 「이찬 시의 낭만성과 비극성」, 《비교문화연구》, 경희대 비교문화연구소
2010	박선영, 「리찬 시에 나타난 내면성과 시 의식의 상관성」, 《한국문예비평연구》, 한국현대문예비평학회
2010	남원진, 「리찬의 '김일성 장군의 노래'의 개작과 발견의 과정 연구」, 《한국문예비평연구》, 한국현대문예비평학회
2010	김인옥, 「해방 선후 이찬 시의 특성 연구」, 《한국문예비평연구》, 한국현대문예비평학회

작성자 유성호 한양대 국문과 교수.

식민의 겨울을 건너는 두 가지 방법

김종욱(세종대 교수)

1 자본에 저항하는 노동, 자본에 순응하는 노동 — 이북명

이북명(본명 李淳翼)이 문학 활동을 시작한 1930년대 초반은 프롤레타리아 문학 운동이 절정에 달했던 시기였다. '예술 운동의 볼셰비키화' 원칙에 따라 많은 작품들이 노동자들의 계급적 진출과 정치 투쟁을 형상화했을 뿐만 아니라, 문학인들 역시 노동 현장에서의 연대 투쟁에 적극적으로 참여했던 것이다. 이런 상황 속에서 노동자 출신이었던 이북명의 등장은 프로 문학에 있어서 축복과도 같았다. 마치 신경향파 문학의 성립 과정에서 최서해가 커다란 역할을 했던 것처럼 이북명은 노동 문학이 '프로 문학의 적자'임을 선언한 것이다.

이북명은 1932년 5월 29일 《조선일보》에 「질소비료공장」을 발표하면서 문단에 등장한다. 성룡강변에서 "어떻게 하면 나는 소설가가 될까?"라는 생각에 가슴을 태우고, 눈물을 흘리던 어린 중학생[1]이 소설가의 이름을 얻게 된 데에는 소설가 한설야의 도움이 결정적이었다. 1930년 4월 26일

---

1) 이북명, 「정열의 재생」, 《풍림》 1937. 5, 40쪽.

새로 구성된 카프 중앙집행위원회에 참여하여 문학부를 맡고 있던 한설야
는 이 무렵 이북명을 만나서 소설 초고를 세심하게 검토해 주었을 뿐만 아
니라 카프에 적극적으로 소개하기도 했다. 하지만 카프 서기국의 노력에도
불구하고 이북명이 소설가로 등장하기까지는 약 2년여의 시간이 필요했다.
카프 기관지 역할을 담당하던 《조선지광》이 1930년 11월 폐간되면서 발표
매체를 찾기 어려웠던 때문이다.

이북명의 소설이 이처럼 카프 서기국의 관심을 끌었던 것은 엘리트주의
의 극복이라는 프로 문학 운동의 방향 전환과 깊은 관계를 맺고 있다. 작
가 자신의 체험에 근거를 둔 이북명의 '공장 문학'은, 종래의 지식인 작가들
이 보여 주었던 정치적 공식주의의 한계를 넘어설 수 있는 가능성으로 여
겨졌던 것이다. 실제로 이북명은 함경남도 함흥시 사포구역(沙浦區域)에서
출생²⁾하여 1927년 함흥고등보통학교 전기과를 졸업하고 "수학·물리·화학
등 필답과 구답 시험으로 치르고 5대 1의 비율로 겨우 뽑혀 유안직장의 현
장 노동자"³⁾를 경험하게 된다.

이북명이 현장 노동자로 일하기 시작한 1920년대 후반 함경도 지방은 노
구치 시타카우(野口遵, 1873~1944)에 의해서 급속한 산업화가 이루어지고
있었다. 1896년 도쿄제국대학 전기공학과를 졸업한 후 독일 지멘스전기회
사에 근무했던 노구치는 1923년 신일본질소(주)를 설립하고 규슈 미나마타
현에 암모니아합성공장을 건설한다. 그리고 1926년에는 식민지 조선에 진
출하여 조선총독부의 후원을 등에 업고 1927년 함경남도 흥남에 조선질
소비료공장을 설립한다. 이러한 식민지 근대화와 함께 함경도 지역에서는
1928년 원산 총파업, 1931년 2월 조선적색노조 함흥위원회 및 산하 흥남적

---

2) 이북명의 출생 연도에 관해서는 여러 이견이 있다. 그런데 작가 자신이 스물세 살 때인
   1930년에 「질소비료공장」을 들고 한설야를 찾아갔다고 회고한 것으로 미루어볼 때 1908
   년에 출생한 것으로 보는 것이 적절할 듯하다. 또한 이북명 사후에 북한 사회과학원에서
   출판한 『문학대사전』(사회과학출판사, 1999, 128쪽)에서도 이를 확인할 수 있다.
3) 이북명, 「공장은 나의 작가 수업의 대학이었다」, 『이북명 전집』(현대문학사, 2010).

색화학노조가 결성되는 등 혁명적 노동 운동의 중심지로 떠오르게 된다.

이러한 역사적 상황을 고려해 볼 때 한설야가 이북명에게 관심을 가진 것은 너무도 당연한 일일 것이다. 물론 이북명의 공장 체험이 뚜렷한 계급 의식을 지니고 이루어진 것은 아니었다. 하지만 흥남질소비료공장에 취직한 이후 문학청년 이북명의 눈에 포착된 것은 열악한 노동 조건 속에서 장시간의 노동과 각종 산업 재해에 시달리는 노동자의 모습이었다. 더욱이 일본인 감독과 조선인 노동자 사이의 억압적인 관계를 경험하면서 이북명은 공장 친목회에 가담하는 등 노동 운동에 참여했고, 아울러 소설 창작에도 뜻을 품게 되었던 것이다.

하지만 카프의 적극적인 관심에도 불구하고 이북명의 창작 활동은 순탄치 않았다. 1932년 《조선일보》에 「질소비료공장」을 연재했으나 2회 만에 중단되었을 뿐만 아니라, 일본 경찰에 체포되어 질소비료공장에서도 해고를 당한다. 또한 "「파쇼의 거리」, 「오전 세 시」 등이 겐쇼꾸를 당"했으며 《조선지광》의 폐간으로 1932년 11월에야 《신계단》을 통해 발표되었던 「기초공사장」 역시 후반부가 검열로 인해 연재 중단되었으며, 장편 소설 「제3로」와 「야광주」(이 작품은 1936년 6월 《사해공론》에 일부가 발표되었다.)가 압수당했던 것이다. 이렇듯 군국주의화의 길을 걷고 있던 일제의 검열과 탄압 속에서도 이북명은 질소비료공장에서의 체험을 바탕으로 노동자들의 삶과 의식 성장 과정을 그려 나간다. "한설야 씨와 함께 경성서 ××지 편집에도 관계가 있었고, 또 한동안은 서적상 노릇"[4]을 하면서 「암모니아 탕크」, 「기초공사장」, 「출근 정지」 등을 잇달아 발표하고 있는 것이다.

이북명의 초기 소설들에서는 노동자들의 삶이 잘 나타난다. 「질소비료공장」에서 열악한 작업 환경 때문에 폐병에 걸려 직장에서 쫓겨나는 동료를 위한 투쟁이 그려진다. 「암모니아 탕크」(1932. 9)에서는 암모니아 탕크 안에 들어가면 폐가 튼튼해진다는 감독의 말을 미심쩍어 하면서도 탕크

---

4) 이해월, 「이북명군 ─ 동무를 말함」, 《조선문단》 25, 1935. 12.

세척 작업을 하던 노동자가 유독 가스에 질식되어 사망하자 노동자들이 저항이 일어나게 된다. 「출근 정지」(1932. 12)에서도 폐결핵 환자인 '창수'가 변성 탱크의 조절을 맡아 일하다가 폭발 사고로 숨지자 노동자들이 가족들의 생계 보장을 요구하며 투쟁하게 된다.

이러한 노동자들의 삶은 작가 자신의 노동 체험에 기반을 둔 현실감 넘치는 감각적인 묘사를 통해서 사실감 있게 그려진다. 주지하듯이 흥남 질소비료공장은 1950년대에 일본을 공포에 몰아넣은 미나마타병을 발생시켰던 신일본질소(주)에 의해 설립되었다. 이북명은 이러한 흥남 질소비료 공장의 열악한 노동 환경을 생산 공정 중에 나오는 각종 가스와 악취에 대한 후각적인 묘사, 소음으로 가득 찬 작업 환경에 대한 청각적인 묘사, 공장의 여러 기계들에 대한 시각적인 묘사를 통해 생동감 있게 그리고 있는 것이다.

백 볼트의 전등 수십 개가 지붕 밑 콘크리트 벽 쇠기둥에 켜져 있는 R 직장. 눈뿌리를 쑤시듯이 휘황하다. 싸이렌 소리에 놀라 선장에서 일어난 일꾼들은 눈을 쥐어뜯으면서 밥그릇을 옆에 끼고 지하도를 통하여 자기 직장에 들어온다. 기름 묻은 작업복을 갈아입은 후 야근자(後夜勤者)들은 싫은 하품을 하면서 전 야근자(前夜勤者)와 교대하여 가지고 자기 부서에 가서 기계를 운전한다. 센트르〔遠心分離機〕의 소음을 비롯하여 급회전하는 컴프레셔〔壓縮機〕의 폭음, '벨트'의 세차게 내려치는 소리…… 이런 소리를 육신이 아프게 감수하는 그들은 무엇을 생각할 여유도 없이 얼빠진 사람처럼 허둥지둥 기계의 신그럼을 하는 것이다. 세차게 돌아가는 기계 곁에서 기름을 주고 기압계를 보고 '발브'를 조정하는 그들은 '로보트'와 같다.

기름이 타는 내음새, 쇠가 썩는 내음새, 암모니아의 악취, 유산의 악취…… 이런 내음새가 한군데 엉키어 일종 독특한 독취를 직장 안에 발산하고 있다. 직공들은 그 내음새를 피하기 위하여 가제 마스크를 만들어서 건다. 그러나 그런 것은 그 내음새 앞에서는 아무 소용되지 않았다.(「오전 세 시」)

그런데, 이러한 사실적인 묘사에도 불구하고 이북명의 초기 소설은 대부분 노동자들이 산업 재해나 노동 착취를 해결하기 위한 투쟁에 나선다는 내용이 반복되고 있으며, 노동 운동의 승리라는 낙관적인 전망을 향해 소설 속의 사건들이 단선적으로 배열되어 있다는 약점을 지니고 있다. 또한 노동자들의 삶이 자본과의 관계와 분리된 채 그려지고 있다는 사실도 아쉬운 점이다. 「출근 정지」에서 나타나는 것처럼 자본의 입장과 태도는 '공고'라는 형태로 추상화되어 있으며, 이에 대한 노동자들의 일방적인 거부만이 나타나고 있는 것이다. 「암모니아 탕크」, 「기초공사장」, 「질소비료 공장」 등에서 자본과 노동의 관계가 일본인 감독과 조선인 노동자로 구체화되고 있는 것도 이런 맥락에서 이해할 수 있다. 세계 대공황의 위기 상황 속에서 노동 통제를 강화하면서 새로운 활로를 모색해 가는 자본의 이해 관계가 포괄적으로 형상화되는 대신에 부도덕한 일본인 감독의 기만적 술책과 대결하는 방식으로 노동자들의 의식 발전 과정과 감정적 연대 과정을 제시하고 있는 것이다. 단편의 양식적 특성 때문에 빚어진 한계라는 점을 감안하더라도 이북명 초기 소설은 감독의 개인적인 부도덕성을 전면에 내세워 노동 운동의 정당성을 주장하고 있다는 비판을 면하기 어렵다.[5]

그런 점에서 「공장가」(1935. 4)에서 이북명의 일정한 의식 발전을 발견할 수 있다. 주인공 '나'는 K고보 ××××사건으로 퇴학 처분을 당한 후 야학에 뛰어들기도 하고 농민조합 창립준비위원으로 활동하기도 한다. 그는 "모든 길은 공장을 통하여야만 한다. 위대한 노동자"가 될 것을 권유하는 친구의 뜻을 따라 노동 운동에 헌신하기 위해 공장에 취업한다. 지금까지 등장했던 노동자들과는 달리 투철한 목적의식을 지닌 인물로 설정되어 있

---

5) "김남천이 소설 「여공」을 평가하면서 "작가 이북명이 가진 가장 큰 약점인 소설 구성에 있어서의 소잡(素雜)이 가장 명료하게 나타나 있다. 그러나 그렇게 하기 위하여서 그에 대한 비판을 조금이라도 감소할 수 있을 것인가! 기실 이북명에게 무엇보다도 중한 결점은 정치적 수준이 모두 저하하다는 것을 나는 여기서 지적하지 않을 수 없다."(김남천, 「문학 시평 ── 문화적 공작에 대한 약간의 시감」, 《신계단》 8, 1933. 5, 81쪽)

다는 점에서 작가 의식의 변화를 엿볼 수 있다. '구직편', '공장편', '투쟁편' 등 3부작으로 계획되었다가 제1부만 발표되었기 때문에 작품의 전모를 파악하기 어렵지만, 장편 소설의 양식을 통해 자본주의 사회에서 노동자 계급의 탄생과 의식 성장 과정, 그리고 노동 해방을 향한 투쟁의 과정을 총체적으로 형상화하고자 했던 작가의 변화를 짐작하기에 충분한 것이다.

이처럼 이북명의 초기 소설은 일본 제국주의에 의한 식민지 근대화 과정에서 침묵을 강요받고 있는 노동자들의 삶을 복원했다는 점에서 그 의의를 인정받을 수 있을 것이다. 비록 노동자들의 자연 발생적인 투쟁에 머물러 정치 투쟁의 시야를 확보하지 못했지만[6] 노동 현장을 소설적 형상화의 대상으로 편입시켰다는 점만으로도 그 의의를 인정받을 수 있는 것이다. 하지만 이북명의 노동 소설은 1930년대 중반에 이르면서 더 이상 발전되지 못한 채 왜곡과 퇴행의 길로 접어든다. 이 무렵 이북명의 내면적 갈등을 엿볼 수 있는 글이 「공장 문학과 농민 문학」(《중앙》 1936. 6)과 「정열의 재생」(《풍림》 1937. 5)이라고 할 수 있다. 「공장 문학과 농민 문학」에서 이북명은 "신흥 계급, 노동자층을 대상으로 한" 공장 문학이 프롤레타리아 문학에 있어서 "농민 문학 못지않은 긴급한 문학 과제의 하나"임에도 불구하고 소수의 인텔리 작가의 지지밖에 얻지 못한 까닭에 "말석적(末席的) 존재"에 지나지 않음을 지적하면서 "노동 계급을 잊지 않고 미력한 재능이나마 그들을 위하여 바치겠다."라는 의지를 표명하고 있다.[7] 하지만 1932년 「질소 비료공장」을 발표한 일 때문에 직장에서 해고된 이후 수년 동안 가장으로서의 역할을 수행하지 못한 채 "식객적 존재"[8]로 생활고에 시달려야 했고, 또한 공장 생활과 실직 생활 중에 얻게 된 병고(폐병)는 이북명의 투쟁 의

---

6) 이원조가 「오전 세 시」를 "배경은 너무 컸고 사건은 너무 단조한 데다가 묘사조차 겉넘어가서 한 개의 공식적 해피엔드만 짓고 아무런 심각미나 박진감이 없다."(이원조, 「문예 시평 ─5월 창작계 일별」, 《조선일보》 1935. 8. 2)라고 평가한 것은 이북명에 대한 당대의 인식을 객관적으로 보여 준다고 여겨진다.

7) 이북명, 「공장 문학과 농민 문학」, 《중앙》 1936. 6, 180쪽.

8) 이북명, 「정열의 재생」, 《풍림》 1937. 5, 41쪽.

지를 갉아먹기에 충분했다.

이러한 실직 상태에서의 좌절과 고민을 그린 작품이 「민보의 생활표」, 「편지」, 「어둠에서 주운 스켓치」, 「도피행」 등의 작품이라고 할 수 있다. 「민보의 생활표」(1935. 9)에서 작가는 생활고 때문에 공장을 떠나 다시 농촌으로 돌아갈 수밖에 없는 노동자의 처지를 세밀하게 그리고 있다. 이 과정에서 주인공 민보의 봉급 명세서와 지출 명세서가 구체적으로 제시됨으로써 공장 노동자들의 생활 모습이 실감 나게 그려진다. 특히 잔업이 없어져 일당이 줄어든 것을 안타까워하는 모습을 통해서 8시간 노동제와 같은 노동 운동의 공식적 목표와는 구별되는 노동자들의 생활 문제를 전면에 부각시킨다. 결국 민보는 시골에 내려가 부모님을 모시고 농사를 짓기로 결심한 후 친구 충호에게 찾아가 "나는 생활이란 너무나 큰 짐을 짊어졌기 때문에 이렇게 주 의리를 펴지 못하고 말았네. 오늘이나 내달이나 하고 막연하나 희망을 바라보고 자네들하고 있으려고 했네만……"이라고 말한다. 물론 작가는 친구의 입을 빌려 "농촌에도 자네 할 일이 많을 거네." 하고 민보를 위로하지만, 이전 시기에 이북명이 보여 주었던 계급 의식을 상기한다면 공소하기 이를 데 없다.

「어둠에서 주운 스켓치」(1936. 3)에서는 일자리도 조직도 없는 룸펜 인텔리가 무기력증을 벗어나지 못한 채 거리를 방황하던 어느 날, 감독에게 전표를 받으러 가는 노동자들의 투쟁을 목격하고 자신도 그 공장에 취직하여 운동을 벌여 나가리라는 의지를 다지게 되는 것으로 끝맺는다. 이 작품 속에서 "수년간 어지러운 망상과 위대한 공상에 살아"오던, "노동자, 노동자가 부럽구나!"를 연발하며 스스로를 패배자로밖에 여길 수 없던 나약한 지식인의 모습은 여러 모로 작가의 모습과 중첩되어 있다. 결말 부분에서 주인공들은 현실과의 대결을 다짐하지만, 그것은 관념 속에서만 이루어진 것일 뿐 엄혹한 현실을 헤쳐 나가기에는 너무나 미력한 것이었다. 오직 관념 속에서만 자신의 의지를 확인받아야 했던 지식인의 말로는 「도피행」(1936. 6)에 잘 드러난다. 주인공 '박탄'은 사회 운동에 적극적으로 참여했던 인물이었지만 출옥 후에는 과거에 소작인들에게 무상으로 나눠 주었던 땅을 돌려받아 서점을 경영하려고 시도한다. 이러한 착종된 의식 속에서 결국 박탄은 취직 때문에 잠깐 외출한다는 말만을 남긴 채 "어디로 갔는지 그것은 안해도 모르고 탄의 동무들도 모른다."는 식의 도피행을 선택하고 만다.

이러한 변모는 작가 자신의 삶과도 밀접하게 연관되어 있다. 이북명은 1937년 장진강 수력발전소에 취직하게 되는데, 이곳은 흥남 질소비료공장에서 참혹한 노동을 강요했던 노구치콘체른의 배후 공간이었다. 따라서 장진강 수력발전소 취직은 이북명에게 물질적인 안정을 가져다 준 대신 정신적인 열패감을 안겨 준 것으로 보인다. 이 시기 동안 창작된 여러 작품들에서 자본과 노동 사이의 대립이라든가 이념과 생활 사이의 갈등과 같은 모습은 사라지고 자연과 문명 사이의 대립이 새롭게 부각되는 것은 이 때문일 것이다. 작가는 수력발전소가 건설되면서 도시적이고 근대적인 문명에 의해 토착적인 삶이 왜곡되고 파멸되는 모습을 그려 나가면서 자연 속에서 노동하는 삶을 긍정적으로 묘사하고자 노력한다.

「칠성암」(1939. 3)에서 주인공 '명찬'은 홍수 때문에 부모와 약혼자를 차례로 잃어버리고 5년 동안 방랑 생활을 하다가 화전민의 데릴사위가 됨으로써 비로소 "희망 있는 생활의 일보"을 내딛게 된다. 하지만 또다시 홍수 때문에 정혼녀를 잃고 좌절의 세월을 보내자 "얄미차고 간사한" 동리 사람들은 그를 "부족한 인간"이라 말한다. 하지만 작가는 "명찬은 부족한 인간도 아니요 돈을 모를 인간도 아니다. 그는 사람이 그리웠다."라는 말로 명찬의 삶을 옹호한다. 그리고 마지막 부분에서는 관찰자 '나'를 등장시켜 새로운 배필을 만난 명찬의 행복을 빌어 준다.

「화전민」(1940. 1)에서 전경화되는 것은 타락한 수전촌과 건강한 화전촌의 대립이다. 애써 일궈 놓은 화전이 홍수에 휩쓸려 가게 되자 어쩔 수 없이 "인공적인 가겨운 표정"과 "부자연한 소음"으로 가득 찬 수전촌에 나갈 수밖에 없었던 화전민 처녀는 수해 복구 사업의 십장인 성길의 유혹에 빠진다. 하지만 이러한 위기 상황을 작가는 화전민으로서의 삶을 고수하려는 '유돌'을 통해서 극복한다. 육체노동으로 다져진 '유돌'은 씨름 대회에서 우승을 하고 그 상금으로 황소를 받아 다시 고향 은신골로 돌아감으로써 애초의 건강성을 회복하도록 그리고 있는 것이다.

이러한 자연적이고 토속적인 삶을 위협하는 근대적인 삶을 비판하는 반문명적인 태도는 도시 노동자 계급의 비참한 삶을 그렸던 초기의 작가적 태도와 일맥상통하는 면이 있는지도 모른다. 하지만, 자연/문명의 이분법은 화전민들의 삶을 역사적인 과정에서 일탈한 한 개인의 삶으로 축소시키고 만다. 화전민들이 홍수라는 자연적인 폭력과 근대적인 문명의 유혹 앞에서 파괴되어 가는 과정을 작가는 씨름 대회 우승이라는 우연적인 계기를 통해 원점으로 복원시킴으로써 역사성을 잃어버리게 되는 것이다.

이렇듯 역사성과 사회성으로부터 분리된 채 노동하는 인간에 대한 추상적이고 감상적인 호의가 귀결된 지점에 「빙원」(1944)이 놓여 있다. 이 작품은 '하지천 수전회사'의 기술자 '최호'가 한겨울 사수(泗水)의 S 저수지의 언제(堰堤) 일수문(溢水門) 공사를 완수하는 과정을 그리고 있다. 주인공 최호는 두만강변의 눈보라 치는 벌판에서 공사 자재 검수 작업을 하다가 화전민 출신인 만수 노인의 삶과 만나게 된다. 만수 노인은 화전촌에서 가난하기는 했지만 평화로운 삶을 살고 있었다. 그런데 자신들이 살고 있던 곳이 수력 발전을 위한 저수지로 개발되면서 행복했던 생활은 끝이 나고 만다. 각지에서 몰려든 노동자들과 함께 공사장에서 일하던 아들은 술집 색시와 바람이 나서 보상비로 받은 돈을 들고 가출해 버렸고, 며느리 역시 몇 년을 기다리다가 개가하고 만다. 그 와중에서 아내마저 독사에게 물려 죽는다. 그런데 만수 노인의 비극적인 삶에 대해 주인공 최호가 보여 준 반응은 이전의 이북명이 보여 주었던 모습과는 사뭇 다르다.

위대한 건설 뒤에는 희생도 많을 것이며 비극도 있을 것이다.
그렇다면 나는, 최호는? ─ 머리를 흔든다.

물론 나는 희생이나 비극을 원하는 자는 아니다. 그러나 나도 이번 고상에 대하여 어느 정도의 희생과 비극을 각오하지 않으면 안 될 것이다. 큰 희생을 내겠느냐, 적은 희생으로서 끝막겠느냐는 것은 나의 기술 문제보다도 마음과 마음의 단결이 절대로 필요한 조건이다. 일심전력으로 국가를 위한 건설에 참가해야 될 것이다. 그러자면 나의 전기보국이 참된 뜻을 노동자들에게 이해시켜도록 힘써야 한다.

최호의 흐리멍텅한 머리에는 건설에 대한 위대한 정열이 부글부글 용솟음을 친다.

이처럼 최호는 만수 노인으로 표상되는 화전민, 더 나아가 조선인의 비극을 "국가를 위한 건설"에 따르는 어쩔 수 없는 희생으로 받아들인다. 그리고 더 나아가 "총후의 국민인 여러분은 제일선에서 싸우고 있는 용감한 장졸들의 마음을 본받아서 '나'라는 것을 버리고 이번 이 공사에 일심합력해 주시기를 바랍니다."라는 연설을 통해서 일제의 국책에 순응하는 면모를 보여 주고 있는 것이다. 이 과정에서 자연의 힘에 맞서는 인간의 노동은 건강성을 상실한 채 전쟁 수행을 위한 국민 총동원이라는 체제 이데올로기를 선전하는 것으로 재구성되기에 이른다.

8·15 해방을 장진강 수전공사장에서 맞이한 이북명은 장진강 발전부 '전로조합' 선전부장으로 일하면서 임화, 김남천, 이태준 중심의 조선문학건설본부의 민주주의민족전선에 반발하여 조선프롤레타리아예술동맹을 결성하자 중앙집행위원으로 참여한다. 이후 함경남도 인민위원회 문화선전과에서 일하면서 1948년 북조선문학예술총동맹 중앙상임위원을 맡았다. 1949년 중앙당학교 6개월 반을 졸업하고 1948년 북조선노동당 중앙위원으로 선출되기도 했다. 한국전쟁 중에는 문화공작대 성원으로 충청북도에 파견되었으며, 그 후 중앙당 학교를 다시 졸업하고 1956년 조선노동당 중앙위원회 후보위원(선전선동부 부부장), 조선작가동맹 부위원장 겸 상무위원으로 일했다. 1958년 조선·소련친선협회 중앙위원, 1961년 조국평화통일위

원회 위원을 거쳐 1962년 최고인민위원회 대의원 등의 직책을 맡았다. 이북명이 북한에서 요직에 앉을 수 있었던 것은 물론 한설야와의 오랜 인연 덕분이라고 짐작해 볼 수 있다. 1962년 10월 한설야가 숙청되자 이북명 역시 '복고주의자'로 몰려 일시적으로 숙청되었던 것은 그 한 예라고 할 것이다. 1965년 「투쟁의 계절」이라는 시나리오를 쓰면서 재기에 성공한 그는 1967년에는 다시 조선작가동맹 중앙위원회 부위원장을 맡았으며 1975년 장편 소설 「등대」를 발표하는 등, 금성청년출판사 창작실에서 현역작가로 활동하다가 병으로 1988년에 사망했다.

2 오해와 모욕으로서의 삶, 소통과 공감에의 꿈 — 허준

허준은 1910년 2월 27일 평안북도 용천(龍川)에서 출생했다. 그는 남시(南市)에 있는 보통학교에 입학했다가 1922년 여름 서울 다동 공립보통학교로 전학했다. 이듬해 4월 보통학교를 마치고 중앙학교에 입학했으나, 3학년 때에는 낙제를 할 정도로 학교생활에 어려움을 겪기도 했다. 이런 상황 속에서도 일본 작가 아리시마 다케오(有島武郞)의 소설을 탐독했던 그는 5학년 때 작문에 칭찬을 받으면서 문학에 대한 뜻을 품기 시작한다.[9] 그래서 1928년 중앙학교를 마치자 일본으로 건너가 호세이대학(法政大學)에서 본격적으로 문학을 공부한다.

1934년 귀국한 허준은 《조선일보》에 시 「초」 등을 발표하면서 처음으로 문단에 이름을 알렸다. 이후 「밤비」, 「모체」, 「소묘 3편」 등의 시를 발표했지만, 큰 주목을 얻지는 못했다. 결국 허준은 1936년 2월 친구 백석의 권유에 따라 소설 「탁류」를 발표하면서 소설가로서의 길로 접어든다. 이후 해방에 이르기까지 10여 년 동안 「탁류」, 「야한기」, 「습작실에서」 등 세 편의 작품을 발표한다. 1941년 만주로 건너간 이후를 제외하더라도 2년에 한 편

---

9) 「신진 작가 좌담회」, 《조광》 1939. 1, 240~252쪽.

꼴로 소설을 발표한 셈이다. 이러한 과작에도 불구하고 허준은 최명익, 유항림 등과 함께 심리주의를 대표하는 소설가로 평가받고 있다. 그것은 그가 추구했던 세계가 다른 작가들과는 확연히 구분되는 '운명'의 문제를 지속적으로 천착하고 있다는 사실 덕분이다.[10]

「탁류」(1936. 2)는 주인공 '철'의 시선으로 전개되는 전반부와 한때 창부였다가 그의 아내가 된 순이의 시선으로 전개되는 후반부로 나뉘어 있다. 주인공은 '사회, 개인, 생명, 시간, 생, 사'와 같은 문제들을 고민하다가 마침내 그 판단을 보류한 채 무의지적으로 살아가는 지식인이다.

몸이 곤하면 곤할수록 어쩐 일인지 한쪽으로 맑아가는 정신은 힘은 해결 못한 채 묻어놓은 과거의 수많은 생각 ── 사회, 개인 생명, 시간, 생, 사 ── 같은 어지러운 문제의 썩어진 뒤꼬리를 물고 그의 가슴을 한없이 파들어가는 것이었다. 그리고 새삼스러이 다시 해결할 것도 없고 해결할 수 있는 것도 아니로되 그것은 또 모두가 의지라고 하는 한 큰 무덤에 입을 막아 넉넉히 고이 매장할 수가 있었던 것들이었다. 왜 그러냐 하면 대상을 가지지 아니한 의지 그것이라 하는 것도 결국은 또 무의지에 지나지 않는 것이니까. 그러면 그 의지는 왜 대상이 없었는가. 대상이 없지 아니하다면 그럼 의지를 버렸던 것인가. 그렇지도 아니하다 하면 그런 것에는 관계도 없는 운명에 대한 깊은 의식이 자기에게 이러한 결심을 주었던 것인가.

이처럼 주인공은 '사회, 개인, 생명, 시간, 생, 사'와 같은 실존적인 문제

---

10) "사람은 악마의 안내를 받지 않고는 살 수 없을 것이다. 그렇다고 하여서 그는 역시 영구히 그의 신을 잃고 있을 수도 없는 일이다. 잃고 다시 구하는 동안에 그는 자기의 얼굴을 개조하며 또 하시에 그 모습을 따라 그의 신도 그의 얼굴을 변경한다. 나[生]던 그 귀여운 얼굴을 가지고 자기의 생을 마친다고 하는 것을 나는 반드시 부러워하지는 않는다. 부러울지라도 그것은 절망이 없을 부러움이다. 그러므로 내가 가능하게 생각하는 부러운 타입은 잃고는 다시 찾을 수 없는 그런 인물에 있다. 왜 그러냐 하면 그는 운명에 대해서 감히 공작하는 까닭이다."(허준, 「나의 문학전」, 《조선일보》 1935. 8. 2~4)

에 대한 해답을 얻지 못하자 그것을 "의지"로 묶어 둔 채 어떠한 삶의 목표나 대상도 지니지 않는 "무의지"의 상태에서 살아가고 있다. 그가 화류계 출신이었던 순이와 결혼한 것도 삶에 대한 이러한 허무주의적 태도에서 비롯된 것이다. 하지만 자기 구원의 방편으로 선택한 아내와의 결혼은 애초의 기대와는 달리 새로운 갈등만을 낳게 된다. 열네 살 먹은 소녀 채숙과의 만남이 오해를 낳자 아내의 뜻에 굴복하여 이사까지 하지만 아내는 다시 한집에 사는 보통학교 여선생과의 관계를 의심한다. "끝을 보지 않고는 못 배기는 성미" 때문에 아무런 근거도 없이 점점 타인을 의심하고 현철은 아내의 이러한 태도에 모멸감을 느낀다. 결국 소설의 결말 부분에서 주인공은 아내를 뿌리친 채 집을 떠나게 된다.

「야한기」(1938. 9. 3~11. 11)에서도 주인공 '남우언'이 아내 춘자, 춘자의 정부 보걸, 보걸의 아내 순덕 등과의 관계 속에서 겪고 있는 정신적인 모멸감이 제시되고 있다. 주인공 남우언은 「탁류」의 철과 마찬가지로 어릴 때부터 '저 혼자라는 생각'을 가지고 살아왔으며, 십사오 년 만에 고향에 돌아온 후 결혼한다. 하지만 아내는 금융조합장인 민보걸과의 외도를 찬바람이 부는 남편 때문에 빚어진 일이라고 주장하면서 "잘못이면 내 잘못만이며 허물이면 내 허물만이란 말인가. 허물이래도 허물일 따름이지 죄 될 거야 무엇 있"느냐고 큰소리를 친다. 그럼에도 불구하고 남우언은 민보걸에게 돈 천 원을 빌리기 위해 편지를 써야만 하는 모욕적인 경험을 하게 된다. 죽어 가는 친구의 치료비를 구하기 위해 돈을 빌려야만 하는 상황 속에서 남우언은 민보걸에게 아내와의 관계를 알고 있다는 것을 암시하여 돈을 쉽게 빌리려는 편지를 쓰고 있는 자신에 대해 모멸감을 느끼는 것이다.

「탁류」와 「야한기」에서 주인공이 맺는 관계들은 자신의 진심이 받아들여지지 않는 '오해'로 구성되어 있으며, 이 과정에서 약자들은 정신적인 모멸감을 경험한다. 작가가 초점화된 화자를 통해서 한 작품을 다층적으로 구성하는 것도 등장인물들 간의 '오해'를 그려 내기 위한 방법으로 여겨진다. 한 인물의 시각을 통해서 한 사건을 서술하고 이어 다른 이의 시각으로 서술하는 방식을 통해 동일한 사건에 대한 상반된 인식과 오해를 부각시키는 것이다. 이처럼 동일한 사건이라 해도 보는 사람에 따라서 전혀 다른 의미를 지니게 되며, 이 과정에서 각자의 욕망이 사건의 해석 과정에 틈입하게 된다. 예컨대 「야한기」에서 남이 쥐를 잡느라고 엎치락뒤치락하는 소리를 춘자는 남이 목을 매려다 잘못해서 넘어지는 소리로 듣는 것이다. 그 결과 소설 속의 인물들은 타인의 삶을 이해하지 못할 뿐만 아니라 타인의 삶에 의미 있는 개입도 할 수 없는, 즉 타인과의 소통 가능성을 지니지 못한 단독자가 되어 타인과 대립하게 된다.

이렇듯 세상을 살아가면서 생겨난 오해에 대해서 허준의 소설 속에 등장하는 인물들은 상반된 반응을 보인다. 「탁류」의 순이나 「야한기」의 춘자, 민보걸 등은 타인이라는 존재에 구애받지 않은 채 자신의 사고방식만을 옳다고 믿는 독선적인 존재들이다. 그들은 자신의 입장이 부정당하는 것을 모욕으로 받아들이고 그것을 타인에게 되갚고자 하는 것이다. 이와 달리 자신의 내적 자아가 타자의 시선에 의해서는 아무것도 아니거나 항상 오해될 수밖에 없다는 사실을 인정함으로써 수동적인 상태에서 살아가는 존재들이 있다. 예컨대 자의식이 강한 남우언은 민보걸에게 쓴 편지가 자신의 의도와는 달리 해석될 수 있는 상황에 대한 우려한다. 하지만 주인공들은 타인이 지니고 있는 자신에 대한 왜곡된 이미지를 수정하려는 노력을 포기한 채 허무주의에 빠져든다. 타자와의 어긋남을 어쩔 수 없는 것으로 받아들이면서 "누구의 잘못도 아니요 자기의 잘못, 자기의 운명적인 죄업의 탓"이라는 생각에 사로잡혀 있는 것이다. 결국 그들의 모호한 좌절과 생에 대한 태만은 인간 존재가 떠안아야 할 숙명과 허무를 인정하는 것에 의해 정당화되고 있는 셈이다.

이처럼 「탁류」와 「야한기」에서 주인공은 타인과 절연된 완전한 유폐의 상태에 자신을 내맡긴다. 그들은 타인의 오해나 불신을 해소하려는 노력을 보이지 않으며, 철저히 타인과의 소통 자체를 거부할 뿐이다. 그것은 "아무런 위인에게도 내 구원을 청할 수 없"다고 생각하기 때문이다. 따라서 오해는 자신의 삶에 어떠한 의미도 지니지 않는 타인의 몫일 뿐이다. 마치 이상이 「날개」에서 " 사실은 사실대로 오해는 오해대로 그저 끝없이 발을 절뚝거리면서 세상을 걸어가면 되는 것"라고 말했던 것처럼 자신을 구원할 수 있는 존재를 발견하지 못한 채 혼자서 고독하게 세상을 견디어 나갈 수밖에 없는 것이다. 따라서 이런 운명적인 존재들이 구원을 얻는 것은 타인과의 관계를 회복하는 것이 아니라 삶을 숙명적인 것으로 받아들이며 자기 자신에게로 돌아가는 것, 절연과 유폐의 공간에서 "결국 가서 사람은 패하도록 되어 있는" 운명을 응시하는 것으로 귀착된다.

「습작실에서」(1941. 2)는 이러한 인간의 근원적인 운명으로서의 고독과 죽음을 다루고 있다. 이 작품은 주인공이 벽지의 어느 산골 병원에 있는 T형에게 보내는 편지 형식으로 구성되어 있는 전형적인 고백의 문학이다. 이 작품의 주인공 역시 「탁류」와 「야한기」의 주인공처럼 나태한 삶을 살아가고 있다. 이러한 생활에 대한 거리 두기는 "고독"을 통해 정당화된다. "사람이 고독한 것은 그것만으로 옳은 일이요, 또 옳게 사는 사람은 고독한 것이 당연한 법"이라고 생각함으로써 남들이 갖지 못한 정신적인 "사치"를 누리는 것이다. 그가 동경의 번잡한 하숙집을 마다하고 굳이 학교에서 한 시간이 넘게 걸리는 한적한 교외에서 생활하는 것도 이러한 고독의 의식을 반영한다. "정말 홀로 되는 것이 좋아서 그랬든지, 그렇지 아니하면 나 혼자라고 하는 의식 속에 놓여 있기를 원함이어서 그랬든지, 어쨌든 고독이라 하는 것이 그처럼 사치한 물건인 것을 알게 된 것은, 나와 같은 청춘에 있어서는 여간한 은근한 기쁨이 아니었"다고 고백하는 주인공은 절대적인 고독을 통해서 자신의 우월성을 확인하는 정신세계를 지니고 있는 것이다.

이러한 일종의 '선민 의식(選民意識)'은 하숙집 노인과의 만남을 통해서 구체화된다. 하숙집 노인은 좌우명으로 삼고 있는 "忍辱, 無無明 亦無無明盡"이라는 글귀에 대해 이야기하면서 "사람이 자기의 존재를 밝히는데, 자기가 이 세상 어느 자리에 놓여 있나를 알자는 표현으로 제일인 듯하여 취한 것"이라고 말한다. '인욕(忍辱)'이란 본디 불교에서 보살이 열반에 들기 위하여 수행해야 할 여섯 가지 수행 수칙인 육바라밀(六波羅蜜)의 하나이다. 육바라밀이란 ① 보시(布施)〔檀那波羅蜜〕, ② 지계(持戒)〔尸羅波羅蜜〕, ③ 인욕(忍辱)〔羼提波羅蜜〕, ④ 정진(精進)〔毘梨耶波羅蜜〕, ⑤ 선정(禪定)〔禪那波羅蜜〕, ⑥ 지혜(智慧)〔般若波羅蜜〕을 가리킨다. 그중에서 인욕은 세상이 주는 온갖 모욕과 고통, 번뇌를 감수하면서도 희로애락의 감정에서 벗어나 평화로운 마음 상태에 도달함으로써 열반의 경지에 들어가는 것을 말한다.

또한 "무명도 없으며 그 무명의 소멸도 없다.(無無明 亦無無明盡)" 역시 불교의 경전인 『반야바라밀다심경』에 실려 있는 한 구절이거니와, 불교의 궁극적 지향점이라고 할 수 있는 공(空)을 부정의 부정으로 표현한 것이라고 할 수 있다. '무명'은 제법(諸法)의 이치에 어둡고 무지함을 뜻하는 말로 '치(痴)'라고도 한다. 십이연기설에 따르면 '무명'은 번뇌의 근본적인 원인이어서, 이것 때문에 많은 번뇌와 업이 잇달아 일어나면서 생사의 고통이 지속된다고 한다. 따라서 이 말을 좌우명으로 삼고 있는 하숙집 노인은 반복적인 윤회의 굴레에서 벗어나 절대 순수로서의 '공'의 경지에 도달하고자 하는 삶의 자세를 실천하는 인물이라고 할 수 있다. 『반야바라밀다심경』에서 이 구절 뒤에 바로 "늙음과 죽음도 없고 늙음과 죽음의 소멸도 없다.(無老死 亦無老死盡)"는 것은 그것을 잘 보여 준다.

이러한 하숙집 노인의 모습은 "무엇인지 알지 못할 것들이 뱃속에 웅크리고 있"던 주인공 남목에게 "어떻게 인생을 살아갈 것인가?"라는 해답을 던져 준다. 그래서 노인이 조용히 죽음을 맞이할 때 남목은 먼곳에 떨어져 있으면서도 마음에 생겨나는 "클클증" 때문에 자꾸 집으로 돌아가야 한다는 생각에 사로잡히며, 결국 집에 돌아가는 길에 노인의 아들을 만나 사망 소식을 듣게 된다. 이처럼 남목과 하숙집 노인 사이에는 운명적인 동질감, 혹은 불교의 용어로는 인연이 작용하고 있는 셈이다. 동시에 노인이 추구했던 '인욕'의 삶은 자신에게 어떠한 삶이 부여되었다 해도 그 운명을 사랑하는 것이 참된 삶이라는 점을 설파하고 있는 점에서 니체의 운명애(Amor Fati)를 닮아 있다.

이렇듯 「습작실에서」의 주인공은 자신이 살고 있는 현실을 '습작실'로 상징화하면서 삶의 본질적인 무의미성을 벗어나려는 노력을 '습작 행위'로 설명하고 있다. 현실에 대한 짙은 허무 의식과 그것으로부터 벗어나기 위하여 허무주의에 깊이 빠져들어 가는 주인공의 의식 세계를 고백체의 형식을 통하여 담담하게 그려 내고 있는 것이다. 따라서 일제 강점기 동안 발표된 세 편의 소설에서는 현실에 대한 인식이나 현실과의 갈등을 찾아보기 어렵다. 그의 관심은 본질적으로 허무주의적 세계 인식과 개인의 구원이라는 문제의식에 국한되어 있었던 것이다.

1940년대 초 만주로 건너가 《만선일보》에 근무하면서 일제 강점기 말을 보낸 허준은 해방 후 국내로 귀환한다. 이때의 귀국 체험을 그린 「잔등(殘燈)」(1946. 1~7)은 개인적인 고독의 세계에서 벗어나 새로운 변화를 보여 주고 있다. 이 작품은 화가인 '나(천복)'와 친구 '방'이 해방과 함께 만주의 장춘에서 회령, 청진을 거쳐 서울로 돌아오는 과정을 그리고 있다. 이 작품에서 서술 시간은 불과 하루 남짓에 불과하지만, 이 시간 동안 '방'과 함께 하는 여행에서 미처 보지 못했던 것을 발견할 수 있었던 것이다. '방'과의 이별의 시간 동안 나는 소년과 노파를 만나 예기치 못한 운명의 반전을 경험하는 것이다. 그것은 무엇이라 설명하기 힘든 "인간성의 개차(個差)이며 운명적인 것의 차별(差別)"[11]이다. 이 독특한 경험이야말로 한 개인을 개인으로서 인식하게 만드는 본래적인 경험인 것이다. 그런 맥락에서 그것은 허준이 "예술가로서의 첫 발족점(發足點)"이라고 표현했던 "모뉴멘털한" 경험[12]이라고 할 수 있다. 그것은 「습작실」에서 인생의 결절점을 이루고 있는

---

11) 허준, 「소서」, 『잔등』(을유문화사, 1947), 2쪽.

12) "사람에게는 일정한 연령에 달하면 생래에 처음으로 치르는 특수한 경험으로 말미암아 자기에게는 남에게 없는 것이 있다. 남이 아무렇지도 않게 생각하는 것이 고통이나 기쁨을 주는 것이 있다. (중략) 이로부터서 그는 인생을 경험해 나가되 일정한 관심을 가지고 나아가지 않을 수 없는 것이며 이 관심을 운명적으로 지배하는 것이 그의 이러한 기초적 경험을 두고 달리 없는 것을 깨닫게 하는 것이다. 이것이 석가를 출가케 한 사문고(四門苦)나 기독의 평생을 지배한 원초의 내적 경험으로 나타나는 것처럼 우리도 우리 분수

노인의 죽음이라는 사건과 닮아 있지만, 실존적인 차원을 넘어서 역사적인 차원으로 확대되고 있다는 점에서 주목할 필요가 있다.

이렇듯 본래적인 경험으로서의 청진 체험, 구체적으로 말해 소년과 노파를 만난 사건은 해방 공간을 바라보는 '나'만의 독특한 시각을 형성하게 한다. 그것은 "제삼자의 시선"으로 이름 붙여진 피난민 의식이다. 이제 '나'는 더 이상 자신의 고국으로 돌아온 존재가 아니라 "피난민"으로 인식된다. 이러한 인식은 만주에서 일본이 패망하면서 이식의 역사가 추방의 역사로 다시 쓰이고 있음을 보여 준다. 1930년대 이후 만주국의 허상을 좇아 이주했던 많은 '선량한' 조선인의 경우 이러한 반식민의 과정으로부터 자유로울 수 없다. 사촌 매부처럼 일제의 수탈 정책으로 말미암아 고향을 잃고 만주로 이주했던 많은 조선인들은 일본 제국주의의 피해자라 할 수 있지만, 토착 만주인의 입장에서는 침략자 일본과 마찬가지로 자신들의 영토를 침해한 존재였기 때문이다.

결국 「잔등」의 주인공 '나'는 이러한 인식을 지니고 있는 까닭에 일본인을 향한 '소년'의 행동에 대해서 모순적인 반응을 보인다. 과거의 식민 지배자가 식민지인에 행사했던 폭력에 상응하여 식민 이후의 식민지인이 과거의 식민 지배자에게 행하는 반폭력은 분명 타자에 대한 강제력의 행사라는 점에서 동일한 것이다. 그것은 일제 강점기 동안 발표된 허준의 소설에서 개인적인 차원의 '모욕'을 즉자적인 원한(Ressentiment) 속에서 되갚았던 것과 다를 바 없다. 따라서 해방의 환희를 구현하는 듯 보이는 소년의 모습에서가 아니라 국밥집 노파를 통해서 해방의 참된 의미가 발견된다. 해방의 표면적인 의미가 예전의 지배자였던 일본인에 대한 잔혹한 복수를 통

에 맞는 어떤 종류의 것이건 우리 존재에 처음으로 운명적으로 아 부딪치는 모뉴멘탈한 경험은 있을 것이다. 혹은 그런 것이 없이 종생하는 요행한 인생인들 없다고는 못할 것이다. 그런 인생은 또 모를 것이다. 하지만 나에게는 나만 알고 내가 구해 내지 않으면 안 될 무엇이 있다고 하는 인생의 가장 위험한 경험에 도달하는 시간부터가 예술가의 예술가로서의 첫 출발점이 되는 것만은 잊지 못할 것이다."(허준, 「문예 시평 — 비평과 비평 정신」 2,《조선일보》1939. 6. 31. 이 글은 작품집 『잔등』의 서문에도 일부 인용되어 있다.)

해서 감득되는 것이라면, 타인에 대한 연민과 공감으로 승화시키는 과정을 통해서 해방은 재의미화되는 것이다.

이렇듯 일제 강점기 동안 작가는 현실 세계의 압박을 운명으로 환치시켜, 거기에서 오는 허무감을 주인공이 자꾸만 내부 세계에 파고드는 원인으로 설명한 바 있다. 그런데, 해방 공간의 변화된 역사 현실 속에서 작가는 개인적인 운명의 차원에서 벗어나 사회적인 현실에 관심을 보여 준다. 「속 습작실에서」(1948. 7)는 제목에서 보듯 일제 강점기에 발표된 「습작실에서」의 후편으로 그 구조 역시 동일하다. 그러나 「습작실에서」가 주인공에게 인간 존재가 숙명적으로 떠안고 있는 '고독한 죽음'을 확인하는 자리였다면 「속 습작실에서」는 독립운동가 이씨와의 만남을 통해 자신만의 고독한 세계라는 것이 자신만의 주관적인 관념이 빚어낸 허위 의식에 지나지 않다는 점을 깨닫는 과정으로 변모한다.

주인공 '남몽'은 할머니의 객줏집, 음습하고 곰팡내 나는 뒷방에서 내 방의 혼자만이 느끼는 질서를 사랑하며 유폐의 삶을 살아가고 있다. 그가 진정으로 원하는 것은 '누구도 내 생활을 간섭하고 엿보지 않는' 공간에서 헛헛한 삶을 살아가는 것이다. 「습작실에서」 말한 것처럼 "옳게 사는 사람은 고독한 것"이라는 철학의 신봉자인 셈이다. 이러한 그의 삶은 문학, 혹은 언어와의 치열한 대결 과정을 통해서 정당성을 부여받는 것이다. "말의 엄연함과 냉혹함" 속에서 괴로워하면서 "심연의 완전한 모상이 제 옷을 찾아 입고 완전한 표현이 되어 나오게 하려는 노력" 속에서 삶은 가치를 지니는 것이다. 그런데 이러한 남몽의 삶은 독립운동가 이병택과의 만남을 통해서 변화의 계기를 맞이한다. "밤새 옷을 벗는" 행위가 "단순한 말의 사기사"와 다를 바 없다는 점과 진정한 인간다움은 "새롭고 새로운 몸의 상처를 받아 나오기 위해 무수한 허울을 벗는 것"임을 자각하기에 이른다. 결국 남몽은 이병택이 제안한 바다낚시가 상징하는 바처럼 음습하고 폐쇄된 공간에서 벗어나 현실의 격랑 속으로 뛰어든다.

허준은 이처럼 해방의 감격조차 무연히 바라볼 수 있는 냉정한 관찰자의 태도에서 벗어나 조선문학가동맹 서울시지부 부위원장과 문학대중화 운동위원회 위원을 맡는 등 적극적인 활동을 펼친다. 이러한 변화는 "너의 문장은 어째 오늘도 흥분이 없느냐, 왜 그리 희열이 없이 차기만 하냐."며 자책하는 과정이면서 객관적인 중립성에서 벗어나는 것과 궤를 같이한다. 이러한 변화가 가장 명확하게 드러난 작품이 「역사」라고 할 수 있다. 이 작품은 지금까지의 작품 경향에서 완전히 벗어나 등장인물의 자의식을 찾아보기 어렵다. 대신 어머니와 같이 사는 '득'이라는 소년을 통해 당대 현실에 대한 직접적인 형상화를 시도한다. 이 소설이 사실적이고 명료한 문장으로 이루어져 있다는 사실도 이전 소설과는 다른 세계관에 바탕을 두고 있음을 보여 준다. 하지만 "영영 어찌하지 못한 부득불한 나의 숙명적인 것이오, 부득불한 나의 자질적인 것"으로서의 고독과 숙명론을 벗어던졌을 때, 그의 문학은 지속될 수 없었다. 북으로 돌아간 이후 뚜렷한 성과를 낼 수 없었던 것은 그 때문일 것이다.

제5주제에 관한 토론문

이경재(아주대 교수)

1

　김종욱 선생님의 「식민의 겨울을 건너는 두 가지 방법」은 이북명, 허준의·문학적 생애를 일목요연하게 정리하고 있는 매우 유익한 발표문입니다. 특히 두 작가의 거의 모든 작품을 꼼꼼하게 분석하여 전체적인 작가상을 그려 보인다는 측면에서 독자들에게 주는 유익함이 더욱 크다고 생각합니다. 탄탄한 실증과 견실한 해석에 바탕한 이 글의 전체적인 논지에 동의합니다. 다만 몇몇 작품의 논의와 관련해 또 다른 해석의 가능성을 제기하는 것으로 이 자리의 토론을 대신하고자 합니다.

2

　1절에서는 식민지 시기 노동 소설을 대표하는 이북명의 소설 세계를 '자본에 저항하는 노동'과 '자본에 순응하는 노동'이라는 대비적 개념으로 선명하게 정리하고 있습니다. '자본에 저항하는 노동'이 문제시되는 작품은 등단부터 1930년대 중반까지에 창작된 작품들로서, 「출근 정지」, 「암모니아 탱크」, 「기초공사장」, 「질소비료공장」 등이 해당됩니다. 그러나 1930년대 중반 이후부터 이북명의 문학은 "왜곡과 퇴행의 길"로 접어들게 되어, 1937년 장진강 수력발전소 취직을 계기로 노동을 바라보는 관점이 크게 변화되었다고 보고 있습니다. 「칠성암」과 「화전민」에는 "역사성과 사회성으로부터 분리된 채 노동하는 인간에 대한 추상적이고 감상적인 호의"가 드러나 있으며, 이것이 극단화된 작품이 바로 「빙원」이라는 것입니다. 이 작품은 결국 "자연의 힘에 맞서는 인간의 노동은 건강성을 상실한 채 전쟁 수행을 위한 국민 총동원이라는 체제 이데올로기를 선전하는 것으로 재구성되기에 이른다."라고 평가하고 있습니다. 이 단계에 이르러 이북명의 노동은 '자본에 순응하는 노동'으로 전락했다고 말할 수 있을 텐데요.

이와 관련해 「빙원」에서 (무)의식적 저항의 가능성을 읽어 낼 수도 있지 않겠냐는 생각을 해 봅니다. 발표자께서도 지적하신 것처럼, 이 작품의 주요 인물들은 국책에 부응하는 전형적인 인물들입니다. 그들의 말과 행동은 철저하게 제국의 논리를 따르고 있습니다. 그러나 텍스트는 어찌된 이유인지 여타의 목적 문학과는 달리 심하게 뒤틀린 양상을 보여 줍니다. 대표적으로 이 작품에서 사건이라 불릴 만한 것은 만수 노인이 겪은 지난 10여 년간의 일뿐입니다. 그 사건들은 모두 일제의 개발이 가져온 삶의 극심한 폐해와 관련된 것들입니다. 따라서 그 사건의 형상화를 읽으며 독자들은 일제의 개발에 따른 농민의 피폐해진 삶을 떠올리게 됩니다. 물론 이어지는 인용처럼 노인의 과거사를 들은 후, 최호는 다음과 같은 반응을 보입니다.

노인은 곰방대를 쥐드니 어데론지 나가버렸다.
최호의 머리는 여러가지 생각에 몹시허크러지기시작한다.
그렇다 ─
위대한건설뒤에는 희생도많을 것이며 비극도있을것이다.(181~182쪽)

노인은 자신의 피맺힌 이야기를 하고서는 어디론가 사라집니다. 이후 최호는 여러 가지 생각으로 혼란스러워하지만, 곧바로 "그렇다"며 그 모든 것을 단정적으로 지워 버리고 국책에 호응하는 모습을 보입니다. 이러한 반응은 만수 노인의 이야기가 담고 있는 불행의 강도 등을 고려할 때 지나치게 부자연스럽습니다. 이러한 과도함과 어색함은, 작가가 국책을 체화하지 못한 증거라고 볼 수는 없을까요. 나아가 이러한 과도함과 어색함은 아이러니한 방식으로 제국의 논리에 대한 (무)의식적 저항을 드러내는 것으로 볼 수도 있지 않을까 생각합니다.

3

2절에서는 허준의 소설 세계를 해방 이전과 이후로 크게 양분하고 있습니다. 식민지 시기 허준의 문학 세계를 "현실에 대한 인식이나 현실과의 갈등을 찾아보기 어렵다. 그의 관심은 본질적으로 허무주의적 세계 인식과 개인의 구원이라는 문제의식에 국한되어 있었던 것이다."라고 정리하고 있습니다. 그러나 허준이 보여 준 고독의 세계는 스스로를 냉정하게 관찰하고 분석하는 자기 성찰, 자기반성의 태도에 근거한 것인 만큼 자기비판을 거쳐 세계와의 교섭으로 나아갈 수 있는 하나의 예비태로 볼 수도 있지 않을까 생각합니다. 이것은 같은 고독의 세계를 펼쳐 보인 최명익의 「심문」과 비교해 보았을 때도, 어느 정도 확인할 수 있는 특징이라고 보입니다.

발표자는 8·15 이후 허준의 변화를 "해방 공간의 변화된 역사 현실 속에서 작가는 개인적인 운명의 차원에서 벗어나 사회적인 현실에 관심을 보여 준다."고 정리하고 있습니다. 그리고 이러한 변화의 한가운데에 놓여 있는 작품으로 「잔등」을 분석하고 있는데요. 「잔등」에 대한 논의와 관련해 발표자는 '나'가 귀환의 길에 만나는 '소년'과 '노파' 중에서, "타인에 대한 연민과 공감"을 실천하는 '노파'의 발견에 더 큰 의미를 부여하는 것으로 보입니다. "해방의 환희를 구현하는 듯 보이는 소년의 모습에서가 아니라 국밥집 노파를 통해서 해방의 참된 의미가 발견된다."라는 문장이 단적인 예입니다. 그러나 「잔등」의 초점자인 '나'가 느끼는 '소년'에 대한 매혹도 상당히 강렬하다고 생각합니다. "맑고 정한 물을 마시고 자라나는 사람의 잡티가 섞이지 아니한 신선한 촉감"으로 대표되는 소년의 생명력에 '나'는 거의 본능적인 호감을 표현하고 있습니다. 작품의 여러 대목을 통해 이 소년이 북쪽의 혁명을 상징하는 존재임을 확인할 수 있는데, '나'는 다음의 인용처럼 소년의 건강한 생명력이 자신에게 크게 작용해 올 것임을 확신 내지는 기대하고 있습니다.

나는 창자 속에 아무것도 남음이 없는 웃음을 웃고 난 뒤에 소년의 이 강인한 촉지가 언제든지 한 번은 내게 능동적으로 와 작용할 날이 있을 것을 은연 중에 기대하면서 소년과 몸이 스칠락말락하는 거리를 사이에 두고 한참 동안 일부러 잠자코 걸어가고 있었다.

이후 허준이 보여 준 정치적 행보나 「임풍전의 일기」와 같은 소설에 나타난 남한 사회에 대한 강렬한 비판 의식 등을 고려할 때, 허준의 해방 이후 문학에서 '소년'이 차지하는 위상 역시 '노파'에 결코 모자라지 않다고 생각합니다. 이 부분에 대한 보충 설명을 듣고 싶습니다.

이북명 생애 연보

1908년	9월 18일 함경남도 함흥에서 출생. 본명 이순익(李淳翼).(일부 연구자들은 출생 시기를 1910년 9월 18일로 보고 있음.)
1927년	함흥고등보통학교를 졸업한 후 조선질소비료주식회사 흥남공장에서 3년 동안 노동자 생활.
1932년	《조선일보》 5월 29일자와 31일자에 첫 작품 「질소비료공장」을 2회까지 연재하다 게재 중단됨. 일본 경찰에 의해 노동자를 의식화했다는 이유로 원고를 압수당하고 투옥됨. 《신계단》 3호에 발표하려 했던 단편 소설 「기초공사」가 전문 삭제당함. 「암모니아 탱크」, 「출근 정지」 발표.
1933년	단편 소설 「여공」 발표. 《신계단》 10호에 게재하려 했던 「야구」 전문 삭제당함.
1934년	단편 소설 「병든 사나히」, 「정반」 발표. 희곡 「그래도 나는 가야 한다」 발표.
1935년	일본 잡지 《분가쿠효론〔文學評論〕》에 「초진(初陳)」 게재.(「질소비료공장」을 일본어로 번역한 작품임.) 일본 경찰에 다시 체포됨. 장편 소설 『공장가』(제1부) 발표. 단편 소설 「오전 세시」, 「어리석은 사람」, 「민보의 생활표」, 「편지 ― 가난한 안해의 수기에서」 발표.
1936년	단편 소설 「구제사업」, 「현대의 서곡」, 「요양원에서」, 「어둠에서 주은 '스켓취'」, 「도피행」 등 발표. 장편 소설 『야광주』를 연재하다 중단.

1937년	4월, 함흥을 떠나 장진으로 이주함. 단편 소설 「답싸리」, 「연돌남(煙突南)」 발표.
1938년	단편 소설 「의학박사」 발표.
1939년	장진강 수력발전소 공사장에서 일함. 단편 소설 「칠성암」, 「야회」 발표.
1940년	단편 소설 「화전민」, 「희비춘(喜悲春)」 발표.
1942년	단편 소설 「형제」, 「빙원(氷原)」 발표. 《국민문학》에 「鐵を掘る話(철을 파내는 이야기)」 게재.
1944년	단편 소설 「갑돌 어미」 발표.
1945년	해방되던 시기에 장진강 수력발전소에 있었음. 조선프롤레타리아 문학동맹에서 활동. 단편 소설 「전기는 흐른다」 발표.
1946년	북조선예술총연맹 가입. 문예총 흥남시 위원회 위원장. 흥남 노동예술학원 원장. 단편 소설 「야화(夜話)」 발표.
1947년	현지 파견 작가로 흥남지구 공장에 파견되어 활동함. 단편 소설 「노동일가」, 콩트 「구(狗)」, 벽소설 「맹세」 발표.
1948년	3월, 북조선 노동당 제2차대회 참가. 북조선노동당 중앙위원회 위원. 단편 소설 「애국자」, 「부부」 발표.
1949년	11월, 중국에서 개최된 아시아 및 대양주 직맹 대회에 참가. 단편 소설 「석별」, 「새길」 발표.
1950년	흥남에서 평양으로 옮김. 한국전쟁 시기에 문화공작대 성원으로 종군함. 이북명 단편집 『노동일가』(문화전선사) 출간. 단편 소설 「전사」 발표.
1951년	단편 소설 「악마」 발표.
1952년	소설 「조선의 딸」 발표.(1960년 『조국의 딸』로 개명 후 출판.)
1954년	조선작가동맹 중앙위원회 소설분과 위원장.(~1956년) 소비에트 작가동맹의 초청을 받아 조선작가동맹 대표단의 일원으로 소련 방문. 단편 소설 「새날」 발표.

1956년	4월, 조선노동당 제2차 대회 중앙위원회 후보위원. 10월, 조선 작가동맹 중앙위원회 위원.
1958년	조선작가동맹 중앙위원회 부위원장. 조소친선협회 중앙위원회 위원. 조선 네팔 친선 중앙위원회 부위원장. 이북명 단편 선집 『질소비료공장』(조선작가동맹출판사) 출간.
1959년	루마니아 평화 옹호 위원회 초청으로 루마니아 방문. 이북명 단편집 『해풍』(조선작가동맹출판사) 출간.
1960년	시나리오 「단결의 노래」(제1부)가 영화 「단결의 노래」로 제작 상영됨. 『조국의 딸(1), (2)』(조선녀성사) 출간.
1961년	3월, 조선문학예술총동맹위원회 위원. 5월, 조국평화통일위원회 위원. 8월, 조소친선협회 대표단장으로 소련 방문. 9월, 조선노동당 제4차 대회 중앙위원회 위원. 12월, 친선대표단장으로 쿠바 방문. 중편 소설 『당의 아들』(조선작가동맹출판사) 간행.
1962년	4월, 평화옹호전국민족위원회 부위원장. 8월, 최고인민회의 대의원 중앙선거위원회 위원.
1963년	평론 「생활의 탐구」 발표.
1964년	단편 소설 「투쟁 속에서」 발표. 수필 「위대한 계급의 명절」, 창작 수기 「「철쇄는 끊어진다」를 쓰면서」 발표.
1965년	창작 수기 「고심의 나날」, 수필 「강선의 백양나무」 발표.
1966년	수필 「비약의 새해는 밝았다」 발표.
1970년	단편 소설 「새로운 출발」 발표.
1972년	수필 「크나큰 배려 속에서」 발표.
1975년	장편 소설 『등대』(문예출판사) 간행.
1981년	수기 「작가와 함께」 발표.
1985년	수기 「새 삶의 탄생과 개화―조국과 문학」, 「두 청춘기를 살며」(당의 품 속에서 자라난 작가들) 발표.
1988년	금성청년출판사 창작실에서 현역작가로 활동 중 병으로 사망함.

이북명 작품 연보

발표일	분류	제목	발표지
1932. 5. 29, 31	소설	질소비료공장(1, 2)	조선일보, 게재 중단
1932. 9	소설	암모니아 탕크	비판 2-8
1932. 11	소설	기초공사장	신계단 2
1932. 12	소설	기초공사	신계단 3, 전문 삭제
1932. 12		인테리 ― 중편『전초전』의 일부	비판 2-11
1932. 12	소설	출근 정지	문학건설 1
1933. 3		여공	신계단 6
1933. 6. 4		시대가 요구하는 신작가 진출의 기회	조선일보
1933. 7		야구(野求)	신계단 10, 전문 삭제
1933. 7. 28	소설	질소비료공장(1)	조선일보
1934. 1		병든 사나히	조선문학 5
1934. 1	설문	1933년도에 읽으신 작품 중 가장 인상에 남은 것, 1934년에 기대하는 작가	조선문학 5

발표일	분류	제목	발표지
1934. 2		정반	우리들 4-2
1934. 3	희곡	그래도 나는 가야 한다	우리들 4-3
1934. 3		응시와 사색 속에 매일을 작가의 시간표	우리들 4-3
1934. 12. 27~28		연극인 김승일을 조함 (상, 하)	조선중앙일보
1935. 4	장편 소설	공장가	중앙 4-4(18), 제1부
1935. 6		오전 세 시	조선문단 23
1935. 7. 11		사실주의 절대 지지! ─ 창작 방법·리얼리즘·작가(4)	조선중앙일보
1935. 7		어리석은 사람들	조선문단 24
1935. 9		민보의 생활표	신동아 47
1935. 9		아관 문학	신동아 47
1935. 12		편지 ─ 가난한 안해의 수기에서	신인문학 10
1936. 1		구제사업	문학 1
		현대의 서곡	신조선 14
1936. 1. 4		주제의 적극성 기타 ─ 내가 본 조선 문단의 신경향(기2)	동아일보
1936. 1. 10		홍등가 ─ 인생 스켓취(1)	동아일보
1936. 1. 23		노인부 ─ 인생 스켓취(17)	동아일보
1936. 2		요양원에서	사해공론 2-2
1936. 3		어둠에서 주은 '스켓취'	신인문학 12
1936. 5		용광로에 봄이 오면 ─	조선문학 6

발표일	분류	제목	발표지
		어떤 작가의 독백	
1936. 5		소복의 처녀 ― 5월 수필	중앙 4-5(19)
1936. 5		조그만 제의 ― 작가의 생활 노트에서	조선문학 6
1936. 6	설문	태아의 명명은 시기상조가 아닐가 ― 조선 문단에 파시즘 문학이 서지겟는가(긴급 토의)	삼천리 8~6
1936. 6		장 문학과 농민 문학 ― 문단 일제	중앙 32
1936. 6		도피행	조선문학 2
1936. 7		불살라버린 '청춘ABC' ― 잃어버린 여주인공	신동아 57
1936. 9	장편 소설	야광주	사해공론 2-9, 연재 중단
1936. 9		암야행로	신동아 59
1936. 10		한 개의 전형	조선문학 5
1936. 12	설문	'예술'이냐 '사(死)'냐 ― 문사 심경	삼천리 8~12
1936. 12	설문	연애냐 돈이냐 ― 문사 심경	삼천리 8~12
1936. 12	설문	다시 젊어지고 십흔가 ― 문사 심경	삼천리 8~12
1937. 1	설문	소화 11년도 조선 문학의 동향	조선문학 3~1
1937. 1		해변 만담 ― 봄바람을 타고	풍림 2
1937. 1		답싸리	조선문학 17

발표일	분류	제목	발표지
1937. 3		연돌남(煙突南)	비5~3
1937. 4	수필	산상의 춘신 — 반룡산 벤취에서	풍림 5
1937. 5		정열의 재생 — 생활 보고	풍림 6
1937. 5~6		아들(1, 2)	조선문학 10~11, 미완
1938. 5. 11	콩트	비곡(초하 콩트)	동아일보
1938. 5. 17~25		의학박사	동아일보
1939. 2. 3~5		강한 지성과 인간적 본능의 옹호! 문학 건설에 자할 신제창(상, 하)	동아일보
1939. 3		칠성암	조선문학 16
1939. 6. 2~4		자기비판과 소설의 순수성 파악 — 침묵 작가의 변(상, 하)	동아일보
1939. 7		창작일기	조선문학 20
1939. 7. 28~8. 18		야회	동아일보
1939. 12	엽서	지방어	청색지 9
1940		준군에게	조선명사서한대집, 명성출판사
1940. 1	수필	문학적 독백	신세기 11
1940. 1. 31~2. 22		화전민	매일신보
1940. 4		희비춘(喜悲春)(봄의 단편)	신세기 2~3
1940. 9	좌담회	관북, 만주 출신 작가의 '향토 문화'를 말하는 좌담회 (김기림, 김광섭, 박계주, 이북명,	삼천리 12~8

발표일	분류	제목	발표지
		이용악, 이찬, 이헌구, 최정희, 한설야, 현경준)	
1942. 1	엽서 문답	앞으로 어떻게 쓸 것인가? —특히 귀하가 흥미를 느끼는 주제는?	국민문학 2~1
1942. 3	근로 소설	형제	야담 75
1942. 7		빙원(氷原)	춘추 3~7
1942. 10		鐵を掘る話(철을 파내는 이야기)	국민문학 10
1944. 10	소설	갑돌어미(모성애의 소설)	야담 75
1945		전기는 흐른다	발표지 불명
1946. 12		야화	조소문화 3
1947. 2	콩트	구(狗)	건설 3
1947. 3. 30	신간평	농민과 혁명	독립신보
1947. 8. 9	벽소설	맹세	함남로동신문
1947. 9		노동일가	조선문학 1
1947	장편 소설	조국의 산성	문화전선사
1947		새길	발표지 불명
1948. 1		승리의 선포(레쁘르따쥬)	문학예술 1
1948. 3		부부	창작집(강승환 외), 국립인민 출판사
1948. 3		애국자	문학예술 3
1948. 12. 14		승리한 동무에게 — 비료 공장의 희보를 듣고(상)	투사신문

발표일	분류	제목	발표지
1948		『승리』의 발문	흥남지구인민공장 써클 문집, 북조선 직업총동맹중앙 위원회군중문화부
1949		석별	위대한 공훈(한 설야 외, 쏘련군 환송 기념 창작 집), 문화전선사
1949		새길	소설집(한설야 외, 8·15해방 4 주년 기념 출판), 문화전선사
1949		해풍	발표지 불명
1949. 12		흥남의 환희 ― 쏘련예술 대표단을 맞이하던 날	조쏘친선
1950	단편집	노동일가	문화전선사
1950. 1		새중국을 다녀와서 ― 아세아직맹대회 일대표의 수기	인민교육 5-1
1950. 5		전사	문학예술 3~5
1951		포수 부부전(전투실기)	발표지 불명
1951. 4		악마	문학예술 4-1
1951. 8	수필	쏘련 군대를 처음 맞던 날	문학예술 4-5
1952. 10~12		조선의 딸(1~3)	문학예술 5-10~12
1954. 3		새날	조선문학

발표일	분류	제목	발표지
1954. 8	수필	위대한 쏘련 인민은 언제나 우리와 함께 있다	조선문학
1954		제5브리가다, 맹세	발표지 불명
1955		로동일가	『개선』(김사량 외), 조선작가동맹출판사
1956. 1		1956년도를 맞이하는 작가들의 창작 계획에서 (독자·편집부)	조선문학 101
1956. 10	평론	조국의 평화적 통일과 우리 문학	조선문학 110
1957. 11	수필	위대한 10월은 언제나 우리와 함께	조선문학 123
		공장은 나의 작가 수업의 대학이였다	청년문학 19
1958		공장은 나의 작가 수업의 대학이였다 — 후기를 대신하여	질소비료공장, 조선작가동맹출판사
1958	단편 선집	질소비료공장	조선작가동맹출판사
1958. 9		조국이여! 길이 번영하라	조선문학 133
1958. 10. 2		9월의 전투적 과업을 받들고 — 조선 로동당 중앙위원회 9월 전원 회의에 참가하여	문학신문

발표일	분류	제목	발표지
1958. 12		당이 부르는 길로 (작가 연단)	조선문학 136
1959		공장은 나의 작가 수업의 대학이였다	『작가 수업』(한설 야 외), 조선작가 동맹출판사
1959	단편집	해풍	조선작가동맹출 판사
1959. 1. 4		쏘베트 과학의 위력	문학신문
1959. 1. 8		승리와 더 높은 발전을 위하여 ─ 전국 농업 협동 조합 대회 참관기	문학신문
1959. 1. 15		새해 창작 계획	문학신문
1959. 2.		붉은 농민들에게 영광을 (오체르크)	조선문학 138
1959. 2. 26		공산주의 새 봄을 위하여 ─ 2월 전원 회의에 참가하고	문학신문
1959. 4. 12		녀성 투사를 장편 오체르크로	문학신문
1959. 5		기초공사장	청년문학 37
1959. 8. 21		평화를 사랑하는 사람들 ─ 루마니아 기행 중에서	문학신문
		작가들의 현실 탐구를 보다 더 강화할 데 대하여	문학신문
		평양시 현직 작가들의 협의회에서 한 리북명	

발표일	분류	제목	발표지
		동지의 보고(요지)	
1959. 9	기행	위대한 가정 속에서 — 루마니야 기행 중에서	청년문학 41
1959. 11	수필	위대한 10월의 생활력	조선문학 147
1959. 12		가는가 1959년!	청년문학 44
1959. 12. 18		조국이 있음으로 하여	문학신문
1959. 12. 25		모두 다 왕성한 창작적 앙양에로	문학신문
1960		조국의 딸(1), (2)	조선녀성사
1960. 3	시나리오	단결의 노래(제1부)	조선문학 151
1960. 4. 22		위대한 레닌의 기치 아래	문학신문
1960. 5. 17		일미 군사 동맹을 규탄한다	문학신문
1960. 7. 19		우리는 월남 인민의 편에 서 있다	문학신문
1960. 8		내가 본 작가 한설야	청년문학 52
1960. 9. 23		창성은 황금산을 자랑한다 — 창성 기행	문학신문
1961. 1.		하고 싶은 말	청년문학 57
1961. 9. 12		당의 부름을 받들고 — 제4차 당대회에 참가하여	문학신문
1961. 11	평론	천리마 기수들에 대한 형상화의 심화를 위하여	근로자 192
	수필	영원히 쏘련 인민과 함께	조선문학 171
1961. 12	정론	여섯 개 고지를 향하여 앞으로!	조선문학 172

발표일	분류	제목	발표지
1961	중편 소설	당의 아들	조선작가동맹출판사
1961		현대 조선 문학 선집 (리북명 편) 12	조선작가동맹출판사
1962. 2. 6~3. 2		큐바는 싸운다 큐바 기행 (1~8)	문학신문
1962. 3	수필	자랑찬 봄을 맞는다	청년문학 71
1962. 4	수필	그이가 가꾸어 주신 붉은 화원에서	조선문학 176
1962. 7. 27	기행문	학교 지대와 학교 도시 (큐바 기행문 중에서)	문학신문
1963. 4. 30		생활의 탐구	문학신문
1964	시나리오	철쇄는 끊어진다(「단결의 노래(속편)」)	발표지 불명
1964. 4.		투쟁 속에서	조선문학 200
1964. 5. 2	수필	위대한 계급의 명절	문학신문
1964. 6. 2	창작 수기	「철쇄는 끊어진다」를 쓰면서	문학신문
1965. 6. 15	창작 수기	고심의 나날	문학신문
1965. 8. 3		강선의 백양나무	문학신문
1966. 1. 4		비약의 새해는 밝았다	문학신문
1966. 8. 16		그해 8월	문학신문
1970. 8		기념비적 대작의 모범 — 불후의 고전적 명작인 「피바다」,「한 자위 단원의 운명은 혁명적 대작 창작에서의	조선문학

발표일	분류	제목	발표지
		위대한 모범」	
1970		새로운 출발	『빛나는 자욱』(고병삼 외), 문예출판사
1970. 11	수기	어머니당의 은덕을 생각할 때마다	조선문학
1972. 5	수필	크나큰 배려 속에서	조선문학 297
1978		로동 일가	조선단편집 2 (리기영 외), 문예출판사
1981. 2	수기	작가와 함께	조선문학 400
1985. 8	수기	새 삶의 탄생과 개화 ― 조국과 문학	조선문학 454
		두 청춘기를 살며(당의 품 속에서 자라난 작가들)	청년문학 321
2003		현대 조선 문학 선집 (질소비료공장) 35	문학예술출판사

이북명 연구서지

1932. 11	백철, 「창작계 총평 — 과거 1년간 각계 총결산」, 《신동아》
1932. 12. 21~24	백철, 「1932년도 기성 신흥 양 문단의 동향(1~4) — 문단 시형(기1)」, 《조선일보》
1933. 1. 11	정지용(외), 「문인 좌담회(9) — 사조 경향, 작가 작품, 문단 진영」, 《동아일보》
1933. 1~2	백철, 「1933년도 조선 문단의 전망 — 조선 문단의 전망」, 《동광》 40
1933. 5	김남천, 「문학 시평 — 문화적 공작에 관한 약간의 시감」, 《신계단》 8
1933. 6. 22~24	한설야, 「이북명 군을 논함 — 그의 작품에 대하야(1~3) — 작가가 본 작가(6~8)」, 《조선일보》
1934. 1. 4	백철, 「1933년 창작계 총결산(4)」, 《조선중앙일보》
1934. 8	박영희, 「상반기 단편 소설 총평 — '제2의 과도기를 넘는 조선 문학의 제 경향'」, 《신동아》 34
1935. 2. 22	임화, 「신춘 창작 개평(4)」, 《조선일보》(특간)
1935. 6. 16	엄흥섭, 「평범, 성급한 공식적 수법(3) — 6월 창작평」, 《조선중앙일보》
1935. 6	박승극, 「조선 문학의 재건설 — 상반기 창작 급평론의 비판과 일반 문학 문제에 관한 토구」, 《신동아》 44
1935. 7. 2	이원조, 「6월 창작계 일별(4) — 문예 시평」, 《조선일보》
1935. 8. 1	이원조, 「독자의 분노를 사는 인간성이 무시된 작품

	(4) — 7월 창작평」,《조선일보》
1935. 8. 2	파붕, 「상실된 성격과 전형적 성격 — 최근의 창작(4)」, 《조선중앙일보》
1935. 8. 30~9. 1	윤고종, 「이북명 씨「초진」을 읽고(1~3)」,《조선중앙일보》
1935. 10	장혁주, 「문단의 페스토균」,《삼천리》7-9
1935. 10. 13~16	박승극, 「문예 시평 — 이북명 씨의「초진」에 대하여」, 《조선중앙일보》
1935. 11	안함광, 「작금 문예진 총검 — 금년도 하반기를 주로」, 《비판》 25
1935. 12	김환태, 「회고 을해년 문단 총관 — 창작계편」,《학등》 21
1935. 12	이해월, 「이북명 군 — 동무를 말함」,《조선문단》 25
1936. 1	김태준, 「소설 강좌 — 조선 소설 발달사(속)」,《삼천리》 8-1
1936. 2. 13	임화, 「조선 문학의 신정세와 현대적 제상(완)」,《조선 중앙일보》
1936. 2	김환태, 「2월 창작계 개관 — 이달의 수확은 무엇인가 (3)」,《조선중앙일보》
1936. 3. 8	이해문, 「작가의 시야와 문예 비평의 중용성 — 공장 작 가 이북명론을 중심으로 — 시감수제(기1)」,《조선중앙 일보》
1936. 3. 25	민병휘, 「3월의 창작계 — 설야, 민촌 등 제씨의 작품에 대하야(3)」,《조선중앙일보》
1936. 6	민병휘, 「문예수감」,《삼천리》8-6
1937. 2	백철, 「「답사리」의 건실미 — 신년 본지의 우수 작품」, 《조선문학》3-2
1937. 3	안동수, 「이북명론」,《풍림》 4
1940. 3	장혁주, 「조선 문학의 신동향」,《삼천리》 12-3

1947. 2	안함광, 「북조선 창작계의 동향」, 《문화전선》 3
1947. 9	안함광, 「북조선 민주 문학 운동의 발전 과정과 전망」, 《조선문학》 1
1950. 5	한식, 「노동 계급과 문학」, 《문학예술》 3-5
1951. 6	한효, 「우리 문학의 전투적 모습과 제기되는 몇 가지 문제」, 《문학예술》 4-3
1951. 7	엄호석, 「작가들의 사업과 정열 — 최근의 창작을 중심으로」, 《문학예술》 4-4
1954. 10	한효, 「생활과 보조를 같이하는 것은 작가들의 신성한 의무이다」, 《조선문학》
1955	한효, 「민주 건설 시기의 조선 문학」, 안함광(외), 『해방 후 10년간의 조선 문학』, 조선작가동맹출판사
1955. 6~8	한효, 「우리 문학의 10년(1~3)」, 《조선문학》
1958	윤세평, 「리북명(李北鳴)」, 『해방전 조선 문학』, 조선작가동맹출판사
1958	한설야, 「작가 리북명 동무에 대하여」, 리북명, 『질소비료공장』, 조선작가동맹출판사
1958. 10	조중곤, 「작가 리북명과 『질소비료공장』」, 《조선문학》 134
1960. 3. 18.	강능수, 「작가 리북명」, 윤세평(외), 『현대작가론(2)』, 조선작가동맹출판사
1960. 3. 18	강능수, 「리북명과 단편 소설집 『해풍』」, 《문학신문》
1960. 6. 17	최준국, 「리 북명 선생님에게」(독자~작가), 《문학신문》
1961. 8. 4	박호범, 「작가의 고향 — 창작 기지 — 소설가 리북명을 찾아서」, 《문학신문》
1988	권영민, 「이북명·송영의 작품 세계」, 이북명·송영, 『한국 해금 문학 전집』 8, 삼성출판사
1988	김성수, 「제2차 방향 전환기 카프의 문학」, 김성수(편),

『카프 대표 소설』 II, 사계절출판사

1989   박대호, 「노동 문학의 현실성과 목적성 — 이북명론」, 김윤식·정호웅(편), 『한국 문학의 리얼리즘과 모더니즘』, 민음사

1989   한국비평문학회, 「체제 아부꾼들의 말로 — 이북명」, 『혁명 전통의 부산물』(납·월북 문인 그 이후), 신원문화사

1989. 11   김재용, 「「질소비료공장」에 대하여」, 《한국문학》

1990   김재용, 「일제하 노동 계급의 소설적 형상화 — 이북명론」, 『민족 문학 운동의 역사와 이론』, 한길사

1990   김재용, 「일제하 노동 계급이 걸어온 길 — 이북명의 『등대』」, 『민족 문학 운동의 역사와 이론』, 한길사

1990   김재용, 「일제하 노동 운동과 노동 소설」, 『민족 문학 운동의 역사와 이론』, 한길사

1991   김수복·양은창(편), 「이북명(李北鳴)」, 『한국 현대 소설 이해와 감상』, 한림출판사

1991   안승현, 「이북명 소설 연구」, 인하대 석사 논문

1991   임헌영·김재용(편), 「암모니아 탱크」, 『한국 문학 명작 사전』, 한길사

1991   조남현, 「한국 현대 소설의 저층」, 조명희 외, 『우리 시대의 한국 문학』 3, 계몽사

1991   조성면, 「이북명 소설 연구」, 한국정신문화연구원 한국학대학원 석사 논문

1991. 12   채호석, 「1930년대 후반기 이북명 소설 연구 —「답싸리」와「화전민」을 중심으로」, 《한국학보》 65

1992   심혜선, 「이북명 소설 연구」, 고려대 석사 논문

1992   이오덕, 「카프 작가들의 소설 문장 — 이북명」, 『우리글 바로쓰기 2』, 한길사

1992	정명호, 「이북명 소설 연구」, 단국대 석사 논문
1992	조병남, 「이북명 소설 연구」, 성균관대 석사 논문
1995	김기태, 「이북명 소설 연구」, 공주대 석사 논문
1995	김동훈, 「식민지 시대 프로 소설의 리얼리즘―최서해, 조명희, 송영, 이북명의 소설 세계」, 최서해·조명희·이북명·송영, 『한국 소설 문학 대계』 12, 동아출판사
1995	안승현, 「일제하 한국 노동 소설의 제 양상(작품 해설)」, 안승현(편), 『한국 노동 소설 전집』, 보고사
1995	이재인, 「날아가 버린 문인들―이북명」, 『북한 문학의 이해』, 열린길
1996	김재용, 「프로 소설의 확대와 동반자 작가의 변모」, 임형택·정해렴·최원식·임규찬·김재용(편), 『한국 현대 대표 소설선』4, 창작과비평사
1996	심규찬, 「이북명과 김남천의 노동 소설 비교 연구―공장 내 사건을 다룬 작품에 한정하여」, 국민대 석사 논문
1998. 12	이미림, 「이북명의 공장 체험과 노동 소설」, 《학술논총》 28, 원주전문대
1999	이미림, 「이북명의 공장 체험과 노동 소설」, 『월북 작가 소설 연구』, 깊은샘
1999	이병순, 「이북명 소설 연구」, 이인복(편), 『작가의 이상과 현실』, 태학사
2000	김진민, 「해방기 이북명의 소설 연구」, 경상대 석사 논문
2001	최갑진, 「1930년대 노동 소설 연구」, 『일제 강점기의 농민 소설과 노동 소설 연구』, 세종출판사
2001	표언복, 「'이산 문인' 찾기와 낯익히기」, 한설야·이기영 외, 『우리 시대의 작가 수업』, 역락
2001. 12	신희교, 「일제 말기 액자 소설의 양면성 연구―이북명

의 「빙원」을 중심으로」, 《한국언어문학》 47

2003   김규화, 「이북명의 노동 소설 연구―골드만의 발생론적 구조주의 방법론에 의한 고찰」, 전주대 석사 논문

2003   현길언, 「이북명」, 『(일제 강점기) 소설에서 만나는 한국인의 얼굴』, 태학사

2004   이원배, 「한국 노동 소설의 변화 양상―이북명, 이영석, 방현석의 단편 소설을 중심으로」, 가톨릭대 석사 논문

2005   송승훈·채호석, 「1930년대 노동 현실과 문학인의 대응」, 최원식·임규찬·진정석·백지연(편), 『20세기 한국 소설』 7, 창비

2006. 9   임영봉, 「노동 체험의 소설적 형상화―이북명의 후기 노동 소설」, 《어문논집》 35, 중앙어문학회

2007   신희교, 「일제 말기 액자 소설의 양면성 연구―이북명의 「빙원」을 중심으로」, 『일제 말기 소설 연구』, 새미

2008   신상돈, 「식민지 시기 이북명 소설 연구」, 명지대 석사 논문

2008. 4   조진기, 「일제 말기 생산 소설 연구」, 《우리말글》 42

2009. 4   에비하라 유타카, 「일제 강점기 한국 작가의 일어 작품 제고―《文學案內》지 「조선 현대 작가 특집」을 중심으로」, 《현대소설연구》 40

2009. 8   김진민, 「이북명의 「로동일가」 개작 양상 연구」, 《경상어문》 15

2010   남원진, 「이북명 그리고 노동자 작가, 노동 소설」, 『이북명 소설 선집』, 현대문학

작성자 오창은 중앙대 교수. **감수자 남원진** 경원대 연구교수.

허준 생애 연보

1910년　2월 27일, 평북 용천군 정차동에서 한의사였던 아버지 허민과 어머니
　　　　정순민 사이에서 출생. 본관은 양천(陽川). 5남 중 3남으로, 용천에서
　　　　유년 시절을 보냄. 몸이 허약해서 학질을 자주 앓았다고 함. 남시(南
　　　　市)의 보통학교를 다님.

1923년　가족과 함께 서울 낙원동 169번지로 이사함. 남시보통학교에서 서울의
　　　　다동(茶洞)보통학교로 전학함. 학교생활에 적응을 못하여, 수학을 제
　　　　외한 전 과목의 성적이 좋지 않았음.

1924년　3월, 다동공립보통학교 4학년을 수료함. 4월에는 중앙학교 1학년에 입
　　　　학함.

1926년　중앙학교 3학년 때 낙제를 함. 자퇴하려 했으나 친구들의 권유로 계
　　　　속 학교를 다님. 공부에는 뜻을 두지 못한 채 아리시마 다케오(有島武
　　　　郞) 등의 소설을 읽으며 문학을 하려는 의지를 다짐.

1928년　3월, 중앙고보(이전 중앙학교)를 졸업하고 일본으로 건너감. 와세다
　　　　대학 문학부 예과에 합격했으나 대학 입학의 번거로움을 피해 입학을
　　　　포기하고, 대신 본과에 바로 진학할 수 있는 호세이대학 예과에 입학
　　　　함. 일본 유학 기간 중에 본격적으로 문학을 공부하기 시작함. 신병상
　　　　의 이유로 귀국했으나, 매우 열심히 공부하여 수석을 차지하기도 함.

1934년　호세이대학 수료 후 귀국. 《조선일보》에 시 「초」, 「가을」, 「실솔(蟋
　　　　蟀)」, 「시」, 「단장(短杖)」을 발표하면서 등단. 등단 당시부터 백석, 신
　　　　현중 등과 교우함.

1935년　신현중의 동생 신순영과 결혼. 「창(窓)」, 「모체(母體)」, 「밤비」 등의 시

를 발표했으며, 등단하기 이전의 삶과 문학관을 보여 주는 수필 「나의 문학 전(前)」을 발표함.

1936년 1월, 백석의 시집 『사슴』의 출판기념회에 발기인으로 참여. 백철의 추천으로 《조광》에 「탁류」를 발표하면서 소설가로 등단. 이 작품은 많은 평론가로부터 큰 관심을 받음. 3월, 첫 딸 숭(崧)을 낳고, 4월, 조선일보 편집국 교정부 수습기자로 입사함.

1938년 3월, 아들 욱(頊)을 낳음. 《조선일보》 '신인 단편 릴레이'에 「야한기」를 연재함.

1940년 8월, 키노시타(木下)로 창씨개명함. 10월, 일본 잡지 《朝鮮畫報》에 콩트 「습작실로부터(習作部屋から)」를 일본어로 발표함. 12월, 아들 호(浩)를 낳음.

1941년 2월, 《문장》에 「습작실에서」를 발표한 뒤 만주로 건너감. 일제의 탄압으로 작품 활동이 어려워지자 만주로 건너감.

1942년 6월, 아버지 허민이 평북 용천에서 사망. 《국민문학》 주최 좌담회 '군인과 작가, 징병의 감격을 말하다'에 참석. 12월, 만주 용천에서 딸 침자(枕子)를 낳음.

1945년 해방 직후 귀국하여 12월 27일, '경성 조소문화협회'의 발기인으로 참여.

1946년 만주로부터의 귀환 체험을 바탕으로 소설 「잔등」을 발표. 2월, 개최된 조선문학가동맹 주최의 '전국문학자대회'에 참석. 8월, 조선문학가동맹 소설부 위원과 서울시지부 부위원장에 선출됨. 9월에 소설집 『잔등』을 을유문화사에서 간행.

1947년 여학교 어학 교원으로 단기간 근무함. 소설 「황매일지」, 「임풍전 씨의 일기」, 「속-습작실에서」를 발표함. 「속-습작실에서」는 이전과 다른 경향의 작품으로 사회와 적극적인 교류를 하던 허준의 당시 상황을 어느 정도 담고 있음.

1948년 「일 년간 문학계의 회고와 전망」을 《서울신문》에 발표. 8월 21일부터 26일까지 해주에서 개최된 '남조선인민대표자회의'에 대의원 자격으

로 참석함. 소설 「평때저울」을 발표했고, 「역사」를 쓰기 시작했으나 끝
맺지 못하고 월북함.

1950년 북한에서는 최고인민회의 대의원을 지낸 것으로 알려져 있음. 한국전
쟁 시기 북한군과 함께 서울에 나타남. 이후 행적은 파악되지 않음.

허준 작품 연보

발표일	분류	제목	발표지
1934. 10. 7	시	초	조선일보
1934. 10. 7	시	가을	조선일보
1934. 10. 7	시	실솔	조선일보
1934. 10. 7	시	시	조선일보
1934. 10. 7	시	단장	조선일보
1935. 8	시	창	시원
1935. 8. 2~4	수필	나의 문학전	조선일보
1935. 10. 20	시	모체	조선일보
1935. 12	시	밤비	조광
1936. 1	시	무가을	조광
1936. 1	시	기적	조광
1936. 1	시	옥수수	조광
1936. 2	단편	탁류	조광
1936. 5. 27~30	수필	오월의 기록	조선일보
1936. 6	수필	유월의 감촉	여성
1938	수필	자서소전	신인단편걸작집
1938. 9. 3~11. 11	중편	야한기	조선일보
1939. 1	좌담	신진 작가 좌담회	조광
1939. 5. 31~6. 2	평론	문예 시평 — 비평과	조선일보

발표일	분류	제목	발표지
		비평 정신	
1939. 6. 4~6	평론	문예 시평 ― 근대 비평 정신의 추이	조선일보
1940. 10	단편	習作部屋から	조선화보
1941. 2	단편	습작실에서	문장
1942. 7	좌담	軍人と作家, 徵兵の 感激を語る	국민문학
1946. 1~7	중편	잔등	대조
1946. 4	시	장춘대가	개벽
1946. 4. 7	평론	문학방법론	중앙신문
1946. 6	단편	한식 일기	민성
1946. 8	수필	민족의 감격	민성
1947. 3. 11~6. 12	중편	황매 일지	민보
1947. 4. 13	수필	문학전 기록 ― 임풍전 씨의 일기 서장	조선일보
1947. 5. 25	수필	깃발을 날려라 ― 공위 성공을 비는 작가 시인의 말	문화일보
1947. 6	단편	임풍전 씨의 일기	협동
1947. 6. 12~6. 15	수필	임풍전의 일기 ― 조선 호텔의 일야	경향신문
1947. 12	단편	속습작실에서	조선춘추[1]
1948. 1	단편	평대저울	개벽

---

1) 《문학》 1948. 7에 재수록.

발표일	분류	제목	발표지
1948. 1. 6	평론	일 년간 문학계의 회고와 전망	서울신문
1948. 2	단편	역사	민성[2]
1948. 2	수필	문학 방담의 기	민성

---

2) 《문장》 1948. 10에 재수록.

허준 연구서지

1936   백철, 「금일 창작의 최고봉 — 신인 허준의 「탁류」를 천함」, 《조선일보》

1936   안함광, 「인상에 남는 신인 문학」, 《조선일보》

1937   안함광, 「작단, 비평단의 회고와 그의 전망」, 《조선문학》

1940   임화, 『문학의 논리』, 학예사

1940. 2 김남천, 「신진 소설가의 작품 세계」, 《인문평론》

1946   김남천, 「창조적 사업의 전진을 위하여」, 《문학》

1949   정태용, 「현금 창작단의 동향」, 《신천지》

1986   권영민, 『해방 직후의 민족 문학 운동 연구』, 서울대 출판부

1987   유성하, 「1930년대 한국 심리 소설의 기법 연구」, 계명대 박사 논문

1988   김윤식, 「허준론 — 소설의 내적 형식으로서의 '길'」, 김윤식·정호웅 편, 『한국 근대 리얼리즘 작가 연구』, 문학과지성사

1988   서준섭, 『한국 모더니즘 문학 연구』, 일지사

1989   채호석, 「허준론」, 《한국학보》 15권 3호

1990   우한용, 「소설기호론의 층위 — 허준의 「잔등」」, 『한국 현대 소설 구조 연구』, 삼지원

1990   조남현, 『한국 소설과 갈등』, 문학과비평사

1991   박훈하, 「허준 소설의 고독과 현실주의 문학과의 상관성 연구」, 부산대 석사 논문

1992   김희진, 「허준 소설 연구」, 이화여대 석사 논문

1992   안경, 「허준 소설 연구」, 숙명여대 석사 논문

1992   이종화, 「허준의 초기 소설 연구」, 《현대문학이론연구》 1

1992	최혜실,『한국 모더니즘 소설 연구』, 민지사
1993	권성우,「허준 소설의 '미학적 현대성' 연구」,《한국학보》19권 4호
1993	이우용,『해방 직후 한국 소설의 양상』, 고려원
1993	정호웅,「해방 공간의 자기비판 소설 연구」, 서울대 박사 논문
1994	김민정,「1930년대 후반기 모더니즘 소설 연구」, 서울대 석사 논문
1994	최혜실,「한국 현대 모더니즘 소설에 나타나는 '산책자'의 주체」,《한국의현대문학》3
1995	김강진,「허준의「잔등」연구」,《대구어문논총》13
1995	김윤식,『김동리와 그의 시대』, 민음사
1995	오병기,「허준 소설 연구—자의식의 변모 양상을 중심으로」,《대구어문논총》13
1995	최강민,「해방기에 나타난 허준의 변모 양상」,《우리문학연구》10
1996	강진호,「1930년대 후반기 신세대 작가 연구」,『한국 근대 문학 작가 연구』, 깊은샘
1996	오양호,『한국 현대 소설과 인물 형상』, 집문당
1996	채호석,「1930년대 후반 소설에 나타난 새로운 문제틀과 두 개의 계몽의 구조」,《기전어문학》10·11호
1996	한성봉,「「습작실」연작을 통해 본 허준 소설의 서사 공간」,《한국언어문학》36
1997	박은주,「1930년대 모더니즘 소설 연구」, 한국교원대 석사 논문
1997	이나영,「해방 직후 소설의 진보적 세계관 연구」, 경북대 석사 논문
1997	이병순,「허준의「잔등」연구」,《현대소설연구》6
1997	이한준,「허준 소설 연구」, 세종대 석사 논문
1998	김지연,「1930년대 후반 신세대 작가의 연구」, 경북대 석사 논문
1998	이계열,「1930년대 후반기 소설의 자아의식의 연구」, 숙명여대 박사 논문
1998	이계열,「허준의「습작실에서」연구」,《현대소설연구》9

1999	강상희, 『한국 모더니즘 소설론』, 문예출판사
1999	박성란, 「허준 연구」, 인하대 석사 논문
1999	이영의, 「허준 소설 연구 — 잔등의 현실 모색을 중심으로」, 관동대 석사 논문
1999	장수익, 「환멸과 고독을 넘어 — 최명익과 허준」, 『대화와 살림으로서의 소설 비평』, 월인
1999	홍혜준, 「허준 문학 연구」, 서울대 석사 논문
1999	황경, 「허준 소설 연구」, 《현대문학이론연구》 11
2000	김윤식·정호웅, 『한국소설사』, 문학동네
2001	김혜영, 「허준 소설에 나타난 타자 인식의 서사적 기능과 의미 연구」, 《현대소설연구》 14
2001	임병권, 「1930년대 한국 모더니즘 소설의 양가성 연구」, 서강대 박사 논문
2002	유철상, 「해방 공간의 암흑을 밝히는 등불」, 『한국 근대 소설의 분석과 해석』, 월인
2003	김성수, 「허준의 「잔등」에 대하여」, 사에구사 도시카쓰 외, 『한국 근대 문학과 일본』, 소명
2004	김성연, 「허준 소설 연구」, 동덕여대 석사 논문
2004	김종욱, 「식민지 체험과 식민주의 의식의 극복 — 허준의 「잔등」 연구」, 《현대소설연구》 22
2004	박선애, 『1930년대 후반 문학과 신세대 작가』, 한국문화사
2005	김동석, 「해방기 소설의 비판적 언술 연구」, 고려대 박사 논문
2005	노용무, 「해방기 문학의 내적 형식과 길 모티프 연구」, 《한국문학이론과 비평》 26
2005	윤애경, 「해방기 삶의 탐색 태도와 그 의미 — 허준의 「잔등」론」, 《한국문학이론과 비평》 26
2006	신형기, 「허준과 윤리의 문제」, 《상허학보》 17

2006   엄미옥, 「잔등'의 공간성 연구」, 《한국문학이론과 비평》 32

2007   이도연, 「허준의 「속 습작실에서」론」, 《현대소설연구》 35

2007   한동혁, 「허준 소설 연구 — 주 인물의 내면의식의 변화를 중심으로」, 성균관대 석사 논문

2008   구재진, 「허준의 「잔등」에 나타난 두 개의 불빛과 허무주의」, 《민족문학사연구》 37

2008   이민영, 「해방기 귀환 소설의 경계 인식 연구」, 서울대 석사 논문

2008   이은선, 「모더니즘 소설의 체제 비판 양상 연구」, 이화여대 석사 논문

2010   노지연, 「허준 소설 연구」, 교원대 박사 논문

2010   임기현, 「허준의 「잔등」 연구」, 《한국현대문학연구》 30

작성자 이경재 아주대 기초교육대학 강의교수.

과거의 논쟁, 어제의 논쟁 그리고 오늘

안함광과 안막의 식민지 시대 비평

임규찬(성공회대 교수)

1 들어가는 말 — '논쟁(論爭)'과 '화쟁(和爭)'

안함광과 안막 하면 먼저 카프와 프로 문학을 떠올리지 않을 수 없다. 임화나 이기영, 김남천과 한설야가 그러하듯이 안함광과 안막도 카프를 움직여 나간 발걸음이자 프로 문학이 남긴 그림자다.

카프는 잘 알다시피 한국 근대문학사에서 최초로 출현한 문학 운동 단체였다. 그것도 가장 과격한 조직이었다. 그 속에서 프로 문학은 무엇보다 논쟁이었다. 목적의식기의 방향 전환 논쟁이나 볼셰비키화 논쟁, 내용-형식 논쟁, 아나키즘 논쟁, 대중화 논쟁, 농민 문학 논쟁, 동반자 작가 논쟁, 창작 방법 논쟁 등등 조직과 활동과 창작을 둘러싼 말의 전투로 치열했다. 아니, 말의 전투가 가장 치열했다. 휴머니즘론, 고발문학론, 주체재건론, 지성론 등등 카프 이후의 시대도 파장은 지속되었다.

자연 주요 논객들 역시 논쟁의 깃발로 서 있다. 물론 잠깐 얼굴을 비치다 사라진 이도 있고, 딴 곳으로 발길을 돌린 이도 있지만 카프의 역사와 함께한 인물일수록 그 형상은 더욱 또렷하다. 논쟁 자체가 카프의 역사인 만큼 논쟁에 따라 이런저런 분파의 흔적들이 도처에 출몰한다. 소장파, 볼

셰비키파, 멘셰비키파, 극좌파, 무산자파, 해소파 등등 이런저런 이름으로 아타(我他)의 구별이 활개친다.

그런데 1980년대 말 이후 카프 시대가 다시 지극히 현재적인 무대로 호출되었다. 남북 분단과 반공주의적 이데올로기의 금압 속에서 역사의 무덤이 되었던 이 시대가 '복권'과 함께 급격한 반동력을 역사 위에 펼쳐 보였다. 과거와는 달리 연구의 지면 위지만(물론 부분적으로 현실적인 문학 운동과 연관되기도 했다.) 과거의 논쟁은 또 다른 시선과 겹치며 곳곳에서 제2차 논쟁이 벌어졌다.

이번에는 과거의 논쟁 자체보다 개개인 혹은 분파가 직접 논쟁의 깃발로 내세워졌다. 임화나 안함광 등은 그 자체가 깃발이다. 분파의 흔적들은 명료한 노선과 계열로 체계화되어 정리되었다. 그러나 진행형이던 과거의 논쟁과는 달리 그때의 논쟁은 결과를 놓고 재배열하고 우열을 가늠하는 선긋기나 구획 짓기로 한창이었다.

세월은 흘러 그것은 어느덧 어제의 논쟁이 되었다. 오늘의 실감에서 그때나 저때나 이제 특별하지 않다. 그저 다른 시대와 마찬가지로 과거일 따름이다. 돌이켜 보면 당대의 논쟁에서도 그러했지만 1990년대에 이루어진 논쟁에서도 상대방을 비판하려는 의도가 앞서 부분을 가지고 전체를 쉽사리 재단한다든가 혹은 찬반(궁·부정) 입장에 대한 선입견을 가지고 쉽사리 재단한다는 식의 비판이 많았다. 가령 안함광과 임화를 두고 서로 주고받은 말을 보자.

안함광을 부정적으로 보려고 하고, 또 우리 비평사에서 지금까지는 그 이론적 수준에 비해 부당하게 무시되어 온 안함광의 문학론에 대해 정당한 평가를 하려고 하는 필자의 논지를 비판하려는 성급한 의도가 너무 앞섰기 때문이 아닌가 한다. 이런 논풍은 과학적인 국문학 연구 수립을 위해서 우리 모두 극복해야 할 것이다.[1]

카프의 '해소파' '비해소파'의 대립 구도를 논리적으로 보충하려는 강한 의도성이 개입되어 있다는 점에서 일정한 한계를 노정하고 있다고 볼 수 있다. 말하자면 해소파로 설정한 임화의 이론적 수준에 안함광을 맞세우기 위해 안함광 문학론의 한 측면만이 강조되었을 뿐, 그 문학론이 어떠한 방법을 가지고 있으며 그 방법이 얼마만큼 현실적인 정합성을 내포하고 있는가에 대한 정밀한 검토는 이루어지지 못하고 있다고 할 것이다.[2]

그래서 이현식은 이런 논쟁 풍토에 대해서 자료를 해석하고 평가하는 연구자들의 견해만이 도드라짐으로써 정작 안함광의 모습보다는 연구자들의 입장이 전면에 나서게 되는 경우가 없지 않았다고 비판하기도 했다.[3]

과거의 논쟁보다 어제의 논쟁이 훨씬 대립적이고 상호 차별적이다. 과거를 역사로 살찌우는 것이 연구의 목적일 텐데 현대의 싸움으로 오히려 과거가 더 앙상해지는 것은 아닌지. 그렇다면 과거의 논쟁을 논쟁의 지향에 비추어 온전히 되살리는 방안은 무엇일까? '교판(敎判)'의 논쟁에 맞세운 원효의 '화쟁(和爭)'이 대안처럼 떠오른다.

불교는 수많은 경전을 지니고 있으며 그 경전들마다 같은 문제에 대하여도 서로 다른 해석이 있는 예가 허다하다. 그것은 본디 불교가 대기설(對機說), 방편설(方便說)이라는 성격을 지닌 데 그 원인이 있다. 중생의 자질이나 놓인 여건 등을 감안하여 거기에 알맞은 방편으로 부처의 가르침이 주어졌다는 것이다.

그러나 서로 다른 가르침이 불교 안에 함께하는 이상, 왜 그것이 그렇게 다를 수밖에 없는가, 그러면서도 어떻게 전체적으로는 통일을 이루고 있는

1) 김재용, 「중일전쟁과 카프 해소·비해소파」, 《현대문학의 연구》 3, 한국문학연구학회, 1991, 263~264쪽.
2) 류보선, 「안함광 문학론의 변모 과정과 리얼리즘에 대한 인식」, 《관악어문연구》 15, 서울대 국어국문학과, 1990, 103~104쪽.
3) 이현식, 「1930년대 후반 안함광 문학론의 구조」, 《민족문학사연구》 5, 민족문학사학회, 1994, 168~169쪽.

가를 설명해 주어야 할 필요성은 있다. 그러한 작업은 대개 교판(敎判)이라는 것을 통해 이루어졌다. 교판이란 부처의 다양한 가르침을 어떤 기준을 통하여 구분하고 재배열하여 봄으로써 통일적으로 이해하려는 시도이다. 그것은 어떤 가르침을 최고의 가르침으로 놓고자 하는 종파의 요구에 의하여 부처의 가르침을 수직적으로 서열화한 작업을 통하여 나타났다.

교판 역시 불교를 통일적으로 보려는 시도였지만, 거꾸로 반통일적이 되었다. 다른 가르침에 대한 자신들이 받드는 가르침의 우위를 선양하려는 의도 자체가 이미 다른 교판을 상대화하는 것이며, 이것은 교판들끼리의 다툼을 필연적으로 예고한다. 타종파에 대한 자신의 우위를 내세우기 위한 논쟁의 도구가 되고 만 것이다.

그런데 대승기신론에 의하면 한 마음에 의하여 두 개의 문이 있다고 한다. 진여문(眞如門)과 생멸문(生滅門)이 그것이다. 진여문이란 모든 차별상을 떠난 본체를 보는 관점을 말하며, 생멸문은 온갖 차별상으로 드러나는 현상의 세계를 말한다.[4]

원효는 이를 수행과 관련지어 진여문에 의지하여 지행(止行)을 닦고 생멸문에 의지하여 관행(觀行)을 일으킨다고 말한다. '지행'이란 모든 분별상을 없애는 일이고, '관행'이란 모든 현상 세계의 생성 소멸의 모습을 자세히 분별하는 일이다.

이런 화쟁의 논리를 곧바로 문학 연구에 적용하기란 쉽지 않을 것이다. 다만 그런 정신과 의욕만은 가능한 한 지향해야 하지 않을까. 우리는 지금까지 교판의 논리에만 지나치게 익숙해 있다. 큰 세계로 분별상을 없애면서 통합하고 그 속에서 제대로 더 엄격하게 분별하여 제 위치를 찾게 해

---

4) 원효는 이에 의거하여 다음과 같이 말한다. "열면 무량무변한 뜻이 종(宗)이 되고 이문일심(二門一心)의 법이 그 요체가 된다. 그 두 문 속에 만 가지 뜻이 다 포용되어 어지러움이 없으며, 끝없는 뜻이 일심과 하나가 되어 뒤섞여 융화된다. 이런 까닭에 열어 벌리고〔開〕합치는〔合〕것이 자재하고 세우고〔立〕부숨〔破〕에 걸림이 없다. 열어 벌린다고 번거로운 것이 아니며, 합친다고 좁아지는 것도 아니다. 그리하여 세워도 얻음이 없고 부숴도 잃음이 없다."

주는 개합(開合)과 입파(立破)의 열린 시선, 한번쯤 '화쟁(和爭)'을 생각해 볼 때이다.

2 안함광을 둘러싼 몇 가지 이야기

안함광에 대한 어제의 시선은 아주 다양했다. 극과 극을 치달을 정도로 평가가 엇갈렸다. 카프의 사람들 가운데 가장 극단적인 평가가 함께 동거하고 있다. 물론 사태가 이렇게 전개된 데에는 1980년대 말, 일제하 프로문학이 본격적으로 연구되자마자 가장 민감한 가늠자로 안함광이 내세워졌기 때문이다.[5]

김재용의 문제 제기 이후 임화와 안함광은 하나의 대립, 짝으로 프로 문학 비평에 대한 저울추가 된 감이 없지 않다. 물론 이에 대한 반발도 많았다. 가령 다음과 같은 평가를 보자.

이들의 1930년대 비평사에 대한 새로운 구도 설정은 근대비평사 연구에 일정한 의의를 지닌다. 그동안 비평사에서 소외되었던 안함광에 대한 관심을

---

5) 1930년대 카프 진영의 주된 관심이었던 '사회주의 리얼리즘의 조선적 수용'에 대한 해석과 평가, 그리고 일제하 프로비평사와 해방 직후 문학운동사를 연결시키는 논리로 내세워진 '카프 해소파와 비해소파'의 대결 구도와 함께 임화의 대항마로 김재용은 안함광을 크게 부각시켰다. 워낙 선명한 도식과 체계화인지라 그에 대한 찬반 역시 격렬했다. 필자 역시 「카프 해소·비해소파를 분리하는 김재용에 반박한다」라는 다소 도전적인 글로 반박한 바도 있다. 프로 문학 운동의 특성상 '파'란 말이 붙을 정도면 이는 곧 조직적 차원의 움직임과 연계되는 만큼 그 구체적인 실체에 대한 점검이 당연히 뒤따라야 한다. 그 점과 관련해서 필자는 구체적인 자료 분석을 통해 '해소·비해소파'란 용어가 1930년대 후반에 실제 있었던 것이 아니고 해방 직후의 대립, 즉 조선문학건설본부와 조선프롤레타리아문학동맹의 대립을 일제 시대에까지 소급하여 만들어 낸 결과론적 해석에 불과하다고 비판했다. 그런데 김재용은 이후 "카프 해소·비해소파의 문제는 바로 이 노동 계급 당파성의 견지 여부에 달려 있는 것이지 카프 조직 자체의 해소에 대한 찬반 여부를 문제 삼는 것이 아니"라고 하여 문제의 방향을 틀어 버렸다. 실체가 아닌 해석의 문제로 바꿔 버린 것이다.

체계화시켜 리얼리즘에 대한 미학적 인식에 따라 비평사 구도를 세우는 참신한 시각과 안목은 배울 만하다는 생각이다. 그러나 임화 대 안함광의 대결 구도에 대한 연구자의 지나친 집착으로 말미암아 안함광에 대한 과도한 의미 부여 및 반대급부로 임화 폄하의 혐의가 없지 않다.[6]

하정일 같은 경우도 "김재용은 안함광이 민족문학론과 리얼리즘론을 최고의 수준에서 이론화한 비평가라고 평가하지만, 평자는 안함광이 자연주의와 낭만주의를 다소 기계적으로 결합시킨 리얼리즘론자이고 프로 문학의 헤게모니에 계속 집착한 좌편향적 민족문학론자"[7]라고 해석하기도 했다.

물론 지금까지의 논의를 종합해 보면 아직도 안함광은 그 중요성에 비추어 제대로 된 평가를 받지 못한 비평가이며, 적어도 임화와 쌍벽을 이룰 만한 중요한 프로 문학 비평가라는 견해가 일반적인 듯하다.

(1) 안함광의 창작방법론과 리얼리즘론에 대하여

식민지 시기 안함광의 비평 활동은 크게 두 시기로 이야기되어 왔다. 첫 번째는 농민 문학 논쟁과 동반자 문학 논쟁을 거쳐 이른바 창작 방법 논쟁에 적극 참여함으로써 안함광은 비평가로서 확고히 자리를 잡는 시기이다. 두 번째는 카프 해산 이후 혹은 중일전쟁 이후 이른바 1930년대 후반기의 비평 활동이다. 물론 이 두 시기를 칼로 무 자르듯이 선명하게 나눌 수도 없을뿐더러 그렇게 나뉠 만한 선명한 방향 전환을 안함광은 하지 않았다. 안함광 자신이 1933년에 행한 진술을 보자.

조선 프로 문학 운동의 명일에 대해서는 오직 카프 동지들의 태도 여하가

---

6) 김동훈, 「통일문학사를 위한 모범적 도정」, 《실천문학》 1998. 가을(통권 51호), 270쪽.
7) 하정일, 「북한 문학에의 새로운 접근을 위한 돌파구」, 《통일시론》 통권 6호, 2000, 193쪽.

결정적 의의를 가진다고 볼 수 있는 것이니, 이에 대중적 전향의 가장 중요하고도 곤란한 이 시기에 있어서 카프 동지들은 역사적 코스로의 적극적 진출을 감행할 것이냐(?) 또는 그들의 편향과 보수성과 소부르적 동요와 주저를 폭로함에 그칠 것이냐(?) 하는 문제에 의하여 그 발전의 템포가 빠르기도 할 것이며 더디기도 할 것이다.[8]

안함광의 이러한 진술이 가지는 의의는 이후의 진행 과정을 정확히 예측했고 스스로 선택한 길을 성실히 걸어갔다는 데 있다. 과거 프로 문학의 정당성 위에 이를 지속시키려는 부류에 서서, 소부르적 동요와 주저 속에서 이탈되어 가는 부류를 맹렬히 비판했다. 카프 해산 전후 혼란스러운 전형기에서 이를 지탱해 주는 유일한 출구가 바로 이탈의 출구이기도 한 소셜리스틱 리얼리즘을 둘러싼 창작방법론이었고, 안함광 역시 이와 관련해서 열정적인 논의를 펼쳤다. 그런데 안함광을 긍정적으로 보는 시각이든 부정적으로 보는 시각이든 안함광의 최종 선택과 자기비판과는 다르게 그가 중도에서 독특하게 제기한 '유물변증법적 리얼리즘'론을 매개로 하여 평가가 이루어져서 흥미롭다.

사실 사회주의 리얼리즘과 유물변증법적 리얼리즘을 단순 대비하여 찬반의 근거를 여전히 뒤적이는 일은 부질없는 작업일 것이다. 굳이 안함광에게서만이 아니라 창작 방법 논쟁 자체가 지금으로서는 철 지난 논의로 치부되는 감이 없지 않다. 같은 나라, 같은 시대 내에서조차 예술적 사유의 '단일한 흐름'을 생성시키는 동일성은 존재하지 않으며 또 존재할 수도 없다는 것이 그 뒤의 결론이다. 실재 현실의 다양성뿐만 아니라 실천과 체험의 다양성이 예술적 창조의 다양성을 낳는 기초가 된다는 지극히 평범한 문학적 진리를 상기하자.

---

8) 안종언, 「1932년 문단의 개관과 신년 문단의 전망」, 『안함광 평론 선집』 2권(박이정, 1998), 284~285쪽.(이하 안함광의 비평은 김재용·이현식 편 『안함광 평론 선집』 전 5권에서 인용한다.)

오히려 당대에도 예술 방법의 본질과 한계에 관한 문제는 전 세계적으로 단지 사회주의 리얼리즘을 위한 어떤 과제로만 규정되지 않고, 예술학 및 문예학의 전반적 발전, 예술 유산의 연구와 이용 등 매우 복합적인 미학적 과제로 확산되었다. 그렇다면 지금까지 안함광의 창작방법론과 리얼리즘 론은 어떻게 이해되어 왔는가.

이와 연관해서 가장 적극적인 의미를 부여했던 이현식은 「창작 방법 문제 논의의 발전 과정과 그 전망」을 창작 방법 논쟁을 거쳐 안함광이 얻은 최고의 이론적 성과물이자 그의 비평적 여정에 한 시기를 획하는 글이라고 평했다. 그리고 그 구체적 내용으로 크게 세 가지를 들었다. 첫 번째로 리얼리즘에 대한 역사주의적 접근, 두 번째로 리얼리즘을 미적반영론에 입각하여 새롭게 인식하고 있다는 점, 세 번째로 그렇게 인식된 리얼리즘을 소련과 다른 조선 현실에 어떻게 구체화시키느냐 하는 조선의 특수성 문제가 그것이다.

이러한 정리는 안함광의 문제의식에 기반하여 그것의 적극적 의미를 공유하는 데 상당한 의미가 있다. 그러나 안함광의 논의에서 주의할 점은 정작 논의의 결실인 구체적 내용과 본질에 대해 별로 이야기하지 않았다는 사실이다. 안함광이 파악한 역사주의나 미적반영론의 구체적 내용은 무엇이며, 조선의 특수성에 대한 구체적 분석 내용은 무엇인지 선뜻 동의되지 않는다. 가령 이현식이 파악한 안함광의 '역사주의'를 보자.

첫 번째로 리얼리즘에 대한 역사주의적 접근이다. 그는 서구 리얼리즘의 발전 과정을 역사적으로 고찰하면서 초창기 카프 문학의 관념 편향성도 진실한 리얼리즘으로 발전하는 단계로서 로맨티시즘의 성격을 지닌 것이었다고 판단한다. 이것은 앞에서도 지적한 바 있듯이, 안함광이 초창기 카프 문학을 '시발적 단계의 필연적 현상'으로 이해했던 것과도 통한다. 이렇게 대상에 대해 역사주의적으로 접근하게 되면 현재의 문제점도 상대화시켜 인식할 가능성이 열린다. 즉 대상에 대한 객관화된 이해와 더불어 대상을 발전적 시각에

서 접근할 터전이 마련되고, 그에 따라 앞으로의 진행 방향도 가늠할 수 있게 되는 것이다.[9]

사실 이러한 분석은 안함광의 시각 그대로를 받아들여 문제를 더욱 확대시킨 또다른 사회학주의에 가깝다. 무엇보다 안함광은 발생사를 가치 평가와 분리시키지 않고 '사회학적 등가물'을 찾아내는 사회학주의의 기본 원칙에 충실했다. 사회학주의에서 '시발적 단계의 필연적 현상'이 함유하는 바가 무엇이던가. 이는 1933년의 글 「창작 방법 문제의 토의에 기하여」에서 대표적 사회학주의자인 마짜의 견해를 자세히 인용하며 제시한 바 있다. '이데올로기적 요소와 심리적 요소'로 이분화하여 그 비례 관계로 계급 투쟁 3단계를 이야기한 매우 단순한 사회학적 도식의 역사관이다. 이것은 예술의 발전과 사회의 발전이 불균등한 관계가 이룬다는 마르크스의 언급에서 출발한 역사주의와 확연히 대립된다. 또한 많은 사람들에게 관심을 받는 '조선의 특수성' 주장도 마찬가지이다. 1927년 테제를 한 번 언급한 경우가 고작일 뿐 그 구체적 내용은 자세히 분석되거나 기술된 바 없다. 강조된 것은 소련의 현실'과 다르다는 사실 자체였다. 그런데도 이것을 명제화하여 은연중 높이 평가하는 것은 그후의 '민족문학론'이 환기하는 문학의 이념과 과제에 대한 특수성의 상상 때문이 아닐까. 오히려 이 논의에 내포되어 있는 보이지 않는 이식성을 보자.

소비에트 러시아에서 제기된 소셜리스틱 리얼리즘은 조선에 있어서도 적용되지 않아서는 아니될 현실적 근거가 충분히 있다는 것이 한군[한효—인용자 주]의 소론이다. 이는 삼산계(森山啓)의 다음의 명제 즉 "'소시알리스틱 리얼리즘'은 사회주의적 현실(세계의 '근로 계급의 생활')의 발전 과정의 객관적인 진실한 예술적 표현에로 유도하는 창작 방법인 것이다."라고 한 것과 동일

_____

9) 이현식, 앞의 글, 173쪽.

한 성격의 것인바 이에 대한 반박으로서 필자는 필자 자신의 기다란 변설을 가질 것 없이 소굴심이(小掘甚二) 또는 구보영(久保榮) 등의 공통된 의견으로 되어 있는 다음의 명제, 즉 그는 "자본주의적 현실 가운데 실재적 '가능성'으로서 존재하는 사회주의를 '현실성'과 오인하여 관념 체계와 경제 체계를 혼동했다."는 것을 인용하면 족하리라 생각한다.[10]

자연스럽게 연관되는 것이 안함광의 '사대주의 혹은 관념성' 비판이다. 안함광 역시 러시아나 일본의 논의에 많은 부분 빚지고 있다. 거론된 인물만 보더라도 마짜나 꼬간 등 사회주의자들의 견해가 중심을 이룬다. 그런데 '사대주의'와 '관념적 추종'에 맞서 '국제주의'와 '특수성'이란 용어로 맞대응한다. 보기에 따라 동전의 양면 같은 이 점 역시 구체적 내용을 하나하나 점검해서 그 실체를 규명해야지 막연히 언급된 용어나 선언으로 우열을 따진다고 능사는 아니다.

사실 안함광의 글은 다음과 같은 라프의 '사회학주의'에서 크게 벗어난 적이 없고, 또 그것은 안함광의 글 여기저기서 이른바 원리적 차원에서 제시된 것들이다.

1) 예술적 노동은 예술가가 몸담고 있는 사회 계급 내지는 그를 '심리'의 표현이라고 간주할 수 있다. 2) 세계관과 방법의 관계는 전반적으로 모순 없는 관계, 즉 구조적으로 동질적이라고 볼 수 있다. 3) 예술은 인간의 사유, 즉 형상 속의 사유가 지닌 독특한 형식이다. 4) 프롤레타리아 문학의 방법은 사적유물론 철학과 방법론적인 면에서 분리되어서는 안 된다. 오히려 그것은 특수한 형식으로, 즉 예술만의 고유한 형식으로 실현되는 변증법적 유물론 방법의 적용으로 간주될 수 있다.[11]

---

10) 안함광, 「창작 방법 문제 재검토를 위하여」, 『안함광 평론 선집』 1권(박이정, 1998), 40쪽.
11) 홀거 지이겔, 정재경 옮김, 『소비에트 문학 이론』(연구사, 1988), 166쪽.

그런데 안함광의 비평은 논평적 글쓰기에 가깝다. 주요한 쟁점에 빠짐없이 참여하는 성실한 모습을 안함광에게서 쉽사리 찾아볼 수 있다. 물론 상대가 다시 반박하거나 많은 논자들이 참여할 경우 그 역시 논쟁적인 방식으로 참여하여 적극적인 비평 활동을 전개해 나갔다. 하지만 여기서 논쟁적이기 이전에 '논평적 글쓰기'라 굳이 표현한 것은 안함광 자신이 독자적으로 자신의 입론을 먼저 제기하고 그를 위해 구체화해 나간 적은 거의 없다는 사실 때문이다. 항상 대상에 대한 비판이 앞서 있다.

　실제로 가치의 저울추를 어디에 두느냐에 따라 크게 상반된 평가가 나왔다. 비판만을 주목하고 그로부터 도출된 논리의 구체성과 결부시키지 않으면 이 또한 정확한 해결일 수 없다. 가령 '유물변증법적 창작 방법'을 제창하기까지 하다가 '사회주의 리얼리즘'을 마침내 수용하면서 그가 취했던 태도 하나를 보자.

　　이리하여 이것은 어디까지든지 한 개의 반발일 뿐이었고 사물의 정당한 인식은 아니었던 것이니 상기한 바와 같은 문단적 현상의 추출적 원인은 결코 사회주의적 리얼리즘의 조선적 적용성의 미숙에 있는 것이 아니라, 그 수입의 방법과 그 방법의 발현 형태가 다분의 관념주의성을 대동한 것이었던 때문이라고 지금의 나는 생각한다.[12]

　"사회주의적 리얼리즘의 조선적 적용성의 미숙"과 "수입의 방법과 그 방법의 발현 형태"가 대립적인 것이 아닌데도 이런 대결을 통해 문제의 탐구는 은연중 방기된다. 사실 사회주의적 리얼리즘을 둘러싼 당시의 논의는 그 자체에만 한정되지 않는 매우 역동적이고 복합적인 과정을 담고 있다. 임화가 "사회주의 리얼리즘 문제를 우선 창작 방법 일반에 관한 논쟁과 구별해야 하며 세계관과 창작 방법의 일반 관계는 순전히 미학상의 문제"라

---

12) 안함광, 「창작 방법 문제 논의의 발전 과정과 그 전망」, 앞의 책, 67쪽.

고 했듯이 미적 반영론을 포함한 여러 문예학적 논의와 연관되며, 또 문화 유산의 계승 문제로도 이어져 문학사 작업으로 나타나기도 했다.

「극좌적 편향과 그 비판의 우익적 관념론으로의 전향」이란 평문도 있듯이 이것 역시 안함광이 즐겨 쓰는 표제다. 그런데 안함광은 '진실을 그려라'라는 명제를 백철 등이 내걸고 우익적 관념론으로 전향했다고 맹렬히 비판하면서 상대적으로 당파성, 정치성, 계급성을 강조했다. 이런 현상 비판은 분명 타당하며 나름대로 일반적인 현황의 문제점을 파악하는 데 큰 윤곽을 제시해 준다. 그러나 그로써 당파성이란 범주가 객관적 진리란 범주와 상관을 이루면서 논의되는 오늘의 미학적 수준에서 보면 안함광이 구축해 나가는 미학 세계는 비판을 통한 배제로 그만큼 협량해진다. 그것이 때로 좌편향에 빠지는 자기 함정이 되기도 했다.

전 시대와의 연속성이나 비판에 못지않게 획기적 전환을 요청하는 시선 속에는 이런 복합적 성취에 대한 기대가 있다. 예술적 방법이 이데올로기적 입장에 직접적으로 종속되어 있다는 안함광의 입장과는 달리 이 시기에 들어 세계관과 방법을 하나의 통일체로 보면서도 이것들의 변증법적인 모순들이나 대립들이 실제로 이율배반적 성격을 띨 수도 있다는 점이 제기되면서 다양한 개성론이 나올 여지가 그만큼 커졌으며, 과거의 유산에 대해서도 폭넓은 시야를 확보할 수 있게 되었다. 1930년대 후반의 문학적 성취에는 이런 비평적 개성의 확산도 함께 하고 있다는 것이 발표자의 생각이다. 오히려 이 점에서 안함광이 보여 준 바는 세계관과 창작 방법의 일반 관계라는 매우 제한된 영역에만 머문 감이 없지 않다. 그래서 김유정, 이상, 이태준을 논하면서도 논의의 내용이 자꾸만 리얼리즘 문제들로 협소화되고 또 그 속에서 예술의 본질과 기능이 다시금 이데올로기를 매개로 한 객관적 현실과의 인식 관계로 환원되고 만다.

(2) 1930년대 후반기 안함광의 분열: '주체건립론'을 중심으로

안함광에 최고의 찬사를 바친 김재용은 안함광의 주요 성취가 중일전쟁 이후에 있다고 말한다. 말하자면 카프 해산 이후 개별적 활동을 벌이던 시기의 안함광을 주목하여 거기에 임화를 맞세웠다. 거기서 임화와 안함광은 하나의 시소처럼 한 사람이 올라가면 한 사람은 내려가야만 하는 적대적 양상이다. 서두에서 말한 '교판'의 원리가 그대로 작동하는 대결의 공간이다.

그러나 안함광의 비평을 상세히 훑어보면 안함광의 임화에 대한 태도는 박영희나 백철에 대한 태도와는 확연히 다르다. 간혹 이루어지는 언급에서 느껴지는 비판의 성격이란 것도 논쟁이나 대결적 태도라기보다는 체질이나 활동 방식의 차이에 가깝다.[13]

김재용은 1938년의 「문학과 성격」을 대단히 중요시했다. 그러나 그것과 더불어 3년 뒤에 발표한 「임화 저『문학의 논리』 평」도 함께 보는 것이 유의미하다. 두 글은 같으면서도 다른데, 뒤로 갈수록 나름의 '화쟁'이 빛난다. 성급한 비판을 긍정으로 전도하며 특질은 특질대로 드러내는 방식이 인상적이다. 먼저 「문학과 성격」을 보자.

---

13) 본문에서 언급된 두 글 외에 안함광의 임화 비판을 순서대로 정리하면 다음과 같다. 「최근 조선 문단의 동향」(《중앙일보》 1933. 9. 23~9. 30)에서 임화가 행한 김남천의 「물」과 이기영의 「서화」에 대한 평에 크게 동조한다. 다만 부르주아 작품 평에서 "우리들이 응당 지켜야 할 계급적 무장을 떠나서 반계급적인 사교성을 대동(帶同)하고 현출되는 한 개의 감상문류로 타락하면서 있다."라고 비판했다. 다음 「조선 문예 비평계의 동향」(《중앙일보》 1933. 12. 13~12. 23), 「문예 평단의 이상 타진 ― 건전한 비평 정신의 옹호」(《비판》 1936. 3)에서도 임화의 평론에 대한 옹호가 나온다. 다만 임화가 안함광의 '조선의 특수성론'을 비판한 것에 항의한다는 「창작 방법 문제 논의 발전 과정과 그 전망」(《중앙일보》 1936. 5. 30~6. 10)이 그 강도에선 센 편이다. 그 외에 「7월 창작」(《조선문학》 1936. 9)에서 작품 평에 전체적으로 동의하면서 부분적인 이견을 말한 대목이 있고, 「문예비평의 논리와 형태」(《조광》 1939. 4)에서 "극좌적 견해의 개성관을 가지고 있던 임화 씨가 어느새 비평 실천에 있어서는 구렁이 담 넘듯이 그를 양기(揚棄)한 것까지는 좋은데 상금(尙今)껏 그의 논리적 시정에 대하여는 활달한 태도를 가지지 못하는 편협한 근성을 양기하지 못하고 있다는 것은 어이된 일일까?"라고 인간적인 면을 비판한 대목이 있다.

임화는 이전에는 저돌적이고 직충적(直衝的)이어서 마치 창검을 들고 요새지로 향하는 돌격대와 같은 감이 있었다. (중략) 이전의 돌격사는 지금에 있어는 사려 깊게 행동하고 적을 상찬하는 거와 같은 태도로서 슬그머니 일격을 가해 보려는 유격술에로 변했다. 이러한 유격술에로 변했다는 것은 정체(停滯)의 초극성, 정신의 다방성(多方性), 개성의 굴신성 등의 면을 설명하는 것으로 실로 상찬에 치(値)할 일이어니와 그와 동시에 일정한 테마의 일관(一貫)이란 것이 없이 요설적 경향에로 떨어짐에 의하여 상찬도 일격도 한낱의 애매한 분위기에로 몰아넣어 버리는 무성격의 사태를 정로함이 또한 없지 않다. (중략)

이전에는 씨의 혼란된 논리를 미봉해 주던 것은 뚜렷한 비평의 정신이었다. 허나 유격술로 옮아온 이후로는 문장은 한결 만만해졌으면서도 비평 정신의 혼란 때문에 하등 명확한 인식을 가질 수 없다. 씨의 세태소설론이 그렇고, 통속소설론이 그렇다. 전자는 논리의 혼란과 정신의 애매, 후자는 간요(肝要)한 문제에서는 멀리 외면한 범범(凡凡)한 상식론. 무엇보다도 먼저 많은 사람에게 격렬한 유죄의 선고를 내린 기준에 대한 금일적 견해를 선양함이 필요치 않을까! 이는 인간적 성실이라는 일점에서도 그러하다.[14]

굳이 더 설명할 필요없이 이 글의 논조는 "정체의 초극성, 정신의 다방성, 개성의 굴신성" 등 긍정적 상찬이 앞서고, 뒤이어 "요설적 경향" "무성격의 사태", "비평 정신의 혼란" 등 부정적 비판으로 동전을 뒤집듯 돌려진다. 그런데 「임화 저 『문학의 논리』 평」에서는 전체적으로 '비협화음'을 "절실한 심정의 논리", "사실(寫實)"에 철하려고 한 인간의 표정", "긍정에 즉하여 원숙" 등으로 해석하여 이를 "성숙한 정신적 향연"으로 상찬한다.

그러나 나이 30이 지나면 때로 면경을 대해서 뜻밖에 선친의 모습을 닮아

---

14) 안함광, 「문학과 성격」, 『안함광 평론 선집』 2권(박이정, 1998), 77~78쪽.

가지고 있는 자신의 모양에 놀라게 되는 순간이 있거니와, 『문학의 논리』에 있어 사실적(寫實的)인 흡수를 밑바지하고 있는 것은 역시 자기 경험의 아름다움과 자기 사유의 존귀함에 대한 뿌리 깊은 신뢰의 정신이다. 이러한 정신적인 요소가 사실의 흡수체로 하여금 광망(光茫)을 발산케 하는 유일한 비고(秘庫)로 되어 있다고 생각되어진다. 『문학의 논리』의 특색은 앞과 뒤만 조금씩 고치면 후일 문학사의 구성에 그대로 이용되어짐에 족한 많은 논고를 포옹하고 있는 데 있다고 생각하거니와, 이도 요컨대 강렬한 정신이 성실한 흡수의 밑을 비고 있는 때문이다.[15]

그런데도 이 글에서 안함광은 "문제 평론이나, 시사 비평에 비하여 기초 평론이 희소"하다는 면을 특별히 지적한다. 이 점은 역으로 안함광의 비평적 체질을 환기시킨다. 안함광의 많은 비평은 논문 투에 근사한 '기초' 평론이다. 그러고 보면 「문학과 성격」에서 임화를 비판했던 몇몇 잣대는 안함광 자신을 대표할 수 있는 비평의 특질이기도 하다. 가령 "뚜렷한 비평 정신", "인간적 성실" 등이 그것이다. 반면에 임화를 상찬했던 점들은 상대적으로 그에게서 부족한 비평적 자질이라고도 볼 만하다.

이런 쌍방적 시선을 더 넓게 적용할 때 적어도 안함광에게서 임화는 상보적인 위치에서 항상 함께 걸어가는 동지적 형상이다. 실제로 임화를 비판하면서 말했던 '요설적 경향'은 안함광에게서 뒤늦게 나타나는 비평의 특징이기도 하다. 가령 다음과 같은 발언은 안함광의 지금까지 비평에서 보자면 매우 이질적인 것이자 보기에 따라 자신의 '노동자 계급 당파성' 지론을 전면 비판하는 발언에 가깝다.

우리는 과거의 경향 문학을 상기치 않을 수 없게 된다. 그의 차질적 편향은 비평 실천에 있어 영역의 확대란 것과 문학과 정치와의 공식적 해석과를

---

15) 안함광, 「임화 저 『문학의 논리』 평」, 앞의 책, 218쪽.

콤퓨즈하는 데로부터 시작되었었다.

물론 정치란 모든 생활이 집약적으로 표현되어지는 마당이어서 정치와 생활의 밀접한 연관성에 대하여는 새삼스러이 첩첩(喋喋)할 필요까지도 없는 일이나 그러나 실지에 있어는 생활이란 획일적인 물건이 아니라, 적극성과 소극성, 정상성과 편집성, 생리성과 병리성, 행동성과 사색성(!) 기타 등등의 다양한 특징 위에서 영위되어지고 있는 것이 사실이다. 실로 고전이 우리에게 제시해 주고 있는 세계의 넓이와 깊이도, 요컨대 이러한 생활의 다양성을 기반으로 한 자연스런 개화에 불외하다.

한데 과거의 경향 문학에 있어는 이러한 다양성을 등한히 하고 오직 관념적 존재로서의 정치만을 일방적으로 강조하여 그로서 비평의 영역이 확대되어진다고 생각한 결과, 실재적으로는, 첨단적이나, 그러나 결국 영역의 협애성을 면치 못했고 따라서 문학 위에 전 생활적인 과즙을 부여하지는 못했다.[16]

적어도 이러한 정황을 놓고 보면 후반기 안함광의 독특한 입론으로 평가받는 '초극의 문학'이나 '성격 창조와 픽션' '주체 건립' 문제도 예전과 비교하여 예사롭지 않다.

먼저 이 시기 안함광의 대표적 발언으로부터 이야기를 시작하자.

경향 문학은 환경의 초극을 테마로 했다고 하면 그 이전의 문학 세계는 단순히 환경의 설명자의 위치에 있었다고 이해할 수 있다.[17]

바로 이러한 지점을 주목하여 김재용은 안함광과 하나가 되어 노동자 계급의 문학은 그 외의 문학과 분명히 그 성격을 달리하고 있으며 결코 혼동될 수 없다고 주장한다. 그러나 이것이야말로 사회학주의의 시야에서 끝

---

16) 안함광, 「문예 비평의 전통과 전망」, 앞의 책, 198쪽.
17) 안함광, 「문학과 성격」, 앞의 책, 73쪽.

내 발을 빼지 못하고 있음을 말해 주는 증거이다. 이 시기의 질적 전환과 함께 확산되던 다양한 미학적 노력과 문학사적 성취를 떠올려 보면 안함광에서 보이는 이분법의 확연한 도식, 단순성은 역설적으로 위기의 징후이자 혼란의 표징이 아닐까.

사실 '성격 묘사나 창조' '픽션', 그리고 '구성에서 설화와 묘사의 통일' '전형' 등의 논의도 김재용, 이현식의 분석처럼 그런 깊이 있는 미학적 논의가 아니다. 오히려 기존 문학 대 경향 문학이란 선명한 도식 위에다 매우 일반론적인 문예 개념을 덮어씌움으로써 논리 전개나 구조적 인식이 매우 혼란스럽다.

안함광의 픽션론을 이야기하면서 하정일은 '의욕의 세계'로만 보고 '가시의 현실'은 아니라고 한 이야기(「문학과 성격」)를 근거로 혁명적 낭만주의론을 이야기하고, 김재용은 '가시적 현실과 의욕적 현실과의 연관에서 세계를 창조'(「문학의 진실성과 허구성의 논리」)한다는 또 다른 발언을 근거로 이를 반박한다.

그러나 매우 이론적인, 그리고 추상도가 높은 평론의 이런저런 세목을 큰 틀로 왈가왈부하기보다는 이 시기를 가로지르는 더 심층적인 안함광의 의식에 눈길을 돌려 보자. 무엇보다도 허무주의자에 가까운 안함광의 현실 인식이다.

한데 우리는 여기에서 그러한 사상적 발전에 교체되어진 성격을 대별하여 두 개의 형태 ─ 즉 '신념적 그룹'과 '존경적 그룹'으로 구분해 볼 수 있는 것이나 아닐까. 그렇다고 하면 한때 조선 문학의 중심 세력이던 '경향 문학'은? 하고 생각해 볼 때에 그는 보다 많이 후자의 성격에 의속(依屬)되어진 것이나 아닌가고 생각되어진다. 그렇다고 해서 나는 그가 조선 문학에 기여한바 공적이라든가 또는 역사적 의의를 무시하는 것은 아니지마는, 그는 일반적인 의미에 있어 시대 사상에 대한 주체적 신념을 가진 집단이었다느니보다는 차라리 시대 사상을 존경하는 이데올로그, 소시민 청년들의 집단이었다는 것을 부인할 수는 없다고 생각한다. 이리하여 한때 작가의 실천 문제를 논하고 따라서 서물(書物)주의를 배격했지마는 그는 결국 그 자신이 한 개 서물주의 자에 불과했다는 희비극을 정로(呈露)한바 되었다.[18]

매우 근본적이고 철저한 자기 성찰을 촉구하는 것처럼 보이기도 하지만, 사실상 현실의 낙후성에 굴복한 허무주의가 진하게 읽힐 따름이다. 뒤이어 다음과 같은 구절이 덧붙여져 있다.

물론 '주체 재건'이란 말이 불리워지기 시작한 동경 문단의 경우에 있어서 는 그 말은 아무 모순 없이 사용되어질 수 있는 명제다. 그렇다고 하는 것은 그곳에 있어서는 국제적 시대사상을 수요한 바 현실적 조건과 작가의 주체적 생활과가 합리적으로 통일 교섭되어진 심화면(深化面)을 제시한 바 있어 결코 조선의 문학 운동과 동시일에 논단할 수 없는 상이한 특성 위에 연유된 것이 기 때문이다.[19]

안함광은 소련을 넘어 이제 일본과도 다른 현실을 들어 자기비하의 가 장 밑바닥으로까지 내몬다. 사회적 경제적 조건이 미숙한 우리의 경우 국 제적 시대 사상을 일정한 물질적 힘에로까지 승화시키기 위한 모멘트를 얻 지 못했기 때문에 '재건'이 아니라 '건립'을 문제 삼아야 한다는 독특한 역 사관, 아니 이미 그 이전부터 배태되어 있는 안함광식 역사관의 원리가 상 황에 따라 이렇게까지 내려앉은 것이다. 이쯤해서 안함광이 즐겨 쓰는, '원 리의 구체화'라는 명제가 어떻게 작동하는가 보라. 그것은 곧 안함광에게 서 원칙적인 어떤 방법론적 반성이 아니라 어느 경우에나 새로운 사회적 미학적 조건이란 관점에 따라 '보완과 심화' '긍정과 부정'의 형식으로 나타

---

18) 안함광, 「조선 문학의 정신 검찰」, 앞의 책, 37~38쪽.
19) 안함광, 앞의 글, 42쪽.

났다.[20] 그래서 안함광의 '주체건립론'을 상세히 추적한 논자도 '주체 건립 → 세계관의 주체화 → 생활과 통일된 세계관 → 사회 변혁을 위한 올바른 세계관에 입각한 생활 실천'으로 요약된다며, 일관된 원칙론의 수준에서 벗어나지 못했다고 결론을 내린다.[21]

그런 점에서 '초극의 문학' 역시 같은 허무주의적 배경의 산물이다.

나는 전회에서 조화의 의식의 문학과 초극의 의식의 문학이란 말을 썼다. 이는 따로 문학에 있어서의 관찰의 태도와 인식의 태도라는 두 개의 범주로도 분류할 수 있는 문제다. 한데 '관찰'이란 인식의 전단적(前段的) 세계에서 멎어지는 태도다. 이리하여 전자가 일체의 선입주견과는 그 자신을 구별하는 처소에서 현실에 임하는 태도라고 하면, 후자는 세계관에 참여하는 세계, 즉 혹정의 이상을 전제로 하는 세계다. 전자가 사실의 파악이라고 하면 후자는 '진리'의 탐구다. 그렇기 때문에 '관찰을 위한 관찰의 문학'을 니체는 '행상인의 심리'라고 경멸했고 베르그송은 '닫혀진 사회'라고 비난했다. 기실은 그런 대로나마 베르그송의 '닫혀진 사회'의 비난에 치(値)할 만한 '관찰의 문학'이 무어 있느냐고 누가 물어도 대답하기에 곤란할 일이지마는 좌우간 초극의 의식을 상실한 지금의 조선 문학은 마침내 문학의 인식적 의의라는 것까지도 시간적 동시성을 갖고 상실했다는 것만은 이야기할 수 있는 일이다.[22]

이론적 밑받침으로 인용된 니체와 베르그송이 환기하듯, 또 다른 글에서 '조선 전통에 대한 박약'을 비판하며 '창조'란 말을 구사하고 있듯이 이

---

20) 이현식이 30년 후반의 지성론을 언급하면서 지적한 다음 사항도 이와 연관된다고 생각한다. "결론적으로 그의 지성론은 일종의 열린 체계를 지향하고 있기에 어떤 하나의 방향으로 이론이 필연적 귀결을 보인다기보다는, 상황에 따라 이론의 체계는 체계대로 존재하면서도 논의의 지향점이 뒤바뀔 가능성은 얼마든지 있다는 것이다."(이현식, 앞의 글, 181쪽)
21) 신재기, 「안함광의 '주체건립론' 비판」, 《한국문예비평연구》 4, 한국현대문예비평학회, 1999.
22) 안함광, 「문학과 성격」, 앞의 책, 75쪽.

시기 들어 안함광의 용어들은 극과 극으로 흔들리면서 부유하고 있다.

그런데 이 시기 안함광에게서 뜻밖에도 매우 매력적으로 다가오는 것이 있으니 그것은 구체적인 작품 평 등 실제 비평이다. "작자가 한 개의 작품을 구상 창조하기 위해서 회심의 정력을 다하는 것이라면, 평가 역(亦) 동종의 정력과 성실한 태도로, 작품 가운데 들어가 작자와 더불어 호흡을 같이하고, 공감적 친화력을 갖는 정신적 상태에서(이 말은 결코 작품 추수주의를 말하는 것은 아니다.) 작품 그 자체에 입각한 평가(評家)의 꿈을 노래 불러야 할 것이 아닌가!"[23]라는 발언에 버금가게 그의 실제 비평이 달라졌다. 1938년부터 40년에 걸쳐 「이용악 시집 『낡은 집』 평」, 「문학하는 마음」, 「김남천론」, 「한설야 저 『청춘기』」, 「상반기 창작계의 동향」, 「지향하는 정열의 호곡」, 「최근의 작품 경향」, 「애수와 만심의 경향」, 「로만논의의 제문제와 『고향』의 현대적 의의」 등에서 확실히 예전과 다른 깊이와 확대와 문체의 변화가 느껴진다.

그렇다면 상당히 추상적인 안함광식 '기초' 비평과 실제 비평의 괴리야말로 이 시기 안함광의 분열적 본질이 아닐까? 논쟁적 시선이 만든 뼈다귀만의 조합이 아닌 온전한 몸 자체가 내보이는 이런 마음의 갈래들이야말로 안함광 비평의 생동하는 모순이 아닐까. 그러나 뒤이은 친일의 흔적과 해방 후의 북쪽 활동이 그런 창조적 상상을 또 차단한다.[24] 안함광은 과연 어디까지 왔고, 어떻게 또 출발하는 것일까? 혼란스럽기에 결론을 유보하며 나의 눈길은 여기에 잠시 더 머무를 수밖에 없을 듯하다.

---

23) 안함광, 「문예 비평의 전통과 전망」, 앞의 책, 204쪽.

24) 친일 문제 등은 사실 가장 곤혹스러운 시대적 산물이기에 그 심리나 갈등이 훨씬 복잡할 수밖에 없다. 이런 정황까지 고려하여 여기서처럼 전후 문맥을 파악하고 이전 시대나 이후 시대와 논리적 체계를 세우는 일은 좀더 조심스러울 수밖에 없다. 친일 문제와 관련해서는 이상갑의 「전향과 친일, 그리고 저항 ─ 안함광의 경우」(《민족문학사연구》 23, 민족문학사학회, 2003)를 참조할 것.

3 안막을 둘러싼 한두 가지 이야기

안막 역시 흥미로운 카프의 인물이다. 비평가로 말해지지만 글쓰기보다는 삶의 이력과 행로에서 이채를 띠는 인물이다. 그 점에서 안함광과 확연히 대비된다. 안함광은 삶의 이력과 행로에서는 거의 알려진 바가 없다. 등단 초기 '해주극장'이라 표시되어 있어 지역 연극 운동을 하며 활동을 시작했다는 점 외에 특별한 이력을 곁들일 것이 없다. 그러나 정말 성실한 비평가로서 꾸준히 평론을 발표해 왔다는 인간적 성실성을 최대의 덕목으로 내세울 수 있을 것이다. 그리고 거기에 덧붙여 서울이 아닌 지방 해주에 거주하며 비평 활동을 지속적으로 해 왔다는 사실이 특별하다면 특별하다.[25]

거기에 반해 안막은 와세다대학 재학중인 동경 유학생 신분으로서 임화, 권환, 김남천 등과 함께 제2차 방향 전환을 주도했고, 그후 세기의 무용가 최승희와 결혼하면서[26] 돌연 활동을 중단, 최승희와 함께 하며 일본과 한국, 그리고 세계를 무대로 무용 기획자로 활약했다.[27] 그런데 그사이

---

25) 물론 안함광과 안막은 해방 후 북쪽에서 각기 중요한 직책을 맡으며 화려한 활동을 전개한 점에서 일치한다. 안함광은 황해도 예술연맹 위원장 등을 역임하다가 1946년 북조선 문예총 제1서기장으로 피선되었고, 이 무렵 임시인민위원회 교육국 문화부장을 겸무했으며, 그 후, 민주조선사 대리 주필, 북조선문학동맹 위원장 등을 맡았다. 6·25 전쟁 종군 작가를 거친 후에 평양사범대 조선문학 강좌장, 김일성종합대학 어문학부장과 조선문학 강좌장 등을 역임했다. 안막은 북한의 조선노동당 중앙당 선전선동부 부부장에 이어 문예총 부위원장 자리에 오르고 평양 음악학교 학장을 역임하는 등 북한 문화 예술계에 있어서도 중추적 역할을 했다.

26) 사실 안막은 초혼이 아니라 재혼이었다. 내과병원을 하는 원덕성의 누이와 혼인을 했으나 아내가 아이를 낳다 세상을 떠나 혼자 몸이 된 상태였다.(정병호, 『춤추는 최승희』(뿌리깊은나무, 1995, 62쪽)

27) 와세대학에 재학하기까지 안막의 이력은 대체로 다음과 같이 소개되고 있다. "안막은 어린 시절부터 신동이라는 말을 듣고 자랐다. 숙부에게 아들이 없었기 때문에 그 양자가 되어 제2고등보통학교(현재의 경북고등학교)에 진학했는데 5학년 때에 학생 운동에 적극적으로 가담하여 집회에서 '조선 독립 만세!'를 외쳤다는 이유로 퇴학 처분을 당했다. 식민지 조선에서는 조선의 독립을 지지하는 듯한 어떠한 활동이나 운동도 엄벌의 대상이었다. 그 후 안막은 독학으로 도시샤(同志社)대학에 입학했다가 와세다 제일고등학원 러시 아문학과로 옮겼다."(김찬정, 『춤꾼 최승희』(한국방송출판, 2003), 79쪽)

1933년에 글 한 편을 느닷없이 발표한 후 또다시 글을 발표하지 않았으며, 그리고 1944년 중국에서 돌연 연안독립동맹에 가담한 흥미로운 이력을 보여 준다.

그래서 식민지 시기에 한정하여 보면 초기에 발표되는 글 외에는 1933년에 발표된 글이 한 편이라 이들 글을 가지고 흥미로운 논의를 펼치거나 어떤 쟁점을 만들기란 힘들다. 더구나 활발하게 발표한 초기의 글 역시 안막이란 개인의 독자성보다는 임화, 권환, 김남천 등과 함께 한 조직적 활동의 결과이기에 특별히 개인의 특질을 찾기 힘들다.

그런데도 그 속에서 몇몇 평론은 그 형식과 매체면에서 흥미로운 자료로 기억될 것이다.

첫째, 일본 프롤레타리아 작가 동맹 기관지 《나프》 1931년 2월호에 발표한 「조선에 있어서 프롤레타리아 예술 운동의 현세(現勢)」가 있다. 이 논문에서 안막은 "나프는 조선 프롤레타리아 예술 운동에 가장 주의를 기울여 최대의 원조를 주지 않으면 안 된다. 나프와 카프는 조직적 연결을 빨리 확립하지 않으면 안 된다. 그것이 조선 프롤레타리아 예술 운동의 당면의 중대한 과제다."[28]라고 주장했다고 전한다.

둘째, KAPF 동경 지부였던 '동지사'는 1932년 2월 해체를 선언함과 동시에 그 회원들은 일본프롤레타리아문화연맹(KOPF) 산하 각 전문 동맹에 가입했다. 이 과정을 알 수 있는 것이 안막의 「해소 선언」이다.[29] 정확한 출처나 내용은 아직 확인할 수 없고 다만 김정명 편 『조선 독립 운동(4)』(原書房, 東京)에 일부 내용이 실려 있다.[30]

---

28) 박명용, 『한국 프롤레타리아 문학 연구』(글벗사, 1992), 280~281쪽.

29) 권영민이 정리한 연표에는 1932년 "2·2 안막, 동지사 해체선언 발표"로 되어 있다.(권영민, 『계급 문학 운동사』(문예출판사, 1998), 421쪽)

30) 그 내용은 다음과 같다. "그런데 '동지사'의 제2성명 및 동지 村山과 森이 주장하는 이른바 일본에서는 민족별로 조선인만의 문화적 대중 조직이 필요하며, 그리하여 동지사는 조선프롤레타리아예술동맹의 동경 지부로 전화해야 한다는 의견은 민족 문화에 관하여 전적으로 그릇된 견해이다. 조선에서의 프롤레타리아 문화 운동의 정치적·경제적 배경

셋째, 카프 제1차 검거 사건으로 1931년에 체포된 안막이 종로경찰서에서 일어로 쓴 진술서 「조선 프롤레타리아 예술 운동 약사」《사상월보》 1932. 10)가 있다. '약사'라고 했지만 그때까지 프로 문학 운동이 전개된 양상과 제2차 방향 전환이 이루어지던 시점의 조직 체계, 활동상 등이 비교적 상세히 기술되어 있다. 그리고 거기엔 아직까지 발견되지 않아 정확한 내용을 파악할 수 없으나 카프 제2차 방향 전환을 최초로 제시한 글로 평가받는 임화의 「프로 예술 운동의 당면한 구체적 임무」《중외일보》 1930. 6. 7)에 대한 개괄적 소개도 담겨 있다.

사실 안막의 삶과 관련해서 흥미롭게 다가오는 관심사는 많다. 우선 필명부터 유추되는 인물들이 있어 흥미를 끈다. 안막의 본명은 안필승(安弼承)이다. 그런데 초창기부터 안막이란 필명을 사용하여 이것이 가장 일반적인 이름이 되었다. 그런데 무용가 이시이 바쿠[石井漠]의 이름을 따서 안막(安漠)으로 개명했다는 이야기도 있고,[31] 최승희의 회고에 의하면 안막이라는 이름은 펜네임으로 잡지사에서 지어 준 이름이라고 한다.[32] 안막이 이시이 바쿠와 관계가 깊은 개조사에 근무할 때의 일이므로 이시이 바쿠의 이름을 따서 필명으로 사용했다고 봐야 할 것이다.

다만 안막이 최승희를 만난 것은 최승일과 박영희의 소개로 1931년이라고 전해진다. 그렇다면 그전부터 안막은 최승희를 알고 있었던 것은 아닐까. 또 안막이 이미 무용에 관심이 많았다는 하나의 징표가 아닌가 추정할 수 있다. 말하자면 안막이란 이름 속에 최승희와의 운명이 담겨 있다고 보

과 일본에서의 그것은 상위한 것이다. 일본에서의 조선인 노동자의 문화적 투쟁은 일본 프롤레타리아 문화 운동에 각자 포괄되어야 한다. (중략) 그러므로 일본에 있는 조선인 노동자의 문화적 요구를 충족하기 위한 투쟁과 조선의 프롤레타리아 문화 운동을 적극적으로 원조하기 위한 투쟁, 곧 일본-조선 프롤레타리아 문화 운동의 혁명적·국제적 연대성을 위한 투쟁은 어디까지나 일본프롤레타리아문화연맹과 그 산하에 있는 각 동맹이 전개하지 않으면 안 된다."

31) 정수웅, 『최승희』(눈빛, 2004), 20쪽.
32) 정병호, 앞의 책, 61쪽 참조.

는 것은 지나친 과언일까?

사실 안막과 관련해서 가장 흥미로운 관심은 역시 최승희의 남편이자 매니저였다는 사실이다. 대체로 모든 전기에서 최승희의 무용 활동을 위해 안막이 문학 활동을 포기했고 최승희의 성공과 예술적 성취에 가장 큰 도움을 주었다고 이야기한다. 그런데 한설야가 최승희의 무용에 대해서 다소 비판적인 평론[33]을 쓴 바 있고, 거기에 맞서 오빠 최승일이 반박하는 글[34]도 쓴 바 있는데, 왜 안막에게서는 무용에 관한 글을 한 편도 찾을 수 없는지 궁금하다. 사실 최승희의 무용에서 민중적인 것이 상당히 포함되어 있고, 뒤로 갈수록 민족적인 것 혹은 동양적인 것과 세계적인 것을 나름대로 융합시켜 세계적인 찬사를 두루 받은 매우 특별하고도 성공적인 사례인데, 안막에게서 정작 이와 관련된 비평적 흔적을 찾아볼 수 없다는 것이 도리어 이상하다.[35]

그런 안막이 1933년 돌연 추백(萩白)이란 이름으로 평론 「창작 방법 문제의 재토의를 위하여」(《동아일보》 1933. 11. 29~12. 6)를 발표한다. '추백'이란 이름으로 연상되는 사람은 중국인 구추백(瞿秋白, 1899~1934)이다. '추' 자의 한자가 다르지만, 구추백은 중국공산당 제2대 총서기(1927. 8~1928. 5)를 역임한 정치 지도자이자 좌익작가연맹의 실질적인 영도자였던 문예 이론가이다. 그는 특히 문학 방면에서 소련의 문예 이론을 번역, 소개하고 프롤레타리아 혁명 문학의 이론적 토대를 닦았다. 이런 업적을 통해 그는 중국 현대 문학 운동사에 있어서 좌익 계열의 핵심적 문예 이론가로 인정받고 있다.

---

33) 한설야, 「무용 사절 최승희에게 보내는 서」, 《사해공론》 1938. 7.
34) 최승일, 「승희 이야기」, 《여성》 1939. 6.
35) 정병호는 1943년 무렵에 안막이 "최승희의 동양 무용을 이론적으로 뒷받침할 수 있는 「동양 무용의 창조를 위하여」라는 논문을 완성했다고 쓰고 있다. 그러나 그 논문은 용지 절약이라는 정책 때문에 매체에 실리지 못했다."(정병호, 앞의 책, 221쪽)라고 하여 어찌됐든 무용 관련 글을 쓴 바 있음을 지적하고 있다. 그러나 그 출처는 밝혀 놓고 있지 않아 확인은 불가능하다.

외관상으로 볼 때 구추백이 러시아에 유학을 다녀온 사람으로 그 존재에 대해서는 안막이 충분히 알고 있었을 것이다. 그런데 1930년, 1931년 시기에 구추백이 좌익문학론과 대중화론 등을 통해 중국에서 활발한 활동을 시작하는데 주제나 활동 방향에서 안막의 이 시기 글들과 대조해 보면 좀 더 흥미로운 사항이 나오지 않을까 추정해 본다.

어쨌든 '33. 10. 22'라고 집필 날짜를 표기한 이 글에서 '안막'이란 이름을 들어 과거의 글을 언급하고 있어 흥미롭다. 또한 "기회 있는 대로 여기에서 취급하지 못한 제 문제에 관한 연구를 발표해 볼까 한다."하여 나름대로 비평 활동을 새로이 시도하려고 했던 모습을 비추었다. 실제로 이 글에서 우리의 프로 문학이 걸어왔던 전반의 역사를 검토·비판하면서 사회주의 리얼리즘론을 적극적으로 소개하여 새로운 활로를 제시해 보려는 자세가 엿보인다. 그러나 반응은 싸늘했다. 김남천은 "그가 우리나라에 있어서의 창작 방법을 정당히 해결하여 보겠다는 열정적인 기도에도 불구하고 그것이 단지 한 소개 — 그것도 소련서 전개되면서 있는 토론 상황을 왜곡되게 소개하면서 조선의 이야기를 기계적으로 문제하여 결부시킨 것에 지나지 않는다."[36]라고 차갑게 논평했고, 안함광은 "추백의 논은 『사회주의적 리얼리즘의 문제』라는 책자의 단순한 내용 소개로 보아 무방할 종류의 것"[37]이라고 간단히 논평하고 말았다. 사실 최승희의 각종 전기를 보면 안막이 본래 문학 분야에서, 그것도 작가가 되고자 했던 사람이라고 말한다. 사실 1931년에 사화집 『카프 시인집』을 김창술·권환·임화·박세영 등과 함께 카프 문학 이름으로 간행한 바 있기는 하다.

또 어떤 배경으로 안막이 1944년 말에 불쑥 연안독립동맹에 참여했는지, 그리고 그곳에서 무슨 활동을 했는지도 여전히 미궁이다.

---

36) 김남천, 「창작 방법에 있어서 전환의 문제」, 임규찬·한기형 편, 『카프 해산기의 창작 방법 논쟁』(태학사, 1990), 160쪽.
37) 안함광, 「창작 방법 문제의 토의에 기하여」, 『안함광 평론 선집』 1권(박이정, 1998), 14쪽.

제6주제에 관한 토론문

안함광 비평과 관련하여

이현식(인천문화재단 사무처장, 인천대 강사)

1

안함광 탄생 100년을 맞이하는 현재의 시점에서 안함광이라는 평론가를 재조명하는 일에는 몇 가지 문제가 얽혀 있는 것으로 보인다. 그것은 임규찬의 발표문 제목 「과거의 논쟁, 어제의 논쟁 그리고 오늘」에 함축되어 있는 바와 크게 다르지 않다. 우선적으로는 안함광의 평론을 재해석하는 문제와 카프와 카프 이후의 식민지 시대 비평을 재조명하는 문제, 그리고 마지막으로 1980년대 말 1990년대 초 진보적 문학 연구자들 사이에 벌어졌던 카프를 둘러싼 일련의 논쟁을 점검해 보는 일이다. 그리고 이 세 문제를 재해석하고 평가하고 분석하는 오늘 우리들이 지금 이곳, 이 시점에 존재한다는 사실이다. 나는 논의의 출발점이 오늘의 바로 이 시점에서 시작되어야 한다고 생각한다. 그리고 그것은 임규찬 역시 크게 다르지 않은 듯하다. 오늘 우리는 어떻게 과거의 문학과 문학 연구를 다시 돌이켜 볼 수 있을 것인가. 그리고 그것의 궁극적인 목적과 의미는 무엇인가를 따져 보는 일로부터 논의를 시작함으로써 유의미한 결론에 다다를 수 있지 않을까 생각하는 것이다.

임규찬은 과거를 바라보는 오늘의 관점을 원효의 생각을 빌려 교판(敎判)의 논리가 아닌 화쟁(和爭)의 시각이어야 함을 강조하고 있다. 임규찬의 그런 주장에 대해 이런저런 토를 달 생각은 없다. 나름대로 타당한 생각을 포함하고 있는 것도 사실이다. 안함광의 평론과 과거의 문학 연구 논쟁에 대한 임규찬의 생각에 대해서도 마찬가지다. 세부적인 지적들에 대해서는 대체로 생각을 같이하는 부분이 많다. 예컨대 안함광의 사회학주의적 편향이나 원칙론에 대한 집착, 이후 일부 연구자들의 안함광에 대한 과도한 의미 부여에 대한 평가 등이 그렇다. 실제로 안함광 평론에는 여러 문제들이 있는 것도 사실이고 토론자 본인을 포함하여 1980년대, 1990년대 일부 연구자들이 안함광을 임화와 대타적 위치에 놓고 과도한 의미를 부여했었던 것도 부인하기는 어렵다는 생각이다.

2

그렇지만, 그렇다고 해서 그것만으로 논의할 거리가 마무리되는 것은 아니다. 더 깊이 생각해 보아야 할 문제가 없는 것은 아니기 때문이다. 지금 이 시점에서 우리가 더 따져 보아야 할 것은 카프 비평이건, 혹은 카프 비평에 대한 연구자들의 주장이건 그 시점에서 왜 그런 논의와 주장과 해석이 대두되었는가 하는 문제이다. 오늘의 관점에서 이런저런 문제들에 대해 비판적으로 접근하는 일과 함께 당대의 문제의식을 되새김질해 보는 것 역시 필요한 일일 터이다.

그렇게 보았을 때 1980년대, 1990년대 안함광을 중심으로 한 논의는 비록 안함광에 대한 과도한 의미 부여라는 비판의 소지는 있었다 해도 나름의 의미가 없는 것은 아니었다고 본다. 그 핵심은, 세세한 논의는 차치하더라도 카프의 진보적 문학 운동을 지속시켜 가려고 한 논리와 문제의식의 끈을 발견 혹은 발명하려는 것이었다. 그것이 꼭 안함광이었는가, 안함광만 그런 노력을 했는가에 대해서는 이견이 있을 수 있다. 그러나 안함광이라는 비평가를 둘러싼 연구와 논쟁은 카프가 해산된 이후 비록 조직으로서의 카프는 사라졌지만 진보적 문학에 대한 문제의식을 이어 가려는 노력과 연관되어 연구자들에게, 그의 평론에 긍정적이건 비판적이건, 중요한 문젯거리를 제공한 것은 사실이었다.

아울러 카프 해소, 비해소파에 대한 논쟁 역시 마찬가지이다. 카프와 해방 직후 문학사의 연관성과 관련되어 그것을 단절론으로 해석하건 어떤 일관성 속에서 해석하건, 그 논쟁은 카프와 해방 직후의 문학사를 역사적으로 하나의 문제틀 가운데에서 바라보도록 만들었다는 점이 중요하다는 것이다. 여기에서 하나의 문제 틀이란 진보적 문학 운동의 관점에서 학문적으로 연구될 대상으로 이 둘을 동시에 사고하도록 만들었다는 점에서 그렇게 말하는 것이다. 비록 그 결론이 논자에 따라 다르게 해석되고 평가되었다고 해도 논쟁으로 말미암아 카프와 1930년대 후반과 해방 직후의 문학사가 동일한 역사적 관점에서 접근될 수 있었다고 평가하는 것이 지나친 주장일까. 게다가 그런 관점이 한국 근대 문학에 대한 진보적 학술 연구에 꼭 부정적인 영향을 끼쳤다고 보기도 어렵다는 생각이다. 아니 오히려 임화라는 걸출한 비평가와 함께 한국 비평사의 다른 국면을 보여 주는 측면을 제시했다는 점에서 논쟁은 의미 있는 일이었다. 안함광을 통해 임화의 다른 점이 돋보였으며 임화를 통해 안함광의 입론이 내포하고 있는 문제점도, 그의 문제의식도 도드라져 보일 수 있었던 것이다.

사실 안함광의 평론은 투박한 문장과 어휘, 지나친 이론 편향 등으로 읽어 내기에 녹록치 않다. 그의 평론은 문학 평론으로서 흡인력이 떨어지는 것도 사실이다. 그만큼 비평가로서 후대 연구자들에게 연구에의 의욕을 갖도록 하는 요소가 적다. 더구나 그는 황해도 해주를 근거로 활동했고 서울 중심의 문단 활동에서는 비교적 떨어져 있었던 것으로 보인다. 문단의 이런저런 인간관계에 깊이 관여되어 있는 것으로 보이지도 않는다. 그래서 그런지 동시대에 함께 활동했던 백철의 『조선 신문학 사조사』에서조차 안함광의 존재는 미미하다. 농민문학론을 제기한 평론가로만 다뤄져 있을 뿐이다. 비평사 연구의 한 획을 이룬 김윤식의 『한국 근대 문예 비평사 연구』에서도 역시 안함광에 대한 논의는 많지 않았다. 요컨대 안함광은 그동안 카프를 연구한 연구자들에게조차 소외받은 존재였다. 물론 다뤄질 만한 비평가가 아니라는 판단에서 그렇게 되었을 수도 있겠지만 그것이 충분한 해명으로 보이지는 않는다.

안함광의 평론을 읽다 보면 나름대로 일관된 문제의식이 발견된다. 그는 적어도 1930년대 후반으로 가면 문학의 현실 반영 과정에서 현실 인식의 문제와 문학적 표현의 문제, 인식되는 객관 현실과 인식 주관의 의지 문제 사이에 고민을 지속적으로 이어 갔다. 그것이 때로는 지성과 감성이라는 말로, 때로는 의식의 능동성이나 픽션의 논리 등으로 표현되기는 했어도 문제의 틀은 크게 달라지지 않는다. 연구자들은 그런 그를 놓고 혁명적 낭만주의자로, 혹은 카프의 진보적 전통을 이어 나간 드문 비평가로, 때로는 자연주의자로 평가하기는 했지만 한국 근대 비평사에서 자신만의 문제 틀을 형성한 전문 비평가 가운데 하나였다는 평가는 가능하다고 본다. 즉 그 이전의 연구에서 소외된 비평가를 복원해 냈다는 의미와 함께 한국 근대 비평사의 정전 체계에 안함광이라는 귀한 자원을 추가시켰다는 성과를 부인할 수는 없는 일이다.

3

다시 처음의 문제로 돌아가 보자. 2010년 오늘의 시점에서 안함광의 평론을 연구하고 아울러 카프를 연구하는 것은 어떤 의미가 있는 것인가 생각해 볼 때이다. 과거 한때 그런 시절도 있었고 이젠 과거와 다른 시대라고 넘겨 버릴 문제인지, 아니면 말 그대로 문헌과 실증 연구의 순정한 대상으로만 그것을 국한시킬 것인지, 그것이 아니라면 안함광을 포함한 카프와 진보적 문학 운동을 현재의 시점과 다시 연결시켜 문제의식을 복원해 낼 것인지를 발본적으로 고민할 때인 것이다. 탄생 100주년을 맞이해서 오늘 우리가 진정 고민해 볼 문제는 안함광이라는 한 평론가를 통해 오늘의 문학 연구, 조금 더 구체적으로는 비평사 연구를 반성적으로 되돌아보는 일이다.

그렇게 보았을 때 카프와 안함광, 혹은 진보적 문학 운동 전체를 새로운 관점에서 다시 연구해야 할 때가 지금이라고 생각한다. 요즈음은 과문한 탓인지는 몰라도 카프를 연구하는 후속 연구자들도 거의 없는 상태이고 카프의 비평은 철 지난 유행가처럼 현실적 의미를 상실한 것으로 여겨지는 듯하다. 그렇다면 진정 카프의 비평이나 안함광 같은 평론가에 대한 연구는 더 이상 의미가 없다는 것일까. 그렇지는 않을 것이다. 다만 현재 우리가 놓여 있는 이 지점에서 카프가 활동했던 그 시대의 문제의식과의 접합점을 찾지 못하기 때문이라고 보는 것이 타당한 추론일 터이다.

그렇다면 오늘날 카프를, 안함광을 어떻게 다시 연구할 것인가. 어떻게 문제의식의 접합점을 찾아 나갈 것인가. 그것은 실증과 해석, 그리고 평가를 넘어서 그것들을 포괄하면서도 새로운 관점의 발명이 전제되어야 할 것이다. 그것은 오늘의 관점에서 당시 평론이 다다랐던 이론적 한계들을 이러저러하게 지적하고 논평하는 것도 아니고 외국 이론의 수용과 비교하는 관점에서 뭔가를 해명하는 것만도 아니다.

최근에 카프의 비평을 읽으면서, 혹은 안함광의 평론들을 읽어 가면서 느꼈던 것은 그들의 진정한 목소리를 찾는 일의 중요성이었다. 그들이 프롤레타리아 리얼리즘과 유물변증법적 창작 방법과 사회주의 리얼리즘을 말할 때, 혹은 대중화론이나 휴머니즘론이나 지성론이나 모럴론을 말할 때, 정작 중요한 것은 그들이 프로레타리아 리얼리즘을 주장했다는 것보다, 휴머니즘론을 어떻게 이야기했다는 것보다 그런 논리에 의존해서 그들이 주장하려 했던 합리적 핵심을 재구성하는 일이 더 중요한 일일 것이라는 생각이 들었다. 휴머니즘론도 사회주의 리얼리즘론도 물론 중요한 것이기는 하지만 그것은 다른 관점에서 보면 카프 논자들에게는 일종의 가탁(假託)이 아니었는가 하는 것이다. 물론 이런 가탁에 의존할 수밖에 없었던 당대

비평의 취약성이나 담론 형성의 풍토는 그것대로 탐색되고 검토되어야 할 성질의 것이기는 하다. 게다가 그것은 한국 비평의 근대성과 연관되어 다른 자리에서 중요하게 고민될 문제이기도 할 터이다.

그렇지만 핵심은 이런 가탁을 거두어 내고 당시 비평가들의 문제의식의 얼개를 재구해 내는 것, 그리고 그것이 당대의 정치 사회 문화적 조건에서 어떤 의미를 지니고 어떤 담론적 효과를 만들어 냈는가를 따져 보는 것이다. 그렇지 않으면 특히 1930년대 후반 비평계에서 거론되는 다양하고 분분한 논의들 속에서 그들이 과연 무엇을 고민했고 무엇을 말하려고 했는지가 제대로 드러나지 않는다. 논의는 분분하고 다채롭지만, 사실 그 시기 비평가들이 고민했던 핵심적인 문제는 몇 가지로 정리될 수 있으리라는 생각이다. 그것을 어떻게 비평이라는 형식으로 해결해 나가려고 했는가는 논자마다 다양할 수 있을 것이다. 물론 1930년대 후반으로만 이것이 제한될 이유는 없다. 카프가 활동하던 시대의 분분한 논의 과정에서도 마찬가지다. 여러 논쟁이 다양하게 벌어지는 것이 카프 시대 비평의 특징인데, 오늘날 또다시 그런 논쟁을 따라가며 이렇게 저렇게 분석하고 논평하는 것, 혹은 새 자료를 찾아 거기에 덧붙이는 것은 그다지 중요해 보이지는 않는다. 그런 논쟁들이 연구자들에 의해 대부분 정리된 오늘날, 오히려 그 논쟁의 절실성 여부를 판별하고 그 논쟁들 아래에 흐르는 주요한 문제의식의 줄거리를 오늘의 시각에서 재구성해 내는 일이 필요한 시점이 아닐까 한다.

그랬을 때 그 시대 비평가들의 문제틀로부터 비로소 오늘 우리의 비평과 문학이 나아가야 할 길에 대한 실마리도 얻을 수 있을 것이다. 그것은 동시에 우리가 살아가는 시대의 문학의 존재 방식, 오늘 우리가 놓여 있는 정치 사회 문화적 삶의 실체를 고민하는 일이기도 하며 문학 연구와 비평사 연구가 다시 현실과 만날 수 있는 길이라는 생각이 드는 것이다. 안함광의 비평을 다시 꺼내 읽으면서, 그리고 임규찬의 발표문을 읽으면서 여러 곤혹스러운 고민을 뚫고 드는 생각의 일단이었다.

1910년　5월 18일, 황해도 신천군 문화면에서 출생. 본명은 종언(鍾彦). 어린
　　　　시절 가족이 해주로 이주한 이후 줄곧 해주에서 소학교와 중학교를
　　　　다니며 성장.

1929년　해주고보 졸업. 해주고보 재학 중《조선일보》등 학생문예 난에 여러
　　　　차례 시를 발표하기도 하고 북성소년회 집행위원을 맡으며 사회주의
　　　　서적을 탐독. 졸업 후 해주보통학교에서 교원 생활을 함.

1930년　11월,《조선일보》에 평론「계급 문학의 자유성」을 발표하면서 평론가
　　　　로 등단.

1931년　해주의 연극 단체 '연극 공장'을 주도하고 문예 강연 등을 펼치며 대중
　　　　적 활동에 주력. 카프 산하 해주지부 집행위원 역임. 8월,「농민 문학
　　　　문제에 대한 일고찰」을 발표하고 백철과의 농민 문학 논쟁을 시작하면
　　　　서 문단에 이름을 떨침. 이 무렵 동반자 문학 논쟁에도 참여.

1932년　5월, 해주청년동맹 사건으로 일제 경찰에 체포 구금.

1934년　창작 방법 논쟁에 활발하게 참여하며 이에 관한 여러 글을 발표.

1935년　카프가 해산된 후 임화와 이른바 '해소/비해소 논쟁'을 벌임. 이 시기
　　　　에 자신의 신념과 지향을 일관되게 지키는 글을 계속 발표함.

1936년　사회주의 리얼리즘 논쟁에 개입하며 임화와 논쟁. 안함광 자신의 고백
　　　　에 따르면, 이 무렵 암담한 현실에 대한 절망과 회의에 빠져 술로 세월
　　　　을 보냈다고 술회. 술벗도 없고 외도를 모르는 순진한 학구파로 알려
　　　　진 안함광의 성품을 고려할 때 이 시기의 행태들은 그의 절망감의 깊
　　　　이를 추측게 함.

1937년 중일 전쟁 이후 구카프 문학계가 혼란에 빠졌을 때 임화와 김남천을 비판하면서 자신의 이론을 전개. 이 시기 휴머니즘 논쟁, 지성론 등 다양한 논쟁에 개입하면서 일제의 파시즘적 탄압 아래서 문학의 주체에 관한 이론적 논의를 구체화시켜 나감.

1939년 친구들의 권유로 일본 와세다대학에 유학. 정치학, 철학, 문학 이론을 연구. 유학 중에서 다양한 평론을 왕성하게 발표. 사실수리론에 비판적 입장을 전개하는 한편 현실을 극복한 소설의 방법론으로 픽션의 논리를 주장.

1941년 귀국.

1945년 해방 이후 해주에서 문학 활동을 재개. 황해도 예술연맹 위원장, 황해도 임시 인민위원회 총무부장 및 초대 문화과장 등을 역임. 11월 20일부터 22일까지 열린 전국인민위원회 대표자 대회에 황해도 대표로 서울을 방문. 평양에서 김창민 문화부장 밑에서 출판과장을 역임.

1946년 3월, 북조선 문예총 조직 사업에 참여. 문예총 결성시 제1서기장으로 피선. 이때부터 본격적으로 '민족문학론'을 전개하면서 당시 삼팔선 이남의 조선문학가동맹과 삼팔선 이북의 북조선문학예술총연맹 내에 존재하던 민족문학론의 오해에 맞서 이론 투쟁을 벌임.

1947년 두 권의 저서 『민족과 문학』(1947. 6)과 『문예론』(1947. 11)을 발간. 조기천의 서사시 「백두산」의 문제점을 지적하다가 당으로부터 심한 비판을 받고 여러 직책에서 사임. 이후 이기영과 한설야의 도움으로 문학동맹 위원장으로 복귀, 문예 기관지인 《문학예술》을 편집.

1948년 김두용과 민족 문학 논쟁을 벌임.

1950년 한국전쟁 직전 『문학과 현실』을 발간. 한국전쟁 당시 종군 작가로 활약.

1952년 9월, 엄효식, 한효 등과 공저로 『청년들을 위한 문학론』 출간.

1954년 전후 북한 내 문학의 도식화 경향에 맞서 엄호석, 김명수 등을 비판. 당의 문예 정책을 입안하는 이론가이면서도 당의 도식화된 문예정 책에는 비판적 입장을 드러냄. 김일성 종합대학 조선어문학부에서 문학사 강의 및 연구.

1955년 북한 최초의 문학사인 『조선문학사』(1900~) 출간.

1956년 『최서해론』 발간.

1957년 반당, 반혁명 종파분자와 결탁되었다는 혐의로 시인 홍순철, 평론가
한효 등과 함께 '부르주아 잔재'의 작가로 비판받아 절필.

1960년 문필 활동을 재개.

1964년 자신의 주도 아래 김일성종합대학 조선어문학부에서 16권짜리 『조선
문학사』를 발간. 안함광은 9권(19세기 말~1919년)과 10권(1920년대)
그리고 11권(1930년~1945년)을 맡아 집필.

1966년 『문학의 탐구』를 발간. 9월 9일 《문학신문》에 「영광스러운 혁명 전통
에 대한 송가」를 발표하는데, 이 평문은 천세봉의 『안개 흐르는 새 언
덕』을 북한 문학의 도식주의적 한계를 극복한 작품으로 평가하고 있
음. 김일성은 천세봉의 작품을 극찬한 안함광을 부르주아적·수정주의
적 경향을 띤 작가로 매우 강도 높게 비판함.

1967년 5월, 유일사상 체제인 주체 사상을 반대하다가 숙청당함.

1982년 2월, 사망.

안함광 작품 연보[1]

발표일	분류	제목	발표지
1927. 11. 30	시	날개	조선일보
1927. 12. 08	시	부유(富裕)	조선일보
1927. 12. 22	시	본성	조선일보
1928. 1. 1	시	나그네	조선일보
1928. 2. 5	시	L형에게	조선일보
1928. 2. 5	시	고독	조선일보
1928. 2. 11	시	빗	조선일보
1928. 3. 14	시	이내마음	조선일보
1928. 8	시	동경(憧憬)	신시단
1929. 10. 26	시	오오 어머니!	동아일보
1929. 11. 24	시	만천하 시인들아	동아일보
1930. 2. 1	시	그대 내게 힘을 주소서	동아일보
1930. 11. 7	수필	먼 앞날을 바라보며 꾸준히 배우라	조선일보
1930. 11. 8~13	평론	계급 문학의 자유성 — 김성근 씨를 박함	조선일보

---

1) 이 연보는 김재용과 이현식이 엮은 『안함광 평론 선집』에 실린 「안함광 평론 목록」을 주로 참조했다.

발표일	분류	제목	발표지
1931. 3. 19~29	평론	조선 프로 예술 운동의 현세와 혼란된 논단	조선일보
1931. 5. 9~10	평론	무산 연극 운동의 촉진 ―문제의 간단한 제기로서	조선일보
1931. 8. 12~13	평론	농민 문학 문제에 대한 일고찰	조선일보
1931. 9	수필	연애혼가(戀愛混街)에서 나는 이러케 말한다	비판
1931. 10. 21 ~11. 5	평론	농민 문학 문제 재론	조선일보
1931. 12	평론	농민 문학의 규정 문제 ― 백철군의 데마를 일축한다	비판
1932. 4. 18~21	평론	문예 시평 ― 두 가지의 이야기	조선중앙일보
1932. 4	시	자식은 유황불을 들엇다	비판
1932. 8	평론	문예 시평 ― 극좌적 편향과 그 비판의 우익적 관념론으로의 전향	비판
1932. 9	평론	조선 프로 연극 운동의 신전개 ―「프로 연극 문제에 대하여」의 속고	비판
1932. 10	평론	조선 여성과 문예	여인
1932. 10	평론	문예 시평	비판
1932. 12	평론	문예 시평 ― 두 가지 문제를 가지고	비판
1933. 1	평론	1932년도 문단의 개관과	비판

발표일	분류	제목	발표지
1933. 1	평론	신년 문단의 전망 프롤레타리아 문화와 동반자 문학―그 일반적 특질을 명구함	비판
1933. 1	평론	1932년 창작계 총평	비판
1933. 2	평론	여성과 문화 문제	신여성
1933. 3	평론	신춘 현상 창작평	전선
1933. 6. 16	강연 원고	(해주 문학 강연) 예술사회학에 대하여	동아일보
1933. 6	평론	문학적 형식의 탐구와 그 태도에 관하여 유진오 씨의 소론과 작품을 읽고	비판
1933. 9. 23~30	평론	최근 조선 문단의 동향 ―극히 개괄적인 각서	조선중앙일보
1933. 10	평론	동반자 작가 문제를 청산함	조선문학
1933. 10. 23~29	평론	창작평,「배신자의 편지」 ―『제일선』소재, 조용만 작	조선중앙일보
1933. 12. 13~23	평론	조선 문예 비평계의 동향― 특히 1934년을 전망하면서	조선중앙일보
1934. 1. 1~12	평론	상반기 창작계의 동향	조선일보
1934. 2. 8~2. 13	평론	평론의 단순화에 항하여	조선중앙일보
1934. 3	평론	시사 문학의 옹호와	형상

발표일	분류	제목	발표지
		打슴[2] 나이브 리아리즘	
1934. 3	평론	예술의 발생론적 근거와 그의 사회적 기능에 대하여	우리들
1934.6	평론	창작 방법 문제의 토의에 기하야	문학창조
1934. 6. 17~30	평론	창작 방법 문제 — 신이론의 음미	조선중앙일보
1934. 12	평론	당면 현실을 인식 파악하자 — 산(生) 현실에서 출발하자	예술
1935. 4	평론	조선 푸로 문학의 현단계적 위기와 그의 전망 — 일비평가의 신년 플랜의 일부의 제시로서	예술
1935. 6. 30~7. 4	평론	창작 방법 문제 재검토를 위하여 — 한효군의 박문을 읽고	조선중앙일보
1935. 7	평론	최근 창작평	조선문단
1935. 8. 7~11	평론	「풍자문학론」 비판	조선중앙일보
1935. 11. 29 ~12. 3	평론	인간묘사론 시비에 관하여	조선중앙일보
1935. 12	평론	작금 문예진 총검 — 금년 하반기를 주로	비판
1935.1 2	평론	조선 문학을 어떻게	신동아

2) 打倒의 오식.

발표일	분류	제목	발표지
		규정할 것인가	
1936. 1. 3~10	평론	쏘시알리스틱 레아리즘 제창후의 조선 문단의 추향	조선일보
1936. 3	평론	문예 평단의 이상 타진 ―건실한 비평 정신의 옹호	비판
1936. 3	평론	협조냐? 대립이냐?	비판
1936. 4	평론	작가 유진오 씨를 논함 ―평론가로서 작가에게 보내는 편지	신동아
1936. 5. 30 ~6. 10	평론	창작 방법 문제 논의의 발전 과정과 그 전망	조선일보
1936. 6	평론	문단인으로서의 일고언	신동아
1936. 6	평론	사회주의 리얼리즘 재검토	조선문학
1936. 6	평론	작가 한설야 씨의 근업	조선문학
1936. 6	평론	조선 문단에 파시즘 문학은 서지겠는가	삼천리
1936. 6	평론	해외문학파의 금후	비판
1936. 9	평론	7월 창작계	조선문학
1936. 9. 10	수필	(나의 관심사) 해주 '문협'	조선일보
1936. 12. 11~16	평론	인상에 남은 신인 작품 ―「탁류」와 「전락자」에 대하여	조선일보
1937. 1	평론	소화 11년도 조선 문학의 동향	조선문학
1937. 1	평론	병자년도 작단·비평단의 회고와 그의 전망	조선문학

발표일	분류	제목	발표지
1937. 3	평론	2월 창작평 —《조문》지의 신인 특집호를 보고	조선문학
1937. 5	평론	평가와 작가	조선문학
1937. 6. 26	평론	예술의 순수성 문제	동아일보
1937. 6. 27~7. 2	평론	「지성의 자유」와 휴매니즘의 정신 — 진실로 그의 명예를 위하야	동아일보
1937. 6. 30	평론	비평의 빈혈구조변 — 문예시감	조선문학
1937. 8. 8~14	평론	건강의 퇴조 — 문학 한담 중에서	조선일보
1937. 10. 9	평론	비평의 요설적 경향	동아일보
1937. 10. 27~30	평론	문학에 있어서의 자유주의적 경향 — 그의 현실적 면모를 척결함	동아일보
1937. 11. 11~14	평론	현대 문학 정신의 모색, 그 의욕의 레아리즘적 연소론	조선일보
1938. 1. 13	평론	테마와 성격 창조와의 관계	동아일보
1938. 3. 19~25	평론	조선 문학의 현대적 상모	동아일보
1938. 6. 8~10	수필	이역추상(異域追想)	동아일보
1938. 7. 10~16	평론	'지성의 자율성'의 문제 — 그의 진실한 이해를 위하여	조선일보
1938. 8	수필	신연애 독본 — 사랑과 질투 — 恩에게 보내는 편지를 대신하야	사해공론

발표일	분류	제목	발표지
1938. 8. 23~31	평론	조선 문학의 정신 검찰 — 세계관, 문학, 생활적 현실	조선일보
1938. 11	평론	불안·생의 사상·지성 — 현실이냐? 낭만이냐?	비판
1938. 11	평론	지성 옹호의 변	비판
1938. 12. 17	평론	문학과 성격 — 성격 창조와 허구성의 요구	조선일보
1938. 12. 18	평론	문학과 성격 — 문학의 기둥을 어디다 세우나	조선일보
1938. 12. 22	평론	문학과 성격 — 작품의 부동성, 평가의 유격술	조선일보
1938. 12. 23	평론	문학과 성격 — 개성 논의와 가치의 리베라리즘	조선일보
1938. 12. 28	평론	이용악 시집 『낡은 집』 평	조선일보
1939. 1	좌담	신건할 조선 문학의 성격	동아일보
1939. 3	평론	쩌낼리즘과 문학의 교섭	조선문학
1939. 4	평론	문예 비평의 논리와 형태	조광
1939. 4	평론	문학하는 마음 — 문예 시평	비판
1939. 5	평론	문학하는 마음 — 제2신	비판
1939. 5. 19	평론	독자성 없는 조선 비평가	동아일보
1939. 5. 21	평론	순문학 정신이란	동아일보
1939. 6. 20~7. 6	평론	시대의 특질과 문학의 태도 — '사실'에 임하는 '사실의 정신'	동아일보
1939. 7	평론	문학의 주장과 실험의 세계 — 『대하』의 작자의	비판

발표일	분류	제목	발표지
		걸어온 길	
1939. 6. 28 ~7. 1	평론	문학에 있어서의 개성과 보편성	조선일보
1939. 7. 26	서평	한설야 저, 『청춘기』 평	동아일보
1939. 8	평론	순수문학론	순문예
1939. 8. 30 ~9. 2	평론	상반기 창작계의 동향	조선일보
1939. 10. 3	평론	양서 고지판	조선일보
1939. 10. 7~15	평론	지향하는 정열의 호곡 ― 작가 설야의 노정을 말함	동아일보
1939. 11. 1~4	평론	문예시감	조선일보
1939. 11. 30 ~12. 8	평론	조선 문학의 진로 ― 문학과 생활	동아일보
1939. 12	평론	문학의 진실성과 허구성의 논리	인문평론
1940. 2	평론	문학상의 제 문제	문장
1940. 5. 5~26	평론	문예 비평의 전통과 전망	동아일보
1940. 5. 29 ~6. 2	평론	문예비평의 현대적 윤리	동아일보
1940. 6. 1~5	평론	순수 문예 시비	조선일보
1940. 7	평론	최근의 작품 경향	인문평론
1940. 7. 24~27	평론	내지 문학의 특성과 조선 작가의 작품	매일신보
1940. 10	평론	8, 9월 작가평 ― 애수와 만심의 경향	인문평론

발표일	분류	제목	발표지
1940. 11	평론	로만 논의의 제 과제와 『고향』의 현대적 의의	인문평론
1941. 5. 13~21	평론	문학의 구상	매일신보
1941. 5	수필	여심	조광
1941. 7	서평	임화 저, 『문학의 논리』 평	춘추
1941. 7	수필	유구한 시간	조광
1942. 1	수필	목탄자동차	춘추
1942. 7. 21~24	평론	국민 문학의 성격	매일신보
1943. 1	평론	조선 문학의 특질과 방향에 대해	국민문학
1943. 3	수필	여성찬	춘추
1943. 8. 24~31	평론	국민 문학의 문제	매일신보
1944. 1	평론	결전 하에 있어서의 문학의 성격	춘추
1946	평론	민족문화론	해방기념평론집
1946. 7	평론	예술과 정치	문화전선
(1946. 7)[3]	평론	노동법령과 예술가의 임무	민족과 문학
1946. 8	평론	예술 문화 동태의 성격과 요망	조소문화
(1946. 8)	평론	조선 여성과 예술	민족과 문학
	평론	소련의 문화와 문화 정책	민족과 문학
	평론	민족 문화의 이념과 과업	민족과 문학

---

3) 발표일과 발표지면을 구체적으로 확인하지 못한 글의 경우 괄호 안에 집필 시기를 표기하고 발표지는 단행본 제목으로 표시했다.

발표일	분류	제목	발표지
	평론	암운하의 문화와 해방 문화의 지향 노선	민족과 문학
(1946. 9)	평론	조선 농민 문학의 특질의 회고와 오늘의 방향	민족과 문학
1946. 11	평론	민주 문화의 창건과 문화 교류의 문제	문화전선
(1947. 1)	평론	문학 운동의 자기비판과 금후 과업	민족과 문학
(1947. 1)	평론	문화 인식의 구체적 전개와 민주 문학의 방향 및 특징에 관하여	민족과 문학
1947. 2	평론	북조선 창작계의 동향	문화전선
(1947. 2)	평론	민족 문화의 발양을 위하여 ─특히 농촌과 문화의 문제를 중심으로	민족과 문학
(1947. 2)	평론	민족문학재론	민족과 문학
1947. 4	평론	의식의 논리와 문예 창조의 본질적인 제 문제	문화전선
	평론	건국 사상 총동원과 문화 전선	민족과 문학
	평론	면리인민위원회의 선거와 문화인의 임무	민족과 문학
	평론	문학 예술 운동의 새로운 추진을 위하여	민족과 문학
	평론	민주 교육의 향상 발전을	민족과 문학

발표일	분류	제목	발표지
		위하여	
1947. 9	평론	북조선 민주 문학 운동의 발전 과정과 전망	조선문학
(1947. 10)	평론	시집 『동방』에 기함	문학과 현실
(1947. 10)	평론	중편 『농토』의 형상	문학과 현실
(1947. 12)	평론	청년과 문학	문학과 현실
1947. 12	평론	상허 이태준 씨를 말함 ― 장편 농토를 읽고	조선문학
(1948. 2)	평론	시 문학의 일보 전진을 위하여	문학과 현실
(1948. 3)	평론	민주 시단의 수확	문학과 현실
(1948. 4)	평론	예술과 선전	문학과 현실
(1948. 6)	평론	해방 후 문학 창조상의 조류	문학과 현실
(1948. 8)	평론	조소친선 주제의 문학적 성과와 금후 방향	문학과 현실
(1948. 9)	평론	연극의 대중화와 단막물	문학과 현실
(1948. 9)	평론	예술 축전 소설의 동태와 방향	문학과 현실
(1949. 1)	평론	애국 사상의 형상	문학과 현실
(1949. 1)	평론	문학 예술 창조계의 전망	문학과 현실
(1949. 2)	평론	예술의 계급성	문학과 현실
(1949. 6)	평론	시의 사상성과 진실성	문학과 현실
(1949. 6)	평론	남반부 반동 문학 예술의 본질과 애국적 문학 예술인의 임무	문학과 현실

발표일	분류	제목	발표지
(1949. 6)	평론	조국통일민주주의전선 결성과 문학 예술인의 임무	문학과 현실
1949. 6	평론	1/4분기의 작단에 나타난 문학적 성과	문학예술
(1949. 8)	평론	문학 사상의 전진	문학과 현실
(1949. 8)	평론	정의와 불의를 분간하여 조국 전선에 다 나서자	문학과 현실
(1949. 9)	평론	고상한 레알리즘 논의와 창작 발전 도상의 문제	문학과 현실
(1949. 12)	평론	승리의 길에로	문학과 현실
(1949. 12)	평론	예술 축전의 성과와 교훈	문학과 현실
(1950. 1)	평론	민촌 이기영 씨의 장편 『땅』	문학과 현실
1951. 8	평론	싸우는 조선의 시 문학이 제기하는 주요한 몇 가지 특징	문학예술
1952	평론	문학의 사사성과 예술성	문학론
1952. 1	평론	1951년 문학 창조의 성과와 전망	인민
1954. 2	평론	소설 문학의 발전성과 전형화 상의 몇 가지 문제	조선문학
1955. 1	평론	문학의 사상적 기초	조선문학
1956. 1, 3	평론	조선에 있어서의 사회주의 사실주의 문학의 발생과 발전	조선어문
1957. 4	평론	문학 전통의 심의와 도식을 반대하는 투쟁에서의 새로운 도식들을 중심으로	조선문학

발표일	분류	제목	발표지
1960. 4. 1	평론	공산주의 교양과 혁명 문학	문학신문
(1960. 9)	평론	문학의 민족적 특성 해명에서 제기된 몇 가지 문제	문학의 탐구
1960. 9. 20	평론	공산주의자의 전형 창조를 위하여	문학신문
1960. 12	평론	한설야의 작가적 행정과 창조적 개성	조선문학
1961. 9	평론	천리마적 현실의 반영과 전형화의 특성	조선문학
1961. 12. 19	평론	시대정신의 반영과 노동 계급의 형상	문학신문
1962. 1. 23	평론	최서해와 그의 단편의 특성	문학신문
1962. 3. 16	평론	예술적 전형에 대한 수정주의적 견해를 철저히 배격한다	문학신문
1962. 5. 15	평론	장편 『성장』의 몇 가지 형상적 특성	문학신문
1962. 8. 31	평론	최서해의 문학에 대한 몇 가지 단상	문학신문
1962. 2. 22	평론	장편 소설의 형상성 제고를 위하여	문학신문
1963	평론	우리나라 문학 발전에 있어서의 사실주의 문제	우리나라 문학 에서 사실주의 의 발생 발전:

발표일	분류	제목	발표지
			토론집
1963. 4	평론	우리 단편 소설의 사상적 지향과 미학적 요구	조선문학
1963. 7~8	평론	장편 소설의 구성상 문제	조선문학
1963. 7. 9	평론	문학과 서정미	문학신문
1963. 7. 18	평론	예술적 전형에 대한 수정주의적 이론을 반대하여	문학신문
1964. 2	평론	계급 교양 주제의 작품에서 제기되는 몇 가지 문제	조선문학
1964. 2. 14	평론	갈등에 대한 논의	문학신문
1964. 2. 18	평론	천리마 시대의 낭만	문학신문
1964. 4	평론	문학 창조에 있어서 성격과 생활, 심리 묘사	조선문학
1964. 8	평론	혁명 전통 형상에서의 전형화의 특성	조선문학
1964. 8. 18	평론	서정시 문학의 발전을 위하여	문학신문
1965	평론	문학 예술과 인민 생활의 관계	우리나라에서의 맑스·레닌주의 문예리론의 창조적 발전
1965. 1. 5	평론	혁명적 대작의 창조와 전형화의 몇 가지 문제	문학신문
1965. 1. 29	평론	서사시적 화폭의 창조에서 제기되는 문제	문학신문
1965. 2	평론	신채호와 그의 문학	조선문학

발표일	분류	제목	발표지
1965. 4	평론	혁명적 성격 창조와 정황의 문제	조선문학
1965. 5. 18	평론	하고 싶은 몇 마디	문학신문
1965. 9. 17	평론	사회주의 사실주의 문학 예술과 당성 원칙	문학신문
1965. 10. 26	평론	평론의 선도성을 위하여	문학신문
1965. 12. 14	평론	반미구국 투쟁의 시련을 뚫고 솟아오른 투사들의 형상과 중편『첫시련』	문학신문
1966. 1. 21	평론	최서해의 작품 세계와 그의 언어 형상적 특성	문학신문
1966. 2. 11	평론	구성의 밀도와 사상	문학신문
1966. 3. 11	평론	형상의 질을 높이자	문학신문
1966. 4. 12	평론	다양한 생활 영역에로 창조적 관심을 돌리자	문학신문
1966. 6. 21	평론	형상적인 생동한 언어 표현에로―장편『고난의 역사』를 읽고	문학신문
1966. 8. 9	평론	사상―주제적 과제와 성격의 생활적 터전	문학신문
1966. 9. 9	평론	영광스러운 혁명 전통에 대한 송가	문학신문
1966. 11	평론	혁명적 대작의 성과와 형상의 논리	조선문학
1967. 1. 6	평론	새해에 내가 할 평론 사업	문학신문

발표일	분류	제목	발표지
		─ 작가 예술인의 드높은 새해 결의	
1967. 5. 23	평론	투사 ─ 문화인들의 사명	문학신문

1931. 10. 4	백철, 「농민 문학 문제」, 《조선일보》
1931. 12. 23	송영, 「1931년의 조선 문단 개관」, 《조선일보》
1933. 12. 29~30	현동염, 「비평계의 동향 ─ 필자에게 반박함」, 《조선중앙일보》
1935	한효, 「소화 9년도의 문학 운동의 제 동향」, 《예술》 2
1935. 7. 23~27	한효, 「신창작 방법의 재인식을 위하여」, 《조선중앙일보》
1940	한식, 「안함광 군의 '개성과 보편성'론 중의 방법을 격함」, 《비판》 114
1970	구중서, 「한국 리얼리즘 문학의 형성」, 《창작과비평》 17
1976	강영주, 「1930년대 소설론고」, 서울대 석사 논문
1979. 2	양태진, 「재북작가론」, 《북한》 85
1980	세리카와 테츠오(芹川哲世), 「한일 농민문학론의 비교 고찰」, 《관악어문연구》 5
1980	진덕규, 「식민지 지식인의 사회 구조적 성격과 이데올로기적 연관성에 대한 분석 논리(1)」, 《현상과인식》 4권 1호
1984	김윤식, 「농민문학론」, 《한국근대문학사상》, 한길사
1984	이주형, 「1930년대 후반 사실주의 문학론 연구」, 연세대 석사 논문
1984	최원식, 「농민문학론을 위하여」, 백낙청·염무웅 편, 『한국 문학의 현단계 Ⅲ』, 창작과비평사
1986	김명인, 「민족 문학과 농민 문학」, 백낙청·염무웅 편,

『한국 문학의 현단계 Ⅳ』, 창작과비평사

1986	김주일, 「1930년대 후반기 장편소설론의 사적 고찰」, 연세대 석사 논문
1986	이공순, 「1930년대 창작방법론 소고」, 연세대 석사 논문
1986	정호웅, 「1930년대 리얼리즘 문학의 한 양상」, 《한국학보》 45
1986	최유찬, 「1930년대 한국 리얼리즘론 연구」, 연세대 박사 논문
1987	유문선, 「1930년대 창작 방법 논쟁 연구」, 서울대 석사 논문
1988	권영민, 「식민지 시대의 농민 운동과 농민 문학」, 『한국 민족문학론 연구』, 민음사
1988	박성구, 「일제하 프롤레타리아 예술 운동에 관한 연구」, 한구사회연구회, 『일제하 한국의 사회 계급과 사회 변동』, 문학과지성사
1988	김재용, 「카프 해소—비해소 파의 대립과 해방 후의 문학 운동」, 《역사비평》 4
1988	임규찬, 「카프 해소—비해소 파를 분리하는 김재용에 반박한다」, 《역사비평》 5
1989	서경석, 「안함광 비평에 대한 일고찰」, 《배재어문학》
1989	조정환, 「1930년대 현실주의 논쟁과 프롤레타리아 문학의 독자성 문제」, 『민주주의 민족문학론과 자기비판』, 연구사
1989	박희병, 「북한 학계의 사실주의 논쟁의 성과와 문제점」, 《창작과 비평》 65
1989	김윤식, 「주체 사상에 기초한 사회주의적 문예 이론」, 《문학사상》 200

1990	김광식, 「1930년대 한국 프로문학론 연구」, 성균관대 석사 논문
1990	김재용, 「안함광 문학론의 변모 과정과 리얼리즘에 대한 인식」,《관악어문연구》15집
1990	김재용, 「안함광론」, 『1930년대 민족 문학의 인식』, 한길사
1990	남송우, 「1930년대 전환기 비평의 해석학적 연구」, 부산대 박사 논문
1990	류보선, 「안함광 문학론의 변모 과정과 리얼리즘에 대한 인식」,《관악어문연구》15집
1990	류양선, 「1930년대 전후의 한국 농민문학론 연구」, 서울대 박사 논문

작성자 고인환 경희대 교양학부 교수. **차선일** 경희대 국문과 강사.

안막 생애 연보[1]

1910년 4월 18일, 경기도 안성에서 출생. 본명은 필승(弼承), 필명은 추백(萩
白, 秋白). 정확한 연도는 알 수 없으나 제2고등보통학교(현재의 경복
고등학교)에 진학, 재학 중 3·1 운동에 참여했다는 이유로 퇴학당함.

1928년 와세다 제일고등학원 러시아문학과에 입학. 이북만, 김두용, 임화, 김
남천 등과 함께 '무산자사'를 설립하고 '제3전선파'로 활동함. 이를 중
심으로 카프의 제2차 방향 전환을 주도함.

1930년 4월, 카프 중앙위원 및 연극부 책임자로 선임.

1931년 5월, 10일 무용가 최승희와 결혼. 9월, 카프 1차 검거 사건으로 체포됨.

1932년 1월, 불기소 처분으로 석방됨. 7월, 첫딸 승자 출생.

1935년 3월, 와세다대학 졸업. 졸업 후 문학 활동을 거의 중단하고 부인 최승
희의 무용 공연 기획자로 활동.

1938년 최승희의 유럽 순회공연 기획자로 활동.

1939년 최승희의 미국 순회공연 기획자로 활동.

1940년 최승희의 남미 순회공연 기획자로 활동.

1941년 야스이 와타루[安井和]로 창씨개명함.

1945년 북경에서 최승희를 도와 동방무용연구소를 운영하던 중 연안으로 탈
출하여 조선독립독맹에 가담함.

1946년 3월, 조선노동당 중앙당 선전선동부 부부장, 문학예술가총동맹 상무

---

1) 안막의 생애 연보와 작품 연보는 전승주가 엮은 『안막 선집』(현대문학, 2010)에 실린 '작
가 연보'를 주로 참조했다.

위원으로 선임됨. 아들 병건 출생.

1949년 11월, 평양음악학원 초대 학장에 취임.

1956년 2월, 문화선전성 부상(副相)에 취임. 10월, 작가동맹 중앙상무위원 선임됨.

1958년 '연안파' 숙청에 연루되어 8월, 반당종파분자로 체포됨. 이후 사망한 것으로 추정됨. 부인 최승희 역시 연금 상태에 놓임.

1961년 부인 최승희가 문예총 중앙위원, 조소친선협회 중앙위원, 조국통일 중앙위원으로 선임됨.

1964년 부인 최승희는 이후 조선무용동맹위원회 위원장에 올라 1967년까지 재직하지만 실권 없는 자리에 불과했으며 실제로 모든 권력을 박탈당함.

1967년 결국 최승희는 6월에 숙청된 것으로 알려져 있음.

안막 작품 연보

발표일	분류	제목	발표지
1930. 3	평론	프로 예술의 형식 문제	조선지광
1930. 4. 19~5. 30	평론	맑스주의 예술 비평의 기준	중외일보
1930. 6	평론	프로 예술의 형식 문제(2)	조선지광
1930. 8. 1~2	평론	조직과 문학	중외일보
1930. 8. 16~22	평론	조선 프로예술가의 당면의 긴급한 임무	중외일보
1931. 3	평론	朝鮮に於けるプロレタリア藝術運動の現勢	ナプ
1931. 11	시	三萬의 兄弟들, 百萬中의 同志	카프시인집
1932. 1. 11	평론	1932년의 문학 활동의 제 과제	조선중앙일보
1932. 10	평론	朝鮮 プロレタリア藝術運動 略史	사상월보
1933.11. 29~12. 7	평론	창작 방법 문제의 재토의를 위하여	동아일보
1935. 1	시	에레나의 수첩, 붉은 깃발은 태양을 향하여	조선문학

발표일	분류	제목	발표지
		올라간다, 무지개, 생명	
1940. 5. 22	평론	중간문학론	매일신보
1940. 5. 24	평론	문예지 부진	매일신보
1940. 5. 25	평론	논리의 퇴락	매일신보
1946. 7	평론	조선 문학과 예술의 기본 임무	문화전선
1946. 8	평론	조선 민족 문학 건설과 소련 사회주의 문화	해방기념평론집
1946. 11	평론	신정세와 민주주의 문학 예술전선 강화의 임무	문화전선
1947. 8	평론	민족 예술과 민족 문학 건설의 고상한 수준을 위하여	문화전선
1958. 7	시	모스크바를 향하여, 별, 붉은 광장, 고리끼 거리를 걸어간다, 모쓰크바 대극장, 뿌슈낀 동상 앞에서, 아브로라에 부치노라, 네바 강반에서, 호텔 아스토리야에서, 우크라이나의 어머니	조선문학

안막 연구서지

1979   국회도서관 편, 『북한인물록』, 국회도서관

1985   하응백, 「1920년대 문학론에 있어 내용과 형식 논쟁 연구」, 경희대 석사 학위 논문

1988   박명진, 「한국 근대 소설의 유형별 사적 연구」, 전북대 박사 학위 논문

1992   전영경, 「KAPF 연구: 안막의 『朝鮮プロレタリア藝術運動略史』를 중심으로」, 《동대논총》 22, 동덕여대

1996   신재기, 『한국 근대 문학비평론 연구』, 고려대 민족문화연구소

2000   안한상, 「카프의 리얼리즘 논고」, 《인문과학연구논총》 22, 명지대 인문과학연구소

2001   김성수, 『통일의 문학 비평의 논리』

2004   김영택, 「해방 공간의 민족문학론 연구」, 《인문과학》 13, 목원대 인문과학연구소

2004   정수웅 편, 『최승희: 격동의 시대를 살다 간 어느 무용가의 생애와 예술』, 눈빛

2006   김영민, 『한국 근대 문학 비평사』, 소명출판

2007   이주미, 「'추백'의 프로 문학 비판과 안막의 예술 전략」, 《국제어문》 41, 국제어문학회

2010   전승주 편, 『안막 선집』, 현대문학

작성자 장성규 중앙대 국문과 강사.

실험과 도전,
식민지의 심연

탄생 100주년 문학인 기념문학제 논문집 2010

1판 1쇄 찍음 2010년 12월 23일
1판 1쇄 펴냄 2010년 12월 30일

지은이 · 권영민, 이태동 외
펴낸이 · 박근섭, 박상준
편집인 · 장은수
펴낸곳 · (주)민음사

출판등록 1966. 5. 19. (제16-490호)
서울시 강남구 신사동 506 강남출판문화센터 5층(135-887)
대표전화 515-2000 / 팩시밀리 515-2007
www.minumsa.com
www.daesan.org

※ 이 논문집은 대산문화재단과 한국작가회의가 기획, 개최한
'탄생 100주년 문학인 기념문학제'의 일환으로 서울특별시의
지원을 받아 제작되었습니다.

ISBN 978-89-374-8336-3 03800